庫

31-180-2

日本の島々、昔と今。

有吉佐和子著

岩波書店

目次

日本の島々、昔と今。

本文中の海図は、水路図誌複製「海上保安庁図誌利用第二一〇〇〇一号」の許可による

海は国境になった

焼尻島《やぎしりとう》・天売島《てうりとう》

日本の島々、昔と今。その一

(昭和五十四年十一月十六日脱稿)

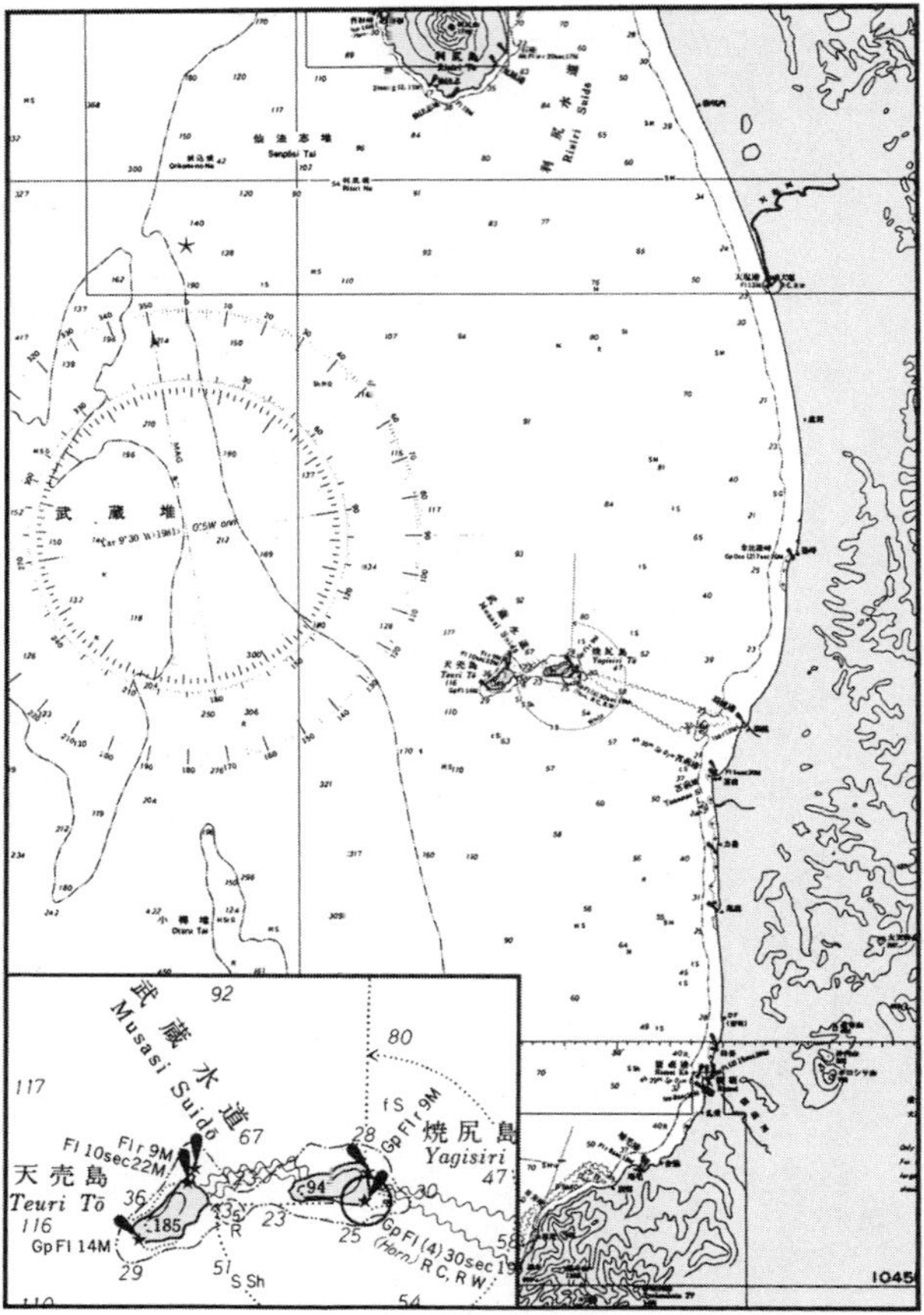

武蔵堆
武蔵水道
Musasi Suidō
焼尻島
Yagisiri
天売島
Teuri Tō
Fl r 9M
Fl 10sec22M
Gp Fl r 9M
Gp Fl 14M
fS
S Sh
Gp Fl (4) 30sec
(Horn)
R C, R W.

北海道出身の人でも「え、ヤギシリ？　テウリ？　なんですか。島？　さあ、そんな島、北海道にあったかしら」と言う人が多い。離島専門家と呼べる宮本常一氏の著書を見ても、上陸したことはあるが泊っていない。よしよし、それなら私が出かけて行こうという気になった。日本中がレジャーブームで、どこへ行っても観光客だらけという時代である。ことに私が出かけたのは一九七九年八月上旬という観光シーズンであった。

羽田空港から満員のジャンボ・ジェットに乗って千歳空港へ。そこからバスで札幌駅に行き、汽車に乗る。留萌《るもい》本線から昭和七年に開通したという羽幌《はぼろ》線に入って、ゴットン、ゴットンと揺られて五時間、ようやく北海道苫前《とままえ》郡羽幌町に着く。二つの島影は早くも汽車の中から眺めることが出来た。大きな島に思えた。私は二十数年前から離島に関心を持ち続けていて、鹿児島県の黒島《くろしま》や、伊豆七島の御蔵島《みくらじま》などを舞台にした小説を書いている。外国ではプエルトリコ島を、やはり小説で扱っている。それでも、汽車の窓から見える島というのはこれが初めてなので、いささか興奮した。どんな島なのだろうと好奇心が噴き出てくる。旅へ出るとき、私は決して前以て本を読んだりして下準備しておくことをしない。白紙の状態で飛込む方が、偏見を持つことなく、新鮮にその土地を感じることができるからで、このときも宮本常一氏が泊られたかどうかを調べただけに止めていた。氏は十五年前に上陸し、慌《あわただ》しく調査して帰っているのだし、十五年の間には日本も大変貌しているように、島の変化も大きいだろう。私は自分の眼と耳で、しっかり二つの島をとらえたいと思っていた。

夕方着いた羽幌町に一泊する。島までは六百人乗りの汽船が日に三往復している季節であったが、何分にも東京からでは汽車の旅がいかにもさいはてという感じで、その日のうちに島に着くことは出来ない。町役場の観光課に推薦してもらっていた駅前旅館に上ったが、おそろしいほどうらぶれた宿なので、いよいよ明日は四級僻《へき》地《ち》に行くのだと武者震いがしてくる。観光課が、町役場では水産課と兼ねているのが面白い。しかし役場もすでに閉っている時間なので、夕刻は埠《ふ》頭《とう》までランニングをして汗を流す。東京から来るとやはり涼しくていい気持だった。

ハボロは北海道奥地の様子がようやく徳川幕府に分明になる寛文年間(一六六〇年代)には砂金の産地として知られていたところである。元禄年間(一六九〇年代)には松前藩が砂金奉行《ぶぎょう》を置き、さかんに採掘していた。しかし砂金が間もなく取り尽されると、ルモイやトママエが鮭《さけ》、鱒《ます》漁が盛んになっても、ここはただ出稼ぎ番屋《ばんや》があるだけで、住んでいたのは渡守《わたしも》りのアイヌが一戸という淋しさが長く続いていた。この町が賑わい出したのは、昭和七年に炭鉱が開発されてからであるが、今は石炭山は日本中どこも閉鎖されている石油の時代だから、羽幌町に活気がないのは無理もない。

翌朝、いきなり町役場の水産観光課を訪ねる。私が行くと言っておかなかったから「小説など書いている有吉佐和子という者ですが」と名乗っても、私のものなど読んだこともない方々が、半ば茫然として応対して下さる。しかし思いがけず「羽幌町史」というのが北海道大学名誉教授、高倉新一郎先生の序文つきで、羽幌出身で史学を専攻された関秀志氏の手で立派に編集され、十三年も前に出版されていた。全八百ページという見事な本である。これは本当に有難かった。

それを拝借して第一天羽《てんば》丸という船に乗る。しかしながら、船の中には蟹族《かにぞく》たちが一杯いた。つい先刻、水産観光課で年間五万人の観光客が島に押寄せると聞いて私はがっかりしたのだ。海は鏡のように平らで、天羽丸は揺れず、舳先《へさき》に立って海風を浴びている私は次第に勇気を取戻していた。

焼尻島には、たった五十五分で到着してしまった。こんなに早く着いても四級僻地なのかと私は驚いてしまう。立派な港湾施設があり、船は波止場に横づけになる。私はただただ驚いていた。二十五年前の黒島ではもちろん、十余年前の御蔵島でも、私が出かけたとき船は沖合で錨をおろし、小さな艀舟《はしけ》で波しぶきに濡れて上陸したものだった。波止場には旅館の名を大書したものを掲げて十数人が出迎えていた。民宿もふくめると三十軒以上の施設があるのだ。その中から、私が泊ることになっていた旅館名を見つけ、下船してこちらから近寄り「お世話になります、よろしく」と挨拶すると、不思議そうにまじまじと見て「ああ、そうですか」と言ったまま、まだ船の方を眺めている。他にも客があるらしい。が、ややあって、彼は私の荷物を持ち、すぐ目の前のミニ・バスに載せてから言った。


「さあ乗って下さい」

「あのォ、他にもお客さんがあるんじゃないんですか」

「ええ来るはずだったんですが、午後の船なんでしょう。お客さんは、どこから来られましたか」

「東京からですけど」

「ああ、そうですか」

やっぱり暢気《のんき》なものだと感心しながら、船より揺れる車で、あっという間に宿に着く。

「ここは白浜海岸の近くですか」

「ええ、この島ではうちが一番白浜に近いんですよ。歩いて、すぐですから」

ところで出迎えた宿の主人もまた、

「はあ、東京からですか。予約してますか」

と、玄関で妙な顔をするのである。

「あのォ、東京から、電話かけましたけど。町役場の水産観光課から、旅館の名も電話番号も教えて頂いて」

「うちには予約が入ってないんですけどねえ」

「それは変ですね、同じ名前の旅館が他にもあるのでしょうか」

「いや、そんなことはありません」

「あのォ、こちら満員なんですか？」

「部屋はありますけど、お高いですよ」

「いかほどでしょう」

東京のホテルの半値だった。しかも朝と夕二回の食事つきである。

「結構です。出来れば私には海の見える部屋をお願いしたいんですが」

「二号室へ入って下さい。海は見えます」

指さされた二号室なるものは床の間つきの八畳で、広縁に机とソファがあり、窓を開ければすぐ磯であった。

間もなく感じのいい若い娘さんが、お茶を持って入ってきて、宿泊者用の書込み票を私の目の前に置いた。住所、姓名、職業、年齢などを書いて渡す。やがて先刻の御主人が背広を一着して挨拶に来た。私にはペンネームがないので、いつもこういうことになってしまう。しかし偶然ながら、この方が島の観光組合の副会長をしておいでになることが分った。

島と本土(北海道)を結ぶ定期船は、昭和九年、石油発動機船「天羽丸」が、羽幌—焼尻、天売間を往復するようになった。翌年、苫前両島定期船株式会社が創立され、昭和十七年には資本金五万円で組織が強化され、名称も両島運輸株式会社と改められた。しかし羽幌と両島および苫前の三角航路が実現するのは昭和二十五年からである。

「昔は苫前から十四時間もかかって、大変でしたが、おかげさまで近頃は船も大型化されて、それでも五十五分もかかりますが、お客も昔のことを思えば一時は爆発的に殖《ふ》えました。が、石油ショック以来横這いです。私の店も最初は島で獲《と》れる新鮮な魚を鍋でわっと煮て、よそでは食べられないような旨いものを出せばいいだろうと、気楽に始めたものでしたが。旅館の前ですか、ニシンの漁をやっとりました。いや、親方じゃありません。ニシンが来ていた頃は、産卵期になると大変なものでしたが、ま、その話は詳しい人がいますから。役場からも電話が入りまして、後程《のちほど》うかがうということです」

「漁業組合は、どこにありますか」

「港のすぐ傍《そば》です。連絡しましょうか」

「いえいえ、私の方で出向きます。漁業に従事している人はどのくらいありますか」

「天売と違って、焼尻は少いですよ。天売にもいらっしゃるのですか。いらっしゃればすぐ分りますよ。この島とは何もかも違います」

「どう違うのですか」

「焼尻は、都会志向型とでも言いますか、若い者は島を出て行ってしまうのが多くて、高校も今年で廃校になりました。天売の方は若い人が島に残って親の後を継ぐのが多いのです。高校もありますし。まるで違っていますから、肌合が」

観光客の数は昭和三十二年頃には年に三千人だったのが、翌年は七千人になり、観光ブームにのって毎年増加していた。昭和三十九年、両島が「道立自然公園」に指定されてからブームに拍車がかかり、四十一年には二万人以上が押寄せている。

「島の人口は」

「八百そこそこですよ」

そこに今は五万人の観光客が押寄せる。さぞ大変だろうと思ったが、宿の主人は浮かない顔で、

「冬場は天羽丸も一日一往復ですし、客が来るのは六月七月に集中してますから」と言った。

ヤギシリもテウリも日本語とは思えないが、アイヌ語としても諸説あって、シリは島の義らしいが、意味がどうもはっきりしないようである。焼尻の白浜地区と天売の三吉神社前に絡条帯圧痕文土器が発見されているから、島に人が住み始めるのは縄文時代早期あるいは前期と推定されている。紀元前約六千年頃である。普通考えられるより早く人間が住みついたのは海の幸に恵まれていたからだろう。次の縄文中期のものでは南方系の円筒式土器や北方系の北筒式土器の両方が、どちらの島からも発見されている。およそ紀元前四、五千年頃のものである。羽幌町史には詳しく写真入りで述べられてあるが、ここでは一気に江戸時代まで六千七百年ほど話を飛ばすことにする。

この地方の様子が記録の上で明らかになるのは十八世紀後半で、千島方面からロシア人の南下があったり、寛政元年(一七八九)に根室《ねむろ》のアイヌが日本人数十人を殺害する事件が起きたり、同四年(一七九二)にはロシア使節ラックスマンが根室に来航して通商を求めるようになった。

徳川幕府はこの北方問題を重視して、北海道《えぞち》、千島、樺太《からふと》の調査・探検を行った。その結果、寛政十一年から文化四年(一七九九―一八〇七)の間に松前藩から北海道をすっかり取上げて幕領とし、警備とアイヌの保護に力を注ぐことになった。この幕領時代は文政四年(一八二一)まで続く。

文化四年の記録では焼尻はヤンゲシリと書かれ、「運上家《うんじょうや》、蔵七軒、惣夷六一人」とある。テウリ島は「番家《ばんや》、蔵一軒」とだけであった。

ところが北海道が再び松前藩支配に戻った文政四年の記録では「ヤンゲシリ、テヲレシリという二島あり。苫前《とままえ》持ちにて無人島なり。テシオ川上の夷《えびす》そのほか此辺の夷《えびす》出漁をなして業とす。出産は鯡《にしん》、鮑《あわび》、煎海鼠《いりこ》などを産業す」と書かれている。夷《えびす》というのはアイヌのことであろう。

安政二年(一八五五)また幕領となるのは、維新前の諸外国との交渉で、徳川幕府が緊張したからだと思われる。

島名物のオンコ林の傍に老人たちの「憩《いこい》の家」というのが最近出来ていて、そこで故老からお話をうかがうことにした。島の面積は五・三四平方キロメートルだから、どこでも歩いて行くことが出来る。道路は綺麗に舗装されている。五万人の観光客で賑わうせいか、第三次離島振興対策実施地域に指定されていたからか。

「憩の家」は六十歳以上の老人たちの親睦のために作られたものであったが、東京などの町内にもある敬老会館と同じ内容だと思って頂けばいい。壁には会員の長寿番付が貼ってあり、横綱は九十二歳。七十七歳でも三役に入っていない。びっくりするほど高齢者が多い。

そこで八十二歳になる老人クラブ会長、布目さんという方から昔話を伺った。立派な体格、いい姿勢、六代目菊五郎のような顔だち。素晴らしい記憶力で、正確な年月日をつけてお話をして下さる。まず二十歳は若く見えた。

「この島は長生きする方が多いのですね、番付を見て驚きましたよ」

「みんな、うっかりして生きてますのでね。オンコ林だけで後は何もない。鰊《にしん》が来た頃は三月四月は息つく暇もなく働きましたが、あとはうっかり生きていただけですから。魚は新鮮ですし、空気はいいし、だから長生きするんでしょう」

「鰊はいつから来なくなったんですか」

「昭和二十九年です。一匹も姿を見せなくなりました」

「昭和二十九年から今日までですか。二十五年も来ないのですか。どうしてですか」

「海水の温度が三度から六度上ったからだとか、海流が変ったのだとか、いろいろ言いますが、理由は今もって分らないのですよ。アリューシャン列島の方へ行ってしまいました」

「鰊漁場で栄えた島ですから、お困りになったでしょう」

「困りました。今でも困っています」

「鰊以外の魚はいるのでしょう」

「それはイカもヒラメもいますし、近頃はマグロの獲り方も覚えましたが、何しろあなたニシンとは漁獲量がまるで違いますから」

「ニシンが来た頃は、海にウヨウヨいたんですか」

「そんなものじゃないです。産卵期になるとニシンの大群が押寄せて、海がふくれ上るんだから。大したもんでしたよ」

「ニシンの産卵期って、いつですか」

「三月末から五月十日まで。毎年三月十日から、秋田県から人を傭《やと》ってね、膝折って借金して、用意するのさ。私の親は富山出身の漁師でタラ釣りやって、天売に住みついたのですが、人死《ひとじに》が出たので焼尻に移りました。私と、息子と三代にわたって、天売にも焼尻にもお世話になってますのでね、島をなんとかせねばならんとこの年でも頑張っているわけでさ」

「ニシンの卵って、カズノコのことでしょう」

「ううん、そう、カズノコ」

「それをこの島の傍で産むんですか」

「島のぐるりの海草に産みつけるのさ。雌《めす》が上で泳いで、雄《おす》がその下泳いで、背ビレでチョコチョコくすぐると雌が卵を産む。そこで雄が白子《しらこ》ですな、これを噴き出すのさ、一斉にね。だから海が朝も夜も盛上って、島のまわりはまっ白になる。まっ白ですよ」

「海がまっ白に色を変えて、ふくれ上るんですか」

「そうです。朝は三時からニシン漁が始まるんだが、大したもんだった。沖には舟が二百艘も並んでねえ、その頃の島は大した景気でしたよ」

「二百艘の舟は、どこから来るんですか」

「そこら中からですよ。小樽からも、新潟県、青森県、山形からも。北海道へは生で運ぶものもあり、塩蔵《しおぐら》つまり塩漬けですな。それから煮てね、島中がその時期は夜昼となく男も女も働きまわってましたね」

「ニシンを煮るって、どういうことですか」

「獲れすぎると値が下るんだね。食料として売れないから、煮て肥料を作るんですよ」

「ああホシカですね」

「そう、ホシカと言やあ分りやすいかな。ホシカです」

ホシカといっても分らない人が多い時代になっている。ニシンを煮て干した肥料は金《きん》肥《ぴ》と呼ばれ、戦前までは贅沢な肥料だった。紀州名産有田みかんなどは、ニシンであの甘酸い味と香りを栽培できたのだった。今でも果物や花は化学肥料では味も香りも出ないので、有機肥料が使われているが、ニシンがばったり獲れなくなったので、日本中の農家も困っている。

「ニシンの獲り方ですが、どういう漁法だったのですか」

「タテアミと、サシアミです」

「ははあ」

「建網《たてあみ》は二十五人が一組になって従事します。舟にのって、網を張って、張るとすぐ引揚げます。ぐずぐずするっていうと、ニシンの白子がネバついて網の目をつぶすのさ。網が重くなっちまって舟がひっくり返ることもあるから、手早くやらねば網が上らない。百日分の給料で、一人につき五円から十円払いました。ええ、戦前までの話ですが、昭和十五年ぐらいまでは沿岸の人たちに羨まれるほど漁獲量があったのです。天に恵まれた平和な小島、喰《く》うに困らぬ天売焼尻という唄があったくらいですよ。北海道でも昔は百万円以上の収入があればベストテンの中に入りましたが、焼尻にはこの中に入る人がいたのですよ」

「布目さんのお家は網元ですか」

「いえ、ここにも天売にも網元はありません。親方といいます」

網元は専属の漁夫を抱えているが、親方はある期限を切って臨時に人を傭うというところが違うらしい。

「漁期にはニシンの買付けの舟も来ますし、現金商《あきな》いですから、大したものでした。銀行もその時期には出張所を置きますし、大変な賑わいです。しかし百万円越すような収入があると札幌から国税局が来て、しぼりとられてひどい目にあったものです。税金の取立てがやかましいから、親方といっても楽なものじゃなかったですよ」

「昔も今も同じですね。ところでサシアミというのは何ですか」

「磯にも五メートルの浅いところまでニシンが来ましたからね、そこに網を刺しておくというと楽にニシンがかかったものです」

「舟を使わないで」

「磯まわりの小さな舟を使うだけで、楽にとれた。米のとぎ汁みたいに海がまっ白になって、海が魚で盛上ったですから、凄いんですから。朝も夜も無茶苦茶にニシンがとれたんだから」

「こういう海を眺めていると信じられないですね」

「そう、それこそ夢ですね。夢です」

「パタッと来なくなっちゃったんですか、二十五年前に」

「ええ、パタッと。昔のことは夢ですよ、夢。うちが旅館やってるときは、米の南京袋に札束入れて、それを押入に詰めて預ってね、心配で眠れなかったものです。夢だね、今は。いやもう近頃は夢にも見ないね」

そう言いながらも、手摑みでニシンがとれた時代の話を一時間でも二時間でも語り続けて下さった。面白い話が随分多かった。

「この島と天売とは随分気風が違うようですね」

「違いますね。昔は、こっちが母屋で、天売が明治三十四年に漁業権五万円を払って分村したんですから。まあ焼尻は庄内藩、天売は米沢藩と江戸時代から違っていましたしね」

松前藩じゃなかったのかと私は驚いた。出稼ぎに来たのが焼尻には庄内から、天売には米沢からという人が多かったので、当時の税制では運上金を取るために、どの藩でも目をつけたのだろう。江戸時代、この辺りは紀州の栖原角兵衛《すはらかくべえ》の手のものが廻船して、漁業権を持っていたから。

「それで焼尻には植林をしたけれども、天売には樹がないというのですか」

「いや、天売に行けば聞かれるでしょうが、天売の木は全部伐《き》ってしまったのですよ」

「え、なんのためにですか」

「魚煮るのに、ガソリンは昔はなかったからね。それで天売の木は伐って燃してしまったのさ。そのくらい昔は焼尻の方が威張ってたんですが、ここへ来て立場が逆転しましたな」

「どうしてですか」

「焼尻は子供の教育に熱心でしたが、学校を出るというと滅多に子供が島に帰って来ない。そのかわり北海道庁あたりには焼尻出身者が多いし、教育界にも随分進出しています。向学心の強いのが、結果が仇《あだ》になって誰も帰って来ない。みんな中学から島を出て、だから焼尻には高校がなくなりましたよ。親が教育熱心で、しかし先のことを考えなかった。島には若いものがおらんのです」

「後継者の育成がおろそかになったのですね」

「そうです、天売に行ってごらんになれば分りますが、活気が違いますよ。あちらにはレンタカーが十台からありますしね、若い連中は親のあとを継いで漁業をしっかりやってますが、この島じゃ、何しろ若い者が少なすぎましてね。今朝もなんです、私は新聞を読んで、マグロがこの近くに来ているという情報摑んだから、朝の五時から島中にふれまわっているんだが、どうも若いもんは駄目だ、眠ってるんだから。私が言う若いもんというのは、五十代の連中のことですよ。駄目だな、焼尻は。天売とは違いますよ、油断してしまって、もう負けです。みんなうっかり暮していてねえ、こんなことではいかんのですよ」

布目老人は、しきりと慨嘆していたが、やがて、

「しかし、この島はいいところですよ。僕ら町へ出ると、空気の悪いのと、音のやかましいので、気が変になりそうになる。島は空気もいい、魚は新鮮だ、こんないいところはないのに、観光客の誘致もですよ、天売の方が積極的ですよ。オンコ林に行きましたか。あんな原生林でオンコばかりのところは日本で他にないですから」

水松《いちい》を北海道ではオンコと呼ぶ。飛驒《ひだ》あたりでは一位と名付けている木のことである。実生《みしょう》はまっ直ぐに伸びるが、挿し木は稚木の頃から横にひろがる傾向があるのが、苗木栽培している家の庭を眺めて気がついた。オンコ林を見るだけでも、日本中から観光客が呼べるはずだと、布目老人は現状を口惜しがっている。

島を縦断するサイクリング・コースがあるので、翌日早朝にランニングした。意外にオンコの背が低く、オンコ林の中に誰が言い出して作ったのかコンクリートの小径《こみち》があり、原生林の眺めがぶちこわしになっていた。こういう近代化は勘弁してもらいたいと思いながら走っていると、やがて広い牧場に出て、緬羊《めんよう》の群が見えた。緬羊というのは

毛糸の原料をとる動物だとばかり思っていたが、肉が大変おいしいのだそうだ。宿ではアワビ、生ウニ、ヒラメの刺身など、羽幌の夜から毎晩出たが、ときには肉類などで目先を変えないと客は食傷してしまう。安い値で島外に売るより、島の観光業で消費したらいいのにと思った。

漁業組合に出かけて、三十代、四十代の漁師に会いたいと言うと、百一人組合員がいる中で、そういう中堅層が一人もいないという話だった。五十歳以上と、若いのなら二十二、三歳が数人だという。なるほど布目老人の言う通りだ。

景気のいいことに、私が焼尻に着いた翌日、島で本年最初のマグロ漁獲があった。三年ほど前から、マグロ漁の技術を学んできたのだそうである。

「北海道でホンマグロが獲れるとはねえ。海水の温度が上ったせいかしら」

「いやあ、昔も来てたのかもしれないよ。ニシンだけしかやってなかったから、他の魚には眼がいかなかったんじゃないかな」

二十三歳の青年二人に会うと、これは意気軒昂。布目老人の慨嘆も、この世代なら心配ないという気がしたが、何しろ人数が少ない。

「マグロはキロ当り三千円で売れるからね、百五十キロのを一匹釣りあげれば四十五万円の収入ですよ」

「凄いじゃありませんか。どこへ出荷するんですか」

「組合を通して札幌の魚市場へ出します」

商社が遠洋漁業のマグロ漁船の一船買いを始め、零下七十度の急速超冷凍倉庫に納め、市価を釣上げては市場へ少しずつ出すようになったのは昭和四十二年からである。そのためにマグロの値段は暴騰したのだが、さいはての島でも似た値段で売れるようになっているのを知った。もっとも商社は漁船のマグロを二億とか三億でまとめて買上げているのだから、規模は大違いだ。

「じゃ、年間の所得はどのくらいありますか」

「そうだなあ、二、三千万ぐらいですね。船とか重油とか、経費はかかるけどね」

「二十三歳の青年で、町で就職したって、これだけの収入があるとは思えないのに、どうして若者は島を出て行くのでしょうね」

「さあ、まあ冬になると、こんなもんじゃないからね、海は。だけど僕は海が大好きだから、漁師になったんですよ」

「漁業をやる上で、当面している難題はなんですか」

「石油だな」

「え、どうしてですか」

「値上りがひどいもの。オペックが石油の値上げを決議してから、今年だけでも一月の値段に較べて六月は倍になっているからねえ。こんな調子で値上りされたら、僕らの船は動けないよ。マグロは八月から十月が漁期だけど、タコやヒラメは一年中獲れるから、海がしけなければいくらでも働ける。石油だな、一番の問題は」

「値段ですね」

「そうだ、高くなる一方だもの。それも滅茶滅茶な値上り方だから」

OPEC (Organization of Petroleum Exporting Countries) などという石油輸出国機構の名前を、こういうさい果ての島で若者《やんしゅう》の口から聞こうとは思わなかった。OPECは一九七八年末の総会で、一九七九年度の四段階小刻み値上げを決めた。がイランの生産停止や減産が起ると、直ちに標準油種を第四段階まで一気に値上げし、契約先の数量をつぎつぎとカットしてスポットで売りさばき、一バーレル五十ドルなどという。六月二十八日のOPEC総会ではサウジアラビアなど穏健派は一バーレル十八ドルを主張し、結局加重平均で二十ドルに値上げされたのだから、このスポット売りの値段はまったく阿《あ》漕《こぎ》としか言いようがない。

次の数字を見て頂こう。

世界の産油量(一九七七年)

Ⅰ位　ソ連　約六億キロリットル(一〇二〇万バーレル／日)
Ⅱ位　サウジアラビア　約五億キロリットル(八五〇万バーレル／日)
Ⅲ位　アメリカ　約五億キロリットル(八五〇万バーレル／日)

世界の石油使用量(一九七八年)

Ⅰ位　アメリカ　約一〇億キロリットル(一七〇〇万バーレル／日)
Ⅱ位　ソ連　約四億キロリットル(六八〇万バーレル／日)
Ⅲ位　日本　約三億キロリットル(五一〇万バーレル／日)

西ドイツ
イギリス
フランス
イタリア
四カ国合計　約五億キロリットル(八五〇万バーレル／日)

以上七カ国で世界の生産量三十五億キロリットルの六〇パーセント以上を消費している。特に地球上総人口の五パーセントしかないアメリカが、三〇パーセントの石油を消費している。日本にしても相当なものだ。(一バーレルというのは日本の一斗樽の容量と思えばいい)

一人当りの年間使用量は、
Ⅰ位　アメリカ　四六七〇リットル
Ⅱ位　日本　　　二六七〇リットル
Ⅲ位　イギリス　一九三〇リットル

東京サミットで各国首脳が集ったとき、カーター大統領もサッチャー首相も、石油の話ばかりしていた理由が、これで分るというものだ。

ともかく人口八百の北の小島で、漁民にとって最大の問題は石油の値上りだということを知って、私は焼尻から定期便天羽丸に乗り、二十分で天売島に着いた。島の形がまるで違う。両島とも戦中戦後の食糧難時代は、一面のジャガイモ畠にしたというが、今はそれが信じられないほど、平らな島に農家は一軒もない。穀類は本土から買入れ、野菜だけ自家用の小さな畑を持っているところもあるが、それも僅《わず》かな旅館と家々で、大方は野菜も船便で買込んでいる。冬になれば、とても青いものの栽培できる条件ではないから、仕方がないのだろう。

天売島の人口も約八百。その中で漁民は百四十一人(去年の調査)と、四十人だけ焼尻より多い。しかし、質においてもっと異るのは三十歳前後の若者《やんしゅう》が天売では圧倒的に多いことである。

私が焼尻に来ていて、次に天売に行くことは、漁に出ていた人たちに舟から舟へ無線連絡が入ったのだそうで、この島の人たちはもう皆、知っていた。若い漁民に集ってもらいたいとお願いしたら、漁業専門と限ったのに、十人もの青年たちが、私のいる旅館へ来てくれた。

「天売でもマグロ釣りを始めていますか」

「いるけどね、少いな。焼尻の半分くらいのものだべ。僕はマグロはやらない。あれは博奕《ばくち》みてえなとこがあって、当りゃ大きいけど、何日たっても一匹も釣れないことがあるからさ。昨夜は焼尻じゃ今年からマグロ始めたっちゅう人が百七十キロのマグロあげたって。病みつきになるだろうな。いきなり最初に百七十キロじゃ、よ」

「五十一万円の収入ですね」

「そうだ。その代り、九月から十一月までが漁期だけど、釣れねえときは、毎日沖へ出ても何も釣れねえから。僕はもっと確実性のあるものをやってる」

「なんですか」

「イカ釣りだ」

「ああ、天売のイカ釣船は見事ですってね。夜になると誘魚灯が輝いて、函館の夜景より素晴らしいから、是非見とくといいって焼尻の若い人に言われてきました」

「五月六月なら島の傍で獲れるけどよ、今は無理だな、ずっと沖に出っから。七月から十二月は島から見えねえくらい遠いとこでやるからね」

「イカの他に何を獲ってますか」

「タラ、ヒラメは刺網《さしあみ》だがね、イカナゴ、ヤリイカ、エビ、タコ、ウニ、アワビ、海が凪《な》いで獲る気さえあれば、一年中なんでも獲れっから」

「景気がいいんですってね、天売の漁業は。焼尻の人たちは羨《うらや》ましがっていましたよ。年間収入はどのくらいですか」

「一戸で三千万はあるべな」

「凄いものですね」

しかし、どうも青年たちの様子は、焼尻で想像していたようではなかった。活気に溢れているという話だったが、どうも元気がない。初対面で気後《きおく》れしているのかもしれないと思い、一升壜《びん》をどんどん運んでもらった。日本酒を、彼らは水のように飲んだ。

「天売は漁業の後継者を育てている、立派なものだって焼尻の人たちが褒《ほ》めていましたよ」

「なに、勉強が嫌いだからよ、俺は。だけど俺だけよ。この中には勉強がよく出来て、町の高校へ行ったのもいるけど、結局みんな帰って来たな」

「親が漁師だからよ、子供のときから船に乗って、手伝ってたからよ、勉強する時間がねえのさ。僕は天売の高校へ行ったけど、眠ってばかりいたな」

「漁業に熱心な先生が揃っているんですってね、ここの高校は」

「そんなことないよ。水産品の加工のやり方なんか教えてくれるけど、漁は誰も知らねえんでないの」

「漁なら、俺たちが教えてやれるよ」

「そうだ、そうだ」

ようやく賑やかになってきた。「複合汚染」を書いたとき、農村の若者たちと何度も話をしたが、彼らも例外なく酒が好きで、強かった。私も一緒になって冷酒をコップで飲みながら、随分たってまた質問を続けた。

「ところで、あなた方が当面している難しい問題というのは、ありますか」

「あるさ、問題だらけだよ」

「なんですか」

「第一が石油、第二が韓国船、第三が嫁さんのなり手が来ねえこと。島の女はみんな漁師と結婚しねえからよ」

「石油は値上りですね」

「値上りなんか屁《へ》でもねえよ。なんぼ高くてもありゃいいんだ。無《ね》えんだから、重油は」

「重油が無い。どうしてですか」

「無いはずはねえの。輸入量は同じだけ入ってるんだから。だけど北海道の漁連はタンクが空っぽで、今月はともかく、来月の分は見通しが何も無えのよ」

「まあ。ＯＰＥＣのせいですか」

「漁協の重油はよ、ＯＰＥＣとあんまり関係がねえんだ」

「どこから買ってるんですか」

「ソ連、台湾、韓国、シンガポール、ま、そんなとこだろう」

「変ですね、ソ連はともかく、台湾や韓国から石油が出るって聞いたことないわ」

「それでもよ、台湾や韓国あたりから、全漁連が、つまり農業でいえば全農よ、そこが石油をＯＰＥＣ以外で安く買ってたんだ」

「それがいつから石油が無くなったんです」

「今年だ」

「えッ」

「今日なんかも、このくらいの海なら、普通なら沖へ出るんだけど、重油の節約で組合が休もうっていうのよ。だから俺たち、こうしてぶらぶらしてるのさ」

「第二の韓国船って、なんですか」

「韓国船が何十隻いや二百隻も来て、ムサシダイで濫獲《らんかく》してるんだ。それもオッタトロールで。たまったものでねえけど、僕たち韓国を恨まないよ。日本政府を恨んでるのよ。北の漁民は、西の漁民のツケを払わされてるんだから」

知らない言葉が多く、訳も分らずに聞いたのだが、東京に帰っていろいろ勉強して、事情も飲みこめたので説明をつけておく。

ムサシ堆《ダイ》というのは、戦艦武蔵が見つけた大きな漁礁《ぎょしょう》で、北海道とソ連の間にある。漁礁で、魚は生れ、育つ。日本の漁民の間では、こうした漁礁での濫獲は禁止されていて、互いに漁業資源の保持につとめている。戦艦大和が発見した漁礁もヤマト堆といい、日本海にあるという知識を得た。

オッタトロールというのは、大きな網に開口板がついていて、それを閉じて機械で曳くと、稚魚《ちぎょ》はおろか海底の岩まで根こそぎガラガラと引揚げられてしまう。明治時代の水産日本帝国は、このトロール漁船を世界中へ繰出して、カナダやロシア政府から激しく非難された。各国沿岸の漁礁を荒らしまわったからである。二百カイリの経済水域を各国が主張するようになって、日本の水産業は大危機に見舞われているが、しかしムサシ堆は日本の沿岸にあるのだし、第一韓国船が、どうしてそんなに北上しているのか。

「韓国の漁民も日本と同じように二百カイリで苦しんでいるのですよ。それが分るから私は、やはり韓国を恨みません。日本政府ですよ、おかしいのは。どんなに陳情に行ってても受付けてくれないんです。理由は分っていますよ。西の漁民が、韓国沿岸へ密漁に行って、タイやフグを釣っていますから、韓国にしてみれば、日本は文句が言えまいというところでしょう。しかし我々北の漁民は、タイやフグの収益をもらうわけではないし、直接漁業資源を失うのです。なんとか韓国政府にお願いして、ムサシ堆での濫獲、ことにオッタトロール漁はやめて頂きたいのですが、日本政府の態度は僕ら北の漁民には納得の出来ないことばかりです」

これは天売漁協の組合長さんの説明だった。北海道と青森は、日本の中で最も漁業用重油の備蓄が足りなかった。北海道組合長会議から帰って、島の漁協では連日会議ばかりしているが、いくら会議を続けても、どうにも重油が足りない。

「一キロリッター四万円から八万円というべら棒な値段でさえ、買えないのです。もう闇買いでもいいから、買ってしまおうかと思います。漁民の士気にかかわってきますから」

「獲るぞと決意して魚群を追っかけるのと、石油の心配しながら沖へ出るのでは漁獲量が違うでしょうね」

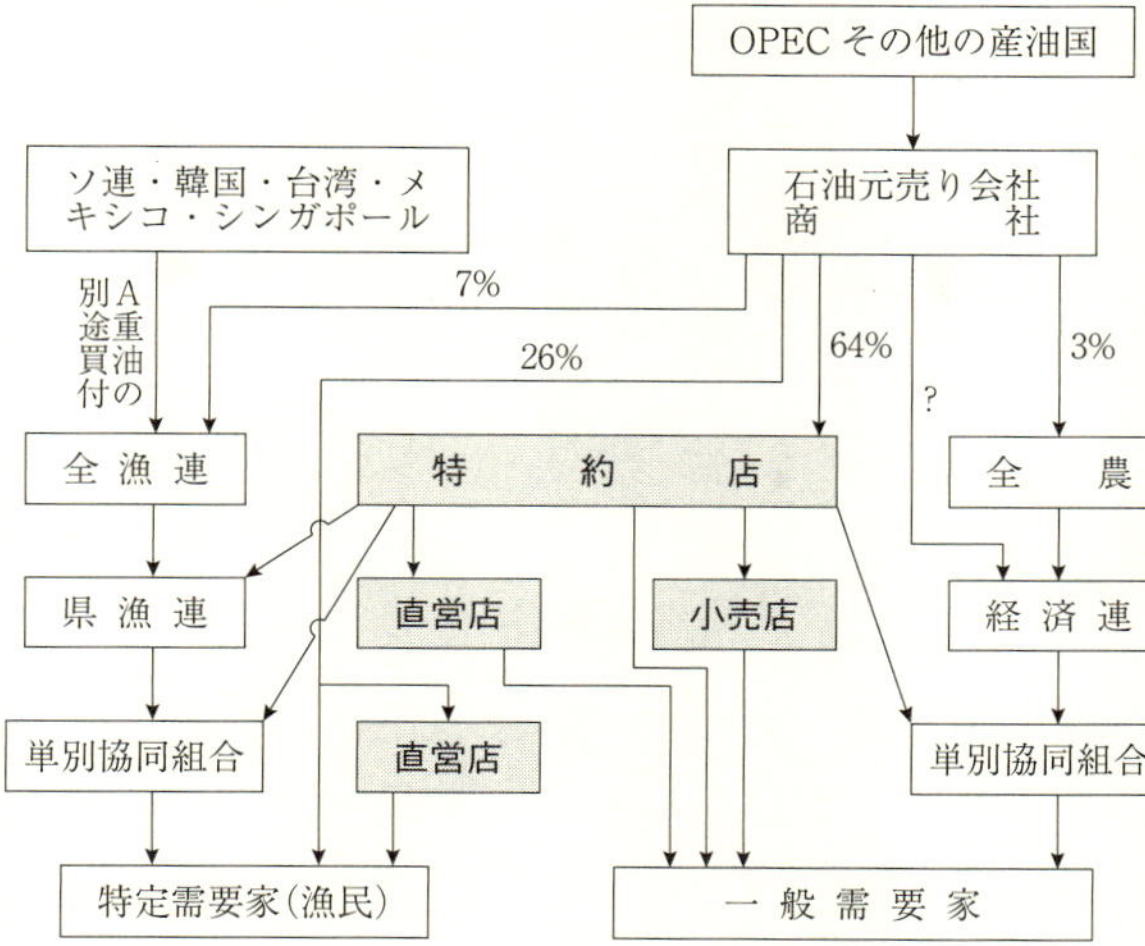

「その通りです。こんなことをしていては、獲れるものも獲れません。今ある重油を惜しみ惜しみ使うより、後はなんとでもするから、かまわず沖へ出ろと私は言っています」

石油がどうして無くなったかを知るために、東京へ帰ってから石油の流通機構を調べた。私なりの理解で上のような図を作った。特約店の段階で石油かくしが行われているという人々があった。ともかく漁民の手もとに石油が届くまでの複雑な機構には驚かされる。□の個所が、売り惜しみをして、値上り待ちをしていると言われている。

漁業に使われているのは石油の中

でもA重油と呼ばれる種類である。船のエンジンも誘魚灯にもA重油を使う。

「全漁連がOPEC以外からA重油の別途買付けをしていたのは安価だったからですが、それが裏目に出たのです。ソ連が一九七七年に三十万キロリットル売ってくれていたのが、OPECに呼応するように供給カットをしてきました。七八年は二十五万キロリットル、七九年はもっとカットすると言うでしょう。韓国は七七年十月にそれまでの二十五万キロリットルを全面ストップしました。台湾は七八年十二月に十万キロリットルを全面ストップしています。台湾も韓国も石油産出国ではなくアメリカの傘の中で、原油から、重油、軽油と精製していただけです。アメリカとソ連とが、日本の漁業に圧力をかけているという見方もできないわけではありません。はい、スポット買いというのは業転ものを臨時に買うことを言います」

東京で事情通にこうした説明をしてもらい、日本の漁業が容易ならない事態に直面していることを痛いほど知った。

天売の組合長の話を続けよう。

「天売の場合、この半年ばかりの間に、一、二トンの磯廻りの舟を、十トン級の船に替えたばかりなのです。十トンの船の値段ですか、三千万円です。魚群探知器、レーダー、無線、そうした設備は、もう付いているのが常識ですよ。ところが漁連からは去年の実績に対してA重油の三〇パーセント・カットを言ってきました。だから天売は進退きわまっているんです。舟を大きくすれば、当然A重油の消費量も殖えますからね。ようやく協同組合も力がついて、十トン級の船に切りかえたところで、去年のA重油使用量の三〇パーセント・カットですからね。だから動きがとれないんです。折角、島中が燃え上って、さあやるぞというときに、石油が無くなったのですから動きがとれません」

沿岸漁業から近海漁業へ、それから沖合漁業へというのが漁業の近代化パターンである。天売はようやく今年になって組合も力を蓄え、磯廻りの舟を近海漁業へと切替えたところだったのだ。漁船の分類では三十トンから九十九トンのものを中型船とするので、十トンといえばまだまだ小型船である。それでも近代設備をつけたら三千万円もかかる。天売は専業漁民を育て、焼尻も羨む発展途上で、いきなり石油ショックを迎え、意気消沈していた。私はそこへ飛込んだのだった。二十分で来られる隣の焼尻が、この事実を知らない。羽幌町の役場でも、こうした話をしてくれた人はいなかった。

「中東情勢の変化で、石油の見通しがつかなくなっていたのを考えずに船を大きくしてしまったのですね。利尻や焼尻の人たちが、ポンポン蒸気でのんびりやってる方が結局は賢かったなんてことになりませんか」

「こんな誰も知らない島に、中近東の政変や、OPECや、二百カイリがかかわってくるとは、一年前には夢にも考えませんでしたよ」

「そうでしょうね。私もここへ来て、いきなりこんな大問題にぶつかるとは思っていませんでしたもの」

この島では、今も現役で漁業に精出している年寄りに昔話を聞いた。これは昔は親方であったという人たちより哀切をきわめた物語だった。方言のせいで、言葉がまるで分らない。私は幾度も息子さんの方に解説してもらわなければならなかった。だが、ニシンが大挙して押寄せていた当時でさえ、この島は、今では考えられないほど貧しかったことは、方言の方が私の胸には迫るものがあった。

「ニシンが来なくなってから、どうしていましたか」

「困ったな。どうしてえだか分らねえほど困った。だども女房子供もいるしよ、出稼ぎに行った」

「どこへ」

「ツナチリへ行ったな」

択捉《エトロフ》、国後《クナシリ》のクナシリであることに気がつくまで時間がかかった。その島々はまだ返還されていない。

「クナシリにはニシンが来てたんですか」

「いや、鮭でも鱒でもあっから。昆布とりもあっから。死にもの狂いで働いたな」

「大変でしたねえ」

「今でも大変だ。俺んとこの置網《おきあみ》が、まっ先に韓国船にやられただから、去年よ」

定置網《ていちあみ》を仕掛けておいたのが、韓国船にひっかかったのか、魚もろとも無くなっていたときのショック。老いた漁夫は酒を飲むと今でも昨日のことのように憤激する。

「もう戦争しかねえな。そうだべ、戦争だ」

「戦争ですか。どの国と戦争するんですか」

「まあ、ソ連だな」

「どうしてですか」

「ソ連が二百カイリを主張してからよ、日本の北の漁民はみんな困ってきただだから。ソ連相手に、もう一度日露戦争よ。それしかねえべ」

「勝てますかね」

「まあ、勝てねえな」

「原爆は、ヒロシマに落ちたのより大型のものが開発されていますからね」

「それを東京に落せばよかっぺ」

「東京に落ちたら、この島も無事ではないと思いますよ」

「日本は全滅だな。もうこげなことで苦しめられ続けでは、俺だち漁師は生きていけねえもの。昔の海はよ、どの国のものでもなかったのによ、ソ連が二百カイリを主張するもんだからよ、韓国だって、そのせいだべ、ここまで魚とりに来るのはよ」

二百カイリの経済水域を最初に主張したのは、ソ連でもなければアメリカでもなかった。世界で一番最初にこれを言い出したのは、南米にあるチリであった。第二次世界大戦の最中に、船舶と軍用艦の侵入を拒否するためであった。いわば軍事警戒ラインとして二百カイリという寸法は登場したのであったが、一九六〇年代に入って、チリやアルゼンチンなど中南米諸国が経済水域(エコノミック・ゾーン)として新たに主張を始めた。自国の漁業を守る他に、外国漁船に対し漁業権を主張し、莫大な入漁料を狙ったのではないだろうか。

そして今、領海十二カイリ、二百カイリの漁業専管水域(フィッシング・ゾーン)というのは世界の趨勢《すうせい》となった。一九七九年現在、二百カイリについては国際的合意には達していないが、一九七五年にアメリカが宣言、翌年より施行、一九七六年十二月ソ連が宣言、翌年より施行、カナダ、メキシコ、フィリピン、ベトナムがこれに続く。日本は一九七七年五月、ソ連と北朝鮮に対して宣言、施行している。台湾の二百カイリ宣言は、私が焼尻・天売にいる頃はもう時間の問題といわれていた。中国ばかりは未だに無気味な沈黙を守っているが、その事情については、いずれ別の島へ行った折に詳しく書くことになるだろう。

天売の老漁夫は、酔うと嘆いて戦争だなどと自暴自棄《やけっぱち》なことを叫んだが、酔いの最中に、ふと我にかえると、

「かあさん、あんた東京から来てくれたのか。テレビで見たことあるよ、あんたを。この島にはテレビも電話も今じゃあるだからな。東京からか、よく来てくれた。ありがとう。……ありがとう」

涙ぐんで言ってくれる。私も胸が熱くなった。こんなことになっていようとは夢にも思わず、東京でなにげなくお魚を食べていた自分が恥しかった。

二百カイリか——。

私は帰りの船の中で、海を眺めている私の眼が、きっともう色を変えているだろうと思った。日本は島国で、大陸の国々の国境紛争について理解することが出来ない日本人が多かったのだが、二百カイリや大陸棚などの主張が出てくると、海は国境になったと言っていいのだろう。日本にとって、今や海は国境だ。この新しい認識が、私にとって最も大きな収穫であった。

島の青年部長が、別れぎわに私に言った言葉を思い出す。

「なんだかだ言ってもよ、俺たちは島ほどいいところはないと心の中では誰でも思っているだから」

天売島は、天然記念物に指定されているオロロン鳥を初めとして、各種野鳥の生息地として名高い。この島で農業が出来ないのは、何を植えても鳥にとられてしまうからであった。天売島の面積は五・四六平方キロメートル。住民数は八百前後。ここにも、六、七、八月には五万人の観光客が押寄せる。ウニやアワビは、磯にもぐって遊ぶ人たちが一つずつ取っても、五万個のアワビがなくなるのだ。百四十一人の漁民にとって、この沿岸水産物が取られることは、どんなに大きな痛手だろう。観光と地場産業の両立の難しさをつくづく思った。しかし、島の景色も人々の心も、こよなく美しいところだった。

鉄砲とロケットの間に　種子島《たねがしま》

日本の島々、昔と今。その二
（昭和五十四年十二月五日脱稿）

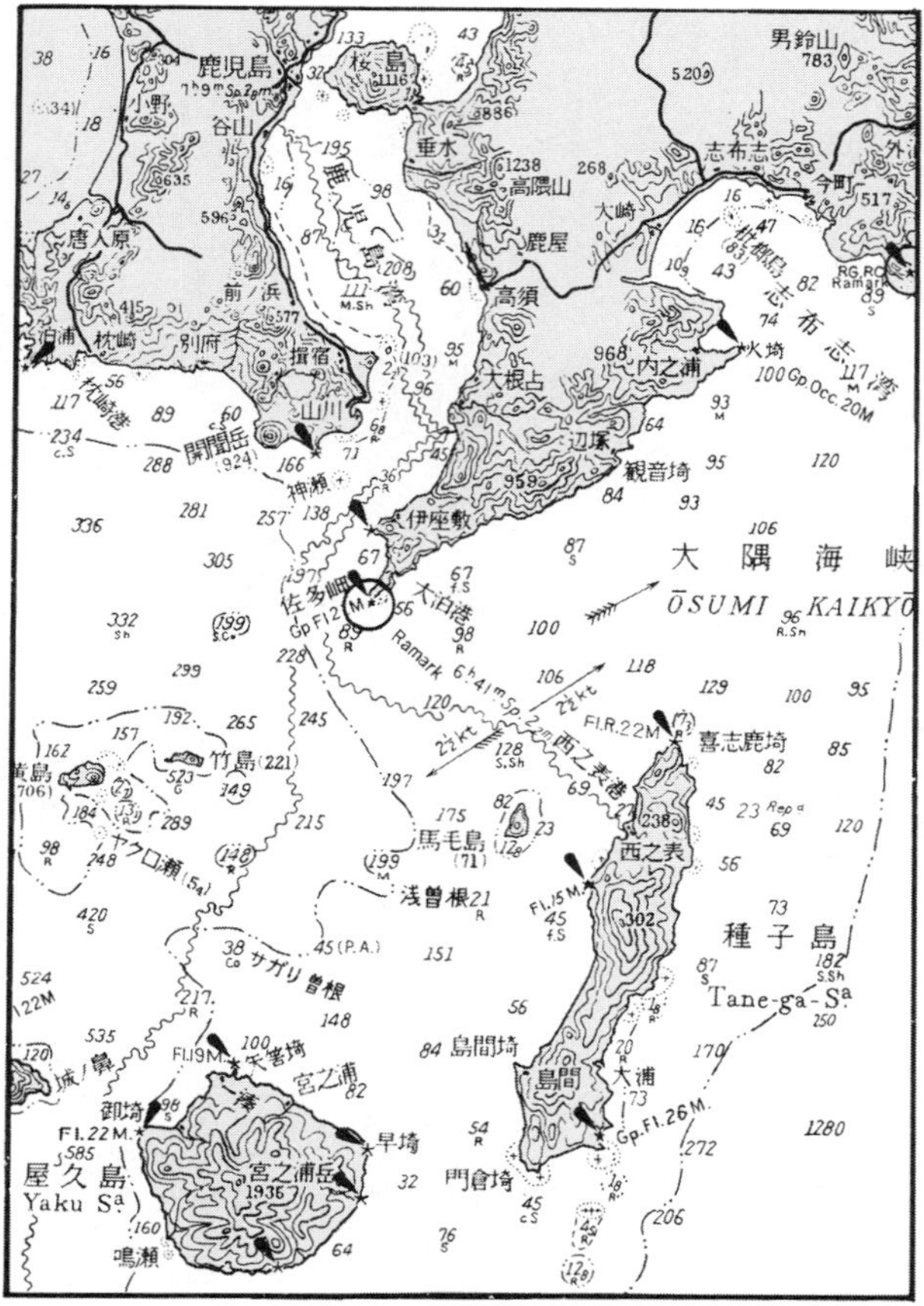

鹿児島
桜島
男鈴山
垂水
高隈山
志布志
今町
鹿屋
高須
大崎
志布志湾
火埼
内之浦
大根占
辺塚
観音埼
伊座敷
佐多岬
大泊港
大隅海峡
ŌSUMI KAIKYŌ
唐人原
谷山
小野
前ノ浜
鹿児島湾
枕崎
別府
指宿
山川
開聞岳
枕崎港
神瀬
竹島
ヤクロ瀬
馬毛島
浅曽根
サガリ曽根
西之表港
喜志鹿埼
西之表
種子島
Tane-ga-Sa
島間埼
島間
大浦
門倉埼
矢筈埼
宮之浦
早埼
宮之浦岳
屋久島
Yaku Sa
城ノ鼻
御埼
鳴瀬
Ramark

天文十二年(一五四三)八月二十五日、百余人もの外国人が乗った大船が種子島《たねがしま》の南端、西村小浦に漂着した。中に明《みん》国人の五峰というものがいて、村長《むらおさ》と砂浜に文字を書いてようやく話しあうことができた。それによって島人の眼には見慣れていない外国人が「西南蛮種の賈胡」と判明する。ポルトガル人のことである。彼らが携えていたムスケット式火縄銃が、このとき日本に伝来したというのが日本史の定説になっている。

以来、種子島といえば、長い間この種の鉄砲の別名になった。この鉄砲を実戦に使った最初の人は薩摩の島津《しまづ》貴久《たかひさ》だと言われている。天文十八年のことである。

同じ年に織田信長は国友村の鍛冶《かじ》に五百挺の種子島銃を発注し、翌年十月には納入されたという記録がある。長い戦国時代を締めくくって、織田信長が天下を統一し、封建制国家を成立させたのは、彼が誰より早く鉄砲の性能に着目し、積極的に実戦に取入れ、金を惜しまず大量に買込んで兵力を強化したからであった。だから種子島の鉄砲伝来は、日本史では近世の華々しい幕開けになる。

この離島ルポの最初に、私はまず種子島へ出かけたいと思った。日本の島々の中で、国の歴史に大きなかかわりを持つのは種子島をおいてはないと考えたからだった。そして行くなら台風の季節に、外国船が打寄せられるようなときの島の状態を見たいと考えた。ところが、台風が来るまで間があったものだから、北海道へ先に出かけたというわけだった。

さて、いよいよ台風情報と睨みあわせて、羽田から鹿児島へ、鹿児島から東亜国内航空六十人乗りプロペラ機で、あっという間に到着してしまう。私は一昨年からランニングを始め、人生で初めて健康というものを手に入れたものだから、どんな僻地にでも行けるという自信のもとに離島ルポを企画した。私は二十五年前に船で、鹿児島県下の黒島《しま》へ行ったことがあり、そのとき片道で十二時間かかった。港のない島へ降りるには、波でずぶ濡れになりながら艀《はしけ》に乗らなければならなかった。島には車も道もなかった。牛に乗せてもらって一つの集落からもう一つの集落へ移動した。この記憶が今もって生々しいものだから、離島めぐりについては大いに覚悟してスタートしたのだが、四分の一世紀で近代文明は日本国内の交通機関を一新させていた。距離にすれば、鹿児島市から黒島より遠いところにある種子島に、東京から飛行機を乗りつげば楽々と着いてしまうのだ。世の中すっかり便利になったものだと私は驚嘆した。

飛行場からタクシーに乗って西之表《にしのおもて》市に向う。今から四百四十年前に漂着した船は、風がやむのをまって西村小浦から十三里よろよろと北上して赤尾木という津に入ったのだが、その赤尾木城には種子島氏が代々の島長《しまおさ》として住んでいた。今はその辺りが西之表市となっている。市が出来て、もう二十年になる。

飛行場からの道、真紅の花が咲いているのを見つけた。

「まあレッド・ジェイドだわ。この島にはこの花が昔からあったのかしら」

ハワイで見て知っていた花の名を口に出して言うと、運転手さんが気さくに教えてくれた。

「海紅豆《かいこうず》ですがね、あれは鹿児島の県花です。最近になって植えたものですよ」

「花のあとには藤と同じように大きな豆がぶらさがるでしょう」

「そうです」

「あら、ブーゲンビリアも咲いている。ここまで南だと熱帯と同じなのね」

私は幼い頃はインドネシア育ちだから、こういう花々が燃え咲くのを眺めているうちにすっかり興奮していた。

「こんなに便利がいいとなると観光シーズンは満員でしょ。どのくらい来るかしら」

「大したことないね。五万人ぐらいのものじゃないですか」

「え、五万人？」

小脇にしていた全国離島振興協議会が昭和四十一年に出版した「離島」という本をめくって、島の面積を調べてみる。四五五・二三平方キロメートル。人口は昭和四十一年で六万四千五百三十二人。現在は四万人ちょっとに減少している。面積が天売島の百倍ある大きな島で、人口は天売の五十倍。そこに観光客がたった五万人というのは信じられなかった。これが本当だとしたら、天売も焼尻も、いろいろな意味でけなげなものだと思う。

西之表市に入ると、町という感じが強く、魚屋が多いのが目についた。宿について宿帳に名を記入したあと、例によって町の中をランニングしていると、あちらにもこちらにも魚屋がある。それも東京では滅多に見ることの出来ない「お魚屋さん」なのだ。店頭に鮮魚が氷もろとも並んでいて、客の注文に応じて魚屋さんが包丁をふるって臓《はら》を裂き、一匹の鯖《さば》を三枚におろし、片身を刺身にしたりしている。鯖のサシミなんて！　東京では考えることも出来ないものではないか。

魚屋には、私が今日まで見たこともない魚が何種類も並んでいた。魚の名だけでも訊きたかったが、買うわけにはいかないから我慢して宿に帰った。

この島も、市役所の観光課は、水産課の中にあることが分ったので、翌日訪ねて行くと、すでに宿の主人から通報があって、観光専門の公務員氏が待っていて下さった。

「よくいらっしゃいました。取材ですか。なんでも協力いたします。御予定はどうなっていますか」

「細かい予定は何も立てておりませんの」

「ははあ、では、何日御滞在ですか」

「それも決めておりません。ゆっくりとして、島を感じたいのです」

「御案内はいつでも致しますから、御遠慮なく仰言って下さい」

「ありがとうございます」

「小説の取材ですか」

「いえ、ルポルタージュなんです」

「目的は、どういったところで？」

あんまり問い詰められるものだから、遂に仕方なく、

「あのォ、実は台風を待ちたいんですけど」

と言うと、穏やかな人だったが顔色が変った。とんでもない疫病神が舞込んだと思ったのだろう。私も、これはまずいことを言ったとすぐ後悔した。

「台風ですか。台風でしたら、もう種子島には来ないのですが」

「はあ？」

「今年で十五年になります。それまでは台風銀座と呼ばれていたのですが、十五年前から台風は種子島を外して吹くのです。島の西側を抜けるようになりましてね。昔は台風の季節には農作物も家も吹き飛んで、島民は苦労したものですが、昭和三十九年以来は嘘のように台風圏から外れているのです」

「そうですか、台風が、来ないのですか」

私はいきなり思いがけない話を聞き、がっかりしてしまう。鉄砲伝来の記念すべき島は、台風によって日本史に登場したはずであったのに。

「では漁業はどうですか」

「半農半漁という人が多いものですから、どうも漁業だけで見ますと、どうも、ねえ」

「海は豊かなところでしょう」

「はい。瀬魚《セウオ》以外の魚は、長崎、熊本、宮崎、高知などの沖合漁業の船が来て、盛大に操業していますよ」

「すると種子島の人たちは日韓大陸ダナあたりへ出漁しているのですか？」

「とんでもない。種子島には、そんな勇敢な漁民はいません。漁業は本来〝背水の陣〟を布《し》かねば出来ないものですが、ここは亜熱帯で霜が降りず、一年中農作物が出来ますし、あくせく海で働かなくても、ちょっと乗って水揚げがあれば、あとはネタが島です。

なにしろ十時間も沖合に出ると淋しいと言って帰ってきてしまうのですから」

「じゃ漁業組合なんて無いのですか」

「それは有ります。ただ元来が種子島の人間は温和《おとな》しくてですね、欲がないのですよ」

ブーゲンビリアが一年中咲き続けているところでは日本人の特性と思われている強い労働意欲など湧いて来ないのかもしれない。おまけに近頃は台風も来ないというのだ。

あまり期待せずに西之表漁業協同組合に出かけて行ったのだが、威勢のいい組合長さんが大声で、

「もともと零細漁業ではあったのですが、終戦後、なんしちょるか、種子島は眠っとるでないと、結束して黒汐丸というサバ漁船を作ったとですよ。はあ、三十トンもある大きな船です。僕ら戦争帰りは当時若かったしね、その船で沖へ出れば水揚げは大したもんで、ほら見ろ、やれば出来るでないかと鼻高々だったんだが、昭和二十九年ですよ、いきなり韓国船に銃撃された。当時は新聞にもでかでか出ました。海にですよ、いきなり李承晩《りしょうばん》大統領が線を引いたから、我々の計画は頓挫《とんざ》ですよ。借金だけ残った。いやあ苦労しました。海にいきなり境界が出来たんだから。李ラインって今でも言ってますが、あれです。思えば、それが最初の挫折で、漁業も集団でやるのから個人漁業へと後退するばかりです」

李承晩ラインか。ここでも海が国境になっていたのか。それも二百カイリよりずっと以前に。茫然としていると、沖にかすかに小さな島影が見えた。

「あれは屋久《やく》島でしょうか」

「いや屋久島は種子島より大きいです。あの島は馬毛《まげ》島ですよ」

「ああ、トビウオで有名なところですね」

「もう昔の話ですがね」

「どうしてですか」

「トビウオが来なくなって十五年になりますか」

「えッ」

私が驚いたのは、北海道にニシンが来なくなって二十五年になるのを思い出したからである。北ではニシンが来なくなり、南ではトビウオが来なくなっていたのか。

「原因は、なんですか」

「よく分らないのですが、磯に海草がなくなって、トビウオが産卵に来なくなったのだろうと思うちょります」

「海草がなくなった理由は」

「分らんのです」

「十五年前というと、台風が来なくなってからですね」

「それです。台風が来ると被害は大きいですが、海も荒れ狂って海底の岩がですね、ひっくり返るですよ。するというと、岩の裏が表になって、そこに具合よく海草がはえたのですな」

「海草って、どういう海草ですか」

「ホンダワラですよ」

「ああ、寒天の材料ですね。あ、違った、あれはテングサだ。新年のお飾りや肥料に使う海草ですね、ホンダワラは」

「この島じゃトコブシの餌にもなりますよ、ホンダワラは」

「種子島では小さな鮑《あわび》をトコブシと言いますか」

「いや、この辺ではナガラメと言いますが、この生産量も減る一方です。ナガラメの食糧であるホンダワラが無くなったところへ、観光客が来てムチャクチャをやる。遊び半分で取るんだから、たまったものでなかとです。八月一杯で禁漁にしてますが、漁民がそう自己規制しても、遊びに来た連中は、きかんでしょう。鹿児島県に対して漁業権の改正を頼んでますがラチがあかない。ナガラメでなく、ウニを取ってくれりゃ助かるんだが」

「どうしてですか」

「ウニはトコブシの天敵です。それにここらあたりのウニは、加工するにも技術が我々にないですし、山口県に売るには運ぶのに金がかかって引合わんのです」

風が吹けば桶屋が儲かるのたとえと逆の循環が種子島では十五年前から起っていた。台風が来なくなって、磯の岩が動かず、ホンダワラが生えなくなった。海水汚染も原因の一つではないかと合成洗剤追放運動が起り始めているという。

「昔は待ち網と言って、馬毛島のまわりで待ち構えとって、産卵の終ったトビウオを獲《と》ったとですよ。四月から五月の八十八夜で、三百万尾とれたものです。平年漁でですよ」

「今は」

「去年が十二万尾、今年は豊漁で四十三万尾ですが、昔とは較べものにもならん。その代りイワシがとれてとれて、どう仕様もなか。安か魚ですから、熊本へ運んで無料で配ったこともあります」

「馬毛島は、昔は無人島だったのでしょう」

「戦後は四百人から住んでた時期もありましたが、来年から小学校も中学もなくなります。過疎の島になりました。トビウオが来ていた頃は他県からも漁師が大勢来て、大変賑わったものですが」

馬毛島の土地を大企業が買って石油備蓄用タンクを作ろうという計画があったが、種子島の革新議員たちが猛反対して頓挫してしまった。今では反対の声もない代り、タンクを作っても入れるだけの石油があるかどうかと漁民は不安がっている。

「トビウオ以外の魚を獲っているわけですか、今は」

「いや、トビウオは一年中とれます」

「えッ」

「待ち網はやめまして、回遊してきたら出漁してとります。トビウオといっても何種類もありますのでね。季節ごとに姿も色も違うトビウオがとれます。高価な魚ですから、数は減っても水揚高は悪くないのです。トビウオで作ったサツマ揚げなどは最高ですよ。東京あたりでは食べられないでしょう」

「他のお魚は」

「瀬魚《セウオ》ですが、これも一年中とれます」

「昭和五十二年の水揚げが西之表だけで八億円超えてますね。魚種は何ですか」

「ブダイ、メジナ、コメンドー、キビナゴ、モジャコ……なんでも獲れます」

「マグロは」

「もちろん獲れます」

漁業組合長さんは、私がしつこく質問しても面倒くさがって、魚の名前を言うのを途中でやめてしまった。そのくらい魚種も豊かで、沖合へ出なくても瀬まわりだけで充分獲れるということらしい。しかしながら、数えあげてくれた魚でも、初耳の名前が多かった。だから説明をつけ加える。(いよいよ分らなくなるかもしれないが)

ブダイは、舞鯛と書くのだが、およそ鯛とは似もつかない。まっ青なのあり、セピア地に七色もの色彩がちりばめられているのがあり、顔つきが獰猛《どうもう》で、熱帯魚さながらである。海の中で見たら、さぞ美しかろうと想像すれば、舞という文字も納得できた。種子島ではモハミと呼ぶ上魚である。藻《も》を喰《は》む魚という意味である。

キビナゴは、天売や焼尻でコウナゴと呼んでいた小柄のダシジャコと同じ用途だが、さすが亜熱帯で、煮ずにいきなり天火で乾燥している。炙《あぶ》って食べたら美味この上なかった。ほろ苦く、しかも味わいが濃い。

一番分りにくかったのはモジャコである。何度も、いろいろな人に聞いて、やっと分ったのだが、南洋から海流にのって流れてくるブリの稚魚《ちぎょ》の群《むれ》を言う。根が切れて海面に浮いた海草などの大きな固りに群れ寄って流れてくるのを、生捕りにして船底の生簀《いけす》に入れ、愛媛県の養殖業者に渡すと、金額的には大層結構な収入になった。一キログラムで二万円以上していたという。モジャコ獲りは三人一組になり、四、五トンの船にイケスを作り、一日五十キロ前後とれたというから、軽く百万円になってしまう。だが、モジャコをとると関西の漁民が怒る。ブリの成魚が来なくなるからである。それにこれも投機性が強くて、沢山とれても値が下る。待てど暮せど出会えないこともある。ブリやハマチの養殖業者が、瀬戸内では赤潮に襲われ、次々と倒産している現状では、あまり旨味がない。

「ハマチの人工孵化《ふか》が成功したら、もう買手がつかなくなるでしょうね」

と、漁協青年部長が言った。若者たちは、先を見て生きている。

ハワイのハナウマ湾《ベイ》そっくりの夢のように美しい浦田の浜へ出かけたとき、私はハンドバッグの中にビキニを入れていたので、泳ぎたいと切実に思ったが、市役所観光課のお役人さん二人が案内してくれていて、彼らは明らかに水着の用意はしてないし、待ってもらって泳ぐほど図々しくもなれないので、涙をのんで通りすぎた。こういう御親切は本当に私のようなものには辛い。宿帳に名を書かず、もっと気楽に旅がしたいとつくづく思った。

種子島に台風が来ず、海草がなくなったために、トビウオの漁獲量はガタンと落ちたが、その代りには海岸線に海草も何も打上げられず、本土では見られないほどビーチが美しい。こんなところに、たった五万人しか観光客が来ないとは信じられないくらいである。ハワイより手近に、ハワイとまったく変らない景色があるというのに。

泳ぐ代りに浦田では漁業青年に集ってもらって、話を聞いた。

「西之表市の漁協青年部は三十五歳未満の男ばかり四十七名います。今のところ五つの漁協が合併して間もないから、青年部の親睦が主な目的で月に一、二度集っています。女ですか？　いませんよ」

時間がたつにつれて、青年部長は東京の大学を出て、東京でサラリーマン生活をして、島にUターンしてきた人だということが分った。

「東京も悪くないけど、サラリーマンで何年働いたって土地も家も高くて何も残せないでしょう。それに僕は海が大好きだから」

種子島の大学進学率は五五パーセントである。中学から高校にはほぼ一〇〇パーセント進学している。漁業青年たちの学歴も、商船大学出身で外国船に乗って世界中まわってきたなどという若者がいたり、多彩なものであった。

「この島なら日韓大陸棚あたりまで出かけている漁民がいるかと思って来たんですけどねえ、沿岸漁業で充分量だけお魚がとれるんですね。沖合へ出る必要がないのかしら」

「屋久島なら、日韓大陸棚まで出かけてると思うけど、種子島は温和しいからね。でも沖合漁業については、僕ら考えていますよ。県外船が、目の前で操業しているんだもんね。とりあえず四国から来る密漁に太刀打ちするために、船をプラスチックに変え、一〇パーセントの船は軽油エンジンに切替えたんだけど、石油が急に足りなくなってきたから、速度落して走ってるんだ。なんのために軽油エンジンに切りかえたのか分からない」

「本当は、何のために切りかえたんですか」

「船の高速化と、エンジンの耐久性を考えたんだけどね」

「軽油も足りなくなってるんですか。A重油だけでなくて？」

「軽油の方が深刻ですよ。A重油なら、この島の漁民は別に困っていない。いや、七月から船籍のある漁協の油しか積めなくなっているから、新造船をしている家は、鹿児島から島までどうやって持って来ようかって悩んでますがね」

「四国からの密漁って、何のことですか」

「県同士の話しあいで、どこの曾根は種子島のものって定めてあるんだけど、四国あたりの船は二百カイリで遠洋漁業から閉め出されてしまったでしょう。だから、このあたりでこっそり獲るんですよ」

「曾根って漁礁ですか」

「まあ、そうだな」

「堆《たい》と違うんですか」

「ムサシ堆とかヤマト堆のことですか。ちょっと違うなあ。あの方がずっと広い漁礁だけど」

平凡社の大辞典で見ると、漁礁は「岩礁、沈没船等が水底にあって魚類がその周囲に常に集まり棲息するによい場所」。

曾根は「方言。海中の岩石が群って魚類が棲んでおり漁場となるところ」。

さらに堆《たい》については、「岩質でない大洋中の小隆起。洲及び礁に比しやや深所に伏在する。漁場として重要」とあり、例として日本海中部の大和堆などの名があがっていた。

ムサシ堆にしても、曾根にしても、日本人の間では魚は一本釣りだけというのが互いに約束事になっているのだが、他県の船は網で操業したりするらしい。

「そういうとき、どうするんですか」

「漁連を通して止めてもらうんです。船によっては一本釣りをしているだけだと言ったりするんですが、網使ったか一本釣りかは、魚見れば分りますからね」

「この島の魚種は」

「四季を通じて何でもとれますよ。とにかく漁に出れば金になるからね。空《から》の船で帰ることはないだから。イソタテアミでも、ブダイやメジナが一年中とれるから。回遊魚は定置網《ていちあみ》でツンブリなんか一日百七十万円の水揚げがあるんだ」

「魚は鹿児島に運ぶの?」

「仲買人が二、三社入っていて、高級魚や大衆魚買うけどね、種子島の魚は八五パーセントは島の人が喰《く》うからね。この島の人は沢山魚を喰うんだよ」

「自給自足ですね」

「人口も多いからさ」

そのあと、役場の人の案内で、養殖場に行く。この島ではクルマエビの養殖をしている会社と、個人経営の養鰻《ようまん》場がある。温暖の地なのと海洋汚染がないのと、台風が来なくなったという三条件が、こうした栽培漁業にはいいのだろう。第一ここには、まず赤潮の心配がない。

クルマエビの養殖は、ようやく緒《ちょ》についたばかりというところだった。直径五メートルほどの円型プールが四つあって、いろいろな機械がすえつけてある。昔は採鉄業であった会社が、鉄では採算がとれなくなったのと、住民運動の反対もあって、エビの養殖に転業したのだった。鹿児島市にある水産庁の指導通り海水を汲み変えていたがうまくいかず、この辺りの海水は濃度が足りないことに気がついてから、むしろ水を淀《よど》ませるようにして、やっとエビも人も息がつけるようになった。

「水が淀んでいるからでしょうか。エビが一匹も見えませんけれど」

「底に沈んでいるんですよ」

手網《たも》で底の砂利ごとすくい上げて見せてくれたが、五センチほどのクルマエビがウジャウジャしていた。

「まあ、こんなに沢山この中にいるんですか。エビも楽じゃありませんね」

咄嗟《とっさ》に連想したのは養鶏場のケージの中で身動きせずに肥っているニワトリや、狭い小屋の中で犇《ひし》めいている豚の群のことであったが、エビの飼主も同じ感想を持っているらしかった。

「海の中で自然に生きているのとは違いますよね。密集した生活でストレスがたまるんじゃないですか。ここのエビは、おそろしく神経質ですよ。ピリピリして暮してます」

このエビは、成長すると鹿児島の業者に売ってしまうらしい。エビの養殖というのが、こんなに人工的で大がかりなものとは思わなかったから、大変いい勉強になった。インドネシアやオーストラリアでエビの養殖に成功している人の話は読んでいたけれど、きっと入江の中でのんびり稚魚をバラまいて育てるだけなのだろうと思っていた。エビの精神生活にまで思いを致すような手間のかかる仕事だとは想像もしていなかった。

「次はテラピアニロチカの養殖場へ御案内しましょう」

「え？　養鰻場じゃないのですか」

「養鰻の方は最近行詰ってましてですね、テラピアに切りかえているのですよ」

「それも島の外の人がやっているのですか」

「他県の方もおりますが、これから御案内するところは島の人が経営しています」

「ピラニアって、アマゾンの猛魚でしょう。人間を食べてしまうという凄いお魚を養殖しているんですか」

「いやいや、ピラニアとテラピアは違います。テラピアニロチカというのは二百カイリの時代を迎えて、水産庁が推薦している魚種でして、鯉《こい》に似ています」

「淡水魚ですか」

「はい。しかし時間をかけると海水でも慣れるといいます」

「どういうことでしょう」

「毎日少しずつ海水を混ぜてやるとテラピアが慣れてしまうというのです」

「それじゃ随分と飼いやすいお魚ですね」

多分新しい魚種なのであろう。一九五七年版の平凡社「世界大百科事典」にはテラピアの記載がない。水産経済新聞の鳥海記者に電話で教えて頂いた。もとはナイル河に棲息していた魚だという。日本では四年前から役所で推薦するようになり、養殖の歴史は始まったばかりだった。

養鰻場はエビと違って、かなり古びたプールが形も長方形で、あちこちに並んでいた。主人の姿が見えないので探し歩いていると一番奥のプールに、膝上まである深いゴム長靴をはいて水に浸り、テラピアを追いかけまわしているところだった。

「どうして鰻《うなぎ》が行詰ってるんですか」

「あっちこっちで養殖をやり出したからね、値下りするわ、売れないわで、テラピアに切替えたんだがね」

「テラピアは、どこですか」

「これだよ」

鯉というより黒鯛そっくりの大きな魚が、ときどき白い下腹をひねって見せながら悠々と泳いでいた。

「海水でも平気ですって？」

「ああ、真水から四日で海水に慣れるよ」

「たった四日で環境の変化に順応できるというのは丈夫な魚なんでしょうかねえ」

「丈夫だねえ。ああ、丈夫だ、丈夫だ」

「繁殖力はどうですか」

「滅茶滅茶に殖《ふ》えるよ。困ってるんだ」

「殖えて困るんですか、養殖しているのに」

「殖え方が尋常じゃねえんだ。年に三度も四度も産卵する。丈夫だからみんな育つ。入れとく場所がねえほど殖える。仕方がねえから産卵すると卵は急いで鰻にくれてやるのよ。鰻は大喜びで喰うから。鰻の方がさばけるからよ」

「さばける？」

「売れるっちゅうこと」

「ああ、テラピアは殖えても買い手がないんですか」

「そうだ。まだ鰻の方がましだから、鰻の方にもう一度切りかえ直そうと思っているところだよ」

「テラピアは二百カイリに備えて、水産庁の奨励した魚種だそうですが」

「そういう話だったが、さっぱり売れねえもの。二百カイリなんて、日本には関係ないんでないの」

このブラック・ユーモアには思わず笑い出してしまったが、買い手の方を開拓せずに養殖の奨励をしたのでは、水産庁の方も問題があるというものだろう。

サシミ、煮魚、焼魚と、料理方法はいくらもあるけれど、土地の人々はアライが一番旨いという。なるほど真鯉にも大層似ている。体長四十センチもあるテラピアを頂いたので、その夜、宿でいろいろ料理してもらった。味は淡白だが、身のしまり具合が養殖と思えないほどで、なかなか美味しかった。見たところもブダイなどよりずっと食用魚として不安感がないし、購買ルートさえ出来れば格安の値段でさばけるだろう。ハマチやブリのように海洋汚染に繋《つな》がらないし、草魚《そうぎょ》同様飼う方も楽で繁殖力旺盛となれば、何もかも結構ずくめの魚だが、宣伝の方が足りないと思った。一度思いきって、海水に馴らしたテラピアを海に放流してみたらどうだろう。瀬魚《セウオ》としても生活力のたくましさを見せるのではないだろうか。ナマコやタコやイカの方が、この魚に較べれば、ずっと薄気味の悪い姿形をしているのに、食習慣というのは本当に怖ろしい。テラピアなどはその気になれば庶民の食卓にすぐにも市民権を得られると思うけれど、まず第一にテラピアニロチカなんて名前が具合悪いのではあるまいか。私だって、これがこの島にしかない珍魚だと言われたら、もっとパクパク食べたと思うが、どうもアマゾンのピラニアの親類みたいな気がして箸がすすみ難かった。黒鯛や鯉に似ているのだから、それに似た和名を考案すべきだろうという気がする。（ここまで書いて調べてみたら、泉鯛とか、赤い色のテラピアはヒメダイという名で売り出したところ、消費者の方から不当表示だ、鯛でもないのに、テラピアと書くべきだという文句が出たという。淡水魚で黒鯛に似ているのだから、イズミダイとはけだし傑作の名称だと思うのに、テラピアで通せというのも詩を解さない人々だという気がする）

たまたま私が種子島に滞在中、西之表の市民会館で「婦人のつどい」というのがあるというので見学させてもらった。高齢者の「寿《ことぶき》会婦人部」とか、酪農家の訴えなど、胸温まるもの胸せまるもの数ある中で、農村生活改善運動という婦人団体の発表で「八八三運動」の提唱があった。「八八三」とは何かと、ノートをとりながら拝聴していると、健康管理のために一日八種類の野菜を食べ、八時間の睡眠を摂り、三合の牛乳を飲もうという運動である。私はペンをバッタと取落し、こんなこと東京でやれている人が何人いるだろうと思った。若い頃ならともかく四十過ぎたら睡眠時間は五時間ほどのものだし、八種類の野菜を毎日食べたら料理の手間も財布も東京では大変だ。おまけに三合の牛乳！「八八三」は確かに美容にも健康にもいいだろう。それが出来るなら種子島は本当に天国だ。

酪農の方では三年ばかり前に農林水産省の提唱していた乳牛の多頭化飼育に踏みきっ

た人々が、全国的な牛乳生産過剰という壁にぶち当って、なんとか島内消費で活路を見出したいと焦っていたから、八八三の三合の牛乳については胸が痛くなるほどよく分った。しかしながら、漁船の近代化といい、今頃になって多頭化飼育が実現するなどの現実を見ていると、離島の人たちは本土の酪農や漁業より七、八年は遅れていることに気がつく。私が「複合汚染」を書いていた数年前には、すでに農林省の指導に疑問を感じている人々が関東地方でも九州各県でも大勢いたものであるのに。酪農近代化で奮闘している種子島の主婦が、切ない声で私に言った。

「こういう問題、小説で書いて下さいよ」

私は、「複合汚染」がベストセラーになったことが離島では全く関係がないことを思い知った。

ハワイのように美しい海岸を持つ種子島。台風が来なくなって十五年になる平和な離島も、今は懊悩《おうのう》している。

観光業のボスが私に言った。

「本土からマスコミの方がよく見えますが、どうも当り前のものばかり紹介して下さるので、弱っていますよ」

「当り前のものって、何ですか」

「鉄砲だとか、熱帯魚だとかですね。私らはもっと種子島のいいところを写真にとってもらいたいのですよ」

「たとえば？」

「種子島には南種子町に宇宙ロケットの発射基地が出来ているんです。行かれませんでしたか」

「行くことは行きましたけど」

「あそこの博物館は素晴らしいでしょう」

「ははあ、ロケットの博物館ですか。前を車で通っただけです」

私が漁業にしぼって離島めぐりをしていることも含めて、旅館の人々はがっかりしたらしかった。

「飛行機は一日二便ありますが、六十人乗りの小型です。一年中、新婚のお客さんで満員ですが、観光客の数としては微々たるものです。船は四時間かかりますんで敬遠されてしまう。近く佐渡で使っているフェリーと同じものを持って来ようという計画があるのですよ。それだと鹿児島から二時間ですから」

フェリーで千人前後の客が運べるようになれば、年間五万人という観光客はきっと倍増するだろう。牛乳の消費量も少々は拡大できるに違いない。しかし問題はもっと根の深いところにある。乳牛の多頭化飼育が失敗であったことを農水省はもう何年も前に知っていたはずであるのに、どうして離島で牛乳を島外に運ぶことの難しさも勘案して、酪農家に危険のない道を歩ませることができなかったのか。ロングライフ・ミルクという驚異的な牛乳の貯蔵法の開発によって、牛乳は味で勝負する時代が来ているのに、種子島の牛乳の味は新鮮だから旨いと島の人たちは思いこんでいるのだ。とりあえず鹿児島県の酪農指導をしている人たちに、日本全国各地の各銘柄のロングライフ・ミルクを取寄せて飲みくらべをしてもらいたいと思った。

私見だが、私は種子島なら肉牛の放牧の方が適しているという気がする。

鉄砲伝来の島が、今はロケット基地となっていることは、しかし偶然とは言えないだろう。近世の幕を開けた離島が、宇宙ロケットという超現代的な文明の利器を抱えている。同時に、合成洗剤追放運動も起っている。馬毛島には七百万キロリットルの石油備蓄基地が出来る予定。予算六十億円で灌漑用の県営ダムも建設予定である。このダムが出来上ると農業生産高は現在の二・四倍になるはずだという。

二十日は山に五日は海に

屋久島《やくしま》

日本の島々、昔と今。その三

（昭和五十四年十二月十六日脱稿）

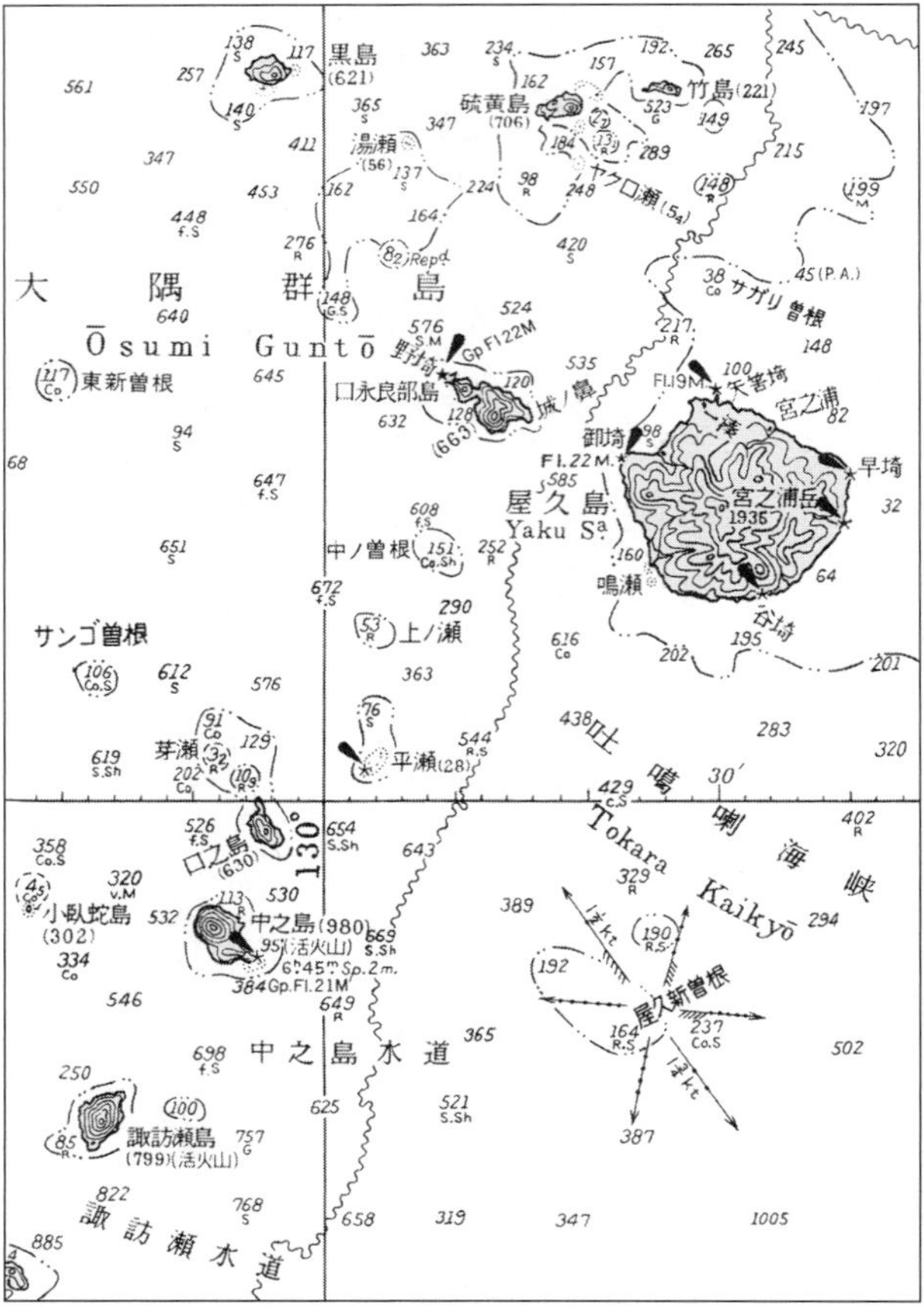

黒島
(621)
硫黄島
(706)
竹島(221)
湯瀬
(56)
ヤクロ瀬(5₄)
サガリ曽根
大隅群島
Ōsumi Guntō
東新曽根
野間埼
Gp Fl 22M
口永良部島
(663)
城ノ島
矢筈埼
Fl.9M.
宮之浦
御埼
Fl.22M.
早埼
屋久島
Yaku Sa
宮之浦岳
1935
中ノ曽根
鳴瀬
上ノ瀬
谷埼
サンゴ曽根
芽瀬
平瀬(28)
吐噶喇海峡
Tokara Kaikyō
30′
130°
口之島
(630)
小臥蛇島
(302)
中之島(980)
(活火山)
Gp.Fl.21M
屋久新曽根
中之島水道
諏訪瀬島
(799)(活火山)
諏訪瀬水道

実は、この離島ルポの予定の中に屋久島《やくしま》は入っていなかった。日本中に三百からある有人離島の中で、たった十二か十三の島めぐりをするのだから、鹿児島県下で種子島《たねがしま》以外にもう一つ書くわけにはいかなかったのだ。しかし種子島で、なんとなく自由を拘束されて海を眺めている間に、晴れた日、近く屋久島を見て、こんなに傍に来ていて東京へ帰ることはないと思った。二十余年前に黒島《くろしま》へ行ったとき、屋久島出身の教師に出会い、その人から毎年のように「屋久杉を見にいらっしゃい。日本一の樹木です」というお誘いを頂いていたのも忘れ難かった。

種子島から小さな船に乗って屋久島まで一時間。飛行機は鹿児島から日に二便もあるのだが、船で行って本当によかった。それも種子島から行ったのは幸運だった。種子島は総体に平べったい島で、一番高い山で海抜二百メートルそこそこなのだが、屋久島に近づいて見ると山また山という景観である。思わず溜息が出た。九州で一番高い山から三番目までの山が屋久島にある。最高峰の宮之浦岳が海抜千九百三十五メートル。それを七重八重に青々とした山々峰々が取巻いているのが、船が島に近づく程にはっきり見えてきた。これは感激だった。安直に飛行機で島めぐりなどするべきではないと思った。

屋久島は林芙美子の「浮雲」という小説の舞台になり、映画化され、月に三十五日も雨が降ると有名になったが、日本史の中では種子島の鉄砲伝来に勝るとも劣らない事件を抱えていた。

宝永五年(一七〇八)八月二十九日、恋泊《こいどまり》村(小島)の百姓藤兵衛が松下というところで炭にする木を伐っていると、後から声をかけられた。振返ってみると刀を腰にさし、サカヤキを剃《そ》って武士の身装《みな》りをした異様な男がさかんに話しかけてくる。水が呑みたいのかと思い、椀に山水を汲んでやると、それを呑んでまた何か言う。藤兵衛は昨日、尾《お》之間《のあいだ》村の沖合を異国船が小舟を曳いて通った噂は聞いていたので、ひょっとするとその船から上陸した男ではないかと考えた。何しろチョン髷《まげ》姿だが、髪も赤いし、眼の色も青い。藤兵衛がなかなか近寄らないので、相手は怕《こわ》がられているものと解したらしく、鞘のまま二尺四寸ある刀を抜いて藤兵衛に差出した。

海の見えるところへ出て眺めてみたが船影がない。そこへ島人二人が通りあわせたので、藤兵衛は心強くなり、その武士の真似をしている外国人を、ともかく自分の家まで連れて行って食物を与えた。男は気前よく小判をくれようとしたが、後難をおそれて藤兵衛は受取らず、村名主《なぬし》に知らせた。村名主は仰天して宮之浦にある奉行所に急訴した。

鎖国の禁を破ったことになれば、どんなお咎《とが》めがあるか分らないからである。

奉行は島津藩(鹿児島)へ急報し、宮之浦へ拘置所を設けて異人を収容した。島津藩からは九月十三日、長崎奉行所へ書状を届け、長崎から直ちに送致せよという命令を受けた。早くも冬にさしかかり、北西の季節風が強くて異人をのせた船は二度も途中から引返し、三度目にようやく大隅半島に辿りつき、そこから長崎へ。途中、異人は「ナガサキ、ダメ。エド、エド」と叫び続けた。

彼がローマから来たことは、屋久島滞留中に判明していた。長崎奉行はオランダ係の通訳を使って取調べを開始したが言葉が通じない。そこでオランダ人を使ってみたが、男はオランダ人と宗教が違うと言って嫌う。やむなく障子越しにオランダ人と話させて、ようやく左のことが分った。

名はジョバンニ・バティスタ・シドッティ(G. B. Sidotti)。イタリアのシシリー島パレルモ出身(多分)。イエズス会に入って修道僧となり、ローマ法王クレメンス十一世の命を受けて、日本の鎖国と切支丹禁制を解く目的で日本に来た。シドッティは日本上陸前の三年間、日本語と日本事情の勉強をするため、まずフィリピンのマニラに上陸した。当時のルソン(現フィリピン)には日本人およびその二世、三世が全部で三千余人もいたし、彼らの殆んどはカトリック教徒だった。ドミニコ修道会の名簿を見ると日本人が十数人入っているし、その神学校からサン・トーマス大学で神学を修め、後に大学教授になった日本人さえいる。

シドッティは、そういうマニラで、着物を着こなすまでになり、日本の通貨と刀を手に入れ、日本行きのマニラ船に便乗したのだが、鎖国している日本で、唯一の外国に対する窓口である長崎には最初から行く気がなかった。カトリックの宣教師が、鎖国令以来ずっと、長崎で処刑されたり、強制送還されていて、幕府に直接陳情する機会を得ることが出来なかったからである。彼は長崎を飛ばして直接江戸へ乗込むつもりだった。屋久島南端を船長もシドッティも四国と勘違いし、そこで下船したのだった。

シドッティは長崎に長く拘留されたが、その間江戸行きを主張し続けた。彼がオランダ人を嫌ったのは、オランダが宗教ではプロテスタントの国であったからである。しかしながら徳川幕府はオランダがカトリック(切支丹《キリシタン》)ではないから、その国にだけ長崎を開港していたのであって、シドッティの要求はなかなか聞き入れられなかった。

一年たって、ようやくシドッティは宝永六年九月二十五日長崎を出発し、江戸に向った。もちろん警護は厳重で通訳が三人随行したと記録されているが、何語の通訳だったのか。江戸に着いたのは十一月半ば、直ちに小石川切支丹屋敷に収容された。現在の東京都文京区小日向一丁目にあったもので、寛永年間から切支丹弾圧に当った大目付《おおめつけ》井上政重の下屋敷を改造し、屋敷内に牢、倉庫、番所があり、高塀をめぐらしてあった。この建物は惜しいことに享保九年(一七二四)焼失した。

その切支丹屋敷で、改宗した宣教師にジュゼッペ・キアラという者があり、日本名を岡本三右衛門(一六八五没)と称したが、彼の書上げた「契利斯督記《きりすとき》」など三冊を参考にして、新井白石がシドッティの取調べに当った。

新井白石は木下順庵の門下生で、師の推挽によって甲府侯徳川綱豊に儒者として仕えていたが、綱豊が犬公方《くぼう》綱吉の死後、六代将軍として名も家宣と改め江戸へ入るのに随って、政務に参与していた。学者としては稀有な栄進をした男である。学識は古今に卓越していたから、シドッティに会うときは好奇心の固りであったのだろう。もちろん通訳は介在していたが、宣教師の語学力は昔も今も大変なものだし、白石の方も言語学者でもあったから、二人はたちまち言葉の障害を乗り越えて語り合うことができたはずである。転《ころ》びバテレン三右衛門の書いた三冊の書物は現存していないが、それを頼りに新井白石がシドッティと語りあったものを基本にして「西洋紀聞《せいようきぶん》」が書かれ、白石は「采覧異言《さいらんいげん》」を家宣に奉った。白石とシドッティは互いにその人格と識見に感服し、シドッティはカトリック教会が日本侵略を企図しているものではないことを熱心に説き、ヨーロッパ状勢を語り、白石も様々な事柄について質問した様子は「西洋紀聞」の詳細な記録によって窺い知ることができる。

惜しいことに家宣の治世は短く、七代家継も三年で死に、八代将軍吉宗が颯爽《さっそう》と登場すると、権力者周辺の人事は今も昔も同じことで、新井白石はたちまち失脚してしまう。だが、白石が書いた「西洋紀聞」は後の日本人にとって世界的視野をひろげる原典となり、鎖国策の再吟味と近代科学摂取の方向へと日本近世末の思想を動かす大きな原拠《よりどころ》となった。シドッティはそれほど大きな影響を日本に残したことも知らず、六年も獄中にいて、正徳五年(一七一五)十月二十一日の夜、切支丹屋敷で病没した。四十七歳であった。

種子島の鉄砲伝来は日本近世の幕を開けたが、屋久島に上陸したシドッティは日本近代の幕開けをしたと言える。私は屋久島南部の熱帯植物園近くにあるシドッティ上陸地点という磯を見に行って、感無量だった。島では観光名所の一つとして近く記念碑を建てるつもりでいるらしいが、どうぞ変てこに奇をてらった碑などで景観がぶちこわしになりませんように。小さなイタリアの大理石などを(シドッティはイタリア人だから)さりげなく置くぐらいのことにしてほしいものだと思った。シドッティは、今の流行語で言うならジャパノロジストの元祖なのである。

石と言えば、種子島は水成岩《すいせいがん》で出来ている島だが、屋久島は花崗岩《かこうがん》である。すぐ近くの島であるのに、何もかも違う。種子島は美しい砂浜に恵まれているが、屋久島は荒磯ばかりであった。

面積五百平方キロメートル、焼尻の百倍も大きな島である屋久島は、上屋久町と屋久町の二つの町に二分されていて人口は合わせて一万六千。種子島も西之表《にしのおもて》市と中種子《なかたね》町、南種子《みなみたね》町と分かれていた。どうして一つの島で一つの町なり、一つの市なりに纏《まと》まらないのかと不審だったが、ここでは役場に行って直接質問してみた。

「合併する方向には向いていると思いますが、いろいろ難しいことがありまして」

「何が難しいんです」

「合併した場合の序列ですとかね」

「なるほど町長は公選だけど、助役以下の人事が大変なのでしょうね。だけど、随分詰らないことで揉《も》めるんですね、どこでも同じことがあるようですけれど」

「はあ、それに上屋久の方が所得がいいものですから、合併したがらないのです」

「どうして上屋久町の方が所得が多いのですか」

「上屋久には屋久島電力がありますのでね、つまり工場がありますから。工員の七〇パーセントが島民ですし、下請業者も六十名からいますし、これも島の人たちです」

屋久島は山が多く、従って谷も多い。山々には屋久杉を初めとして樹木が繁っている。

渓流は水豊かであった。全島で川にかかった橋の数だけでも百三十本。川の数となると島の人でも数えきれない。この水を使って水力発電所が作られたのは昭和二十八年。島の北端にある一湊《いっそう》や永田《ながた》で、最初はごく小規模なものであった。もちろん島の人たちが力を併せても需要を、充分に盈《み》たすわけにはいかなかった。

本格的な水力発電所が出来たのは昭和三十二年、屋久島電工株式会社がのり出してきてからである。もちろん営利を追求する会社であるから、屋久島の夜を明るくするのが最初の目的ではなかった。島の自然の水から電力をとり、それを活力源《エネルギー》として工場の機械を動かし、まず煉瓦《れんが》を焼いていた。やがて山口県やオーストラリアから原料の珪石《けいせき》を運び、カーボランダム(炭化珪素。砥石《といし》の原料。耐熱性があるので熔鉱炉の樋《とい》を作るときに混ぜて使う)を製造するようになり、昭和四十二年からはフェロシリコン工場に切替えられた。シリコンは熔鉱炉の銑鉄の精錬に当り、脱酸剤として鋼鉄を作るのに用いる材料である。鋳物の成分調整剤と言ってもいい。道理で港についたとき、何事だろうと思うような大きな煙突が目についた。煤煙による環境汚染が問題になった時期もあったらしいが、現在は煙突に浄化装置をつけている。

「水力発電で、どうして煤煙《ばいえん》が出るのでしょうか」

「渇水期にはどうしても火力発電の必要があるんです」

「月に三十五日も雨が降るというのに、渇水期があるんですか」

「屋久島に雨が多いというのは伝説ですよ。去年は一年で四十日しか雨の日がありませんでした。水は豊かですが、七月下旬から四十日間は水力が四分の一に落ちるのです。どうしても火力で補わないと工場が回転しません。十一月には地下に水力発電所が開設されますが、それでも火力を0《ゼロ》には出来ませんな」

屋久島電工の所長さんの話だった。

日本全国に離島は数あるけれど、本格的な水力発電所があるのは屋久島だけである。この工場は屋久島の島民を工員として採用し、包装、袋詰、パイプ熔接などの下請業者も島の人々であるが、全島の灯火用その他の電力もこの会社が昭和三十四年から供給している。屋久島電工が屋久島に貢献しているところは大きい。近く上屋久ばかりでなく、南部の屋久町にも発電所が設けられるという話であった。

昭和四十年頃、屋久島電工も石油化学の全盛期に負けて経営難に陥り、破産寸前になったが、石油ショックで息を吹き返した。

「世界中の石油が使い尽されても、うちの工場は悠々たるものですよ。屋久島の水は無尽蔵ですからね」

所長さんが、胸を張って景気のいいことを言ってくれる。凄いなあ、この島の水は、そんなに豊かなのか。

上屋久町では一湊というところにある漁業協同組合へ出かけた。正組合員百八十七名、準組合員百九十一名という構成であった。準組合員というのは半農半漁の人々である。山が深いので、ここは林業のさかんな島であった。

漁協の組合長さんと、鹿児島県庁から派遣されている水産普及員という青年に質問をしてみたところ、この島は山水が流れ落ちるので磯まわりは海水に淡水が混じる結果になり、あまり漁獲がないらしい。

「現在は鯖《さば》の一本釣りが主ですね。サバ釣り専門の漁船が十隻、五トンから二十トンの大きさで、専業漁民は八十名です。漁期ですか。一年中釣れますよ。瀬の森、屋久曾根、梅吉曾根、盲曾根と、近いところに豊かな漁場がありますから、ここはまあ近海というより沿岸漁業ですね。遠洋へ出て行く必要がないんです」

「日韓大陸棚まで出かける漁民が、屋久島ならいるだろうって、種子島で聞いてきたんですけど」

「とんでもない。ここは種子島より魚種も多いですしね、魚が楽にとれるところですよ。せいぜいトカラ列島まで出かけるくらいのものです」

「サバの一本釣りだけなんですか」

「他に瀬もので一本釣りするものもあります。アラ類、タイ類、他にブリとかアカバラですね」

「鯛が釣れるんですか」

「ええ、イシダイ、マダイ、他にこの島でホタと呼んでるアオダイ、それからチビキですね」

「チビキ？」

「学名はオナガダイです。口永良部《くちのえらぶ》島の瀬についています。種子島の馬毛島に当る島ですが。天皇陛下が一番お好きな魚だそうで、高松宮が見えたとき、お持ち帰りになって献上されたようです」

「網は、やってないんですか」

「漁協でサシアミをやってます。他に定置網《ていちあみ》もやってます。組合の経済は自営の定置網でまかなっています。ヒキナワ一本釣りもやってます。魚種ですか。いろいろですね」

「ブダイとか？」

「ああ、ブダイは種子島じゃ上等の魚らしいですが、屋久島では下魚《げぎょ》で、誰もとりませんし、食べませんよ。それと種子島でとれず屋久島にしかいない瀬魚《セウオ》は、ホタとチビキです」

「トビウオは来ないんですか」

「昔は鹿児島県下では、産卵期に浮敷網《うきしきあみ》で一千万尾軽くとれたといいますが、この島は昭和五十二年で一年に四十万尾しかとれなくなっています。今年は十三万尾です。種子島が豊漁のときは、屋久にはトビが来ないんです。トビウオが来なくなって十年以上になるらしいです。戦後、山林の濫伐《らんばつ》で山から土砂が流れ落ちるようになったからだと言ってますが。海草ですか。ええ、少くなってますね。まあ、今の屋久島はサバですよ。屋久サバといって、特別味がいいし、回遊魚ですから一年中とれますし。サバブシの加工もやってます。カツブシでなく、サバブシで水産庁長官賞をもらっているのは屋久島だけです。屋久のサバブシは東京のソバ屋が使っています。一般家庭では、ちょっと使いこなせないんですね」

種子島では台風が来ないというので、すっかり諦《あきら》めて屋久島に出かけて来たのだが、折から十二号台風が屋久島に午後三時に上陸するという情報が入っていた。それで私は午前中に一湊の漁協を訪ねていたのだったが、台風に備えて漁協のビルの窓硝子《ガラス》の前に、ブラインド代りにトラックを二台並べておいたのが、午前十一時半、激しい風雨で動き出した。部屋の中が急に明るくなったので、私も気がついたのだ。あれよあれよという間にトラックが二台とも目の前から消えてしまった。トラックが吹き飛ぶなんて、想像もしたことがなかった。台風というのは予想以上に凄いものだと驚きながら、漁協の中も殺気だっているのに気がついた。漁民は大急ぎで船を港に繋《つな》ぎとめておかなければならないのだ。暢気《のんき》な質問など続けている場合ではなかった。

宿へ帰るのに、水産普及員の古賀さんが車で送ってくれた。私たちぐるみで車が飛ぶのではないか、何しろ大きなトラックが動いてしまったのだからと心配したが、恙《つつが》なく宮之浦の旅館につき、こはいかに、ここは無風状態で私の部屋から見える海も波立っていない。テレビをつけると、相変らず午後三時には屋久島に上陸と言っている。上陸する前にトラックが吹き飛ばされるのでは午後三時にはどんな有様になるのかと不安になったが、宿の女将さんは平気な顔で、

「大丈夫ですよ、この頃は昔と違って大した台風は来ませんから。せいぜい来ても、屋根瓦が飛ぶ程度ですから、大したことありません」

と言う。

冗談じゃない、屋根瓦が飛ぶなんて、大事《おおごと》ではないか。しかし一湊の風雨が嘘かと思うほど宮之浦は穏やかだった。そこへ二十余年前に黒島で出会った方から電話が入った。私の長篇小説「私は忘れない」で、酒匂教頭という登場人物のモデルになった人である。

屋久島南部、栗生《くりお》というところに住んでいらっしゃって、昔の教え子から連絡が入り、私の居場所が分って電話して下さったのだ。

「そちらは大変でしょう。一湊じゃトラックが吹き飛ばされましたよ」

「そうですか、栗生は無風状態です。この台風は、風速も大きさも大したことありません。今からでも栗生にいらっしゃい。私は年をとりましたので屋久杉の御案内は出来ませんが、栗生には日本一すばらしい大川の滝というものがあります。お目にかけましょう」

「だけどテレビじゃ台風は午後三時に屋久島上陸と言ってますよ」

「なに、この程度のものなら台風などとも言えません。知れてますよ。それより懐しいですな。すぐおいでなさい」

「今日は予定もありますので、明日必ず伺います」

「残念ですな。それでは明日まで首を長くして待つことにしましょう」

電話を切ってから、私は茫然とした。台風情報によれば、栗生の辺りは十二号台風が直撃するというのに、大したことはありませんとは何事だろう。一湊でさえ、トラックが飛んだのに。

私は緊張してテレビの台風情報と睨《にら》めっこを続けていた。

台風は足が早くなったそうで、午後一時には屋久島を通りぬけた、と気象庁の人が言った。それからの進路を日本地図の上に描いて説明している。

屋久島の被害はゼロ。やれやれと私は胸を撫《な》で下した。台風に遭いたいと言って種子島で嫌な顔をされた直後のことだから、私が台風を持ちこんだように後になって思われるのは困ったと思っていたのだ。しかし十二号台風はその後東北地方で大暴れして、強風豪雨で随分大きな被害が出た様子だった。

その夜は島の故老、岩川さんが宿を訪ねて下さって、いろいろ楽しい話を聞くことが出来た。

屋久島が日本政府の行政組織に組みこまれたのは推古天皇の時代(五九二—六二八)かららしい。日本史の年表で調べたら「六一六年三月—七月、屋久島の人が帰化する」と記録されていた。

漁業に関して言うなら、屋久島は明治中期までカツオ漁の前線基地であった。樹木も水も豊かな島だから、各地から来る漁船に薪水《しんすい》補給をするのに絶好で、一湊、永田、栗生、安房《あんぼう》、宮之浦の五港は早くから開けていた。

「最初は静岡や土佐の漁船が来ていたらしいのですが、カツオ節を作る技術は土佐から屋久島に入りました。八百年前に、もうこの島ではカツオ節を作っておったとです」

「どうして分ったのですか」

「されば、大正八年に宮内省の人が硫黄島《いおうじま》へ調査に行ったのですが、そうです、俊寛の流された鬼界島《きかいじま》のことです。黄海島とも書きます。その島の古い家で、屋根瓦の下のヒラギに、屋久島永田の牧某という者からカツオ節を安徳天皇に献上したと書いたものが発見されたのです」

「ヒラギって、なんでしょう」

「屋根瓦の下に敷き詰める薄い板のことです。屋久杉で作ると何百年でも腐らない。日本一のヒラギと言われています。ところで硫黄島では安徳天皇が六十歳まで長生きして天寿を全うされたという記録もあるようですよ」

「面白いですね」

安徳天皇の治世は一一八〇から一一八三年までとわずか三年半。高倉天皇の第一皇子、母は平清盛の娘。三歳で即位したが、平家が源氏に追われるとき共に逃げ、壇の浦で入水、御歳八歳で崩じたと正史では記録しているのだが、瀬戸内のあちこちに安徳天皇が実は逃げおおせて、この地で薨《こう》じたという伝承が多い。しかし屋久島の西にある鹿児島県下三島村(硫黄島)にも安徳天皇のお墓があるとは知らなかった。しかも六十歳まで生き、屋久島のカツブシを召上ったたなんて！

「今は屋久島ではカツオ漁はやってないようですが」

「されば、大正三年前後と記憶してますが、屋久島から四十人以上の人間が鹿児島の枕崎にカツオ漁のやり方とか、カツオブシの作り方など教えに行ったとですよ。以来、枕崎が今日に到るも栄えに栄え、屋久島のカツオは八百年からの歴史があったものを、ばったりになってしまったのです」

「廂《ひさし》を貸して母屋《おもや》をとられてしまった」

「そうです。その他に発動機の出現が、離島にとって不利でした。カツオもびっくりして遠くへ逃げてしまった。昔は磯から竿《さお》で釣れたものですよ」

「カツオがびっくりしたのはヤキ玉エンジンのことですね」

「そう。明治末まで五挺櫓《ごちょうろ》で漕いだり、三本マスト立てて八丁櫓、十五人のりのカツオ船などいうのは威勢のいいものでしたがねえ、他所土地《よそとち》の人が大仕掛けの機械船で南下してくると勝負にならなかったのです」

「トビウオは、いつ頃から獲り出したのでしょう」

「カツオと違って、この方は三百年の歴史しかありません。なんぼでも漁獲はありましたが塩干《えんかん》で出荷せねばならなかったので、一日一人の手では千二百匹しか開けない。はい、腹を裂いて臓物《ぞうもつ》を抜き、開いて塩に漬け、天日で乾燥するのです。昔は女も漁に行き、一家中で船の中から魚を開き走りしておったとですよ。トビは、二隻で一頭、つまり一組になって獲ります。今でもそうです。トビウオの全盛期は明治末年ですが、宮之浦だけでも一夜に百五十万尾とれたものです。大群を見て漕いで行っても塩が足りないので途中で帰るなどというくらいのものでした。とった魚を開き終るのに徹夜で翌日の昼までかかったものでした」

「塩干に使う塩は?」

「鹿児島から買いました。屋久杉で直径四尺高さ五尺の桶を作り二千尾のトビを塩漬けにし、一、二日置いてから干すのです」

「雨の多い屋久島では大変なことじゃありませんか」

「されば、梅雨どきがトビの漁期ですから、天気が悪いと気が気ではなかった。しかし有りがたいことにトビウオは他の魚と違って、多少匂いがついても晴れた日に干し直せば、元通りになるという利点がありました。が、それも下関や鹿児島から大手の水産会社が出向いて氷漬けの技術で生の魚を買上げて走って行ってしまうようになって以来、すたれましたな」

「最近はトビウオが来なくなったんですってねえ」

「六十年前にも、私が子供の頃ですがトビが来なくなって島が大弱りしたことがあります。昔の網は麻や木綿で作りますから、使わずに積んでおくと、むれて腐るのですよ。木綿の方が麻より倍は長持ちしますが、それでも不漁のときは腐ります。二百尋《ひろ》からある網を天気になるとひろげて乾かすのは一仕事でした。今のようにビニール網を使っている漁民には、あの苦労は分らんでしょう」

「屋久島は雨が多くて亜熱帯だから、確かに他の土地より網が腐りやすかったでしょうねえ」

「いやいや屋久島に雨が多いというのは、何かの間違いです。私が若い頃には石油カン叩いて島中で雨乞《あまご》いしたことがあったくらいですから」

「へえ、本当ですか」

「本当ですとも。トビが来ていた頃は、島にも活気がありました。私は十干《じっかん》十二支を信じてますから、来年辺りからトビウオが昔のように戻ってくると思っとります。あの不漁期から六十年たってますから。トビが来ると島のまわりは色が変りますよ」

「産卵で」

「そう、オスの何寸か上にメスが一列に並び、オビレでオスがメスの腹を突っついて産卵を促す。そこへシラコをモクモクと放出しますから、海の色がまっ白になったとですよ」

岩川老の話が、焼尻の布目老人の話とまるでそっくりなので私は茫然としていた。北にニシンが来なくなり、南はトビウォが来なくなっている。偶然の出来事とは思えない。魚はヤキ玉エンジンに象徴される近代科学に、ずっと脅やかされ続けているというが、とにかく海の中も大異変が起っているに違いない。この夜、阿蘇山が噴火し、同じ頃屋久島の南方にある諏訪之瀬島も夜の八時から翌朝五時まで音をたてて爆発し続けた。木曾の御嶽《おんたけ》さんが噴火したのは、それから一カ月後のことである。東京では諏訪之瀬島の噴火は報道されなかったが、私は御嶽山が噴火したとき、南海の孤島の爆発も一連のものではないかと考えた。ああ、天変地異。

「サバ漁は、いつ頃からのものでしょう」

「大したことはないです。昔からサバは来とりましたが、カツオの方が値がいいので、サバなど無視していたのですよ。カツオが本土のカツオ漁船に追い散らされてしまい、トビも来なくなってから、仕方なくサバ漁を始めたので、歴史としては七十年もないでしょう」

「サバ節はカツオ節と同じ作り方ですか」

「ああ、作っているところへ行ってお聞きなさい」

岩川さんは、私が漁業にしぼって島を見ようとしていることには、いたく御機嫌ななめだった。

「屋久島の男は、月に二十日は山に行き、五日は海に、五日だけ家におるという民謡もあるくらいで、山に行かずに帰るちゅうのは……」

と絶句していたが、私が話だけでも聞きたいと言うと、俄《にわ》かに生色をとりもどして屋久杉の話、わけてもウイルソン株と縄文杉の話を熱心に聞かせてくれた。屋久島の民話、民謡も専門家《プロ》であるらしく、まだ文字化されていない取っておきの話もして下さった。

別の日に、安房で漁業青年に集ってもらった。ここでも都会からのUターン現象が見られたし、何より海が好きだから漁師になったという若者たちばかりだった。

これからの見通しを聞くと、流石《さすが》に若い人たちは言うことが違う。

「船を大型化しました。もうじき出来上ります。と言っても十トンですから中型にもならないですが、この島じゃ大きい方なんです。船を大型化した理由はですね、目の前の豊かな海を、みすみす他所土地《よそとち》の遠洋漁業の連中に渡すことはないと思うからですよ。フィリピンは群島理論とかで経済水域三百五十カイリを主張しているでしょう。中国が二百カイリの宣言するのは時間の問題でしょう。そうなれば、遠洋漁業の連中はいよいよ行くところがなくなって、屋久島のまわりを濫獲《らんかく》するにきまってる」

「石油は、どうです」

「前年の一〇パーセント減ですが、安房は他県の船が沢山来ていて、A重油も消費量が多いので実績がありますから僕らにとって問題ありません。他県からはこのところ石油ショックで寄港する漁船の数が減ってますから、つまり僕らの使う分には影響がまったく無いというわけですよ」

朗らかに笑っている。この連中も、いくらでも飲む人たちで、屋久島の焼酎は水のいいところだから格別にうまいのだと自慢していた。私もその点はまったく同感だった。

「俺はよ、本土で自慢げにダム見せられたとき、都会の人はこんな穢《きた》ねえ水を漉《こ》して飲んでるかと気味が悪かった。屋久島の水を飲んでいたら、東京でも大阪でも、水はまずくて飲めねえな。貯水池というのは、ドブと同じだもんね。屋久島の山の水を飲んでみなよ、旨《うめ》えぞ」

「これからの問題としては何ですか。お嫁さんですか」

「ここらの連中は、一度は都会へ出ますからね、みんなそこで一本釣りして帰って来るから結婚難というのもまずないですよ」

どういう訳か漁業青年というのは、どこへ行ってもハンサムな人たちで、大都会で青白い顔をしている若者の中に混ったら、これこそ男だという魅力に輝き、女性の心を簡単にとらえることが出来るのに違いない。

「僕の希望はですね、早く金を貯めて船を買いたいということです」

「あなたは船がないの？　じゃ、何をしているんです」

「トビウオ漁は二隻の船で網をかけるんですが、僕は海の中で、トビウオが逃げないように、網と反対側で脅かして追いこむ役です。これは楽《ゆる》くない仕事なんですよ」

「海の中でって、どうやるんです」

「泳いでですね、トビを追いこむんです」

「泳ぎながら、魚を？」

「ええ。船主は船の上でね、魚が逃げると僕たちに怒りますからね、躰も楽《ゆる》くないし、早く金を貯めて小さくても船を買いたいと思っています」

私は言葉がなかった。なんという原始的な漁法だろう。海の中で魚と一緒に泳ぎながらトビウオが逃げないように網の方へ追いこむなんて。

「泳ぎっ放しなんですか。大変な労働ですねえ」

「うん。楽《ゆる》くない。けど、あと三年以内で僕も船が買えますから」

「ああ、そうなの」

「そうなれば、人を傭《やと》って、船の中で指図が出来ますからね」

「傭った人が泳ぐわけ？」

「そうそう」

「その人たち大変ねえ」

「大変は大変だけど、屋久島は喰《く》うに困ることのない島だからね」

「ああ、そうなんですか」

「ここで喰うことが出来ない人間なら、何をしたって生きてけないよ。一年中、魚はとれる、芋《いも》が出来る、花は咲いてるっちゅう島だからね、やる気のある人間なら困ることは何もないんだ。いい島だよ。よすぎるから暢気になってしまうのが欠点だけどね」

この人たちと共に大いに飲み、気持よく別れて飛行機で鹿児島空港に帰り、東京行きを待つ間ロビーのテレビを見ていたら、阿蘇山と諏訪之瀬島の噴火に続いて、台湾政府が二百カイリ宣言をしたというニュースが報道された。昭和五十四年九月六日の午後であった。

屋久島には、このルポを書くまでに二度行った。どうしても山が気がかりで、縄文杉を見たくてたまらなくなった。十月末、ふらりと出かけてみたら、低気圧が前線にはり出し、日本全体が雨で、鹿児島発屋久島行きの飛行機は第一便が欠航していた。第二便の午後二時十五分発も、二時になっても欠航するかもしれないというアナウンスがあったので、船の時間を調べてみたら、最終の屋久島行きは二時で終りだという。鹿児島県庁の観光課はどうかしている。こんな不親切なダイヤの組み方はないだろう。海が荒れているわけではないのだから、三時半ぐらいの船があれば、夕刻七時半には屋久島に着くことが出来るのに。飛行機が二時十五分、船が二時でどちらも最終便とあっては、飛行機が欠航すれば、みんな鹿児島で立往生になってしまう。こんなことは子供が考えても分る理屈だ。観光課の猛省を促したいと思った。他日調べてみたら飛行時間は毎月変るのだそうで、十二月には午後三時三十分が第二便のフライト時間だった。これではさらに船に切りかえることができない。

屋久島は山が高く、霧が深いので、天候次第で行くのは難しいということが、おかげで痛いほど分った。しかし乗客は馴《な》れたもので、二時十五分になっても誰もそわそわしていない。二時二十分、ようやく搭乗案内があり、「天候次第では鹿児島空港に引返すこともありますから、御諒承下さい」と何度もアナウンスを聞きながらプロペラ機YS11に乗る。

飛び立つや、どんどん晴れて、屋久島へ着いたら雨は上っていた。前は宮之浦という島の北部に泊ったが、今度は南端の尾之間《おのあいだ》というところに宿を取る。温泉があるし、板前の腕が抜群という旅荘を見つけていた。

翌日は山歩きのベテランというタクシーの運転手を頼み、早朝七時に宿を出て、一時間後に車を降り、歩き出した。

「お客さん、東京から来る人は縄文杉へ行きたいと簡単に言いなさるがね、縄文杉は楽《ゆる》くないよ」

「ああそう。運動靴じゃ駄目かしら」

「まあ運動靴ならいいがね、片道四時間はかかるから、途中で足が痛くなったら言って下さい。すぐ引返さねば大事《おおごと》になるからね」

マラソンで鍛えているから自信はあったけど、さすがに片道四時間と聞けば慎重にならざるを得ない。トロッコ道が途中まであるので枕木の上を約一時間半、それから一時間はまったくの山歩きで、しかし変にコンクリートを打ったりしていないし、目印《めじるし》はついているし、親切の行届いた山道が出来ているのに感心した。

「お客さん、足はなんともないかね」

「なんともないわよ」

「そうかね、私は朝飯喰わずに出たから、ちょっと休ませてもらいたいんだが」

「お弁当二人前用意してるから、それをお上んなさい。私も朝は食べてないけど、もう二十年以上そういう習慣だから平気よ」

「じゃ、ウイルソン株へ着いたら、食べさしてもらいます」

大正三年、アメリカ合衆国ボストンからハーバード大学の植物学者が屋久島に来て調査をした。島の人にとってシドッティ以来の異人さんであった。アーネスト・H・ウイルソンというのが彼の名前だ。彼は屋久島の深い山々にわけ入って、屋久島特有の植物を採集したり、写真にとったりした。島の人々は、彼の写真機で初めて実際の文明というものにふれた。もちろん当時は電気もなかった。

現在、島の人々がウイルソン株と呼んでいるものは、彼が発見した屋久杉の切株のことである。島の樵人《きこり》はそれまで岩だと思っていたのだが、ウイルソンは厚く掩《おお》われていた山苔を剝がして、それが樹齢五千年の杉の切株であることも年輪を数えて立証した。しかもそれを切ったのが一五八六年だということまで言い当てた。天正十四年、後陽成《ごようぜい》天皇の代に当る。後に古文書が出て、島津氏の命令で、楠川の牧五郎七以下六名で伐り、京都へ運んで秀吉に献上した杉であったことが分った。その年、秀吉は太政大臣となり豊臣の姓を賜っている。秀吉が、京都東山に方広寺大仏殿を建立《こんりゅう》し、それが落成するのは天正十六年五月だが、大仏殿中央の真柱となったのがこの屋久杉だった。

樹齢五千年の杉の切株の大きさは、何にたとえたらいいだろう。屋久杉は千年たつと根上り現象を起すのだが、その中が洞《うろ》になっていて、ウイルソン株の洞中は十八畳の畳が敷けるという広さである。テレビで紹介したとき百人の人間が中に入ったが、まだまだ余裕があったという。

五千年の年輪を見ると、大きな台風がきた年や霖雨《りんう》旱魃《かんばつ》史が手にとるように分る。元寇の年など、ぴったり当るそうだ。風の強いとき樹木は大いに揺れて幹がめりめりと動く。その後は人間の肉体が内出血するように樹脂が出て自然治癒をするから、濃い年輪が残るので、大型台風の来た年は一目で分るものらしい。

運転手君がお弁当を食べ終ると、私は言った。

「さあ行きましょう」

そこから縄文杉までは急勾配の胸つき八丁、一時間半かかったが、途中に姿のいい気品のある樹齢三千年の大王杉があった。縄文杉が見つかるまでは、島で一番古いとされていたものである。大王と呼ばれるのにふさわしい風格があって私は大好きになった。

縄文杉は縄文式土器に形が似ているので名づけられたということだったが、縄文時代というのは何か。遺跡が出るたびに炭素の検査をして、その都度紀元前四〇〇年から七四九一年まで数値が違うから、まず紀元前数千年と言うのが常識になっている。縄文杉の樹齢は七千二百年と植物学者が推定した。立地条件がウイルソン株より悪いところにあるので、天正十四年に切ったものより大きくは見えないが、凄いのは今も枝葉が茂って生きていることである。ギネスブックに記録されているというから、世界最古の生きている樹木なのだろう。

仰ぎ見て、私は万歳と叫び、抜けるような青空の下で昼食をとった。ナナカマドやモチノキが、ここでは杉の宿り木になっていた。天高く赤いナナカマドの実が鮮やかである。お弁当を食べ終り、お茶を飲みほし、

「さあ帰りましょう」

私は来た道を引返すのだから、マイペースでどんどん山を降りた。途中で私より十五も若い運転手さんは何度も水を飲み、息を切らし、遂に不審に耐えかねたらしく質問してきた。

「お客さん、あんた東京で何してなさる人ね」

「私？　百姓よ」

「東京に百姓はおらんとでしょうに」

「東京は人口一千万ですからね、百姓がいないと東京の人は新鮮な野菜が食べられないの。練馬区には、まだ大根畠がありますよ」

「そうかね。しかし、お客さんは百姓には見えんねえ」

「あらそうかしら、でも私は百姓よ」

「そんなに急がんでもええよ、お客さん」
「急いでないわよ、これ普通の歩き方よ」
「それが普通かね」
「ええ、そうですよ」

話の面白い人だったが、帰途の一時間、彼は一言も口をきかなくなった。後できいたが、翌日は全身が痛く、昼すぎまで寝ていたそうだ。私は翌日は朝早くチャイムで起された。尾之間では午前六時と七時、二回も念入りに、もの凄く大きな音でチャイムを鳴らすのである。温泉のある観光地で、こんなことをしたら長居する客など一人もいないだろう。時計ぐらいどこの家でもあるだろうに、どうしてこんなひどいことをするのか役場の人たちの神経を疑ってしまう。ぷりぷりしながらタクシーを呼び、楠川にある小さなゴルフ場に出かけた。九ホール七百メートルというショート・コースだがアプローチの練習にもって来いのゴルフ場だった。経営者はウイルソン株を切った牧五郎七の子孫だが、彼はそのことを知らなかった。私は六十三ホールまわり、都合五キロ歩いた。

屋久島は、山も海も豊かだ。温泉もある。冬、寒くない。かわいいゴルフ場がある。島の人たちは皆親切だ。この稿を書き終ってから、私は親しい友人たちと遊びに出かけることにしている。日本の中で、ハワイに行くより手軽く、避寒して楽しく過せる島を見つけたのだ。どうも屋久島には、やみつきになりそうな気がする。早朝のチャイムさえ鳴らなければ、尾之間は最高だ。

遣唐使から養殖漁業まで

福江島《ふくえじま》

日本の島々、昔と今。その四

（昭和五十五年一月二十五日脱稿）

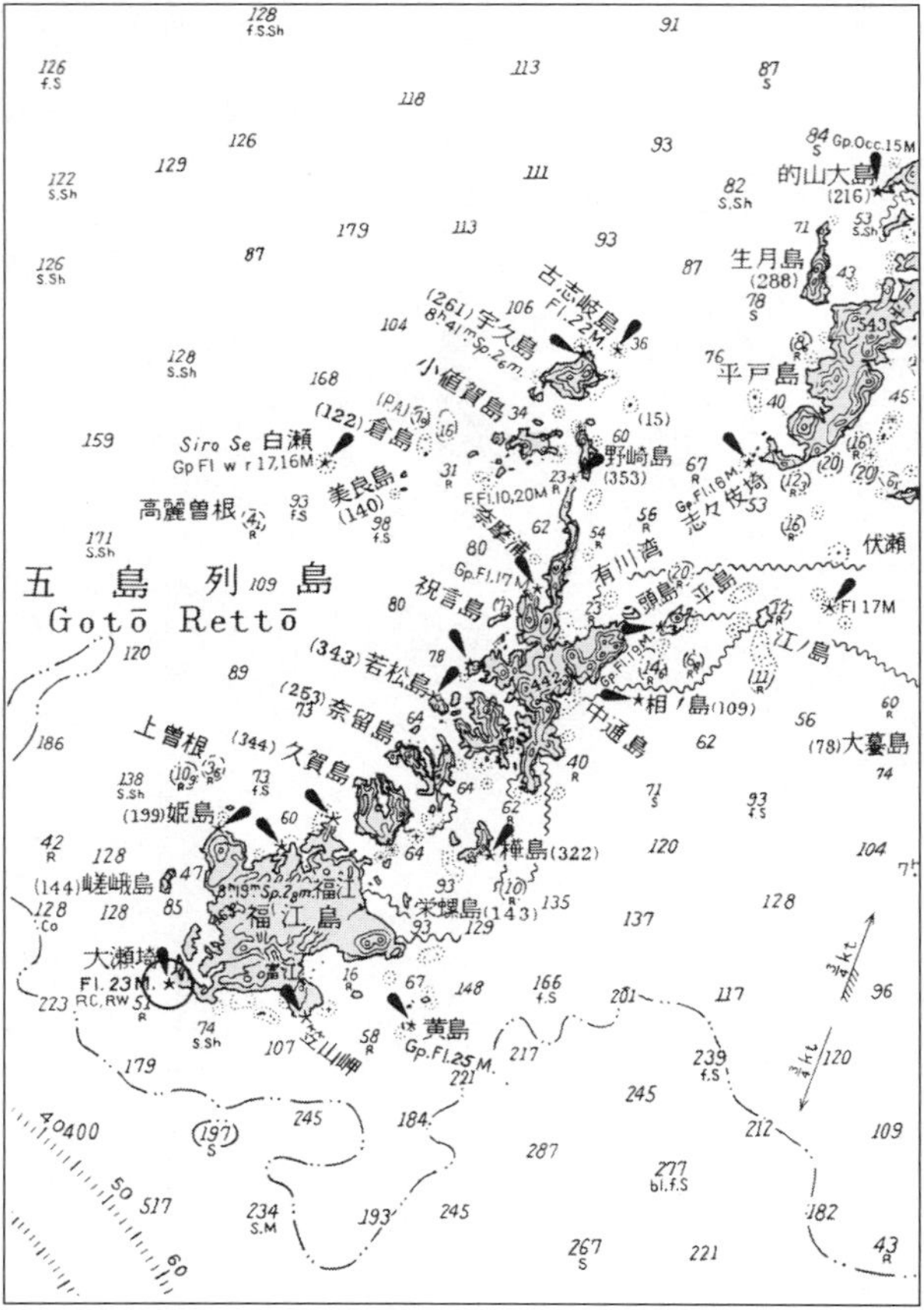

五島列島
Gotō Rettō
的山大島
生月島
平戸島
宇久島
古志岐島
小値賀島
倉島
白瀬
Siro Se
美良島
高麗曽根
野崎島
志々伎埼
奈摩湾
有川湾
頭島
平島
伏瀬
祝言島
江ノ島
若松島
相ノ島
中通島
奈留島
大蟇島
上曽根
久賀島
姫島
椛島
嵯峨島
福江島
福江
栄螺島
大瀬埼
黄島
立山岬

羽田から長崎大村《おおむら》空港へ。そこで乗りかえて福江空港へ。全日空の機中で何気なく週刊誌の頁をめくっていたら、日本最大の石油会社の重役の談話が載っていた。

「原油を運ぶタンカーの速度を落している。早く運んで来ても、どこのタンクも満杯なので、入れるところがないからだ」

読み進むうち、私は茫然となった。日本列島に石油がだぶついている。十月末現在、原油と石油製品あわせて九十九日分あり、昨年同期の八十四日分より二〇パーセント増だというのだ。

一九七八年秋から展開されていたイランの革命運動は急激な進展を続け、この旅行に出かけた一九七九年十一月二十二日には首都テヘランにあるアメリカ大使館は過激派によって占拠され、人質四十七名を押えてアメリカ亡命中のパーレビ前国王を引渡せという要求を突きつけている。その状態は多少の軟化を見せたとはいえ、この原稿を書いている現在も続いている。

イランの石油関係労働者が全面ストに突入したのは一九七九年の一月であった。それが第二次石油ショックの発端となった。日本の石油輸入量の中でイラン石油は一七・三パーセント。だから日本の石油業界は大打撃を受けるものと見られた。だが現実にはサウジアラビアを中心とする他の中東産油国からの輸入が急増したので、一月から三月までの原油輸入量は七千四百五十三万キロリットル。前年同期の四・五パーセント増(通関ベース。闇《やみ》取引ではもっと入っている)。イランの輸出がストップしても日本には影響がまったくなかったのだ。私は幾度も茫然としながら、細かい数字を読み直し、天売島の漁民たちがA重油がなくて海を眺めて溜息をついていたのは、では一体なんだったのだろうと思った。石油は、あった。イランの騒動をマスコミが大々的に報じたので、業者は思惑買いに走り、北海道の漁連のタンクは空っぽになり、北の漁民は痛い目にあった。こういう現実を数字で確認すると胸の中が煮えくり返ってくる。

東京は雨だったが九州は快晴。しかし福江島の天候がはっきりしなくて長崎の空港で大分待たされた。その間に五島列島《ごとうれっとう》の中で福江には十五年前から飛行場が出来ていたことや、長崎から日に三便あるが、しかしレーダーのない飛行場なので有視界飛行の出来ないときは欠航がありうることなどを知った。

五島列島は、長崎港の西、約百キロメートルの東シナ海に浮ぶ福江島を主島とし、それから北東に約八十キロメートルの間に並ぶ久賀《ひさか》島、奈留《なる》島、若松島、中通《なかどおり》島の五つを幹島とする一大列島で、多数の属島が周辺に点在している。長崎県は地図で見ても分るように離島の多いところで、無人島も含めると島数は三千九百以上になる。もちろん人間が住んでいるのはその一〇パーセント以下になるが、それでも全国離島調査と突き合せてみると驚くべき数である。昭和三十二年の島嶼《とうしょ》社会研究会の調査で全国の島数は三千六百三十九と算出されているからである。長崎の県民手帳にある島数は、正確には岩礁とみなされているものも含めているのであろう。現在、日本全国で人間が住んでいるのは三百六島と報告されている。昭和三十七年の調査報告より二十一島も有人島が減っているのは過疎化現象を物語るものと思ってていいだろう。

ところが福江島に着いて、人口を調べて驚いた。六万人も住んでいるという。

「六万人？　この島で、ですか。五島列島の総人口じゃありませんか？」

「福江島の人口です。五島列島の中で一番人口は多いのですが。これでも減った方ですよ、七万五千人いた頃もあったですから」

「島の面積は？」

「さあ、五島全部あわせると佐渡についで二番目に大きい島なんですが」

佐渡は八百五十七平方キロメートル。五島は全部で六百三十六平方キロメートル。福江島だけだと約三百二十五平方キロメートル。屋久島の三分の二あるのだから、やはりかなり立派な島だといわねばならない。それにしても人口六万とは。

空港からタクシーで、玉之浦へ向う。途中から、夢のように美しい景観が見え始めた。湖と見紛うような波静かな入江と、対岸の小さな山々が実に素晴らしい眺めであった。私はレジャーで見物に来たつもりはなかったし、玉之浦には目的を持って出かけたのだが、仕事のことなど忘れて目の前の見ても見飽きない景色に心を奪われていた。

玉之浦は国際船舶緊急避難所として指定されているところで、水深もあり、入江の奥も深く、何百隻でも収容可能なところだったから、戦前には海軍基地の有力候補になっていたが、離島であることが食糧や石油の輸送上の難点となって、呉《くれ》に軍港が決定したという経緯があった。

「玉之浦には旅館が三軒あるそうだけど、どこが一番いいの？」

「玉之浦には、いい旅館はないですよ」

「え？　どうして」

「みんな福江市に泊りますからね」

「皇太子さんも天皇陛下もいらしたでしょう？　どこへお泊りになったの」

「皇族は島に泊ってません」

「じゃ長崎県知事は、どの旅館に泊ってますか」

「知事は玉之浦に来ても、福江市に泊ります。一時間で行けますからね」

タクシーの運転手さんは玉之浦には碌《ろく》な泊り場所がないと言ったが、ようやく「寅さんの旅館」があることを聞き出し、そこに泊ることにした。松竹映画の「寅さんシリーズ」の舞台になったところで、森繁久弥が旅館の主人を演じたという。

予約せずに飛びこんだ客だったのに、宿の女主人が温かくもてなしてくれた。アサリの清汁《すまし》を一口啜《すす》って、私は驚嘆した。生れてこの方、こんな豊潤なアサリの吸物は味わったことがない。

「このアサリ、どこでとれるんですか」

「玉之浦です。この二、三年はアサリは湧き出したように殖《ふ》えましてね」

「アサリは玉之浦の特産ですか」

「いいえ、玉之浦は青ノリが特産でした。春になると業者が集って入札に来て、それは大した賑わいだったのですが、三年前からバッタリ取れなくなりましてね」

「代りにアサリが湧いてきたんですか」

「さあ、そういうことになるでしょうかねえ」

玉之浦漁業協同組合に出かけると、東京から電話しておいたのに、まさか本当に来るとは思わなかったという顔で、皆さん茫然としている。かまわず、いきなり質問を始めた。

「A重油の割当はどうなってますか」

「前年度の実績の一五パーセント減です」

「まだそんなことやってるんですか。石油の輸入量は今年の一月から約五パーセント増だし、十月は去年の二〇パーセント増になってるんですよ」

「本当ですか」

「備蓄タンクが満杯で、タンカーの速度を落してるって大手の石油会社の重役が言ってます。飛行機の中で読んだ週刊誌に出てましたよ」

「本当ですかあ。漁連のスポット買いが裏目に出たんですねえ」

しかし、台湾や韓国から買っていたA重油は次々ストップになっていたのだし、OPECから入っている石油はだぶついていたのだから、漁連として事前に打つ手は幾らもあったはずだと思うのに、いったい何をしていたのだろう。タクシーの運転手さんも、私の話を聞き、驚いていた。タクシー業界もガソリンが割当制になっているのだそうだ。まあ、省エネルギーという国策なのかもしれない。が、悪く勘ぐれば業者の思惑にはまって、さなきだに値上りした石油を国内で更に価格吊上げをしていたのではないか。

「香川県の引田《ひけた》から毎年この玉之浦に、赤潮《あかしお》の時期だけ養殖ハマチを避難させてもらっていると聞きましたが」

「いや、それは何かの間違いでしょう。引田からはハマチの幼魚の買付けに毎年この玉之浦へ業者が来ますが」

「六月から三カ月、赤潮の季節に避難させてもらっていると引田の漁協が言ってましたよ。太平洋岸とか、何カ所かに分散するようでしたが、島ではこの玉之浦だけだから、それでお訪ねしたのですが」

「香川県の引田から、この玉之浦まで、生きてるハマチを運んで、三カ月後にまた持って帰るのでは、遠すぎますよ。他処《ほか》の玉之浦じゃないですか」

「いえ、この玉之浦です。地図でも確認しましたし、この漁協の電話番号も引田の漁協で教えてもらったのです。私が東京からお電話したの、ここでしたでしょう」

「それはそうですが、引田と此処《ここ》じゃ遠すぎますよ」

「私も経費が大変でしょうと訊きましたが、赤潮で全滅するよりはましだという話でした。それでもあの漁協で年間百万尾のハマチが育って水揚げは十五億円という景気のよさでしたよ」

「引田漁協はうちからハマチを買ってるんですがねえ」

「え？」

「うちである程度育ったのを持って帰って成魚にして売るんですよ。その間違いじゃないんですか」

どうも引田漁協で聞いた話と違いすぎるのだが、ここで水掛け論になっても始まらないから、私は先を急いだ。

「この玉之浦のハマチは、稚魚《ちぎょ》をどこから買付けてるんですか」

「稚魚は買いません。外海へ出てモジャコを獲《と》って来るんです」

「そうですか、この辺までモジャコが流れて来るんですか。どのくらいの大きさです?」

「一センチから二センチぐらいですね」

「それを舟で獲って来て、この綺麗な入江に入れるんですか。じゃ稚魚は要するにタダなんですね。種子島ではキロ当り何万円でモジャコを売っていましたけど。ここでは獲ってくるだけの手間だから、あとは餌代《タネ》だけで、随分安上りにつきますね」

「しかし歩止《ぶどま》りがあまりよくありませんから」

「どのくらいですか」

「全部が育つわけじゃないですよ」

「全部が成魚になったら、玉之浦で人間が海水浴が出来なくなるでしょう?」

「そりゃそうですが」

タラコが全部孵化《ふか》したら七つの海が鱈《たら》で一杯になり、船が航海できなくなるという計算をレイチェル・カースンが明示している。体長一センチの稚魚が五十センチに育つまでに、環境問題より前に稚魚の中でひ弱なものが死に、生れつき頑健なものだけが残るという生物の自然現象が起るのだ。

それにしても玉之浦の地理的条件を眺めていると、養殖場としてはまったく理想的で、思わず溜息が出てしまう。

「この漁協が養殖を始めたのは、いつからでしょうか」

「最初は真珠でした。昭和二十六年からです。ハマチは昭和四十五年からですが、その前にタイを昭和四十二年から養殖しています」

「鯛をですか。それも外海から稚魚を獲るんですか」

「いや、タイの場合は福岡から稚魚を買います。天然のタイは外海で今でも竿で釣っていますが」

タイの養殖はハマチよりも遅く始まったはずである。

ここで簡単にハマチとタイの養殖の歴史に触れておこう。ハマチの養殖を考案したのは香川県引田《ひけた》の野網佐吉、和三郎父子であった。昭和二年のことである。浜に築堤して、その中でモジャコを飼育するというやり方が成功し、昭和三年から大々的に引田地域で始められた。現在「小割《こわり》」と呼ばれている生簀《いけす》のようなものを開発したのは戦後、近畿大学水産科の功績らしい。

こうしたハマチ養殖の歴史に較べると、マダイの養殖は昭和三十年代に入ってからで、ハマチの養殖場で沈澱した餌料を、もっと深いところで棲息しているタイが食べるところから、ハマチとマダイの組合せが考えられ、さらにタイが比較的赤潮に強いことも立証されて、昭和三十九年からマダイだけの単独養殖がさかんになり出している。

玉之浦ではハマチより先にタイの養殖を、昭和四十二年に始めたというのだ。

「ところで、最近の真珠は如何ですか」

「もう駄目です。漁協でも中止しようという話が何度も出ます。昭和三十年代には黄金時代があったのですが」

御木本幸吉《みきもとこうきち》が三重県神明浦で真珠の養殖に成功したのが明治二十六年（一八九三）、半円真珠。明治三十八年には真円真珠の養殖に成功し、世界の真珠王としての名声は轟きわたった。戦前はミキモトの専売だった養殖真珠が、戦後は民主化されて日本各地で一斉に養殖が始められた。御木本幸吉は昭和二十九年（一九五四）九十六歳で世を去ったが、玉之浦では彼の存命中に真珠の養殖を開始していたことになる。もう駄目だと漁協の人たちが言うのは、真珠が全国的に生産過剰になってしまっているからである。本家のミキモトが濫造される粗悪品と、頻発する赤潮の挟み撃ちに遭い、副業としていた宝石類の販売と加工でどうにかやりくり、苦しい経営を続けている。上質の真珠はオーストラリア辺りで養殖されるようになったと御木本幸吉翁《おう》のお孫さんたちが嘆いている。玉之浦で養殖している真珠は粒も小さく、一年巻きで、とても世界市場に出せるような豪華なものではないらしかった。

漁協で真珠の養殖をやめようという声が出るのは、同じ玉之浦でハマチなどの養殖を盛大に始めているからでもあろうと私は察した。魚の養殖にも合成餌料などが使われるようになっている時代だ。仮に生き餌をやる場合でも、ついつい沢山食べさせれば早く大きくなるだろうと思うのが人情だろう。魚の食べ残した餌や、魚の排泄物が、海水を濃度の強いものにしてしまう。（こういうのも汚染と呼ぶ人がいるが、私は、化学物質が海水のバランスを崩すときだけこの言葉を使いたい。たとえばこの稿を書く直前、滋賀県では有リン合成洗剤の使用を厳禁した。琵琶湖の水質汚染を防ぐためである。ＰＣＢによる汚染など、化学物質の環境汚染は人間にとって深刻な問題だ）

さて海水の濃度についていえば、このくらい魚種に微妙に作用するものはない。同じ養殖でも、真珠とハマチでは絶対に同じところで棲息できないという宿命にある。ハマチとブリでもいけないのだそうだ。ハマチの大きくなったものがブリなのだから、同じ魚種であろうと思うのに、養殖するとなると餌から海水の濃度から違うらしい。

濃度は、別の言葉では栄養分が多いという意味で、赤潮は海水の富栄養化が原因である。瀬戸内海の場合、五月から八月まで赤潮の季節となってしまった理由は、工場と家庭から海に捨てられる排水の他に、養殖場が密集して、魚の餌と糞が更に海の富栄養化に拍車をかけてしまった。夏の日光が、その上に照りつけるとバクテリアの活躍は一層めざましくなって海の栄養度を必要以上のものにしてしまう。空気中の酸素や炭酸ガスのバランスが狂うと人間もバタバタ倒れるように(光化学スモッグが一番いい例だろう)赤潮で真珠もハマチも全滅するという深刻な事態が内海の養殖業者の間で起っている。

「アサリが湧き出したという話を聞きましたが、ハマチの養殖と関係ありますか」

「アサリは昭和三十四年に稚貝《ちがい》を放流したのですよ。そういえばこの三年ばかり、殖《ふ》えているのは事実ですが」

「おいしいアサリですね」

「そうですかね」

「漁協で売るつもりはないのですか」

「売ってほしいという業者は来ますがね」

「アサリの代りに青ノリが、ばったり取れなくなってるようですが、養殖と関係ありませんか」

「青ノリではなくてアオサです。ヒトエ草ですから。アオサの場合、養殖をする前から減っている傾向がありました。海の水温が関係しているんじゃないでしょうか。暖冬の年は、昔からアオサの収穫は激減しましたから」

やはりこの地域でも海の温度が上っている。しかし、アオサがとれなくても、玉之浦漁協はびくともしていない。アサリを売る気もまったくなくて、地域の人々が味噌汁の実にするなど、タモで掬《すく》うにまかせている。稚貝を放流したのは、ハマチ養殖に入る十年前で、この漁協としては真珠も下火になり出し、観光客も遊廓廃止で足が遠のき、経済的にかなり深刻な時期であったはずであるのに、今は苦しかったことは忘れてしまった様子である。

その理由は、福江市にある五島支庁水産課で五十三年度の漁協別漁獲高一覧表をもらうと、簡単に理解できた。ブリが三億八千五百万円、タイが七億九千五百万円という水揚げである。

福江島には一市四町に十七もの漁協がある。離島とはいえ、さすが水産王国長崎県の島だけある。十七の中で、水揚高では玉之浦が奥浦漁協を僅差で抜いて一位であった。

イワシ、アジ、イサキ、タコなどの漁獲ゼロで玉之浦の漁協合計が十二億三千六百万円であるから、養殖漁業にしぼっていることが分る。奥浦漁協ではイセエビ、サザエと海草類以外はどの魚種の項目にも漁獲があるというのに。

五島支庁でも、引田漁協から玉之浦へハマチ業者が赤潮期に避難するという話は聞いたことがないと言われた。

「玉之浦をご覧になって如何でしたか」

「美しいのでびっくりしました。こんな綺麗な景色があるかしらと思いました」

「玉之浦の水を見ても、ですか」

「ええ、まっ青ですもの。東京へ帰ったら、あの色は夢にまで見そうですわ」

「そうですか。もう玉之浦は、養殖場としては、赤潮に似た現象も起きていますし、魚は殖やせない限界に来ていて、数量の制限を始めているのですがね」

「赤潮ですって？」

「まだハマチも鯛も死んでません。だから赤潮の一歩手前と言うべきかもしれませんが、養殖で過密になって魚が弱るのですよ。つまり病気が殖《ふ》えていますから、とても他地方の漁場からハマチが避難しに来ても、受入れてあげるような余裕はないはずです」

玉之浦漁協は正組合員二百五十、準組合員二百四十八という構成である。養殖のために海水に沈める網の枠を見たが、海水で腐食しない材料としてスティール製が多かった。養殖は、そうした設備に資金がかかるし、小型船や餌料も経費として大きい。水揚げの半分を経費と見てもいいだろう。五百人の組合員で、純益六億を割ると、一人当り年間百二十万円という数字が出てくる。体長三十五センチの鯛が四十万尾前後も獲れるという景気のいい漁協でも、こうして数字を細かくしてみると決して豊かな地域とはいい難い。組合員の半数が半農半漁である理由が肯《うなず》ける。景勝まことに見事な玉之浦も、養殖魚数満杯という事態をかかえて懊悩《おうのう》している。

天売の漁民が一世帯に三千万円の年収があるといっていたのと思い較べてみる。しかし天売では三千万円もする十トン漁船を買ったばかりの家が多かった。設備投資を差引いて、純益というのを算出すれば、漁業は決してボロイ仕事ではないことが分る。迂闊《うかつ》な気持でお魚を食べる気にはなれなくなってきた。

福江島を古地図で見ると深江という文字を当てられていたことが分る。地図で見る入江の形も深いが、水深もあっての呼称だったのだろう。日本史でこの島が登場するのは六世紀の末である。聖徳太子が摂政の任について国内を改革するに際し、当時中国大陸を統一した隋《ずい》から制度や文物を学ぶべく遣隋使を送った。やがて隋が唐《とう》に変って後は遣唐使として、大きな船に留学生を乗せて送り出すようになると、最も安全な航路として筑紫→平戸→宇久島→小値賀島→福江島→揚子江河口という、一般に南路と呼ばれる道順に落着いてくる。

第一回遣唐使は六三〇年に出発するが、六五三年の第二回が南路を経ていて、第七回(七〇二)以降は航路が記録されていない第八、第九を除いてもずっと最終回の第十三回(八三八)まで南路をとっている。阿倍仲麻呂(第八回)は多分この福江島の美弥楽《みみらく》の浦で風待ちをしていたのではないだろうか。往時の稚拙な造船技術や航海術を偲ぶと、北端にある浦々を見てまわりながら、私には感慨無量なものがあった。この島へ行く前に私は六回目の中国旅行で、西安に建立されたばかりの阿倍仲麻呂記念碑を見て、驚きを抑えることが出来なかったからである。七一七年、吉備真備《きびのまきび》や僧玄昉《げんぼう》と同乗していた仲麻呂は十六歳だった。今なら高校一年生で、命がけの世界旅行に出かけたのである。遣唐大使は翌年無事に帰国しているから、往復いずれか必ず南路を通ったものと思われるが記録がない。

三十五年後、仲麻呂五十一歳で第十回遣唐大使藤原清河《きよかわ》を西安に迎える。このときの航路は記録があって南路である。翌年清河の帰国に当り、仲麻呂も随行を許されるが、四隻の船のうち二隻が荒海に遭難し、清河も仲麻呂も命は助かったものの日本に帰ることが出来なかった。仲麻呂は西安に戻り、六十九歳で生涯を終えた。清河は中国女性との間に娘を得ている。清河の死後この女性が父の国に帰るという大ロマンの続篇が、天草の西仲嶋に伝えられている。

仲麻呂の前の第七回(七〇二)には万葉の歌人山上憶良《やまのうえのおくら》が判官として乗船していた。これも南路を通っているから、福江島の水ノ浦あたりで風待ちの歌など詠んでおいてくれたらどんなによかったかと思うのだが、現在のところ島では第十二回(八〇四)の空海と最澄が圧倒的な人気で、一夜で弘法大師が岩に彫ったという大日如来とか、最澄が往還に祈念した白鳥神社には最澄自作の十一面観世音が安置されていたりという具合であった。

だが福江島に来て見て、私は五島の藩主十七代盛定《もりさだ》のとき、明《みん》国の貿易商人王直が深江(福江)に大船を乗入れ、領主に通商を乞うたのが天文九年であるのを知ったときは声をあげて驚いた。

「あの王直が、種子島より三年前に、この島に来ていたのですか!」

五島領主盛定公は王直(こちらの資料では時折汪直という文字が使われている。字《あざな》は五峰とあるから、種子島でポルトガル人を連れていた王直と同一人物であることは絶対間違いがない)を歓待し、城下に一町を与えて王直を抱えこんだ。そこは昔のままの区劃で唐人町《とうじんまち》と今も呼ばれている。船に汲みこむための真水を確保するために、まず王直は井戸を掘った。異国情緒豊かな六角井戸が今もそのままの姿で残っている。

本当に驚いた。あの王直が、種子島へ現れる三年も前に、五島列島の主島で日本の殿さまのお傭《やと》い外国人みたいな立場を手に入れ、町まで貰って住みついていたのだ。この島で私は王直について更に詳しいことを知ることができた。

安徽省歙《きゅう》県の出身で明暦嘉靖十九年(天文九、西暦一五四〇)巨艦を造船し、明では貿易禁止になっていた硝石や綿糸を積み、広東を中心に日本、シャム、西洋諸国と往来した。船の長さ百二十歩。二千人収容可能という木製の大きな城に見えた。船上には櫓が四門もあり、甲板は馬が走りまわれるほどの広さであったという。

安徽省出身か、王直は。私は腕を組んで考えこんだ。安徽省の民芸品というと鉄細工が多い。つまり鉄の主産地である。種子島にも鉄が出る。タタラと呼ばれる古代採鉄業があり、その後は鉄鋼会社が砂鉄を掘っていた。鉄がふるわなくなったので、その会社がクルマエビの養殖に方向転換していることは種子島ルポで書いておいたが、あの頃の私には種子島の鉄と鉄砲を繋げることが出来なかった。

王直は商人だが安徽省の出身だ。種子島に鍛冶屋があるのと採鉄技術があるのを見れば彼にはピンと来るものがあったはずだ。天文十二年七月末、王直の船がマカオに碇泊したとき八人の西洋人が傭ってほしいと頼みにきた。ポルトガルやスペインの船乗り崩れであったのだろう。王直はそのうち三人を自分の船に、他の五人を別の船に乗せ、廈門《アモイ》に向う途次、七艘編成の海賊船に襲撃され、王直の方もすでに倭寇として名を轟かせていた密貿易者海賊であったのだから一大海戦がくりひろげられた。戦局不利と見た王直は、素早く自分の船だけ逃げ出すことに成功したのだが、次には大暴風雨が待ちかまえていた。

難破して二十三日間も海上を漂流した後、ようやく種子島に辿《たど》りつく。当時のことで種子島と五島の福江島では到底連絡がつかない。種子島の城主は王直の勇名を知らず、ポルトガル人の通訳だと思いこんだ。なまじ外国語ができると語学の出来ない人間に使い倒されてひどい目に遭うのは私も経験があるが、王直も似たような誤解を受けたのであろう。島の人から見れば目や髪の色の違うポルトガル人の方が、王直よりも鮮烈に異人として印象づけられたのであったろう。日本側の記録では、島の村主が文字を解し「大明の儒生一人、五峰と名づくる者あり、その姓字を詳《つまびらか》にせず」と、杖で沙上に字を書いて会話を交した。やがて種子島領主時尭《ときたか》が、王直を通訳としてポルトガル人にその所持する鉄砲を「われこれをよくせんといふにはあらず、願くは学ばん」と話しかける。これはそれから六十年後に種子島領主久時《ひさとき》が僧文之に代筆させた「鉄炮記」からの引用である。

しかし百人以上の船乗りを抱えて種子島に漂着した王直にしてみれば、手下の食糧と船の修理、出船に際して積込むべき薪水《しんすい》を手に入れるために、ポルトガル人の持つ鉄砲はいい取引材料になったはずだ。鉄砲二挺の他に「妙薬と小団鉛をその中に入れて、一小白を百歩の外に置いて、これが火を発てば、すなはちそれほとんど庶幾《ちか》からんか」「その妙薬の搗篩・和合の法をば、小臣篠川小四郎をしてこれを学ばしむ」とある。

種子島の「鉄炮記」をこうして引用しているのは、火薬の製造法を彼らが詳しく教えたことを同時に明記しておきたかったからである。なぜなら福江の唐人町を拠点とした王直が貿易商として扱っていたもののトップに「硝石《しょうせき》」がある。これこそ近代兵器の火薬の原料であった。

火薬は十四世紀のはじめ、アラビアから西ヨーロッパに伝えられ、以来、戦争の形式を根本的に変えてしまった。後に硝石は、南米のチリから多量に産出され、西欧諸国は争ってこれを輸入していたが、王直が売買していた硝石が、まさか当時の航海術でチリから遠路はるばる運ばれて来たものであるはずがない。

それにしても、ああ、チリ。硝石を産出し、十六世紀に兵器の驚異的発展に寄与した同じ国が、二十世紀には世界で最初に二百カイリを主張したのを思うと、私は福江市に今も残る「明人堂」の前で感慨無量になって立ちつくしてしまう。王直が居館近くに祖先を祀った廟が、今では明人堂と呼ばれて残っている。

一九〇九年、カイザーの至上命令を受けて硝酸《しょうさん》の合成に没頭していたドイツの化学者たちが、遂に水素と窒素《ちっそ》からアンモニアを合成することに成功。一九一四年にはアンモニアを硝酸に変えることに成功し、同年七月二十八日、第一次世界大戦が勃発する。ドイツは硝酸を工業生産し、実用化に移した。水と空気という無限のものから火薬を作る技術を得たドイツが猛然として戦争を開始したのだ。

同様なことが十六世紀の日本で、まったく似たパターンで起っていた。織田信長の天下統一であった。応仁の乱以後、収拾のつかなくなっていた日本を統一国家とした源は、信長がムスケット式火縄銃すなわち種子島と俗称されている鉄砲に、戦国武将の誰より早く着目し、積極的にこれを実戦に取入れたからであった。

天文二十四年(一五五五)武田信玄が第二次川中島の合戦で三百挺の鉄砲を使っている。これが大々的に種子島銃が実戦に使われた最初であるが、いわゆる鉄砲伝来から考えると、あまりにも早く全国的にひろまっているので、私はかねがね疑問に思っていた。信長は少年時代すでに鉄砲を撃つ練習をしていたと「信長公記」にあり、「国友鉄炮記」にも天文十八年七月、信長が近江坂田郡にある国友村の鉄砲製造所に六匁玉の小銃五百挺の製造を命じたという記録がある。「太閤素生記」には秀吉の父、木下弥右衛門は信長の父、信秀の鉄砲足軽であったことと、そのため足に負傷して中村村に引込み百姓になったが、傷が悪化して秀吉八歳のとき死去したという記録がある。秀吉八歳は天文十二年で、種子島に王直が姿を現したのと同年である。

「信長公記」「国友鉄炮記」「太閤素生記」は、八分通り信用できる古文書であるから、種子島渡来以前すでに日本には鉄砲に関してかなりの知識と技術が入っていたことが察せられる。ムスケット式火縄銃が種子島と呼ばれるようになった理由は、種子島が鉄を産出し、刀鍛冶《かじ》がいてすぐ鉄砲鍛冶に衣がえできたからではなかったろうか。

その裏付けを、私は福江島ではっきり見たのだった。天文十二年以前から王直が、五島盛定に町一つ貰って硝石の売買をしていたのが明らかになったのだから。王直の申入れに即答して彼を受入れた領主の態度から察すれば、硝石の輸入がそれ以前から九州一帯で行われていたことが分る。予備知識なしに外国人を受入れて町一つ与えるようなことは有るはずがない。王直の字《あざな》が五峰とされているのは、ひょっとすると種子島の砂浜に書いた五嶋という文字が誤読されたからかもしれない。五島は、当時五嶋と書いた。彼は五嶋に問いあわせてほしいと島役人に告げたかったのではなかろうか。

王直は五島福江だけを拠点としていたわけではなかった。瀬戸内海能島の村上水軍や、豊前の大友氏はもちろん松浦三十六族ことごとく関係していた。商人である彼が貿易をやる上で海賊の横行する東シナ海を縦横に渡り商品の安全を守るためには、こういう日本の豪族と組んでその武力を頼む必要があった。日本と明国の間に正式の通商のない時代に、こうして史上空前の大倭寇《わこう》が生れたのだった。

海賊と倭寇の違いは、前者は海で商船を襲い金品を強奪したのに対し、倭寇は貿易を第一義として海賊に対する自衛手段を講じていたことにある。しかし両者はしばしば似たことをしていた。王直は明のお尋ね者となり、莫大な賞金をかけられていたが、誰もその威を恐れて捕えることが出来ない。

硝石について、一六三七年に明で出版された「天工開物」(宋応星著、藪内清訳、平凡社刊)の「消石」という章を見ると「中国、外国ともに産出する」「中国では四川省、山西省、山東省に多く産出する」「東南地方で売るには役所の鑑札を受けないと密売として罰せられる」などと書いてある。

明が王直の罪としたものは、海賊行為よりも硝石の密売を危険視したからではなかったろうか。王直が暴れまわった時代から百年後に世に出た書物ではあるけれども、だからといってこの法律や知識が出版と同時期のものとはいえない。硝石について当時としては驚くべき正確な化学知識が「天工開物」には詳述されてあるからだ。曰く「消石の本質は塩と同じものからできる」。前述したように二十世紀にゲルマン民族は硝酸の化学合成に成功するが、塩化ナトリウムと硝酸ナトリウムは、いわば親類であって、十六世紀の中国人は、つまりそのことを知っていたのだ。「大地の下には潮気がむれて地面に現れるが、水に近くて土の薄い場合は塩となり、山に近くて土の厚い場合は消石となる。水に入れるとすぐ消《と》けるので、それで消石という」。こうした記述に続いて、硝石の採取の仕方から火薬製造法と危険性について詳しい。この本上梓以前すでに王直および明国政府が、硝石について多大な知識を持っていたことは想像に難くない。明が懸命になって王直を摑まえようとした理由がよく分る。

一五五五年(弘治一)明国海軍総督は、王直帰順工作を始め、二人の使節を出して福江の領主十八代純定《すみさだ》に申入れをする。しかし純定は王直が五島にあって島民から尊敬されていると答えただけで取合わない。それを知った王直は明の使節を豪壮な邸宅に招いて面会した。使節は海軍総督と王直の妻からの手紙を渡した。その手紙には国賊の一族として十年投獄されていた王直の母と妻が釈放され、総督から厚遇されていることと、老いた母が息子の丈夫な姿を見たがっていることが記されていた。使節はさらに、王直が帰順すれば、明の皇帝から官爵と日明通商の許可が降りると言葉を足した。

それでも王直は疑ってかかったのだ。まず義子の汪滶(二十八歳)だけが明に出かけることになった。汪滶は秀吉が大明遠征の計画をしたとき道案内として従軍したいと申出ている男である。多少軽率の感あるこの若者は簡単に騙され、海軍総督に帰順を誓って深江(福江)に帰ってきた。一五五七年十月、遂に王直は家来を従えて明に渡ったが、ただちに捕縛され、明の世宗の命により、杭州の官巷口で斬罪に処せられて生涯を終る。義子の汪激は激怒して舟山列島に抗明の旗を揚げ、大陸および沿海諸島にある一味に大号令をかけるとともに日本の倭寇にも救援を求めた。集った数は一万、明国海軍との間に倭寇史上最大の海戦となったが、後の祭であった。

王直の姓が時折「汪」となっているのは海をその生涯の場としたために自ら三水《さんずい》偏を附したことがあったからかもしれない。

ところで王直を帰順させるために明から来た使節を追い払った領主十八代純定は、カトリック教会に対して永禄年間(一五五八―六九)積極的に布教を助けた。ポルトガル人の宣教師ルイス・アルメイダと日本人の琵琶《びわ》法師でザビエルから洗礼を受けたロレンソを呼び入れているのだ。福江島奥浦で教会堂を寄附するなど、キリシタンを大いに保護した。十九代純尭《すみたか》に到っては、妻とともに洗礼を受け、ドン・ルイスとマリーという洗礼名を貰っている。

五島の殿様の系譜をたどると代々が時代の先端を走っているのが分る。十四世紀に八代目が宇久島から福江島に居城を移して以来、十五世紀半ば十一代の領主は朝鮮と通商貿易を開始、十三代勝《かつ》に到ると海外貿易が盛大になり、五島は富み栄えて蓄財も豊かになったらしく、家来の禄高が大いに向上した。

十八代、十九代がカトリック教会に深入りした後をうけて十八世紀には二十八代盛運《もりゆき》が大村藩から百八人の移住農民をもらいうけた。次代の盛繁《もりしげ》もまた大村から百人の農民を乞い受けている。前者は寛政年間、後者は文化年間、もちろん秀吉以来、家康も踏襲した切支丹禁制の時代に、大村で息を潜めていた信者たちを開拓民として受入れたものである。大っぴらではなかったが、信者たちは宗教的弾圧のない島をこの世の天国《パライソ》として喜んで移住してきた。

幕末、長崎にフランス人が大浦天主堂を完成(一八六五、慶応一)すると、五島の切支丹たちはそれが切支丹寺であることに気づき、各地から代表者が天主堂を訪ねて三百年間守り通してきた信仰を打ちあけ、あらためて正統派の教理や祈禱の仕方を学んで帰った。もちろんまだ切支丹禁制は解けてなかったが、信徒はこれによって信仰を強め、島に戻っても神社寺院の習慣を拒否するようになった。それが最後の迫害の発端になる。

京都も江戸も歴史の大転換を迎えた明治元年(一八六八)、五島は中央の動向に遅れていた。九月に福江島では奥浦、水ノ浦、楠原、三井楽など各地で切支丹信者は乳児に到るまで捕縛されて牢獄に叩きこまれた。このときの拷問の苛酷さは酸鼻を極めていた。

三歳の子供の片腕をもぎとって水に浸したという木箱などが現在も堂崎天主堂内で展示されている。青竹や生木で百叩きにされるのは序の口で、食事も碌《ろく》に与えられず、動物の檻のように便所もないところに閉じこめられていたのだ。もちろん死者も多数出た。久賀島が一番ひどかったと言われているが、福江島でも各地の牢跡に今はマリア像と記念碑が建てられている。その遺跡をめぐり、石碑に刻まれた犠牲者の氏名と年齢を眺めて私は総毛だった。

この残忍きわまりない迫害が明治元年の出来事だったのは、歴史の転換期の凄まじさを如実に物語っている。もちろんカトリック教会から明治政府に厳重な抗議があって、弾圧は三年内に治まるのだが、国家的に切支丹禁制が解かれ、信教の自由が僻地末端まで行き届くのは明治六年である。

五島にはまだ隠れ切支丹がいるという話はずっと前から聞いていたが、私にはどうも納得できなかった。禁制の高札が外されても、なお信仰を隠し、カトリック教会に帰属しない理由は何か、長い間の疑問だったのだが、福江島に来て氷解した。身内がこんなむごたらしい目にあわされていたら、文明開化の御代が来ようと、もう二度と騙《だま》されまいぞという気持になるのは当然だ。信仰は隠すべしと彼らは肝に銘じたのだろう。ことに戦時中、伊勢神宮一辺倒になったのを見た人たちは、先祖が「隠せ」と言い遺したのは正しいと再び肝に銘じたのではないか。現在も五島には隠れ切支丹がいる。その地域の人たちは、福江では熊野神社の氏子になっていて、葬式は仏教僧にまかせるなどしているが、経文や祝詞《のりと》消しの呪文などまだまだ忘れていないようだ。この人たちの口は堅く、郷土史家たちはいまだに手こずっている。

福江島の歴史は、その入江と同じように多彩で、今も深い。

元寇から韓国船まで

対馬《つしま》

日本の島々、昔と今。その五
(昭和五十五年三月十七日脱稿)

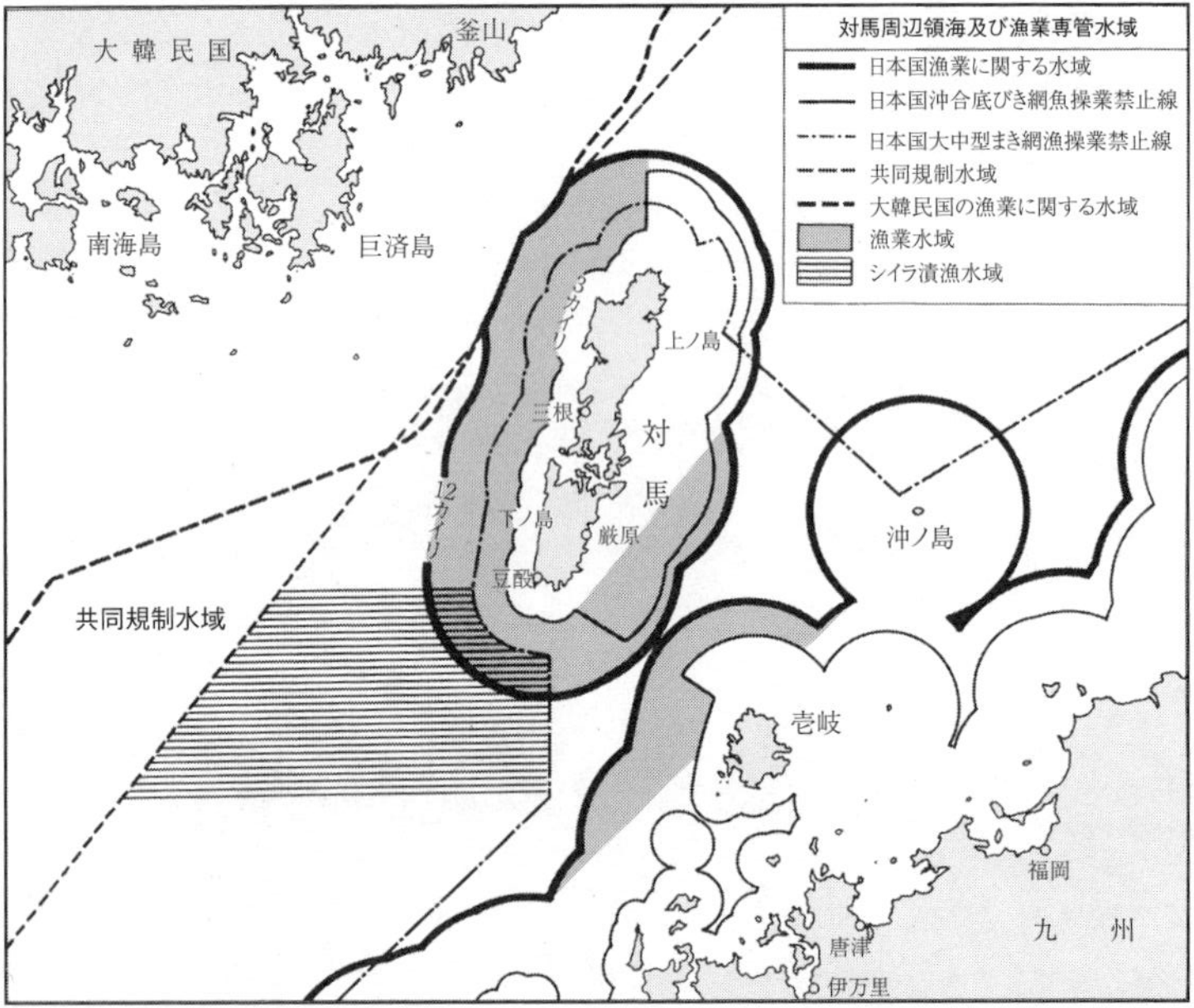

対馬周辺領海及び漁業専管水域
日本国漁業に関する水域
日本国沖合底びき網魚操業禁止線
日本国大中型まき網漁操業禁止線
共同規制水域
大韓民国の漁業に関する水域
漁業水域
シイラ漬漁水域
大韓民国
釜山
南海島
巨済島
3カイリ
12カイリ
上ノ島
三根
対馬
下ノ島
厳原
豆酘
沖ノ島
共同規制水域
壱岐
福岡
九州
唐津
伊万里

四年前に出来たという空港に、福岡から三十分で到着。タクシーに乗って厳原《いずはら》町にある対馬支庁に向う。この島の人口は五万、だがまだ市が出来ていない。日本中が観光ブームだというのに、対馬にはべかべかしたところがないのに感心した。長崎県の方針で夜の屋台店なども厳禁されている。福岡空港から来たので錯覚していたが、この島も長崎県かと改めて驚いた。距離にしても福岡県の方に近く、福岡に帰属したいという動きもあるが、長崎県が離さないらしい。行政区劃から外すことは無理でもあるのだろう。

「ここは韓国に一番近い島でしょう?」

「はい、天気のいい日は釜山《プサン》がよく見えます。巨済島など、すぐ目の前にありますしね、ここから壱岐《いき》の島や本土より近いところに韓国があるんですから」

「それじゃ韓国船とのトラブルも多いでしょうね」

「しょっちゅうですよ。昨日も一隻拿捕《だほ》されてますしね」

「えッ、拿捕ですか」

「厳原の港の中に繫《つな》がれてますよ。ほら、あれがそうです」

「どれですか」

「あれですよ、あの小さな船」

見るから粗末な漁船が、漁港の中でしょんぼりと繫がれている。これはタイミングのいいところへ来た。明日は早速、海上保安部へ行ってみようと思った。昭和五十四年十二月十三日。前夜はニュースで韓国にクーデターが起ったかという騒ぎがあり、朴《ぼく》大統領暗殺の共犯者として、当時の陸軍参謀総長だった戒厳司令官が逮捕されたことがこの朝分ったばかりである。事多い隣国が、つい目と鼻の先にあるのだ、この対馬は。

対馬支庁の水産課に入ろうとして気がついたが、入口に「二〇〇カイリ対策班」というものものしい看板が出ている。昭和五十二年に出来たものだが、お役人は三年ぐらいで転勤してしまうので、当時の人々は誰もいず、看板だけというのが実情だった。しかし、この島では二百カイリどころか、つい目の前に隣国の島々がある。水産課でもらった領海、特定海域、漁業水域、沖合底びき禁止線、共同規制水域などの地図を見て、私は目がまわりそうになった。海の上に、こんなに幾重にも線が引いてあるなんて！

「この地図でお分りになるでしょうが、対馬の西側は十一カイリで韓国の漁業水域とぶつかります。二十七ノットの速度で三十分もすれば韓国領海に入ってしまいます」

「それじゃどちらの漁船も大変でしょうね」

「はい、お互い滅茶滅茶だった時代もありましたが昭和四十年十二月十七日に日韓漁業協定が発効しまして、共同規制水域が定まりましてからは一応の解決は見ましたが、まだまだ問題があります」

「密漁ですか。日本側もやっているのでしょう?」

「私どもにはその辺のことは分りませんが、当面の問題は、昭和四十年公海内の漁業に関する協定で、日本側は漁船の数に制限を設けたのですが韓国に関しては隻数をフリーにしてしまったことなんです」

「どうしてそんな話合いをしてしまったのでしょうね」

「当時の漁業では日本と韓国は比較にならなかったからですね。が、今は形勢が逆転しました。世界一の水産王国というのは韓国じゃないかと僕ら言っているんです」

「拿捕されてる船がありますが、小さな漁船でしたよ」

「あんなものじゃないです。共同水域では百トン級の船がオッタトロールで操業しています。それが今では夥《おびただ》しい数なんですからね」

「魚種は、なんですか」

「韓国船は主としてウマヅラハギとこの島でいうカワハギを獲《と》っています。近頃はほとんど国内消費にまわしているようですが」

「日本の漁船はカワハギは獲らないのですか」

「魚価の高い魚種ではありませんし、その点では問題にならないのですが、この島の漁法として、シイラ漬けという特殊なものがあるのですが、これが受けている被害が大きいのですよ」

「シイラ漬け？」

「長い割竹を組んで、中央に浮標《ブイ》をつけて浮かしておきます。この浮標を島では坊《ぼん》さんと呼んでいますが。ものかげに集る習性のある魚を寄せて、シイラまき網を使って漁獲を得るという独特の漁法なんです。この斜線の地域がシイラ漬け漁法の地域ですが、底曳きのワイヤーにひっかけられると坊さんもろとも何処《どこ》かに消えてしまいますのでね、被害甚大なのですよ」

「シイラ漬けの漁期は」

「五月から九月です。漁閑期にはフグハエナワをやっています」

「この十二カイリと八カイリの間が特定海域になっていますが、どういう意味でしょう」

「日本の県外船は、長崎県の許可があれば島の周辺で操業できます。この辺りに来るのは島根県、愛媛県が多いのですが」

シイラ漬けと呼ばれているが、シイラは、ハワイではマヒマヒと呼ぶ上魚なのだけれど、日本では安いカマボコの材料にしかならない。しかし呼び名と違って坊さんの傍に集る魚種はブリやイサキ、タイなど上魚が多い。島では韓国船に神経を尖らせているが、対馬は国際海峡のまっただ中にあるので、外国船の往来は多いのだから、シイラ漬けが漁具もろとも無くなってしまうのは必ずしも韓国船ばかりがやることとは限らないし、ワイヤーにひっかけるのもわざとやったとは思えないのだが、なんといっても外国船は圧倒的に韓国漁船が多いので結果としてこうなってしまうのだろう。

「李承晩《りしょうばん》ラインというのは、どの辺ですか」

「李ラインは共同規制水域よりずっと韓国よりですが、現在は、ありません」

李承晩が軍事警戒ラインとして李ラインを定めたのは昭和二十七年一月。李承晩が失脚し、アメリカに亡命したのは昭和三十五年。代って朴正熙《ぼくせいき》大統領が誕生した。そして朴大統領は夫人に続いて去年(一九七九)暗殺され、韓国には新しく崔《さい》大統領が組閣したばかりである。しかし、李ラインは、実はまだ文書の上では失効していない。

それにしても十四年前の日韓漁業協定で、日本ばかりが漁船の隻数に制限を設けたのは、先の見通しというものを全く持たない水産関係の役人たちの姿勢を物語って余りある。国際情勢は流動しているのに、それを先取り出来なかったどころか、当然韓国も経済成長をするはずなのにそれを予測出来ず、双方の漁船に同数の規制をしておかなかったのは、まったくどうかしている。そんなことで苦しむのは当事者である日本の漁民なのだ。

「この支庁には水産普及員はいらっしゃらないのですか」

「おりますが、内院《ないいん》で昨日アワビの採卵がありまして、さっき様子を見に行ったところです」

「アワビの人工孵化《ふか》ですか」

「そうです」

「私、見せて頂けませんかしら」

どうしてこんなに何事にも好奇心を持つのか。自分で自分に呆れてしまう。しかしながらアワビのお産なるものに出合すとは思わなかった。対馬の南に内院という漁村があって、そこの青年部でやっている仕事だときくと矢も楯もたまらず、支庁を飛出し、タクシーをふっ飛ばして内院の漁業協同組合にかけつける。

どこの島へ行っても水産普及員というのは気持のいい青年で、海に対して純粋な情熱を静かに燃やしているという印象を受けるが、ここでもまた北田さんという人が待っていてくれて、アワビの養殖について説明してもらうことが出来た。

「雄の精巣《せいそう》が乳白色に腫《は》れ上り、雌の卵巣が緑色にふくれ上ったものを水から上げて一時間置きます。それを紫外線殺菌海水に入れて、まあ刺戟を与えるのですね。やり方については詳しく『浅海完全養殖』という本が恒星社厚生閣という出版社から出ていますが。なかなか産卵しない場合は、さらに温度刺戟を与えます」

内院漁協支部の青年部の人が、横で呟《つぶや》いたのが印象的だった。

「オスはすぐ精子を出すんだが、メスがなかなか卵子を出さないんだよね」

「あら、メスの方が気難しいんですか」

お産は昨日終ったばかり、現場を見ることが出来なくて残念だったが、水が乳白色になるという。受精した卵子を集めるのを採卵といい、これを船で十分ばかり走って湾内にある生簀《いけす》の中に入れておく。卵の大きさは直径二十ミクロン。

「どのくらい採卵できたのですか」

「昨日は成績がよかったんです。千五百万粒ですから。去年は四百五十万粒でした」

「千五百万個もアワビが出来たら凄いものですね」

「全部が育てば凄いですが、なかなかそうはいきません」

小船に乗せてもらい、受精卵を入れた生簀を見に行った。とても肉眼で見えるわけはないけれど、アワビ養殖の生簀の中は透明ビニールの袋だらけ。フタール酸エステルや、カドミウムが海水に溶出することを思うと、こういうものの中でアワビの卵が無事に稚《ち》貝《がい》にまで育つものだろうかと私は考えこんだ。

「これでどのくらいの稚貝がとれますか」

「うまくいって一万個ですかねえ」

「まあ」

「去年は四百五十万個採卵して稚貝ゼロでしたが、昭和四十九年には二百万個の受精卵から七千個の稚貝がとれています」

「これと同じビニールを使ってですか」

「そのときのビニールの使用量は今より多かったくらいです」

アワビの養殖について、歴史を調べてみたら明治十四年北海道開拓使勧業課に内村鑑三がいて、札幌農学校を卒業した彼がアワビ増産に専念し、札幌県鮑魚蕃殖取調命令《ほうぎょはんしょくとりしらべ》書の中でアワビの生殖器と産卵について詳述していることが分った。キリスト者として、あの有名な内村先生の最初の仕事がアワビの養殖だったとは！

「アワビ養殖の歴史は古いのですね。この島ではいつからですか」

「昭和四十九年からです。この島はイカで有名でしたからね。漁民はイカ釣りで手一杯でした。島中がイカの素干しでイカのカーテンが出来て、干し場がないから釣るのをやめたりしたことがあるくらい。この内院の湾内は、イカの腹から出たスミでまっ黒になったものですが、七年前から、バッタリ獲れなくなりましたから」

「え、イカが獲れなくなったんですか」

「少しは獲れますが、もう昔のように釣れて釣れてどうしようもないという時代は十年くらい前で終ったのですね」

「どうしてでしょう」

「濫獲《らんかく》ですよ。イカは北洋から日本海を南下して来るんですが、途中で滅茶苦茶に獲るんだから。この対馬へ着くまでに獲りまくってしまうんだから」

ニシンが来なくなった北洋の漁民たちがイカ釣りに転じて、対馬のイカは大打撃を受けているというのか。私は溜息が出た。

「海の水温は関係がないですか」

「それもないとは言えないですね。暖冬でしょう、今年は水温がこの辺りで十二月というのに二十九度もあるんですよ」

「イカが来なくなったので、アワビを採り始めたんですね」

「ええ、昔から曲《まがり》の海女《あま》が対馬では有名ですが、今じゃ男がすもぐりしてアワビを採っています。直径十センチ以下のアワビは長崎県では採ってはいけないことになっています。稚貝を放流してその大きさになるまで、五年ぐらいのものでしょうか」

「観光客に荒らされるって問題は起っていませんか。こんな立派なアワビが海底にごろごろしているのでは」

「いや、壱岐と違って、対馬まで足をのばす観光客は少いですからね。それより同じ島の人間が漁場荒らしやる方が大問題です」

「島の中で？　漁業組合が沢山あるんでしょうに」

「でも曲《まがり》などは、昔っからの海女で、前は島の何処《どこ》でも潜れたと言いはるしね、これで結構大変なんですよ」

大きな大きなアワビを眺めて、しばらく言う言葉がなかった。イカが七年前から来なくなってしまった対馬で、厳原漁協という島で一番規模の大きい組合が、来年から本格的にアワビの人工孵化に取組むという。

「マグロはやってないんですか」

「ヨコワという小型のマグロは獲りますが、ホンマグロの漁法はやっていません。でも、いないわけではなくて、今年定置網《ていちあみ》に大きなのがかかって、それを砂の上ひっぱって揚げたものだから肉がズルズル削《そ》げて片身がなくなってしまったんですよ」

「まあ可哀そうに、もったいない」

「知らしてくれたら取りに行ったのにと、僕も言いましたが」

こういう噺《はなし》の中に、イカ一本槍の漁史が見える。笑うわけにはいかないと思った。イカのカーテンという島の名風景は、上対馬の方へ行けば見られなくもないが、そこで吊って干しているイカは、ニュージーランドの沖合で釣上げ冷凍し運んできたものが大半だという。イカを食べないニュージーランド人が、日本人に売るためにイカ釣漁法を覚えた。そのことは知っていたが、対馬で改めて、なんという大変な時代が来たものだろうと思った。

この島はシイラ漬けの他に、ブリのカイツケが見ものだと北田さんが教えてくれたので、私を乗せてくれる船がないか探して下さいと頼んだ。別れるときは宵闇《よいやみ》がせまっていて、島の西側には集魚灯を三つだけぶら下げたイカ釣船が、サンフランシスコの夜景のように美しく波の上で瞬《またた》いていた。

「集魚灯が三つというのは、この島の特色なんですか」

「いや、前は二十も三十もつけて、海の上は昼より明るかったものですが、自己規制しているんです。イカは対馬の周辺で産卵するので、獲りすぎてもいけないし」

北から日本海一面に、相変らず二十も三十も集魚灯をつけたイカ釣船が派手に操業しているというのに、ここで規制してみても始まらないだろうと思ったが、どうせビカビカ照らしても獲れなくなっているのだと思い直した。西の海を眺められる海ぎわの宿で、私は漁火《いさりび》の美しさに飽きず眺めながら複雑な気分を味わっていた。

「壱岐《いき》と対馬《つしま》はセットで考えてしまいますが、きっと随分違うのでしょうね」

「まるで違います。壱岐は泥の島、対馬は岩の島と言いまして、形から質から違います。壱岐は土が多く農作物も豊富で昔から自給自足できるのですが、対馬はご覧の通りでこぼこした島ですから、まず農業があっても収穫で島の人間が食べるということはできません。壱岐は本土に近いですから観光で栄えていますが、フェリーでもほとんどのお客が壱岐で降りてしまって対馬までおいでになるお客さまはごく僅かです。壱岐の方は倍ぐらいありますよ」

日本離島センターの統計を見ると、五十一年度で対馬の観光客の数は四十六万人、壱岐は八十万人であった。対馬は四季を通じて十万から十五万ほどの客があり、決して僅かな数ではないが、宿泊設備が旅館ホテル七十一軒、民宿四十八軒と多く、併せて二百六十万人を収容できるものだから、観光業側からみると客数は微々たるものということになるのだろう。対馬の人口は五万人、壱岐が四万人だから、その比率で考えても観光客は決して少いとはいえないのだけれども。

翌朝は海上保安部へ出かける前に、それと反対側に厳原漁協があるので早朝のランニングを兼ねて飛びこむ。厳原町というのは対馬の南部四分の一ほどもある広さで、十年前に九つの漁業組合を併合して立派なビルが建っていた。正組合員の数は八百五十名前後、これで五十三年度には組合の販売で取扱った金額は三十億円、五十四年度は二十五億円以上という景気である。それでも準組合員を入れて頭割りにすると一人当り約三百万円そこそこの年収になり、経費は五〇パーセントかかるとみれば、年間の所得は百五十万円になってしまう。漁業の厳しさを感じないではいられない。イカが来なくなっているのだ、この島は。

漁協の専務理事さんに、

「韓国船が拿捕されていますねえ」

と水を向けたら、

「いやあ、ここは韓国と近いですから、私も拿捕されてえらい目にあったことがありますよ」

と意外な返事。

「え、誰が何処に拿捕されたんですって？」

「私が、です。昭和三十年代のことですがね、一年七カ月の実刑をくらって、釜山や大邱《たいきゅう》の刑務所で暮しましたよ」

「密漁で捕まったのですか」

「いや、当時は貿易船に乗っておったのです。十九トンの船ですが、私は船長でした。税関の免許も海上保安庁の許可も持っておったのですが、化粧品や味の素など売って米を買うのが主目的でしたが、こちらも悪かったのです。ネクタイ五十ダース申告漏れしていたのが見つかってしまった」

「それで一年七カ月の実刑ですか」

「五十万円出せば執行猶予にしてやるという話で、すぐ金を持って別の船が来たんですが、これも捕まって何もかも没収で、保釈金がつかんのですよ」

「向うの刑務所では如何でしたか」

「もう無茶苦茶な時代でした。警官が刑務所の中に酒を持ちこみましてね」

「へえ、一緒に飲むんですか」

「今はもういくらなんでもあんなことはしていないでしょうが、昭和三十一年には釜山の収容所だけで日本人が千二百名いました。大半が漁師です。刑務所では日中は花壇の手入れなどしていましたが、夜になるとすることがない。私の居る間に殺人事件が二件もありましたよ」

「気の荒い人たちが酒で欲求不満を爆発させたんでしょうね」

「私が刑期満了で出獄したときは、私の船はどこでどうなったかまるきり分らない。船員は無罪で帰国してましたが、船はとうとう行方不明でしてね、いやあ、えらい目にあいましたよ」

「イカが獲れなくなったんですってねえ」

「はい。七年前にヤマト堆《ダイ》にイカ釣船が入って操業を始めたときは戦争みたいでした。三百トン、四百トン級の大型漁船が、急速冷凍設備を備えつけましてね、夜昼となく獲るんですから」

「それ、韓国船ですか」

「いや、日本の船です。韓国船はせいぜい二十トンぐらいの小舟で、それに三十人から漁民が乗って、船ばたにずらっと並んで釣ってるんです。人件費が安いので、あれでもひきあうんですかね、今でもそういうやり方でやってますよ。韓国船は、あまり問題ではないですね、韓国の警備船の方でも仲よくやってくれと声をかけたりしましてね、友好的にやってます。問題は日本の船ですよ、無茶苦茶に獲るんだから。おかげで、対馬のイカはバッタリです」

それでも長崎県対馬支庁が五十四年六月にまとめた農林水産行政説明資料によれば、対馬の一般海面漁業はイカ釣りが最も盛んで、一万二千七百七十六トンの水揚げ料は七十二億六千万円、次いでブリのカイツケが二十七億七千万円になっている。養殖漁業の方は約二十二億円、真珠が最近は魚類を下まわってしまって約十九億円。

もっとも昔は対馬の沿岸で獲れたイカが、遠く日韓共同規制水域や、ソ連二百カイリ内まで入漁しなければならなくなって、そういう漁船が今では併せて五百隻近い。

厳原漁協で話込んでいるところへ普及員の北田さんから電話が入り、厳原漁協の支部がある豆酘(これをツツと訓《よ》むのだから、対馬の地名は覚えるのが一苦労だ)で、ブリのカイツケに私を乗せてくれるという報せ。私は勇躍して、タクシーに飛乗って駈けつけた。


この島めぐりを始めてから、漁船に本格的にのせてもらうのは、これが初めてである。天売ではA重油がなくて船が動かなかった。屋久島のサバ船は釣ってる現場は戦場なので女にうろうろされると迷惑らしいので遠慮した。それでなくても漁夫以外の人間を乗せると、その体重分だけ魚が積めなくなる。だから私は体重分だけの魚の値段を聞いていつでも支払うつもりがあった。取材で迷惑を、それも経済的な迷惑をかけたくない。私の体重は五十二キロである。

豆酘には漁協支部の建物の横にカイツケ漁協の建物があったが、まだその時点でも私は深く考えなかった。カイツケというのに私は買付けという文字を当てはめていた。漁船が釣上げた漁獲を、そのまま沖合で買付業者に鮮度の高いまま売るのだろうと思っていたのだ。

組合長さんから何度も、船は大丈夫ですかと念を押される。

「大丈夫です。酔っても、そのときは眠ってしまうだけですからご迷惑をかけることは万が一にもないと思います。ところで、どのくらい沖に出るのですか」

「漁場につくまで三十分はかかりますよ」

「船の大きさは」

「五トンです」

たった三十分ならどうということはないのだが、五トンの小型船では女は用が足せない。水もお茶も飲まずに用心し、直前にトイレに行き、それから乗せてもらった。乗組員は五名。ここでは船長を教師と呼ぶ。

カイツケが飼付けという文字を使う独特の漁法であることが、目印の浮標《ブイ》を浮かした漁場に着いて間もなく分った。一箱十八キログラム入りのイワシが餌で、これをスコップで砕き船から海にバラ撒くと、海底から魚がわあッと湧いてきた。

「潮が早いな、今日は駄目だな、これは」

教師が呟《つぶや》く。何十年か前に鹿児島県から人を招いて教わった漁法なので、リーダーを教師と呼ぶようになったのかもしれない。教師は豆酘には一人だけ。今は組合員の選挙で選ぶ。漁に関するカンと人徳がないと、選ばれないし、勤まらない。

その教師先生が駄目だと呟くけれど、天気がよくて海の中は底まで見透せ、魚群はウヨウヨしているのだ。

「あのお魚、なんですか」

「ヒラスですよ」

上魚じゃないか。凄いなあ。

「あのお魚は？」

「ウマヅラハギだ。邪魔でしようがなかとですよ、ブリにくれてやる餌を喰《く》うしねえ」

「カワハギって、おいしい魚でしょうに」

「ああ、でもこの辺りじゃ誰もとらねえの。ばってん、開いて干すと様子がフグに似るものだから、カワハギをフグと言って売ってる悪い業者もおるとですよ」

「あの立派なお魚がブリですか」

「いや、ムロアジです。釣ってみますか」

「よろしいのですか」

「ああ、もう飼付けの漁期も明日で終りですからね、僕ら暇ですよ」

小さな釣竿の先にイワシの身をつけて釣り方を教えてくれる。

「いいですか、自分の餌をよう見とって下さい。パクッと喰いついたら、すぐ釣上げるんですよ。ムロアジは口が弱いので、すぐ切れますからね」

海が透き通っているから、私の餌が沈んでゆくのがよく見える。何匹ものムロアジが知らん顔して過ぎてゆく。やがて一匹が、パックリ喰いついた。

「それッ。上げて下さい」

立上ったら三十センチもある立派なムロアジが釣れたではないか。私は興奮し、どうしていいか分らず、魚もろともイワシの餌の上にどっと倒れこんだ。

「ありゃまあ、コートがイワシ臭くなっちまったよ」

「いえ、そんなこと構いません。それよりなんて立派なお魚でしょう。これがアジですか。サバみたいですけど」

「ムロアジっちゅうのは、サバとアジの中間ぐらいのもんだからね」

「おいしいでしょう」

「うまいですよ。でも僕ら、喰い飽きているからね、こんなものは獲らんとですよ」

二十分ほどの間に、八匹も釣れ、まるで釣堀で遊んでいるみたいで少しのスリルもない。私は最初の興奮をすぐ忘れ、アジ釣りはやめてしまった。ブリの方がかかり出したからでもあった。

釣針にイワシ一匹かけて船から投げこみ、イワシの撒き餌《まえ》をしていると、盛漁期にはブリの大群が押寄せてきて、五トンの船に十人乗って、二時間足らずで二千五百尾釣れるという嘘みたいな話。

「どうして盛漁期に来なかったとですか。それなら素人でも五十尾ぐらい釣れたのに」

「でも盛漁期では私なんか乗せてもらえないでしょう」

「いや乗せてあげましょう。来年は夏か秋にいらっしゃい。一日にこの豆酘だけで多いときは二万尾釣るからね」

「一日にブリが二万匹ですか」

「もっと釣れるがね、獲りきってしまうと魚が来なくなるから二万尾で押えとくのよ。今年はそれでも大したことなくて、二十万尾そこそこだった。水揚げも二億ぐらいのものだけど、まあまあ赤字は出してないのよ。豆酘は教師先生の腕が確かだからね」

「豆酘の飼付漁協の組合員の数は」

「三百十四名。最近では昭和五十一年が豊漁で、水揚げが四億あったけど、ここんとこ暖冬でしょう、水の中に入ると湯みたいじゃけんね。ばってん、ブリはともかくヨコワマグロがとんと姿を見せんですとよ。海水が冷いとヨコワが来るんで、ブリとは互い違いになるんですが」

　釣れない、駄目だと船の中の人々は口癖みたいに言うけれど、盛漁期を知らない私には次々と針にかかって引揚げられるブリが、体長六十センチもある立派なものばかり、甲板で威勢よく跳ねるのを船底にある搔《か》き氷を混ぜた水槽に投げこんで即死させてしまうのを見ていると胸が高鳴ってくる。

「一匹釣ってみませんか。ほれ、これをたぐり寄せませんか、もうブリがかかってますけに」

　太いテグスをいきなり両手でたぐるのである。手応えはムロアジの比ではないが、思ったほど抵抗がなく、船ばたに私の釣った(?)目の下三尺もあるブリが引寄せられてきた。私は再び興奮して立上り、バランスを失ってまたもやイワシ入り餌箱に倒れこんだ。

「よかったね、釣れて、よかったね。ほれ、見んしゃい、ブリも喜んで跳ねまわってるけん」

　漁夫が一緒に喜んでくれる。私はなんだか遊びに来たみたいで、これでいいのかと心配になってきた。

　二時間で昨日の五倍の漁獲があった。私は女を乗せると不漁になるという迷信の根強い漁村があることを知っているから内心では案じていたが、この大漁に満足した。とこ

ろが、

「いやあ、こんなものではなかとです。もうこの飼付けは明日で終りますから、仕方ないです。来年はきっと来て下さいよ。ばってん飼付けの船に乗った女は、珍しかねえ。二人目じゃけん」

「誰ですか、前に乗ったひとは」

「名は忘れたが、売れない歌手だったね、やっぱり」

釣糸をしまい、浮標《ブイ》に繋いでいたロープを解きにかかっているとき、教師を先頭に手のあいた漁夫たちが、イワシの餌を箱もろとも海にどんどん投げこんでいる。

「このイワシはどこから来てるんですか」

「福岡とか山口県だね。餌もどんどん高くなるから参ってますよ」

「どうしてそんな高価なイワシを、こんなに海に投げこむんですか」

「ブリにね、味を覚えこませるの。生き餌が好きな魚だから、イワシが回遊してくると、それにつられてブリも行ってしまうから、こうやって死んだイワシも旨いってこと教えとくんですよ。ここへ来れば、いつでもこんな餌があるとブリに知らせておくのよ」

飼付漁法というのは、人為的にブリの集る漁場を作っておくのだということが分った。

何年も、いや何十年もかかって、ブリに餌の味を覚えさせ、この瀬ならいつでも餌があると思いこませ、つまり飼い慣らしておくのだろう。教師は、そのとき投げこんでおく餌の量や、その日獲るべき漁獲の最大量とか、これから永遠ともいうべき将来への見通しも立てた上で総ての判断を下さなければならない。組合全員の死活は彼の裁量にかかっている。見るところ彼に対する漁夫たちの信頼と敬愛は絶大なものがあった。

白波を蹴立てて豆酘港に帰ると、組合長さんが船に酔わなかったかと一方ならず心配して下さっていたらしい。

「なあに酔うどころでねえ、ブリもムロアジも釣って、きゃっきゃっ騒いでなさった。ばってん、こんな女も珍しか」

すっかり仲良しになった人々と、船から上れば早速に酒になる。豊漁と言えば飲み、時化《しけ》でも飲む理由になる。釣ったムロアジもブリも早速お刺身になり、それを囲んで乾杯になった。

「どうですか、養殖ハマチと味を較べてみませんか」

しかしながら、天然魚であろうと養殖であろうと、ブリもタイもマグロも獲りたての刺身は決して美味なるものではない。生ゴムでも嚙んでいるようで、歯応えがありすぎ、味がない。私がそういうと漁夫一同うち肯《うなず》き、

「そう、魚は落して二十四時間以上たたねば油が全身にまわらねえのよ。氷漬けにしといて、翌日か翌々日あたりが一番の食べごろだな。ばってん今晩は豆酘に泊りんしゃい。明日になれば自分で釣ったの食べさせてあげますけんね」

私が厳原の宿に荷物を全部置いてあるので今夜は豆酘に泊れないと言うと、

「なんでね、寝るだけになんの荷物も要らんとでしょう。まあ飲みませんか」

私は次々と注いでくれる酒を冷やでコップで飲み干してから、なんというさっぱりした口当りのいい酒だろうと思った。訊くと「白嶽《しらたけ》」という銘酒で対馬が自慢の地酒であった。

「これが白嶽ですか。私は明日でも登ってみようと思っているの。対馬の霊峰と呼ばれているのでしょう?」

「白岳《しらたけ》(とも書く)に登る? それなら明後日にしませんか。ブリの飼付けは明日で終るけん、その次の日なら僕ら案内しますよ」

「そうですか。それなら明日の晩に豆酘へ泊りに来ます」

「そうしんしゃい。一緒に出かけましょう。しかし白岳は片道に一時間かかるとよ。足は大丈夫ね」

私は大丈夫だと答え、つい五合飲んでしまっているので帰り支度にかかった。教師先生は見るから酒が好きで、もうみんな酔いがまわっている。私も酔いが顔に出ないうちに厳原に帰らねばいけない。ところが酒好きの漁業青年たちが厳原まで送るという。そのスナックで、また飲もうという。

厳原までの道々、もうすっかりうちとけて、スナックで二杯、私の宿でまた一杯。マッサージの人を呼んでなかったら、私も際限なく飲んでしまっていただろう。

久々で八合も飲んだというのに、翌朝の目ざめは爽やかだった。この島も山が多く、水がいいから良酒が出来るのだろう。しかし厳原町だけは渇水期で、給水制限があり、夜は九時で水道が止っていた。

朝は起きるとランニングで厳原海上保安部に出かけた。宿から二十五分くらいあり、着いたら汗が噴き出したが、いきなり飛込んだのに部長さんは嫌な顔もせず応対して下さった。

「韓国船が拿捕されていましたが」

「四十八時間しか拘留できませんので、さっき帰ったところです」

「拿捕した理由は」

「対馬周辺の領海および日韓漁業協定(昭和四〇・一二・一七発効)に基づく日本側の漁業専管水域に入って不法操業したものは、我々が拿捕するのです」

「どうやって？」

「この写真集をごらん下さい。厳原保安部には百五十トンの巡視艇が六隻あります。こちらの表をご覧下さい。船長三十メートル、三十ノットの速度で走れます」

「むらくも、あさぐも、はやぐも、あきぐも、やえぐも、なつぐも。みんな雲の名前がついているんですね」

「はい、もう種がつきました。何かいい雲の名前はないでしょうかね」

「イワシグモとか積乱雲じゃまずいですね。入道雲も船の名にならないし、なるほど難しいものですね」

私みたいな不意の客が結構多いらしく、グラフの説明書とか写真集とか用意が万端整っている。しかし数字については東京にある海上保安庁の広報室でもらって下さいと釘を刺された。以下の会話に出てくる数字は広報室でもらった五十三年八月版「海上保安の現況」によるものである。

韓国漁船は大なり小なり日本の巡視艇が近づくと海の上を逃げまわるが、速度は問題なくこちらが早いから追いついてしまう。船端が並んだところで三人くらいの保安官がパラパラッと飛びこんで行き、実力行使でエンジンを止めてしまう。

「無線でストップをかけられないのですか」

「韓国船は大体無線装置を持っていません」

「まあ、じゃ海難事故のときにはどうするんでしょう」

「沈みかかっているのを日本の漁船や巡視艇が見つけて救助していますが」

「不法操業として摑まえても魚を捨ててしまえば逮捕できないのでしょう?」

「いえ、網が濡れていれば現行犯として逮捕できます。それにこの辺りは豊かな漁場ですから、網を入れてない漁船はありません」

「言葉は通じますか。拿捕するとき抵抗しませんか。海上保安庁は自衛隊でも警察でもないのだから発砲できないのでしょう?」

「言葉は四十歳以上の韓国人なら日本語も通じますが、昨今は日本語も英語も駄目ですから、当方に韓国語を話せる者を一名以上配備し、話してもきかない時は船に乗り移ってエンジンをこちらで切って、船ぐるみ引張ってきます。まあ逃げるくらいですから、不法操業は知っていてやっているので、まず近頃は温和《おとな》しいものです。しかし去年の三月にはデバ包丁を振りまわしたのがいましたが、このところそれ一件くらいのものです。その事件でも実害はありませんでした。私どもの方も一応は拳銃を所持していますが、よほど悪質なものでない限り使うことはありません。韓国側も銃砲取締令がありますから、まず漁船なら心配はないのですよ」

「悪質なものと言いますと」

「私が赴任してから一件だけ、麻薬を持った韓国人の密入国というのがありました。どうも様子が変だという連絡が入ったので巡視艇で追跡し、犯人を現行犯で逮捕しました。しかし今年は去年より減ってはいますが」

昭和五十四年は九月三十日現在で韓国の侵犯操業隻数は二百四十四隻。そのうち警告だけで退去させたもの百七、誓約書を徴収して退去させたもの百二十三、その上海洋警察隊に引渡したのは二隻だけ。検挙は十二隻。

「検挙というのは、何ですか」

「現行犯で逮捕することです。四十八時間内に取調べを完了し、悪質なのは船長だけ拘留して裁判にかけます。七日から十日で判決がありまして釈放ということになりま

漁種別・措置別)

昭和 54	計
211 (105)	1,507 (275)
10 (9)	36 (33)
1 (1)	60 (60)
99 (95)	192 (181)
101	1,219 (1)
33 (23)	254 (100)
2 (2)	7 (6)
1	39 (38)
24 (21)	61 (56)
6	147
–	4
–	–
–	–
–	–
–	4
244 (128)	1,765 (375)
12 (11)	43 (39)
2 (1)	99 (98)
123 (116)	253 (237)
107	1,370 (1)

対馬周辺海域韓国漁船侵犯操業隻数(年別・

区分		年	昭和 50	昭和 51	昭和 52	昭和 53
海上保安庁	底曳	隻数	212 (8)	369 (22)	464 (54)	251 (86)
		措置 検挙	3 (1)	6 (6)	7 (7)	10 (10)
		措置 誓約書徴収 海警隊引渡	7 (7)	9 (9)	28 (28)	15 (15)
		措置 誓約書徴収 退去	7	6 (6)	19 (19)	61 (61)
		措置 警告退去	195	348 (1)	410	165
	小型	隻数	36 (7)	34 (13)	117 (35)	34 (22)
		措置 検挙	–	–	4 (3)	1 (1)
		措置 誓約書徴収 海警隊引渡	5 (5)	7 (7)	19 (19)	7 (7)
		措置 誓約書徴収 退去	3 (2)	6 (6)	13 (13)	15 (14)
		措置 警告退去	28	21	81	11
	その他	隻数	–	4	–	–
		措置 検挙	–	–	–	–
		措置 誓約書徴収 海警隊引渡	–	–	–	–
		措置 誓約書徴収 退去	–	–	–	–
		措置 警告退去	–	4	–	–
	合計	隻数	248 (15)	407 (35)	581 (89)	285 (108)
		措置 検挙	3 (1)	6 (6)	11 (10)	11 (11)
		措置 誓約書徴収 海警隊引渡	12 (12)	16 (16)	47 (47)	22 (22)
		措置 誓約書徴収 退去	10 (2)	12 (12)	32 (32)	76 (75)
		措置 警告退去	223	373 (1)	491	176

注 1) 昭和 54 年は 9 月末まで.
2) 小型とは，刺網，流網漁船等をいう.
3) その他とは，漁業練習船，漁種不明等をいう.
4) 引渡とは，韓国海洋警察隊へ引渡したものである.
5) (　)内の数字は，外交ルートにより韓国側へ善処方を要請したものを示し，再掲である.

す」

「判決はどんなものですか」

「漁業専管水域での操業に対しては五万円の罰金、三カイリ以内は領海侵犯になりますので十五万円の罰金です」

「実刑はないのでしょうか」

「六カ月くらいの実刑宣告はありますが執行猶予がつきますから、事実上は釈放です」

「韓国からの密入国というのも多いそうですね。政治犯ですか」

「いえ、生活苦から日本へ逃げ出してきたというのが大方です。昭和二十年代、三十年代は対馬から本土へという経路で行っていたのですが、四十年代になってから対馬へ来るのはありません。ただボロ船だもので浸水してしまって、島へ上陸して逃げこむという例はあります。四十人とか六十人とか大勢ですよ」

「そういうときは、どうするんですか」

「陸へ一歩でも上れば海上保安部の管轄ではなくなりますので、警察が大がかりな山狩りなどして摑まえます」

ベトナムやカンボジアの難民の話はマスコミで大々的に取上げられているが、こういう話はもう古いニュースになるのだろうか。

海上保安庁広報室からもらった資料によると昭和五十年から五十四年までの対馬周辺海域韓国漁船侵犯操業隻数は先の表になる。昭和五十一年と五十二年の隻数がむやみと多いのは、五十二年七月に二百カイリの漁業専管水域が日本と韓国間で施行されるに当り、その直前「今のうち」という気持が韓国の漁民の方にあったのではないだろうか。

これは日本側の資料なので、日本が近接している外国に拿捕されたりしている数字が明らかでないのは不公平というものだろう。だから漁業水域を示した図を次に掲載しておく。これを見ると、経済水域二百カイリというのはソ連やアメリカ、カナダに対するものであって、対韓国では十二カイリの漁業水域という特別の規制があることが分る。

北洋漁民が韓国船の操業に苦しめられているのは、ソ連とは二百カイリで話合いがついているのに、韓国は十二カイリまで入りこんで魚を獲るからだということも分る。さらに韓国について眺めると、ソ連から二百カイリで締め出され、北朝鮮の近海へは近づけず、まだ経済水域の主張をしていない中国に対しても海軍が怕《こわ》いから遠慮しなければならないという気の毒な事情が手にとるように分ろうというものだ。かつて海は無限の可能性を持つものであったのに、今や海は世界のどの国にとっても難しい国境なのだ。そういう時代に、島は国境の前線基地になった。海上保安庁でも、その認識があっての人事であろう。対馬の保安部長さんはお若いのに態度物腰に非の打ちどころのない見事

領海と漁業水域における外国船操業確認水域

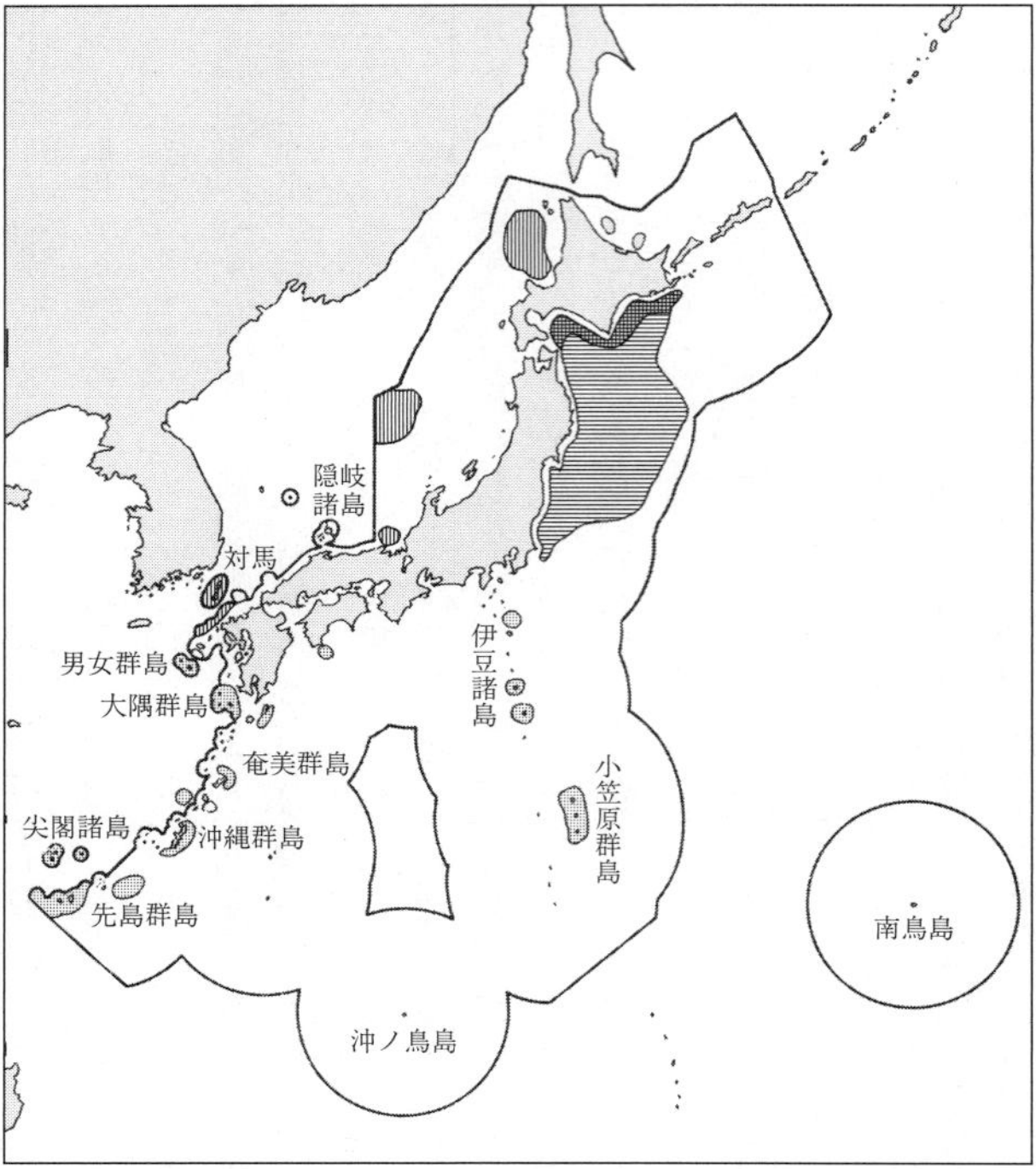

(昭 52.7.1－55.6.30)

ソ連漁船

韓国漁船

台湾漁船

(注) このほか，対馬周辺では中国漁船が，尖閣諸島周辺では韓国漁船及び中国漁船が操業している．

な応対をして下さった。私は最近、これだけシャープな頭を持った役人には会ったことがない。

翌朝は豆酘から早朝七時半に出発し、八時二十分に白岳に近いところで車から降り、薄《すすき》に霜がまっ白に降りている景色に感動しつつ山を深み、四十分歩いて白岳大明神と幟《のぼり》の立っている鳥居前に着いた。教師先生を乗せた別個小隊は私たちより三十分おくれて出発したはずだが、早くも声がきこえる。

私は一番乗りを志したが、二十九歳の若者に抜かれて二番目に白岳山頂に達した。鳥居をくぐってからは胸突き八丁の急勾配で、岩場になり、最後は樹木を遥かに見下す白い岩山によじ登った。

「ああ、いま追い抜かれるかと気が気でなかった。女にしては珍しく足が早いですねえ」

先着の青年が息を弾ませている。

晴天に加えて風がなく、六畳ほどもない山頂で、ゆっくりお握りを食べた。後から教師先生が生れて初めての登頂で、豆酘飼付漁協の人々と私は合計九人であった。海抜五百十九メートル。

「ここで弁当喰ったのは俺は初めてだ。たいがい天気がよくても風が強いから、登っても天辺でゆっくり出来んとですよ。珍しか。ばってん、ここから見る景色は日本一でしょうが。あれが浅茅湾《あそう》です。原子力船むつがここに入ろうとしたとですよ。漁協が一致して反対したとです。上対馬と下対馬の境にある万関橋《まんぜき》の下は明治三十三年、日露戦争に備えて海軍が深く掘ったとです。対馬はその頃から前戦基地だったとですたい」

私は雄大な浅茅湾の景観もさることながら、対馬の全島を見渡して感慨があった。北端の鰐浦《わにうら》の目と鼻に釜山がある。巨済島は浅茅湾のすぐ傍に浮いている。

「小茂田《こもだ》はどこかしら」

「それですよ、ほれ」

「巨済島のまん前ねえ」

「だから元寇《げんこう》のときは、いきなり小茂田に上陸したんですよ」

文永十一年(一二七四)世界制覇の野望に燃えた蒙古民族は国号を元《げん》と改め、かねて属領高麗《こうらい》国を通したびたび威嚇しても服従しない日本を攻めようと高麗で準備をかため、十月高麗の合浦《がっぽ》(馬山浦)から元と高麗の連合艦隊九百艘に、忽敦元帥が率いる元の将士二万五千、高麗の全方慶大将が率いる将士八千、梶取人夫ら六千八百、併せて四万近い軍勢が出発した。

十月五日には対馬の佐須浦(小茂田)に七、八隻の兵船が錨《いかり》を降し、将士千人余りが上陸してきた。鎌倉幕府の執権北条時宗は、かねてこのことあるを期して、挙国一致の防衛対策をたて、中国、四国地方の兵力を北九州に結集し、朝廷も国難に備えて社寺への祈願を怠らなかった。しかし、いかにせん対馬は人口も少い。宗助国《そうのすけくに》は宗氏として三代目ぐらいに当る島主で地頭《じとう》代官を兼ねていたが、小茂田に賊軍到るの報を受けただちに八十余騎を従えて駈けつけ、大いに戦ったが敵の一割にも足りない手勢《てぜい》であるから文字通り衆寡《しゅうか》敵せず、二人の家来を戦況報告に大宰府へ脱出させた後、全滅した。このとき、浦に住む男女の漁民も大変ひどい目にあわされ、惨殺されているが、対馬は元寇の主目的地ではなかったから、やがて島から出て十日後には壱岐に上陸している。壱岐でも防戦につとめたが城が陥《お》ち、守護代 平 景隆《たいらのかげたか》は自殺した。高麗と元の連合軍は十九日に博多湾に入り、翌日、上陸し、博多沿岸は大戦場になった。日本軍は敗色濃く、夜に入って大宰府に引揚げたが、その夜暴風が吹いて敵船の大半が損傷し、高麗合浦に逃れ去った。これが有名な文永の役である。

それから七年後の弘安四年(一二八一)五月には元は東路軍九百艘に兵四万を合浦から出発させ、江南軍は三千五百艘に兵十万余を乗せて慶元府(寧波《ニンポー》)を出発し、朝鮮の史書によれば壱岐で合流する手筈になっていたらしいのだが、潮の加減か六月になって博多湾頭の志賀島《しかしま》に上陸した。

正史では対馬も壱岐も被害があったように記されているのだが、対馬にはこの弘安の役に関して記録が何もない。壱岐の郷土史家の中には五月二十一日に元軍が壱岐に上陸したとする人もいるらしいが、対馬で昭和十四年に編纂された「対馬島誌」によると、壱岐の郷土史家に対する反論と共に、朝鮮史書にある五月二十一日上陸の日本世界村大明浦については、壱岐も対馬も当時の朝鮮側は日本とは決して書かなかったから、弘安四年には元寇の被害というものはまず無かったのだと主張している。

ともかく七年前とは比較にならない大軍の来襲なら、対馬ももし上陸されていれば先の宗助国以下八十余騎ぐらいの被害では止まらなかったと想像が出来る。日本側は七年間に元の再襲に備えて軍備を強化していたが、対馬はそのときの前線基地としては当時の戦力からして本土から遠すぎたのだろう。あまり要地として布陣の中に入れられていた気配がない。元の方も七年間で航海術も大進歩を遂げていたはずだ。何しろ三カ月分の食糧と衣類を積みこんでいたという記録がある。対馬や壱岐で薪水《しんすい》を補給する必要はなかったのだろう。ともあれ弘安の役では日本側が猛然とたちむかい、上陸した敵は追い散らし、六月七月と二カ月にわたり大海戦で敵をほぼ本土から掃蕩したところへ、閏《うるう》七月一日に再び大暴風が起る。たまたまその日に勅使が伊勢大神宮に向って出発したことから、神風と呼ばれることとなった。

弘安四年の役で対馬を素通りしたかもしれない元寇だが、四年後には対馬国府浦と阿須浦に攻めてきた。宗氏の手兵が撃って退散させたという古伝がある。正史には記録されていない。元の忽必烈の娘が高麗王と結婚していたので、高麗は主戦主義を通し、幾度か日本侵略の計画を立てているので、こうした事実は有ったかもしれない。元寇は、元の国内事情で、日本側の防備強化にもかかわらず、三度はなかったが、しかし対馬は何しろ朝鮮と目と鼻の先だ。守護代の宗氏は友好的な態度で臨んではいたもののトラブルは絶え間がなかっただろう。何しろ国籍不明の海賊船が横行していたから、日朝どちらの船なのか、はたまた倭寇という国籍さだまらぬものの所為《せい》か、朝鮮も日本も頭痛の種には事欠かぬ場所と時代である。対馬の宗氏は次第に朝鮮対策を専門とする守護代という特色を持つようになる。

厳原町にある万松院《ばんしょういん》は宗氏の菩提《ぼだい》寺で、歴代当主の墓の立派なことは想像以上だったが、どの墓も正夫人と二基、並んで建立《こんりゅう》されていて、正夫人の氏《うじ》が明記されているのが印象的だった。早いものに日野夫人という文字を見つけたときは驚いて声をあげてしまった。日野は足利将軍代々の正室を出している家柄である。日野氏から女が宗家に嫁している事実は、いかに当時の中央政府が、対馬の位置の重要性を高く評価していたか分るというものである。

宗氏の家譜に先祖は安徳天皇とあるのにもびっくりした。対馬にも安徳天皇の御陵があるのだ。明治になって書かれた家譜によれば壇ノ浦で逃れて九州の島津氏に保護され、その子孫が後になって対馬を治めるようになったという。参拝したが、小さな石碑が建っていて、古びた静かな佇《たたずま》いだった。宗氏が北上するまでの対馬は阿比留一族の治めるところだったのだが、元寇の前に宗氏がとってかわっていた。

日本史に豊臣秀吉が現れると、日朝の歴史が元寇を逆転した形に変る。天正十六年(一五八八)後陽成《ごようぜい》天皇の代、秀吉が宗義調《よししげ》に命じて朝鮮王に日本に帰属させるよう勧め、聞き入れなければ直ちに〝征伐〟すると言わせたのだ。宗義調は秀吉の書を奉じて家来を朝鮮に派遣したが、朝鮮王は使節を出すには「水路に暗い」ので失礼するという文書を渡しただけで取りあわなかった。

もっとも宗義調は朝鮮事情に通じていたから、秀吉の強気な外交政策には悩みぬいていたらしい。家臣と会議をして秀吉を諫止《かんし》するために上京しようとしていたが、あまり苦に病んだせいかその年の末に五十八歳で没している。

代って宗家の後を継ぐのが義智である。年若かった彼は、父ほど朝鮮に精通していなかったから、天正十七年大坂城まで出向いて秀吉に謁見すると、すっかり秀吉にのせられてしまい、大坂から帰島すると博多聖福寺の僧玄蘇を連れて海を越えソウルにのりこみ、朝鮮王に会見、来朝を諭す。ここでどういうやりとりがあったかは、今日までの重大な歴史的事件になるのだが、「竹島」をめぐる議論であったことだけ誌すに止めておく。後に章を改めて書く機会があるので、それまで待って頂きたい。

ともかく、このときの一時凌ぎの解決から、天正十八年（一五九〇）十二月、義智は朝鮮使節を伴って京都聚楽第に出かけることが出来た。その功労から義智には朝廷から従四位下侍従に任ぜられ対馬守を兼ねるという肩書をもらうことになる。おまけに秀吉からは羽柴の号と諱《いみな》の一字を貰い、足利将軍の諱から代々継いでいた義の字が吉と変り、宗吉智と名乗ることになる。

博多の島井宗室という豪商が、すぐ吉智を顧問として遇するのも、朝鮮との交易に目を向けていたからであろう。吉智は島井商事ＫＫの経営コンサルタントになり、公私に渉って島井宗室を指導したという記録がある。若い吉智と、この年五十一歳の島井宗室を思うと、得意になっている吉智と、海千山千の商事会社の社長という二人の関係が見えるようだ。

関白秀吉は意気旺《さか》んで、朝鮮王が再度にわたる宗吉智の交渉に対しても臣従を拒むものだから、朝鮮攻略を思い立つ。かつて朝鮮から大陸文化を吸収し、遣隋使も初期の遣唐使も、みなまず対馬から朝鮮にわたり、北路をとって隋《ずい》に唐《とう》にと赴いていたというのに、五百年後には元寇、八百年後にはこういう事態が起るのだから、歴史というのは内外の力関係で千変万化して行く。

宗吉智が小西行長の娘と結婚するのは、秀吉が朝鮮攻略を決し、小西行長と加藤清正に先鋒隊長を命じて間もなくである。吉智は二十四歳であった。

こうして文禄の役が始まる。文禄元年(一五九二)三月、小西行長は士卒七千人、平戸の城主松浦《まつら》鎮信三千人、有馬晴信二千人、大林新八郎一千人、福江の五島純玄七百人という都合一万三千七百人の軍勢が本土を離れると、宗吉智は二千人余を率いて合流し、長崎の大浦に集結、順風を待ち、七百余の戦船に乗って釜山《プサン》に向うのだ。

迎えた朝鮮側にすれば、文永十一年に日本が元寇の襲来を受けたようなものであったろう。「鮮人なすところを知らず、ただ驚愕のみ」と対馬の記録にある。秀吉が肥前名護屋城に赴く頃には、日本軍は破竹の勢で北進していた。釜山攻撃を開始したのは船出の翌日である。殺獲したもの数千人、翌日は東萊城を囲み、斬首三千余、俘獲五百余、どちらの城も半月で陥落してしまう。それにしても殺戮《さつりく》した数が秀吉への報告として水増ししたものであろうが、いかにも多すぎる。この怨みが長く尾を曳くことになるのは当然だし、それを思うと慄然とせずにはいられない。

朝鮮で暴れまわっている日本軍に対し、明《みん》は手早く手を打つ。数カ月後には明の使節が平壌で小西行長に会って和平交渉に入るのだ。

だが、一年後には日本の本当の国力を示す事態が深刻になった。兵糧の欠乏である。小西行長は休戦する。対馬より北にある朝鮮は、殊に平壌の冬はどんなに寒いだろう。さらに本国の秀吉の行動は、その一年後から奇々怪々である。朝鮮に日本軍が駐屯しているというのに、秀吉は吉野にお花見に出かけたり、京都伏見に華やかな城を築き始めたり、ただただ遊んでいる。朝鮮にいる日本兵は食べるに事欠く有様でも頑張って、加藤清正と朝鮮王、小西行長と明の皇帝がそれぞれ和平交渉をしているとき、秀吉は淀君とその子供を相手に浪費に次ぐ浪費で朝鮮のことは忘れてしまったとしか思えない。

小西行長の休戦は、実状として負け戦《いくさ》になっていたからである。よくあることだが後の論功行賞のために、いいことだけオーバーに報告していたという事情もあったのであろう。釜山まで退却した日本軍が、どうにか朝鮮や明と話しあいをつけ、使節を連れて行長と共に宗吉智が釜山から名護屋へ出かけて秀吉に謁したのが文禄二年であったのを、秀吉は全面勝利と誤解していたのだろう。慶長元年(一五九六)九月には明の使節が伏見城に到着、しかし小西行長は明の皇帝神宗の璽書《じしょ》を文字通りに読まないでくれと懇願する。秀吉は明の贈物である金冠玉衣を着て、上機嫌で使節を迎えるのだが、明使は「爾を封じて日本国王となす」と読み上げてしまう。この瞬間、小西行長の苦心は水の泡になり、秀吉は逆上して冠服を脱ぎ捨てた。明使の首をはね、朝鮮使を斬刑に処せといきりたつ。まず諫止するものがあって、このことは沙汰やみになり、小西行長は自分はあんなことを言わせるつもりはなかったと言いはって身の安泰をはかった。使節を追い返した秀吉は、徳川家康の反対を退け、朝鮮に再び出兵すると決定する。もうこの頃の秀吉は手のつけようもない愚かな独裁者になっていた。石田三成や増田長盛という官僚勢力も強くなって、彼らと家康の反目は、この再度の朝鮮侵略に端を発している。

面白いのは、このときの使節が帰ってから「秀吉は喜んで封を受けました。近く感謝の手紙が届くでしょう」と報告していることである。暗君に仕える賢臣の苦労は、しかしこちらでもやがて水の泡となる。秀吉の宣戦布告の書状が届いたとき、朝鮮側は感謝状と思って開いたのだ。朝鮮王は仰天して、明に再び援軍を求める。

第二回一五九七年の日朝戦争は、こうして開始された。小西行長は釜山に城を修復し、対馬の宗吉智は熊川《こもがい》にたてこもる。秀吉は宗吉智に朝鮮唐島《からしま》を領地として与える。もう勝った気になっていたのだ。唐島は伽羅《きゃら》島とも書き、現在の巨済島のことである。中国をカラと呼ぶのは、伽羅から転じたものなのであった。

翌年の八月、豊臣秀吉が伏見城で病死したのは、朝鮮と明から見れば神風のようなものであっただろう。前線にいていやいや兵をすすめていた小西行長や宗吉智も、さぞかしほっとしたことだろう。秀吉の喪に赴くためと称して、日本軍はさっさと退却し、帰国してしまう。

翌年には宗吉智は、旧名義智に戻るのだから現金なものである。朝鮮の事情を知った義智は、家康の路線が正しいことを身にしみて悟ったに違いない。家康は宗義智を大坂城に召し寄せて、朝鮮との復交を命じる。兵戈《へいか》を交えて怨みを買っているのはよくないと家康の口から義智は直接聞いた。そこで対馬に帰ると早速に使いを出すが、何人送っても使いは捕まえられて帰って来ない。朝鮮にしてみればいきなり暴れこんでおいて、今さら何事だということろだろう。

関ヶ原の戦いに、義智は石田三成に与《くみ》しなかったし、参加さえしなかった。離島という条件はこういう場合になんとでも言い逃れが出来る。徳川家康が天下を掌握し、小西行長が刑死すると、義智は小西家出身の妻を離別し、切支丹を信仰していた彼女を長崎に送り出す。こういう具合で変り身が早い。

慶長十年(一六〇五)ようやく義智は朝鮮の使節を連れて伏見城に上京、家康の前で媾和の基礎を作り、大任を果す。この間、七年もかかっている。宗家では、この宗義智を中興の祖としている。時代の変り目に、賢く対処し、宗家の後の繁栄の礎《いしずえ》となったのであるから。義智は最初の妻子を離縁した後は、家来の娘を後妻とし、その間に生れた義成を嫡子として、慶長二十年四十八歳で病死している。

この義成の妻が日野氏なのだ。幕藩体制がかたまると、諸大名の妻子は江戸屋敷住まいとして徳川政府は一種の人質政策をとるのだが、寛永七年(一六三〇)日野夫人は家老ともどもに到着している。京都から対馬へ嫁して、さらに対馬から江戸への道中は、当時どんなに大変なものだったろう。日野富子の血を享けているこのお姫さまを想像すると、私は小説書きとして胸がわくわくしてくる。

三代将軍家光の代に日本は鎖国し、僅かに長崎出島に奉行所を置いてオランダや明国を例外として通商したことは日本人にとって常識だが、江戸時代を通して対馬藩は釜山に和館を置き、寛永十四年(一六三七)以来、宗家の臣が館主として赴任し、朝鮮との交易は対馬藩が専《もっぱ》らしていたことについて、あまり知られていない。宗氏代々このことはかなりうまくやっていて、家光の子供が生れれば朝鮮使節を誕生祝いに江戸城まで案内したりして、義智の孫の代には二万石から十万石という家格に昇進する。

元禄時代に入ると、朝鮮人参の輸入が始まる。これは現代と同じ大儲けの種だ。農産物のない対馬に、文字通り元禄の黄金時代が訪れる。対馬も昔から長寿の島だったのだろうか、元禄四年に八十歳以上の老人三百四十一人に米麦を特配したという記録がある。

万松院で宗氏代々の藩主の墓を眺めてぎょっとしたのは五七桐《ごしちぎり》が家紋として扱われて

いることであった。五七桐は豊臣秀吉の紋所であるので徳川時代は家光以降は差止めになっていた。諸藩では遠慮して紋を変えたくらいであるのに、万松院の本堂にある将軍位牌所には金ピカの厨子《ずし》にもまた五七桐が三ツ葉葵と共に散らしてある。よってもって江戸時代の宗氏の権勢が想像できるというものだ。

こんな結構な時代が二百年も続いたが、幕末になると異国船が対馬周辺に出没し始める。弘化四年(一八四七)、江戸参観中の藩主宗義和は急報に接して帰国している。

安政六年(一八五九)四月十八日、英国海軍アクテオン号が対馬に来て食糧と薪水の補給を申入れると、宗義和は直ちにこれを与え、白嶽に登山を許した。ワード艦長以下は浅茅湾の測量までして悠々と三週間後に退去している。

宗義和は江戸と長崎に使者を出し、異船来泊の場合どうしたらいいのか、また不開港場には異船来泊を厳禁してもらいたいと申出ている。朝鮮以外の国は異国になるというわけであろう。しかしアクテオン号は十一月六日にまた来て、十一日間も再び測量をし、薪水を受取ると平和的に引揚げて行った。

万延元年(一八六〇)、藩主宗義和が徳川幕府から外国御用取扱という役名を与えられるのは、こうした黒船渡来が原因となっているのだろう。翌文久元年二月にはロシアの軍艦ポサドニック号が長崎へ向う途次風波で船体をいためたので修理する期間場所を借りたいと言って尾崎に乗り入れてくる。

文久元年(一八六一)に宗氏は幕府に領地を換えてほしいと願出ている。絶妙の政策だから紹介しておく。抜萃になるのは御諒解頂きたい。

一、朝鮮貿易は幕府直轄として対馬を差上げますから近畿地方のたとえば河内五十万石を代りに拝領したい。しかし宗氏は多年朝鮮の事情に通じているから参与としてお手伝いする。対馬は開港場として完全な防禦をお立てになっては如何ですか。

二、宗氏は河内に城を築き、和歌山、姫路、彦根と共に、徳川幕府をお衛《まも》りしたい。

江戸幕府としては財政難で苦しみ続けていたから、朝鮮貿易は涎《よだれ》が出るほどやりたかったし、近畿地方に徳川方の大名を置くことは当時としてはこれもまたなるものなら早速にも移封したいところであった。しかし畿内は皇室や宮家の所領が多いし、ことに河内地方は大方近衛家の持ちものであったから、老中安藤信正はすぐ交渉に入ったものの埒《らち》はあかないし、おまけに文久二年一月には水戸浪人たちに坂下門外で襲われ、四月には老中を辞めてしまった。対馬の方でも畿内の情勢は熟知していての出願だから、あくまで政治的駈け引きだったろう。外国船が来る度に責任を問われるのを免れようとしたのが主目的だったに違いない。おまけに毛利氏との縁組みまでして、幕末の宗氏は勤皇方になっているのだ。長州の志士が大活躍を始めると対馬でも脱藩して馳せ参じた者たちがいる。

明治維新を迎えても、宗氏は体制側にいて安泰だった。廃藩置県では対馬県令の辞令を受け、後に宗家は伯爵に叙せられている。当代の主《あるじ》は埼玉県にある大学の教授であって、対馬に宗氏の住居はない。時代というものに、まことに敏感な家系であったと言えるだろう。

万感交々《こもごも》の私は白嶽の頂上から、浅茅湾《あそう》を見おろして、訊いた。

「養殖の筏《いかだ》が見えますね。あれは何ですか」

「真珠とハマチだね」

「真珠とハマチは共存できないでしょ。真珠は全国的に生産過剰で行詰っているんじゃないですか」

「いや、対馬の真珠は評判がよくて、たしか今年の売上げは去年よりいいよ」

「だとしたら浅茅湾の養殖は、まだ満員になっていないんですね。魚数の規制はやっていない？」

「浅茅湾は広いからねえ。外海でもブリはいくらでも獲れるとですから」

ブリは出世魚で、イナダ（ハマチ）、ワラサからブリに成長するのだが、今では養殖魚だけがハマチと呼ばれるようになっている。真珠に被害が出ていないのは、ハマチ養殖が多すぎるという状況ではないことを物語っている。この島にとって最大の問題は、すぐ近くにある韓国との漁船のぶつかり合いだろう。元寇以来、この島にとって、それは宿命的なものだった。

南の果て

波照間島《はてるまじま》

日本の島々、昔と今。その六
（昭和五十五年四月三日脱稿）

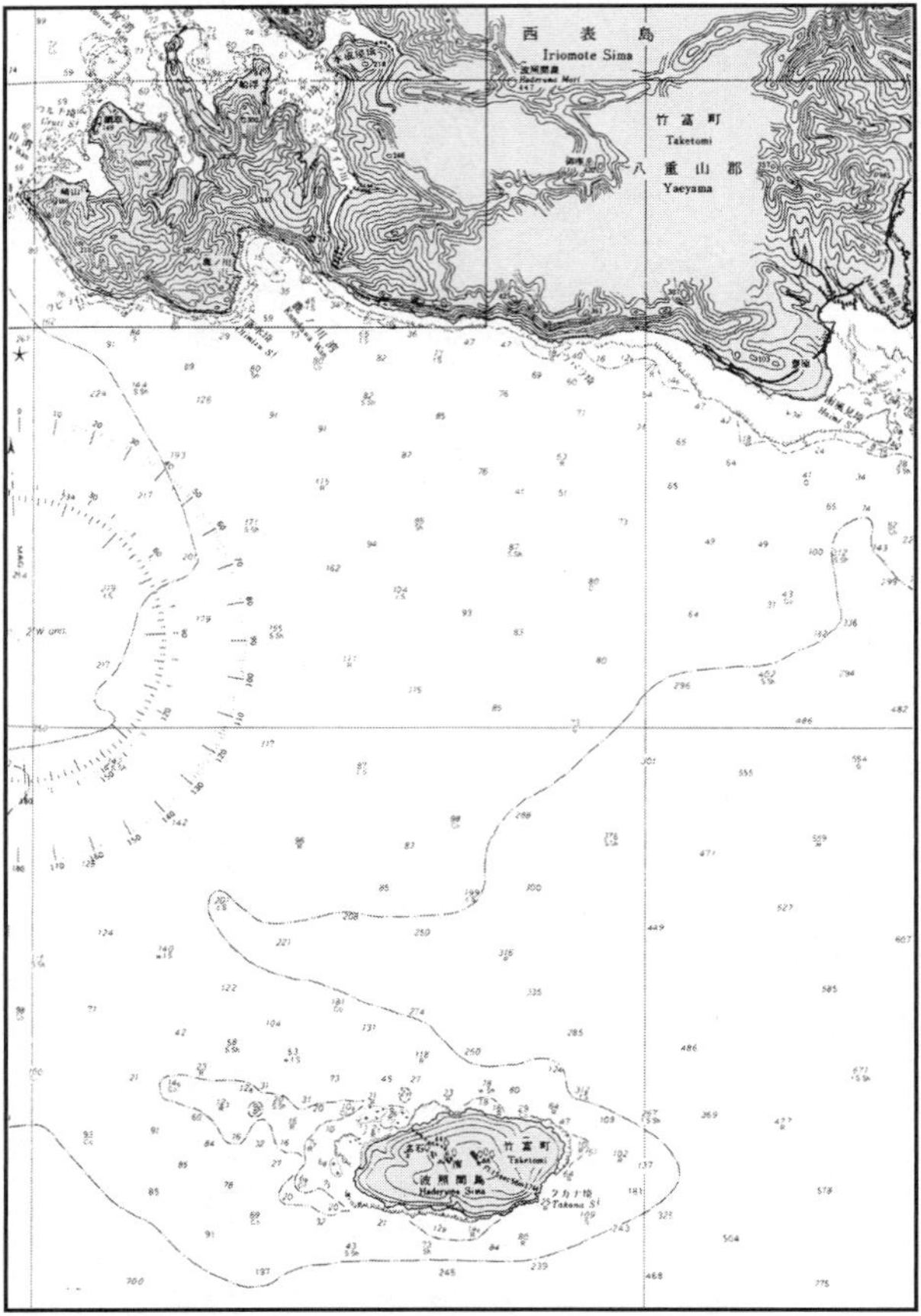

西表島
Iriomote Sima
竹富町
Taketomi
八重山郡
Yaeyama
波照間島
Hateruma Sima
竹富町
Taketomi

東京晴海にある離島センターへ御挨拶に行ったら、

「沖縄でしたら是非とも波照間にいらして下さい。日本の最南端です。飛行機はありませんから石垣島から船で、はい。水のない島でして渇水期には沖縄本島から、船で運びます。漁業ですか、ありますとも。他に産業は何もないところですから」

と勧められた。

なるほど地図で見ると日本の一番南に位置している。人口は八百。北海道の天売島を思い出した。面積は約十五平方キロメートル、焼尻島の三倍である。

それだけの予備知識で、東京から沖縄本島にある那覇《なは》空港に飛び、そこで石垣島行きに乗りかえるため同じ空港内にある南西航空のビルに移り、時刻表を見ていると、なんと石垣から波照間に一日一便あるではないか。びっくりしながらも案内所に行って、この飛行機の予約をしたいのですがと言うと、とりすましした口調で、

「こちらでは扱っておりません。石垣空港でお買い下さい。十九名乗りですから空席はないと思いますけど」

とカウンター嬢が言う。羽田空港では全日空の案内所の女性もおそろしく無意味なことをべらべら喋って、最後に「予約は××××××にお電話して下さい」と早口で七桁の数字を言った。電話番号が一度で耳で覚えられるものとでも思っているのかと呆れた。またしても那覇空港でこれでは、今回は先が思いやられる。憮然としていたら南西航空旅客課の男性が颯爽《さっそう》と現れて、

「波照間へ行かれますか。取材ですか。何泊なさいますか。四泊ぐらい？　お待ち下さい、すぐ切符を用意いたします」

と言ってくれた。どこの会社にも色いろな人がいるから、一人でその会社全体を評価してはいけないという一例である。しかし私は、たまたま私の名を目に止めてもらえたから幸運だったので、普通の人の場合はどうなるのだろう。

「十九名乗りでは、席がないんじゃありませんか」

「いやいや、今はシーズンオフですから、そんなことはありません」

東京から那覇はジェット、那覇から石垣はＹＳ11の六十人乗り。その夜は石垣島に一泊する。空港からホテルまでの間に本屋に寄り、「沖縄志」が一冊だけあったのを見つけて買う。明治十年伊地知《いじち》貞馨《さだか》の書いた本を、昭和四十八年に復刻したものである。東京の国書刊行会で出版しているのだが、沖縄で買うとその分、身を入れて読むことが出

来る。ついてない旅ではなくなったのではないかと思いながら、寒いホテルで、コートを着て読んだ。一九八〇年正月十六日、那覇も石垣も身震いするほど寒かったのだ。緯度は台湾と同じだし、波照間は台北よりずっと南に位置しているのを地図で見て、夏服の用意をして出てきたのだ。ボストンバッグの中にはビキニまで入れてある。が、室内のテレビニュースでは、「沖縄はこの冬最低の気温になりました」と言うのである。当然だろうが、ホテルには暖房の設備がない。ただただ寒く、夏のシャツを何枚も着て、靴下を二足重ねてはき、コートをかぶって「沖縄志」を読んでいるうちに、いつか寒さを忘れ始めた。こういう記載が目に見え出したからである。

推古天皇十六年(六〇八)、前年小野妹子《おののいもこ》が聖徳太子の決断で初めて遣隋使として出かけ、九カ月後に帰ってからの記録である。

「秋九月復《ま》タ小野妹子臣ヲ大使トシ吉士雄成ヲ小使トシ、鞍作《くらつくりの》福利《ふくり》ヲ通事《つうじ》トシテ唐客ニ副《そ》ヘ大唐ニ遣《つか》ハス。是歳《このとし》、隋主復《ま》タ朱寛ヲ遣《つかは》シ琉球ヲ招諭ス。従ハス。寛其布甲ヲ取リテ還《かへ》ル。此時《このとき》本朝ノ使者隋国ニ在《あ》リ、之《これ》ヲ見テ曰ク、此邪久国《やくぐに》人ノ用フル所ノ者ナリ」(国史隋書)

これを見ただけでも、琉球を当時は邪久《やく》と書いたことが、はっきり分る。さらに隋書の記載では崑崙《こんろん》の琉語の通じる者をつれて翌々年沖縄へ出兵しているが、招諭に従わず、ために宮室は焼かれ、男女数千人を捕虜にして帰った。福州福盧山に隋《ずい》の時代琉球人五千戸が掠《かす》められて居住したという記載が閩《びん》書にある。中国史では隋の煬帝《ようだい》の時代であることは記憶しておくべきだろう。

　さらに推古天皇二十四年(六一六)「三月掖久人三口帰化ス。五月夜句人七口来ル。秋七月掖久人二十口来ル。先後三十人皆朴井《えのゐ》ニ安置ス」。

「南島志」に「推古天皇二十四年掖久人来ル。南島ノ朝献蓋《けだ》シ此《ここ》ニ始ル。曰《いは》ク邪久、曰ク掖久、曰ク夜句、曰ク益久、曰ク益救、古音皆《みな》通ズ。此《ここ》ニ掖玖ト云ヒ、隋書ニ邪久ト書ス。即チ琉球ナリ」と書かれてあるのを読んだとき、鹿児島県下屋久島に行ったとき日本史年表を疑問に思ったことがすべて氷解した。

　たいがいの日本史年表では西暦六一六年「屋久島の人々、帰化する」と書かれている。そのせいか、すぐ傍にいながら種子島の人々は屋久島のことを「あちらとは歴史が違いますので」などと言う。しかし私は屋久島で故老の話を聞きながらアクセントのメモを取り、方言は一語も理解できないながら母音が確かに五つあるので首を捻《ひね》っていたのだった。日本語の母音は古語でも五つあるが、沖縄の方言は母音が三つというのが言語学の常識だからである。顔だちから見ても屋久島には本土と同じ人間がいたように思われるのに、どうして種子島の人も、日本史年表も、今も改めていないのか。疑問が、石垣島で早くも解けたのだ。その夜は興奮してよく眠れなかった。

翌日朝、石垣島の八重山支庁水産課に出かけて行き、農林水産課長の大浜さんから漁業関係の資料を頂く。

「波照間の漁業ですか。波照間には漁業は有りませんよ」

「え？　すると漁業協同組合は」

「ないです。復帰以前に大合併をしまして八重山漁業協同組合というのが出来ていますが、それは石垣島にあります」

「波照間の方に漁協の支部は」

「ありません」

「建物もないんですの、まあ。じゃ波照間にいる八百人の人たちは何をしているんですか。水もないというのでは農業も出来ませんでしょう？」

「水がない？　波照間にですか。いや、波照間は水はありますよ。主産業はサトウキビです。製糖工場もあります。水がないのは鳩間《はとま》島でして、そこは天水だけで生活してますし、渇水期には石垣島から給水しています。鳩間の間違いじゃないですか」

「でも日本の最南端は波照間でしょう？」

「そうです」

八重山支庁がまとめた昭和五十四年(一九七九)「八重山要覧」の漁業協同組合一覧表を見ると昭和二十六年十二月設立の八重山漁協と昭和二十七年一月設立の与那国《よなぐに》漁協と二つしかない。八重山というのは石垣島を主島とする十九島の総称である。ここに一市二町、つまり石垣市と竹富町と与那国町があり、波照間は竹富町に含まれ、しかも漁業がない。強《し》いていえば石垣島に漁協のある地域だということがはっきりした。

私は急いで石垣空港に出かけて行き、カウンターでまたツンケンされたらどうしようと心配しながら、波照間は一泊で引返し、与那国島へ石垣から明日のうちに飛び直すとに航空券の切換えを頼んだ。案ずることもなく、ここではてきぱきと事務処理をしてくれ、私は波照間—石垣の往復と、与那国—石垣の往復航空券を手に入れることができた。往復切符を買ったのは、十九人乗りだから切符はないと脅《おど》されたのが効いていたからである。それにしても与那国って、どんな島なんだろう。島名の発音だけでも母音が四つある。どういう人々が住んでいるのだろう。不安と期待こもごもで、小さなプロペラ機に乗る。飛行機の天井が低く、踵の低い運動靴をはいている私でも立って頭を上げることが出来ない。最後部の座席に腰かけると、隣が可愛いステュアデスの席だった。マイクで行届いた御案内や御注意がある。この若い女性のおかげで随分と気が安らいだ。波照間島に着くまでシートベルトを緩めるひまがなかった。窓の下に見える島々のステュアデスの説明を聞いているうちに、あっという間に竹富島も西表島《いりおもて》も飛びこえた。青い海に点々と珊瑚礁《さんご》が散らばっているのが見えた。髪飾りにするような珊瑚ではなく、珊瑚虫の残骸で出来上っている岩礁だから、青い海の中に黒々と見えるので、観光案内が謳っているような美しいものではない。こういうものが取囲んでいる島々では船の運航は大変だろうと私は考えていた。港湾設備を作るにも、まず珊瑚礁を削り取らなければならないから、他の島より倍も費用がかかるだろう。波照間に漁業がないのは、港が作れないから、大型漁船の出入りも出来ないせいではないのかと、空から見下してまず思った。石垣から、たった十五分で波照間空港に着陸した。

観光ブームで日本中が沸き返っているのに、離島センターの記録では波照間の観光客数は年間で一万人そこそこである。ここより小さい天売、焼尻の五万人と比べると、あまりにも少い。八重山群島全体では五十三年度で十八万人と記録されていたが、十九人乗りのプロペラ機一便では大勢運びきれないのだろう。船の定期航路は二日に一度。石垣から四十二キロメートル南西洋上にあるので、船では四時間かかるだろう。やはり絶海の孤島と言えそうだ。

この島めぐりを始めて、初めて旅館のないところに辿りついた。民宿が僅かに四軒。その中の大手《おおて》と思われるM荘は、空港ロビーの椅子に主人がふんぞり返っていて、

「予約がない？　空いてる部屋なんかねえよ」

と、腕組みしたままにべもない。

南西航空が用意している観光案内のパンフレットには、波照間にはタクシーがないから、空港から民宿に電話して迎えに来てもらうようにと書いてあった。M荘の態度に恐れをなして、空港で働いている人に、どこか空いてる民宿はないでしょうかと訊くと、飛行機の積載荷をせっせと下している人を指さして、あの人のところへ泊ったらいいだろうと言う。

その人の運転するミニ・マイクロバスに乗ると、他にもふりの客が二人いて、三人で座席は一杯である。着いたところは普通の家で、二部屋だけあり、二人の男性客とは襖《ふすま》一枚間にある三畳ほどの暗いところに通された。なるほど文字通り民宿だと感心したが、便所の傍ではあるし、まあ観念はしたものの訊くだけは訊いてみようと勇気を出して、

「あのォ、他にはお部屋はありませんかしら」

と、隣のややハイカラな新しい建物を指さして言うと、

「子供部屋ですが、よければどうぞ」

と言ってくれた。

早速に移ると、小学校五年生のお孫さんの勉強部屋が二階にあり、中央に客用の夜具が積上げてある。板敷の部屋だが、この方が有りがたい。島の一周は、民宿の車に頼めと、これも観光案内に書いてあったが、宿の主人は夕方にしましょうと言う。八重山支庁で波照間へ行ったら区長と公民館長を長年していた人がいるから、その人に話を聞くといいと言われていたのだが、偶然にもその方が、民宿の主であった。区長を十五年勤め、町会議員もしていたが、すべてやめて今は空港顧問と民宿の経営をしているという。私の質問には主として奥さんが答えてくれた。

「漁業ですか。昔はねえカツオ漁が盛んだったですよ。八艘も船があったですから。カツブシ作るのに一家総がかりでやったものです。石垣島へ出かけるときは、カツブシと鶏卵を土産に持って行ったものですが、戦後はねえ、まだ少しは残ってたけど。それでも四年ばかり前まではカツオ船は二艘ぐらいあったですよ。だけどそれがいつの間にかなくなってしまった。漁業組合も、もうないですよ。昔はありました。組合にいた人が、いま製糖工場で所長してますから、その人に話を聞かれたらどうですか」

その人の苗字が波照間さんであった。根っからの島の人だと分るから、工場へ電話をしたら今すぐなら時間があるという。民宿の車で送ってもらった。

製糖工場といっても小さなもので、葉を払ったサトウキビが少々積上げてあり、今日から工場が動き出したところだという。出来上るのは黒砂糖である。

「昔はカツオ船は、どのくらいの大きさでしたか」

「十五トン前後ですよ」

「そんなに大きな船だったのですか。それが八隻もあった時代が……、どうして今は一隻もいないのでしょう」

「第一は餌が少くなったからです。この島ではウルクンという雑魚ですが、これが獲《と》れなくなりました。第二に、この島には港がなかったから台風が来ると避難する所がない。破損した船を苦労して石垣島まで持って行って修理したのを、持って帰る途中で時《し》化《け》に遭い、台風ですよ、それでやられてしまったという工合です。第三には、島に若者が少くなった。高校就学率は一〇〇パーセントですが、この島には中学校までしかありませんから、みな島を出て行きます。出れば、まず滅多に帰って来ませんから」

「今は島に一隻も漁船がないのですかしら」

「いや五トン未満の船なら二十隻はありますよ。しかしカツオは値が安くなって、もう獲っても喰《く》っていけませんからね」

「二十隻も船があって、それで漁民がいないのですか」

「大方は刳舟《くりぶね》で、無線や魚探《ぎょたん》で科学装備した船は三隻しかありません」

「専業漁民はいないんですか、一人も」

「いますよ、四人います」

「はあ、四人ですか。カツオが獲れないとすると、魚種は何ですか」

「磯ではメバル類、シロダイ、それにベラ類ですね。海へ出ればタイ類、サワラ、それにホンマグロがたまに釣れます。こないだ東京から遊びに来た人が三十キロのヒラアジを釣りましたよ。趣味の釣人を乗せる舟は民宿が一隻持ってます。そうです、M荘です」

「専業の漁民四人も、そういう魚種ですか」

「いや専業の人たちは一本釣りでアカマチを釣っています。アカマチの学名ですか、さあ、なんですかな。沖縄で一番旨い魚ですよ。赤身ですが、サシミ用で、石垣島の漁協で水揚げします。科学装備した船でなくても二十ノット以上出せますから、石垣島には一時間四十分で着きます。あとの船は島の人が、自分たちのおかず用に釣るだけで、島内消費ですよ。まあ北側に港がようやく整備されましたから漁業はこれからかもしれません。しかし石油の値上りが問題じゃないですかね」

　沖縄でのカツオ漁業の始まりは明治三十四年であった。鹿児島や宮崎の漁船が近くで操業し出したので刺戟されたのであろう。八重山群島にも明治三十四年に鹿児島県人が与那国まで来て、そこを基地として曳縄カツオ漁を始め、明治三十八年ようやく沖縄の糸満《いとまん》から帆船が来て竿釣カツオ漁が開始された。尖閣列島の魚釣島でカツオ釣りが行われたのもこの年からである。

四月頃からトビウオの漁期になり、波照間島に糸満の漁民が仮小屋を作って、トビウオを塩蔵して沖縄本島に持ち帰るようになるのも明治三十八年からで、島の人々はこのとき漁業の手ほどきを受けた。明治四十三年、波照間島民七名が糸満漁船に二カ年契約で傭《やと》われ、カツオ漁を覚えてしまう。その後この七人が与那国島へ本格的な漁業見習いに行き、大正元年に石垣島に帆船を発注し、これが波照間におけるカツオ漁業の開始になる。

大正九年には帆船から発動機船に切りかえられ、大正十三年には波照間漁業組合は専用漁業権を取得、村民の共同出資という沖縄で初の経営形態で注目されていた。

こういう歴史を知ってみると、沖縄の人たちが、

「波照間は琉球王朝の時代に政治犯の流刑地でしたから、あの島の人たちは沖縄で一番頭がいいのです」

と言っていたのが肯《うなず》ける。

どんな政治犯が流され、島でどういうことをしていたかについては、伊豆七島などと

違って口碑《こうひ》も残っていないのが本当に残念だったが。

　昭和三年から三十六年までの三十三年間が波照間漁業の黄金期だった。十五トンから二十トンまでのカツオ船が六隻も組合に在籍していた。一隻がディーゼルエンジン、あとは焼玉エンジンだった。

　午前三時に出漁し、夜明けに小浜島《こはま》に着き、傭《やと》ってある小浜の漁民が海へ飛びこんで網に追いこんで捕まえてある生き餌のジャク(小魚)を、カツオ船のイケスに入れ、それから漁場へ向った。波照間が小浜の零細漁民を傭っていたというのは、今では信じることも難しい歴史である。

　昭和三十八年、沖縄には甘蔗単作栽培が展開された。波照間はその頃から急速に若者が島を出て行く。カツオブシの売上高が全国的に下落するのも、この頃からである。本土復帰後、わずかに二隻残っていた個人経営の漁船も、昭和五十一年にはカツブシ工場もろとも波照間島からは消えてしまう。現在の波照間島は漁業権さえ放棄している。

　製糖工場を出て、島を一周した。サトウキビの畑では赤い軍手をはめた人々が手でキビ刈りをしていた。キビ畑をすぎると見渡す限り緑の八重葎《やえむぐら》になった。あたかも南方に寒波襲来という時ならない寒さであったが、北部と違って一年中緑が絶えないし、米は二期作できるはずなのに荒地が多い。アダンが大きなパイナップルに似た実をつけていた。琉球だけにあるタコノキ科の植物で、防潮防風林としての役目を果している。葉は煮て漂白し、土産の細工物に使われている。

「こちらはデイゴの木です。沖縄の県花になっています」

「マメ科のようですね。空港で造花を売ってるのを見たけれど、海紅豆《かいこうず》に似てますね。赤い花でしょう」

「ええ、赤いです」

沖縄では梯梧という文字を当てているが、植物百科事典をひいてみると梯枯《でいこ》とあり、学名はエリスリナだった。マメ科の落葉高木。デイコは正式にはエリスリナ・インディカ・ラムといって三種あるエリスリナの代表格。インドおよび熱帯アジアに分布していて、日本には江戸時代に入っているとあるが、亜熱帯でもさらに南にある八重山群島では太古から自生していたのかもしれない。海紅豆の方は植物関係の本をどう調べても出て来ないので諦めていたが、多分デイゴと同じものか、エリスリナの別種なのであろう。鹿児島県と沖縄県が同じ花を県花にしているのだったら、随分面白い話になる。だが私はそれよりもデイゴに母音が三つあることにこだわっていた。ヱ音とオ音があるのだ。島の人が決してディーグと発音していない。ひょっとすると波照間の言葉は母音が五つあるのではないかという気がして仕方がない。

小さな島だから車では一周するのに一時間もかからない。波照間の南端は、即ち日本の、正確に言えば日本人の居住する地域の最南端である。もっと南に沖ノ鳥島という無人島があって日本領土としてはこれが一番南にあるが、今のところ国境として問題が起っていないし、私はこの本の終りごろの三章を除いては有人島に絞って、このルポを書くことにしている。

さてその南端には元早大総長大浜信泉《のぶもと》氏の筆で「日本最南端の碑」と書かれた小さな石を中心に、二匹の蛇がからみあった記念碑が本土復帰の年に建立してあった。コンクリートを主体とした蛇の躰のあちこちに日本中の石が埋めこまれ、それぞれの県名が金属板で打ちこんである。これを掘りとって持って帰る観光客がいるのだから、まったく怪《け》しからん話だ。雌蛇の頭は沖縄特有の赤瓦の破片を使ったモザイクにしてあるのが印象的だった。

この島の家々は、いずれも軒が低く、屋根は半筒形の赤い瓦を黒っぽい漆喰で塗りかためてある。他の沖縄諸島で見られるような屋根の上の動物類の飾り(焼物)は置いてない。どの家にも福木《ふくぎ》と呼ばれる直径二十センチ以上の大木が防風林として周囲に植え並べてある。福木はどの植物事典にもないが、大島紬《つむぎ》の染料になると聞いたので、ひょっとするとシャリンバイではないかとその項をひいてみたら、「バラ科の常緑低木。海岸に生える。タチシャリンバイは、葉は長楕円形、本州西端、四国西南端、九州、沖縄、小笠原に分布し、樹皮から大島つむぎの染料を取る」とあった。染物に関する私の知識で言えば、これは泥大島と呼ばれる濃い褐色の染料で、藍大島とはまったく違う。

さて福木で囲い、漆喰でしっかり屋根瓦を塗りかためても「風速七十メートルの台風が来れば、下から持上げるようにして瓦が剝ぎとられてしまいます」と、島の人たちが言う。この屋根が飛ぶのか、と私は茫然としてしばらく集落の家々を声もなく眺めた。しっかりした港湾設備もないところで、そんな凄い台風が来たら、漁船はひとたまりもないだろう。農業も漁業も振わず、人々が島を出て行く理由が痛いほど分る。

ここでしばらく沖縄の歴史の概略をまとめてみよう。遣隋使の小野妹子の時代から、百四十四年後、天平勝宝四年(七五二)第十回遣唐使節が大々的に送り出された。藤原清《きよ》河《かわ》が大使であり、大伴古麻呂と吉備真備が副使として、南路を航行した。長安に着くと阿倍仲麻呂がすでに在唐三十五年で、唐の官位についていて、通訳として立派に役目を果す。この遣唐使団は翌年、阿倍仲麻呂も僧鑒真《がんじん》(鑑真)と共に四隻の船に分乗して帰路に着くが、海上で台風に遭い、藤原清河と阿倍仲麻呂の乗った船は難波してしまう。清河と仲麻呂は命からがら何十日もかかって長安に戻り、遂に日本に帰ることが出来ずに終るのだが、「沖縄志」によれば「天平勝宝五年冬、遣唐大使藤原清河、副使大伴古麻呂、吉備真備、唐僧鑒真等ト船ヲ同クシテ還ル。洋中風ニ遭ヒ、漂フテ阿児奈波《オコナハ》島ニ至リ、風ヲ待ヿ《まつこと》十余日、南風ヲ得テ発ス」とあるのが、文字に書かれたもので初めての沖縄の呼称である。これを信じると、藤原清河は沖縄まで漂着したが、そこから一人だけまた遭難したことになってしまうけれども、とにかく吉備真備や鑑真和上が沖縄まできたことは事実なのだろう。

同じことが大宰府では「十一月益久島ニ来着ス」と報告されているから、当時は多禰《たね》も掖玖《やく》も南洋諸島の総称であったことがいよいよ分明になる。

それから五十年後の第十二回遣唐使船には空海も最澄も乗っているわけだが、後に空海が書いた「性霊集」に留求《りゅうきゅう》という文字が当てられている。中国側の資料によるものであろう。この方でも文字はまるでまちまちで、流求、流球、流鬼、瑠求、流虬、と書物によって違っている。土着の人々はアコナハと発音していたのではないか、日本では阿古奈波という文字を当てている。阿の字がアともオともはっきりしない音をもっていたのは、少しばかり乱暴な引例になるが、阿部はアと訓むが、出雲阿国はオと訓むから私にも理解できる。言語学の方では沖縄の母音はア、イ、ウの三音だけだという定説があるので少しこだわっているのである。オキナワのオはどう解釈するのか。沖に縄状の島島があるからという説は、どの方角から見てのものか、話にならない。現在、県庁所在地である那覇はナハと発音するのだから、縄という文字もいい加減な当て字だという気がする。

ところで正史では保元の乱で源為朝《みなもとのためとも》は伊豆大島に流されるのが保元元年(一一五六)八月なのだけれども、琉球史によると為朝は九年後の永万元年に伊豆の大島から船出をして琉球に到着、大里按司の妹を娶って一一六七年には男子が生れたことになっている。伊豆から沖縄までは相当な月日がかかったはずだし、子供も十月十日かかって生れるのだから、たった一年の間に居所を具須区《グスク》(城)と呼ばれるほどの武威を誇ったというのも荒誕めいているが、ともかくこのとき生れた子供が後の舜天王といって琉球王朝の祖とされている。為朝が妻子を連れて伊豆大島へ帰ろうとすると台風がきて、舟に女を乗せているせいだと言われるので、妻子を置いて帰ってしまったというのである。沖縄では今でも漁船に女を乗せない。

さて、舜天王が為朝の子かどうかの詮議は別として、琉球王朝のもとで、沖縄はどういう施政が行われていたか。現在沖縄県と呼ばれているのは、沖縄諸島、宮古群島、八重山群島の三つの島嶼《とうしょ》群である。その中で八重山の、ことに波照間ではどうなっていたか。

八重山群島の主島は現在は石垣島であるけれども、古くは西表《いりおもて》島が主島であったと言われている。十九ある群島の中で最大の面積を持っていて、十三世紀までは多分他の島々は無人島だったのではないだろうか。西表から人間が分出した最初の島が波照間だという学者がいる。（金関丈夫「民族学研究」第十九巻第二号。昭和三十年）

八重山は沖縄本島に琉球王朝ができても、ずっと独立した酋長国で、十四世紀になってようやく入貢するのだが、約百年間の納税義務を果している間に結構島々での覇権争いが絶えなかった。石垣島だけでも長田御主、仲間満慶山英極、オヤケ赤蜂《あかはち》、平久保加那という面々がいたし、西表島には慶来慶田城用緒、波照間島には明宇底獅子嘉殿《ミウテイシシカドウン》、与那国島には女酋長サンアイ・イソバがいて、それぞれの地域を支配し、今に到るも島の人々は自分の土地にいたこれらの英雄の物語を愛している。

波照間島では、これらの英雄の殆んどが島で生れたと伝承されている。長田御主というのは、宮古島の仲宗根豊見親《とよみや》が与那国島を征伐する折に波照間に立寄り、島の娘と契ってもうけた子であるといい、オヤケ赤蜂もまた波照間に生れていて、少年時代この二人は仲良く遊んでいたという。今も波照間にはオヤケ赤蜂生誕の地というのが名所として観光客を案内する所になっている。

オヤケ赤蜂が英雄譚の主人公として今も語り伝えられているのは琉球王朝尚真《しょうしん》王の時代（一四八六）に八重山地方のイリキヤアマリという神事を禁止したことに反撥して、

三年間入貢せず、暴れまわった。長田御主の弟ナレトウとナレカサナリはオヤケ赤蜂に殺され、長田御主は西表島に逃げる。波照間島の明宇底獅子嘉殿もオヤケ赤蜂の家来に殺されてしまう。オヤケ赤蜂は、さらに宮古島の酋長仲宗根豊見親をも征伐しようとする。琉球王朝はこれを知って宮古島に加勢し、尚真王は艦船四十六隻に三千の精兵を繰出してオヤケ赤蜂を誅してしまう。明応九年(一五〇〇)のことである。

オヤケ赤蜂の乱は、結果的に西端の与那国島から南端の波照間島に至るまで八重山群島全島を琉球王朝の行政機構の中に組みこんでしまったことになる。波照間では殺された明宇底獅子嘉殿の三人の息子、アカマヤ、コマヤ、ヲトウが与人に任命された。与人の仕事は税務署の役人と同じである。

この頃になると京都は藤原氏の摂関時代が終り、応仁の乱も治まって、将軍は足利義高。実権は細川政元が握っていた。ヨーロッパではポルトガル人の海外雄飛の時代で、印度のカルカッタや、ブラジル海岸まで到達していたし、イランには間もなくサファヴィ王朝が出現する。もちろんコロンブスは、とっくにアメリカを発見していた。

日本の朝廷は文書の上で、その三百年も前から沖縄を支配しているつもりであった。薩摩の島津氏が、将軍藤原頼経から薩南十二島の地頭職に任じられていたが、沖縄の人々は誰もまだそんなことには気づかなかった。元寇の役から十余年もたって、元《げん》には琉球を臣従させようという動きがあり、福建省から小規模の軍隊が攻めてきたことがあるが、尚氏は応じなかったと元史にも琉球史にも記載がある。

元に応じなかった尚氏も時代が変ると明《みん》とは友好関係を持ち、朝貢し、明国から封爵《ほうしゃく》を受けている。この頃から沖縄の文書に琉球という文字が現れるのだが、「伝信録」によれば〝土人〟は依然として屋其惹《オキナ》と呼んでいたという。

世界地図を見ると無理もないと思われるが、随分長い間、明も日本も琉球を自分の領国だと思いこんでいたことになる。尚氏の王朝は日本にも朝貢していたからである。この歴史が今日まで尾を曳いて、尖閣列島《せんかくれっとう》という頭痛の種が生れているのだが、この問題については改めて章を設けるつもりだ。

明が琉球を介して日本に朝貢を促したのは足利義教《よしのり》の時代で、八重山群島もまだ尚氏の王朝に完全に屈服していない頃のことである。足利氏も、やがて応仁の乱を迎えて外交問題どころではなくなる。王直などの倭寇《わこう》が大活躍し始めるのは、この政治的空白が長く続いたためであった。だが、この時期の沖縄における尚氏の王朝はハワイにも使者を出すやら、朝鮮王にも鸚鵡《おうむ》だの孔雀《くじゃく》だのをプレゼントして、全方位外交をしているのだ。

しかし日本側は着々と駒をすすめていた。琉球王朝がオヤケ赤蜂を亡ぼして全島を組織した数年後、伊江島に古鏡を奉安して大神宮を祭り、元亀三年(一五七二)には久米島に天満宮が建つ。本土では織田信長が擡頭して戦国の覇者として鉄砲を撃ちまくっている時代である。

天正七年(一五七九)明の使節が琉球から帰国して「日本から百人以上の兵隊が来て、刀をさして歩きまわっています。館を建て、首里の門には守礼之邦という四文字の表札をかかげました」と報告している。明では神宗《しんそう》の万暦七年に当る。

豊臣秀吉が天下を統一すると、天正十七年(一五八九)には尚寧王《しょうねいおう》が使者を送っている。薩摩の島津義弘が意気揚々として琉使を連れて聚楽第に上り、恭《うやうや》しく表文を読ませた。これが島津と琉球の明確な接触の最初である。

秀吉が朝鮮に出兵し、明国まで征服してしまおうという野望を持ったとき、琉球にも出兵させようとするが、島津義久はそれより糧食の賦課をすべきだと進言した。しかし肥前名護屋城に穀類を運べという命令が届いたときには尚寧王はびっくり仰天して、明に通報してしまう。こういう動きはいかにも小国らしく、今も昔と変らない。

秀吉が死ぬまで、沖縄からは食糧を朝鮮にいる薩摩軍に送っていた。秀吉の死ほど尚寧王をも安心させたことはないだろう。早速、明に使を出して宝物を捧げ、冊封《さくほう》を請うのである。

この頃までの琉球王朝の動きは、沖縄末端の島々や人々にはあまり関わりがなかったと言えるかもしれない。沖縄の歴史で深刻な事態が起るのは、徳川幕府の出現によって島津藩が琉球王朝を完全支配し、苛斂誅求《かれんちゅうきゅう》を極めるときと、近代に入って太平洋戦争の犠牲になるときの二回である。

慶長十四年(一六〇九)二月、島津藩は戦艦百余隻、樺山久高を総大将として、兵三千余を送り出す。すでに徳川家康が天下を掌握し、将軍職を秀忠に譲りながら着々と幕藩体制の基礎を固めている時代である。

沖縄本島の那覇が、すでに尚氏の王朝の首都になっていた。薩摩軍はまず奄美大島から攻撃を開始し、すでに精密な兵器として日本独特のものとなっていた国産の種子島銃が一斉に火を噴く。なんの予告もなかったのだから島民の驚きは察するに余るものがある。次が徳之島、そして沖永良部《おきのえらぶ》島であった。次々と小島が鉄砲で狙撃され、簡単に降伏していく。沖縄はまだ近代武装をしていなかったのだ。

島津藩の戦艦が、いよいよ沖縄本島に向ったとき尚寧王は抗する術もないのを知って、弟の具志頭らと軍門に降《くだ》り和を乞うのだが、薩摩軍は疑《うたぐ》ってかかり、兵を整えて水陸双方から進軍する。尚寧は夫人と共に首里城を出て、樺山久高が城に入る。こうして琉球が悉《ことごと》く降伏するまで島津が兵を起して四十日ちょっとしかかかっていない。

尚寧は多くの捕虜と共に鹿児島に連れて行かれ、翌年八月、島津義久(家久か)と共に駿府《すんぷ》で家康に、江戸では秀忠に謁見する。琉球国第七代の王として、秀吉の代には宝物を捧げ、朝鮮の役には糧食を薩軍に送っていた同じ王が、こうして明確な形で徳川家に臣従を誓うことになる。このときから琉球は日本の領土になり、尚氏の王統は続きながらも主権はすべて島津藩のものとなって、政令はもとより国主の更立も摂政三司官の任免もみな島津藩主の許可を得なければならなくなった。尚寧は江戸から戻って二年、鹿児島に留まったが、やがて那覇に帰る。四十四歳で死ぬとき、歴代の王廟に入るのを憚《はばか》って別に墓を建てさせたのは、自分の代で王朝が主権を失ったことを面目なく思ったからであろう。

しかし王が主権を失ったこと自体は沖縄の悲劇の序章であった。島津藩は属領となった琉球に対して、その気象条件を顧慮せずに、強引に租税を取立てようとする。南端の波照間島までその対象となり、容赦なく課税取立てが行われるのは寛永九年(一六三二)以来である。この年、八重山群島には正式に琉球王府の行政官が置かれた。

十年後、八重山には島津藩直属の大和在番《ざいばん》が置かれる。田地の測量、法規の制定など、八重山諸島は島津と王府の二重の監視下におかれ、取立てはいよいよ厳しくなるばかりであった。この時期、徳川幕府も、島津藩も、この南の島々に対して、米が二期作できる亜熱帯地域であることに、単純な誤解を持ってしまっていたのではないだろうか。雪が降らない常夏の国に、ただ米が二回もとれるという期待だけを持ち、凄まじい台風の襲来によって、毎年のように農地が荒らされることは計算に入れていなかったのではないか。なにしろ台風の季節になれば本土からは誰も近づくことができないのだ。

八重山地域は昔から今に至るも台風の「転向点」に位置していた。だから土地の生産性は今も低い。毎年七月から九月の間に十回近い台風が来る。その都度、海は数日間荒れ狂い、波照間のような小島は潮風と大雨で畑の作物ばかりか土まで洗い流されてしまう。そしてたまに台風の来ない年があれば、ひどい旱魃《かんばつ》に見舞われる。

波照間のことが歴史の中で最初に現れるのは十五世紀に書かれた「八重山見聞記」であって、捕月老麻という文字が当てられている。今はハテルマとエ音のある島名で呼ばれているが、琉球語ではハティルーマと発音し、ルーマは珊瑚礁の意、ハティは果てである。「八重山見聞記」には島は「沙石の地」と記録されている。私は沙石の文字から、中国で見た河北省沙石峪《しゃせきよく》を思い出さないわけにはいかなかった。岩石を切拓き、延べ何万人の手で近隣の人民公社から土を運び、累々《るいるい》たる農地を築き上げた生産大隊を。あのとき私は茫然として、もしこの地域に集中豪雨があったら、どうなるのだろうと思ったものだった。

沙石峪には土がない。水がない。しかし土を運び、水はボーリングして深い井戸を掘り、大きなダムを築いて天水を確保した。だが沙石峪は島ではなかった。台風は決して来ない地域である。

波照間の地質は天津《テンシン》に近い沙石峪と変らない。しかし気象条件は、もっと悪い。十五世紀の波照間には水稲が耕作されていなかった。しかし、八重山に琉球王朝と島津藩直属の在番が二つ置かれてから、波照間の人々は岩石を切拓いて水田を作り始めたのであろう。貢租がモミであることを義務づけられたからである。天水田であり、品種も粗悪な水稲が、島人の手で営々と作付けされていたのを想像すると、重税にあえいでいた彼らの溜息が聞こえてくるような気がする。台風が来れば稲田は押し流されて全滅しただろう。旱魃に遭えば天水田はカラカラになって、稲はまっ赤に枯れて立往生してしまったことだろう。島の記録では、米の収穫は四年に一度しかなかったと伝えている。

本来、この島で栽培していた穀物は粟《あわ》であったのだ。粟と芋でなら、島民はまず餓えることはなかったのに、水稲栽培が義務づけられ、その上に寛永十四年(一六三七)には宮古島と八重山諸島に人頭税《にんとうぜい》制度が創設されてしまう。

人頭税とは何か。文字通り、人数に対して課税されたのである。耕地面積に対してではなく。八重山の気象条件も、その水稲の不作に対しても、理解できない中央政府は、強硬な課税政策を取出したのだ。

　波照間の人々にとって、台風より怖ろしいものが襲来した。十五歳から五十歳までの男子に八分から十四分の税率が課せられる。妊娠した婦女子は二年間の免税、男女五人産むと多子免税という例外が設けられるのは、政府側は一人でも人間を殖《ふ》やして人頭税を課そうとしたからだろうが、島民の方では酷税を免れるために人減らしに懸命になった。

　それでなくてもこの島は人間が生きて行く上で、条件が厳しすぎるところからであろう、八重山群島の中で最も祭祀の行事が多くて丁寧なことで知られている。神行事の中で私の目を惹いたのは、イナアスピ(海遊び)という虫祓いの祈願であった。年に三度、バッタやイナゴなど害虫を集め、バナナの葉で作った舟にのせ、海上まで漕ぎだして、その舟を海に浮べ、「波照間島には何もありませんから、遠いところへ行って下さい」と呪文を唱えて追い出してしまうというのだ。

　ツクリニゲー(作物願い)もまた年に三度の行事がある。シマフラサーという悪魔祓いも年に三度。アミニゲー(雨願い)も年三回、三日ずつ行われ、スーニゲー(総願い)はアミニゲーの三日後二日間の行事である。クムリ(籠《こも》り)も年三回で、これは司と呼ばれる巫女だけが五穀豊穣を祈念する。ヒブリという男子禁制の行事も年三回、島の聖地をめぐって水祭りを行い、にぎり飯を捧げる。これを男が食べようものなら、必ず気が狂うと言われている。

波照間の行事の多さは、民俗学の宝庫といった観があるが、内容を見れば島人はただ祈ることで現世の苦役をなんとか楽にさせてもらおうとしていたのではないかと胸が痛む。

一六四八年(慶安一)波照間島の男女四十五名が、人頭税の重圧から逃れるために南波照間の楽園をめざして逃亡する。農民の逃散欠落《ちょうさんかけおち》と等しい。責任を問われて役人が免官になっている。

「南波照間というのは、いったい何処《どこ》のことなのでしょうね」

と、私はこの島で知りあった加屋本青年に訊いた。東京で新劇をやっていたのが、四年前に島に帰って農業に全力投球している人である。

「南波照間というところは無いんです」

「え？」

「海へ入ったんじゃないかと言われてます」

南の果てからさらに南とあれば、確かに海しかない。

加屋本青年は東京から帰ると、農業の傍《かたわ》ら波照間島に関する文書を読み集めて一冊の本をまとめていた。彼の本に収録されている波照間の民話に女酋長や女傑の話が多いのは、古代の母系社会がこの島で長く続いていたからであろうと私は思った。

苛酷な人頭税が廃止されるのは、ようやく明治三十五年であるのには驚かされる。離島僻地に中央政府の威令が行届くまで三十五年もかかったのかと私は茫然となった。それまでの間には、波照間の農作物の少さに在番が困りぬいて、西表島に移民させるなどの苦策を強いたこともある。西表にはマラリア蚊が棲息していたから、波照間の人々がバタバタとマラリアにかかって死んだ。その哀話は崎山ユンタ節という民謡に残っている。

太平洋戦争で、沖縄が南方基地として日本軍からも米軍からも踏み荒らされ、多大な犠牲を出したことは日本人なら誰の記憶にも深く刻みつけられているだろう。私は本土復帰前に那覇に行ったとき戦跡めぐりをして胸が潰《つぶ》れるほど辛い思いをした。沖縄で、ああいうものを見た後で民俗舞踊を見物し、琉球泡盛《あわもり》で酔って騒ぐ団体客の神経というのは今でも私には理解できない。

波照間には太平洋戦争の戦跡はないが、戦時中に軍の命令で西表島へ強制疎開した人々は半数がマラリアで死んでいる。江戸時代と同じ悲劇が、この島では繰返されたのだ。

戦後、沖縄全島は長い間、アメリカ軍に接収されていた。波照間島に電灯がつくのは、昭和三十七年農山漁村電気導入促進法が制定されてからだが、波照間に発電所が出来たのは昭和三十九年六月、昭和四十五年には点灯時間が朝の四時から七時、夜は六時から十二時まで。波照間島で二十四時間電気が使えるようになったのは復帰後の昭和四十七年からであった。

「戦後はサトウキビの単作になって、水稲はどこもやっていません。この島はキビだけになってしまいました。魚は、輸入ですよ。ええ、那覇や本土から。サンマ一尾が大きくても小さくても百円です。もちろん冷凍です。でも、僕は、やっと今年からやる気が出てきました。キビから洋種のカボチャに切りかえたんです。換金すると耕地面積当り、キビの五倍近い収益になります。サトウキビは十アールで十万円にもなりませんし、作業も楽しくないし、どうしようかと思ってたんです。カボチャは東京に出荷します。日本で一番早くできる露地栽培のカボチャですから、いい値になるんです」

東京の青果市場には、まず波照間のカボチャが入り、次第に北上して九州から北海道まで、季節の隙間もなくカボチャの入荷がある。この巨大な流通機構よ。私は夜に入って、一人民宿の二階に上り、靴下を二足はいて寒い部屋で横になった。電気を消したが、この夜は風が強く、福木の枝葉が盛大に鳴り続け、朝までまどろむことが出来なかった。

西の果て、台湾が見える

与那国島《よなぐにじま》

日本の島々、昔と今。その七
（昭和五十五年五月十九日脱稿）

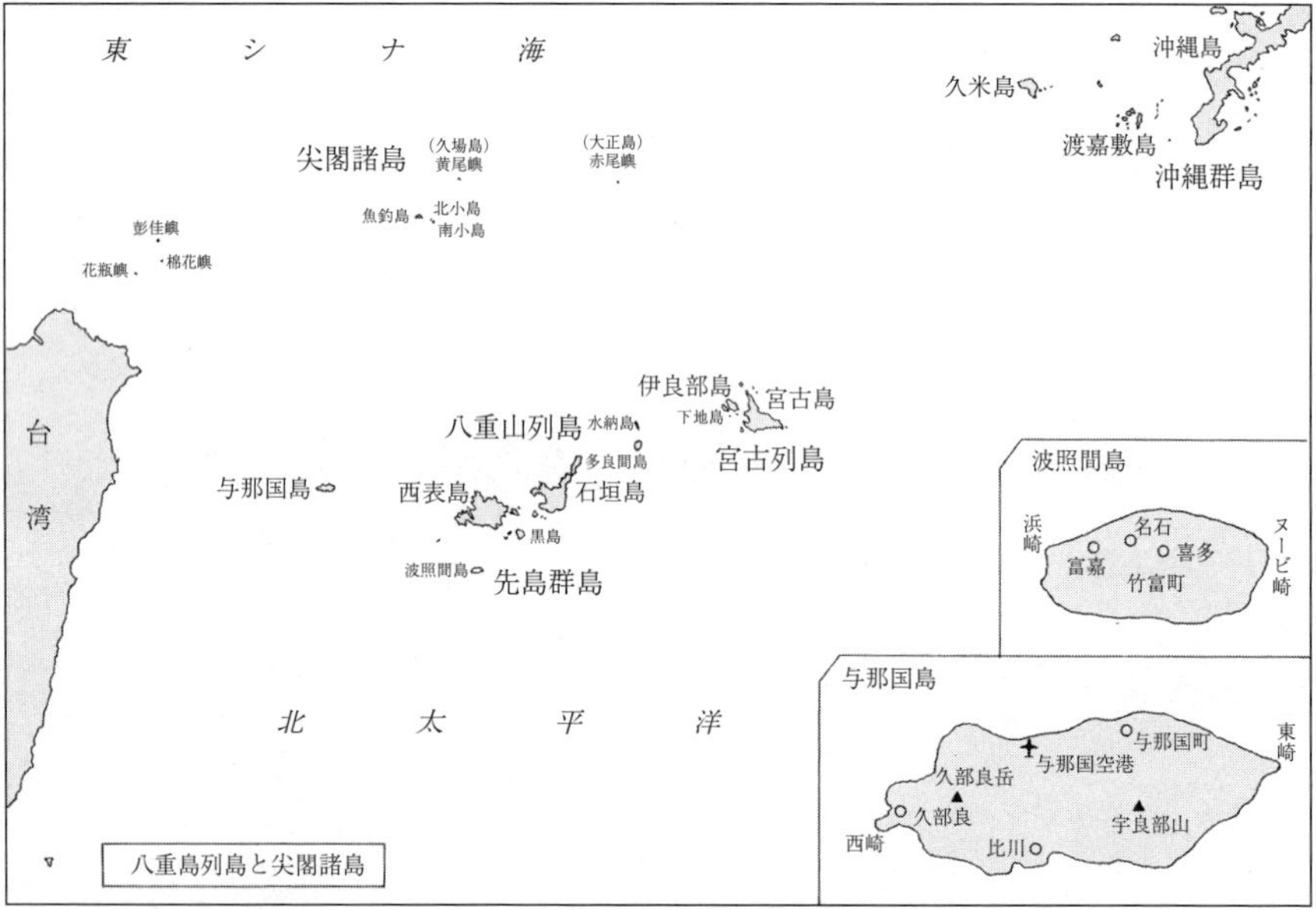
東シナ海
尖閣諸島
（久場島）
黄尾嶼
（大正島）
赤尾嶼
魚釣島
北小島
南小島
彭佳嶼
花瓶嶼
棉花嶼
台湾
久米島
沖縄島
渡嘉敷島
沖縄群島
伊良部島
宮古島
下地島
宮古列島
八重山列島
水納島
多良間島
石垣島
西表島
与那国島
黒島
波照間島
先島群島
北太平洋
波照間島
浜崎
名石
富嘉
喜多
竹富町
ヌービ崎
与那国島
与那国町
東崎
与那国空港
久部良岳
久部良
宇良部山
西崎
比川
八重島列島と尖閣諸島

波照間から、一日一便しかないプロペラ機で石垣島へ戻り、そこから与那国行きの第二便に乗りかえる。座席に琉球タイムスがサービスとして置いてある。昭和五十五年一月十八日付の社説を読む。「深刻な高石油時代の到来」という見出しがあったからだ。サウジアラビアが一バーレル十八ドルから二十四ドルに値上げしたのに対して、イランもインドネシアもそれを上廻る高値をつけるだろうと推測している。「ＯＰＥＣの石油戦略は長期的で、第一次石油ショックの比ではない」

　読み終る頃は、もう与那国空港に着陸態勢に入っていた。この間、二十分。八重山群島の中で唯一つ、まるで関係のないように遥か西の洋上にある島だが、十九人乗りでも飛行機は飛行機、あっという間に着いてしまった。

　南西航空の観光案内によれば島にはタクシーが三台もある。面積は約三十平方キロメートル。波照間の倍以上あって人口は二千二百。これが私の予備知識のすべてである。空港から外へ出ると目の前の看板に「台湾の見えるホテル」というのがあった。

「漁業協同組合はどこにありますか」

「久部良《くぶら》ですよ」

「このホテルはどの方角にあるのでしょう」

「同じ久部良です。漁協はホテルの目の前にあります。タクシー？　いや、歩いてすぐですから」

空港の売店の人と話をしていたら、タクシーが一台戻ってきた。私はもう一も二もなく台湾の見えるホテルに泊ることにきめていた。運のいいことにタクシーは、そのホテルが経営しているものであった。

波照間と違って、飛行機は日に三便あり、旅館もあることは知っていたが、各室バス・トイレ付きのホテルが三年前に出来ていたとは石垣島の支庁でも聞かなかった。陽気は少しく持ち直していたが、寒波は与那国にも及んでいて、相変らず寒い。鉄筋コンクリート二階建てのホテルも、さすがに暖房の設備まではなかった。

荷物を置いて、すぐ漁業協同組合まで走って行く。坂を降りると、もうそこに立派な漁港と最新建築物があった。なんと石油備蓄タンクが銀色に輝いているではないか。その隣の四角い建物は、どこから見ても、どのドアにも「危険。入らないで下さい」と注意書きがある。組合の事務所に入るのに危険なはずはない。キョロキョロして、建物の前にいた女の人に訊くと、

「漁協ですか、あれがそうですよ」

指さされたところを見ると、かなり古びた建物が少し離れたところにあった。ずかずか入って行き、組合長さんに会いたいと言うと風邪で寝こんでいるという。この寒さでは無理もないと思い、理事に面会を申込む。大屋さんという風貌に迫力のある人がすぐ来てくれ、組合事務所の木製ベンチに、坐らせてくれた。

「早速ですが、カツオやカツブシ加工が、この地域で全滅してしまったのは、何故でしょう」

「本土や沖縄から大型漁船が繰出して、南洋のパラオ辺りまで行って操業し、船にマイナス七十度の急速冷凍装置をつけて網で獲出してからですね、一本釣りのカツオ漁業では太刀打ち出来なくなったのですよ。この辺りの海には今でもカツオがいくらでもいますが、値が下ってしまって、我々の漁法では買手がついてもどうにもならんのです。ええ、値段が安くて引きあいません」

「それでは現在の与那国漁協が扱っている魚種は」

「カジキマグロとマチ類ですね。沖縄でアカマチに値が出るようになったのは、ここ十年くらいのことですが、おかげで助かっています」

「アカマチという魚名は波照間でも聞きましたが、学名は分りませんか」

「オナガダイのことですよ」

「ああ、そうなんですか」

オナガダイなら屋久島ではチビキと呼び、口永良部《くちのえらぶ》島周辺に棲息している美しい細身のタイである。私も見て、知っていた。

「ところで立派な給油タンクがありますね。驚きました。どのくらい備蓄できますか」

「ドラム罐が百五十本分入ります」

「三百キロリッターですね。去年の夏は如何でしたか」

「漁連から二〇パーセント・カットを言ってきまして石垣島の方は参ったようですが、与那国はこたえませんでした。このタンクは三年前に出来たので、もう量的には心配がないのです」

理事さんは、私が意外に石油事情に明るいと思ったのか、私が組合員の年齢別構成を質問してもろくろく返事をせず、身をのり出してきた。

「一年前は七千二百円だった石油が、今は一万三千二百円、ほぼ倍に値上りしてます。ええ、A重油がですよ。いったい何時までこんなことが続くのか、どう思われますか」

これまで何処《どこ》の漁協ででも、私が質問を受けたことはなかった。私は苦笑しながら、名刺代りに「すばる」の新年号を出し、そこで石油の流通図を描いた頁をひらいて説明した。OPECが今まで先進国に対して石油を不当に安く売っていたのに気づき、石油によって栄えている国に較べて自国の貧しさのただならないのを重要視していること。そこへ急進的なグループと穏健派の対立があり、中東における米ソの対立も深刻になっている事情など話していると、理事氏は私の石油流通図(三七頁参照)を睨んで、

「この連中は儲けたでしょうなあ」

と、売り押えをしていた業者の斜線印を指さして唸った。

「で、これからの見通しは、どうなんですか。石油はまだ値上りするのですか」

「まだ上るでしょうね。OPECでは、総会のたびに値上げを決議していますから。穏健派といわれているサウジアラビアでさえ、十八ドルから二十四ドルと約四〇パーセントの値上げを言い出しましたしね、イランはもっと高くするでしょうから」

「ううむ」

漁協でもらった資料に目を通すと、与那国漁協の漁獲は五十二年度で四百三十九トン、一億三千三百万円の水揚げで、組合が手数料として入金しているのは六百六十七万円である。その程度の収入で、こんな立派なタンクや製氷、冷凍設備が出来るのかと私は次々と質問を続けたが、どうも私がA重油の値上りはまだまだ続くだろうと言ったのがショックだったらしく、はかばかしい返事が戻って来ない。これはもう組合長さんの風

邪が癒るのを待つしかないと考えて、ホテルに引揚げることにした。帰りに、もう一度、立派な港湾設備と、真新しい製氷設備とマイナス四十五度の冷凍庫と輝く石油タンクを眺め、それに較べて組合事務所のみすぼらしいのを見て、この島の人々の実利主義に感じ入った。

ホテルに戻っても夕食まで間があったので、海を見ながらランニングをすることにした。寒いせいで二十分も走ってから、ようやく躰が温かくなってきた。辺りを見まわすと久部良中学校の立派な建物と広々とした校庭がある。久部良小学校の前には久部良の公民館があり、振返るとあちこちに鉄筋建造物が目立ち、波照間と較べて赤瓦の屋根と低い軒の民家が少い。赤瓦の屋根を持った家があっても、福木《ふくぎ》の防風林というのがなく、古い珊瑚礁を積上げた石垣囲いの家が多い。波照間とは何もかも違うような気がする。この島は米作が出来、もちろん二期作で、自給自足どころか収穫米の半分は供出していると聞いていたが、あの漁協の設備といい、豊かな島なのだ、きっと、と嬉しくなる。

どんどん走るうちに、足許に芝生がひろがり、緑の絨毯の上でランニングしているようになった。目を凝らして見たが、芝生に間違いがない。この島には芝生があるのかとびっくりする。すぐ前は海で、下は断崖絶壁というところに出ていたが、芝生がひろがっている。こんなところにわざわざ芝を植えるはずがないから天然の芝生なのだろうと考えているうちに、芝生のあちこちに岩が顔を出し、その岩に裂け目があることに気がついた。こんなところで転んで怪我をするのも馬鹿げていると思い、ランニングをやめ、歩きまわって宿に戻った。運動で躰が温まり、石垣や波照間で寒さに負けそうになっていたのから立直っていた。

ホテルは一階が食堂で、私を迎えた女主人が、

「どこまで行かれましたか」

と訊いた。

「久部良中学の横へ出ました。綺麗な芝生があるのでびっくりしました」

「クブラバリへ行かれたのですね。岩の割目《われめ》が凄かったでしょう」

「あそこ、久部良割《クブラバリ》というんですか」

「昔ねえ、あすこで妊婦を跳ばしたんですよねえ。大がい死んだんじゃないですか。幅三メートル、深さ七メートルありますものねえ」

私は言葉がなかった。

島津藩の琉球入り(一六〇九)によって、琉球王府はまず奄美大島諸島を失い、悪鬼納《アキナ》(沖縄本島)以下八重山を含めて八島だけが王府の帰属と定められた。慶長十六年(一六一一)毛利元親が与那国島へ渡り、二月から五月の間に竿入《さおいれ》(測量)を終えている。それまで

与那国はツカ・カナイと呼ばれる方法で琉球王朝に貢納していた。農民の頭囲と同じ大きさの稲束一つと地酒くらいのものを納めていればよかったから、与那国の人々は気楽な暮しをしていたのだ。ところが寛永年間に島津藩は検地帳を改め増石を断行、例の人頭税が始まる。

沖縄本島に琉球王朝が成立しても、長い間宮古島と八重山群島は貢納していなかった。十六世紀の初頭、与那国にはサンアイ・イソバという女酋長がいてオヤケ赤蜂《あかはち》が征伐された時期でも宮古島から来た軍勢を撃退している。サンアイというのは与那国では榕樹のことだが、辞書によると琉球語でガジュマルというとある。琉球列島の中でも与那国の言語が独特だというのは、この一事でも察しがつこうというものである。島の中心部に榕樹の原生林があり、そこに住んでいたのでサンアイ・イソバ・アブと呼ばれた。アブは老女の尊称である。伝承では大女であったことになっている。しかし一五一〇年(将軍足利義尹の頃、永正七)に尚真王によって与那国は琉球の支配下に置かれてしまうのだが、それまでは立派な独立国だったのが想像できる。なにしろ波照間と違ってこの島は今でもその気になれば自給自足できるのだ。サンアイ・イソバの子孫が今でも島にいるというのも驚かされる。池内栄三氏が十余年前にまとめた「与那国の歴史」という本には、その家は島袋《チマフカ》氏といい先代まで女系であったと記されている。

一六三七年、与那国にも人頭税制が始まり、久部良割の悲劇が起るのは、このためである。農地の生産高に対して課していた貢納を、人頭に割当てることになって、島は人口調節をしなければならなくなった。

太鼓を打ち鳴らしてトゥングダと呼ばれる約一町歩の天水田に島民を呼び集める。その田に入れなかった人間は殺したと伝えられている。人頭税は十五歳から五十歳までの男子に漏れなく課せられ、身障者も例外としなかったから、こういう方法で足の遅いものを切り捨てたのであろう。

女の場合は久部良に妊婦を集め、岩石の裂け目である割《バリ》を跳ばせた。三メートル先へ跳べても流産は免れなかったろうし、七メートル下の裂け目に落ちれば妊婦の生命さえ助からなかっただろう。命がけの産児調節だった。納税者と収穫量のバランスを保つための苦肉の策であったのだろうが、現実に久部良割の凄い裂け目を見てからこの話を聞くと、ランニングで温まった躰が、芯から冷えてくるような気がした。

こうした厳しい租税取立てに、この島でも逃亡した人々がいた。島の中南部にある比《ひ》川《かわ》部落からハイドゥナン(南与那国)という楽園めざして南へ行ってしまったという言伝えがある。波照間島の記録と酷似している。

琉球に関する古書では琉球を招諭するために隋《ずい》の煬帝《ようだい》が出した使者が書いた報告書

「琉球国伝」(六〇九)がおそらく最も古いものであろうが、多くの史家によってこの琉球というのは台湾のことだと説かれている。しかし、ここに描かれた島人の風俗は与那国についこの間まで伝わっていたものと酷似しているという。事実、与那国の方言には中国語によく似た言葉が今も多い。

しかし歴史は、もっと遡ることが出来る。古代琉球にはアイヌがいたという学者の論文が多いのだ。先史学者として千島、樺太、シベリアから沖縄、台湾、西南アジア、南米まで広汎な調査をした鳥居龍蔵博士によって、それは確認されている。沖縄諸島と同じく与那国にも明治政府に禁じられるまでアイヌと似た入墨の風習があったところから、与那国の先住民族がアイヌであったことを立証した民俗学者もいる。

文字に書かれたもので与那国島が最初に現れるのは一四七七年(文明九)、日本では足利義尚が将軍であり、一向一揆が各地で荒れ狂っていた時代である。琉球王朝では尚真王即位の年であるが、二月一日に朝鮮の済州島を出発した船が、北上して都に向うはずが荒風に遭って方向を失い、十四日漂流して一小島を発見した。これが与那国だった。さあ助かったと島に向って船を進ませたところ、船体が大破して乗組員の大方が溺死してしまった。島をとりまく珊瑚礁のなせるわざに違いない。わずか三人が板片にすがって浮いていたのを島人の釣舟が発見して助ける。島の集落の輪番制で三人を養い、六カ月後南の風にのせて小舟で西表島《いりおもて》に送った。それから六つの島を順送りにされて那覇に到り、そこで三カ月後に博多の商船に乗ることができ、済州島を出て三年目に彼らは故国に帰った。

帰国した彼らは記録を残しているのだが、言語も衣服も日本人と違うと明記している。木の葉に朝鮮国と書いて見せたが分らなかったというのである。この島には独特の象形文字が百年前まで使われていたのだが、十五世紀にもあったのかどうか。済州島の漂流民三名は、与那国には酋長もなく、文字も解さないと二度も記している。

朝鮮済州島の漂流民が六カ月与那国にいたのは事実らしいが、海に近い集落を転々としていたので、中心部に住んでいたサンアイ・イソバには会うことができなかったのだろう。彼らが朝鮮に戻り見聞記を書いている頃、宮古島の軍勢をサンアイ・イソバが勇猛果敢に撃退しているのだから酋長がいないというのは当っていない。

ところで与那国の名称だが、島の人々は今でもドゥナン・チマと呼んでいる。チマは島のことであるから問題はないが、ドゥナンの原義については各説あり、ユーナ(学名オオハマボーフー)の木にヒントを得ているとも、四隻の舟を古語でドゥナンと言うから古代に四隻の舟にのって人が来たところから命名されたという説などある。いずれとも言えないが、この島の方言では他島のY音がD音に転じている例があるので、ドゥナンがユナンに等しいと見ることだけは間違いないだろう。四つをドゥチ、山をダマと、今でも島の人は言う。

ずっと後になるけれど「指南広義」(一七〇八)や、新井白石が「南島志」(一七一九)を書いたときの参考文献では由那姑尼という文字が見られる。ユナクニと訓むのであろう。現在の与那国という文字は慶長年間の検地から始まったもので、古語にオ音はなかったはずの琉球に与《よ》の文字をどうして使ったのか。与那原という姓が今も島にあるが、ドゥナンバラと訓まれている。野球の与那嶺コーチもこの島の呼び方ではドゥナンミヌになるはずだ。ともかく、この島に現在に到るも国という文字や呼称が与えられているのは注目に値する。沖縄の人たちは、波照間の人でさえ、今も与那国では言語がまるで違うというのも、この島がかなり遅く琉球王朝に組みこまれたことや、この島が琉球列島の中で飛び離れて西にあることと関係がないとは言えないだろう。

イソバが宮古軍を追い帰した物語は詳しく口碑として島に残っているし、宮古にも石垣島にも文字で記録されている。西暦一五〇〇年のことである。しかし十年後に西表島《いりおもて》の人間が与那国与人として琉球王朝から任命されている。イソバ没後のことかもしれない。だが与那国はなかなか王府には臣従しなかったのだろう。イソバ討伐に失敗してから二十二年後に、再び宮古島から軍勢がおし寄せ、首長である鬼虎《ウニトラ》を攻めた。ウニトラは宮古島で生れたが飢饉のとき与那国の商人に粟と交換されて島に来たと言われている。これも口碑と宮古史伝等で一致している話なのだ。与那国が食糧の余裕のある島だったことを物語るものだと思うので書いておく。宮古島からは四人の巫女《みこ》を舟にのせてきて、酒で鬼虎を懐柔し、酔いつぶれたところを男四人が寄ってたかって惨殺してしまう。首は塩漬にして首里王府に送られたという。宮古島にはウニトラ退治の民謡が現在でも残っている。

こうして与那国は八重山群島の一つとして琉球王府に帰属し、前章に記した尚家の歴史の通り、やがて島津藩の支配下に入る。薩摩の役人である毛利元親がこの島に来て測量するのは一六一一年(慶長十六)であった。それから二十六年後に悲劇の人頭税が行われるのだ。

私が与那国に着いた夜、部屋のテレビをいじっていたら、画面に不思議な絵が映った。カーター大統領が延々と演説している。日本のテレビはＮＨＫの総合しか入らない。はて、これはどこのキー局からきているものかと訝しみながら眺めていたら、なんとカーターはソ連のアフガニスタン侵攻を非難し、アメリカのオリムピック委員会に対して選手をモスクワに行かせぬよう提案すると言っているではないか。さらには穀類のソ連向け輸出にもストップをかけると断言した。カーターの演説をまるまる英語で聞くのは、これが初めてである。激烈な内容であるのに落着きはらった口調で諄々《じゅんじゅん》と説くように演説している。なるほど前身は牧師さんだったと感心した。却《かえ》って内容に迫力が出ている。モスクワ・オリムピックに選手を行かせないのか。ひょっとすると私は歴史的な演説を聞いているのではないかと途中から緊張し、身を入れて聴いた。分りやすい英語だが、一九六〇年代なら紳士は決して口にしなかった動詞が、穏やかな彼の口許から流れ出る。七〇年代に入って知識人が好んで使い始めたスラングが、もう大統領の演説に出るまでに定着したのかと、言語の急激な変化にも一驚していた。私は一九六〇年にはニューヨークに留学していて、ケネディとニクソンの初の一騎打ちになった大統領選挙の前哨戦をテレビでよく見ていたが、機智溢れるケネディとは正反対だがカーターの演説がこんなにうまいとは思わなかった。ケネディのようにジェスチャーが入らないのに凄い迫力である。

それにしても、この映像はどこから届いているのだろう。

私が考えこんだとき、カーターの演説も一区切りになって、画面にパッとニュース・キャスターの顔が出た。東洋人であり、英語でも日本語でもない。「今天午上《チンテンワンサン》」などという片言隻句から、中国語の、それも北京語を基礎とした標準語であることが分るが、内容はカーター大統領の演説より分らない。ときどき「イラン」とか「テヘラン」という国名地名が理解でき、ははあと思うと再び画面が一転して、テヘラン市内のアメリカ大使館周辺が映し出され、ニュース・レポーターは威勢のいい英語で、今もって解放されていない人質を含めた情況説明をかぶせてくる。台湾の放送局では英語と中国語を半々に使っているのだろうか、オランダみたいだと思いながら眺めていると画面の下に白い小波《さざなみ》が揺れているのに気がついた。眼を凝らしてよく見ると画面がかなりぶれているが、ときどき小波が小さな漢字の横書きであることが分る。大陸のように簡略文字を使わないので、四角い文字群であることしか分らないが、しかし読めないながらも中国語のスーパーが入っていることは明確になった。いよいよこれは台湾放送に違いないと確信を持ち、ニュースを最後まで見たが、この日は事多く、韓国大統領が北朝鮮と話しあう用意があると声明した。実現すれば三十五年ぶりの南北対話になる。

ニュースが終ると突如画面が鮮明になり、色まで出てきて風邪薬のＣＭになった。これはどういうことだろう。日本のテレビもＣＭになると音量が上るけれど、画面までピシャッとなることはない。茫然としながら私は万能薬にも似た広告に惹き寄せられていた。深夜放送は「宝島綺譚」みたいな時代劇で、言葉は分らぬながら結構面白かった。そうか、この島には台湾のテレビが入るのかと、感動さえしていた。はるばる西の果てまで来た甲斐があったと思う。

翌朝は沖縄へ来て初の晴天。宿の女主人が私の顔を見て、

「今日は吉日《いいひ》だからパイパイがありますよ」

と言う。

「パイパイって、なんですか」

「与那国には年に三度、パイパイがあるんです。旧暦で年の終りと正月と、七月末ですか。私のところではやりませんが、前の家でも昼過ぎにパイパイがあるはずです」

「どういうことをするんですか」

「見れば分りますよ。女の人を頼んでパイパイをしてもらうんです」

参拝のパイだろうと咄嗟《とっさ》に思った。ともかく年三度の儀式に違いない。波照間では天気も悪く神行事にも出会えなかったが、与那国ではつい、ている。昨夜はカーターの演説が聞けたし、今日はパイパイか。

旧暦の十二月吉日のパイパイであることが間もなく分った。ホテルの前の家は漁民で、位牌の数だけ膳を置き、家の中のパイパイはもう終っていて、庭でやるパイパイは午後だと教えてくれた。土の上に幾つか台を置いて雨戸を寝かせ、その上に青葉を挿した牛乳ビンを三対飾り、米、塩、酒、羊羹、かまぼこ、テンプラ、揚げ豆腐が次々と供えられる。この島でかまぼこと言うのは、魚肉を潰して大きなはんぺん状に蒸し上げ、赤く

着色したものであった。テンプラは、中国人が朝食とする揚餅と似ていて、メリケン粉を練って油で揚げたものである。雨戸の向うに盛砂をして黒く平たい線香を立てた。八十歳を過ぎたという老婆が、なにげない姿で現れ、雨戸の前の茣蓙《ござ》に坐った。白髪を上で束ね琉球かんざしを突きさしている。これが沖縄で司と呼ばれている巫女なのであろう。私はそっと後に立って、彼女の祝詞《のりと》に耳を澄ました。十分もしてから、私は諦めることにした。英語でも中国語でも、多少の単語はどんな早口でも聞きとることが出来るけれど、この与那国の言葉はまず一語も分らないのだ。

聞きとれたのは一小節ごとに「……ホガラセ。……ホガラセ。……ホガラセ」というのがあっただけだ。

「ホガラセって、なんのことですか」

ホテルに戻って訊くと、

「ありがとうという意味ですよ。今日のパイパイは過去一年間のお礼ですからね」

「ははあ、サンキューって意味ですか」

「ええ、与那国の言葉は英語より難しいでしょう」

「まったくですねえ」

もう一度お婆さんの後で耳を澄まし、せめて母音だけでも記録を取ってみようとした。

ホガラセという言葉が、むやみと多い。セがヱ音であるのに気づき、おやと思う。東京に帰ってから昭和三十九年に与那国の言語採集をした学者の論文に目を通していたらhugarasa(ありがたさ)と記録してあるのが気になった。沖縄の古語は母音が三つという先入観があったためか二十余人のインフォーマントを使っての言語採集であるというのに、フガラサと採れているのだ。明らかに私が聞いた巫女は、彼のインフォーマントの一人であったはずだが、私の耳にはホガラセと確かに聞こえたし、初めに幽《かす》かな弱《じゃく》摩擦音《まさつおん》があるので唇の上下が軽く合わさってwhogaraseと表音した方がより正確だという気さえする。「祝《ほ》ぎあらせ」の転訛したものではないかと、この際まことに大胆な推論を付け加えておく。なにしろ沖縄は日本の中世以前の言葉が残っている地域なのだ。

ついでに言うと、パイパイは動詞の拝《パイ》を二度つらねて名詞としている点で、文法がインドネシア語に似ていると思った。台湾における高砂族の言語がインドネシア系だが、言語学の定説では、その言語系統は台湾で断ち切られ、琉球以北には入っていないことになっている。ではパイパイのごとき畳語をどう解釈するのだろう。

「漁協で、仲買人がみな女だと聞いて驚いたのですよ。その中で誰かに話を聞きたいんですけれどもね」

「私も仲買人ですよ」

「本当ですかァ」

「でも私は三年ばかり前からで、昔のことなら詳しい人がいますから」

ホテルの女主人に教えてもらって翁長さんを訪ねる。オナガと訓む。

「仲買人ですか、いや私はカマボコ屋ですから。仲買人なら、家の前の美容院の先生が仲買人ですよ」

その美容院は小さな建物で、片隅に洗い場があり、大きな鏡が一枚。久部良の女の溜り場になっていた。忙しく櫛を動かしている美容師さんは、親も夫も漁夫であった。

「いいえ、私は美容師です。この辺りで仲買人なら翁長さんとこは婆ちゃんの代から仲買人だから」

「では昔から、この島では仲買人は女だったのですか」

「この島だけでないでしょう。石垣島でも女が仲買人ですよ。頭に桶のせて、それに魚入れて運んでね」

「ははあ」

「亭主が漁師でね、だから女房が仲買人になるんですよ」

「すると、仲買人が談合して安い買値をつけたときは組合で一括購入して石垣島へ送り出すというようなことがあると、夫婦喧嘩になりませんか」

「なりません。私ら仲買人も漁協の組合員ですもんね」

「仲買人も組合員なんですか」

「そうですよ」

「正組合員じゃないでしょう」

「そう、亭主が正組合員で、女房の仲買人は準組合員ですよ」

与那国漁協は正会員六十五名、準組合員百三十一名という内訳が、ようやく飲みこめた。いろいろお喋りしているところへ翁長さんがパーマネントをかけに来た。

「すると夫の釣ってきた魚を、妻が買上げるというわけですか」

「そうでないの。後で港へ連れてってあげますけどね、男の釣ってきた魚を氷詰めにするのが女の仕事。翌朝の十時にセリ市が始まるから、それまで魚を形よく蔵《しま》っとくのが女の役なの。セリになったら、氷詰めから出すのも、セリにかけて売るのも買うのも、私らの仕事です。男は釣ってくるだけ」

「買った魚はどうするんです。カマボコ屋さんは分るけど」

「祖納《そない》の魚屋に卸したり、祖納のカマボコ屋に売ったりですね。私んとこでもカマボコの他に刺身の材料を空港の冷蔵庫に入れて売っています。今はアカマチの時期ですが、沖縄の人はマチが好きですからね、喜んで買っていきますよ。安いし、新鮮だし、ね」

祖納というのは与那国で一番大きい集落である。ここでも島内消費が大きいのだろうか。漁協にはあんなに立派な冷凍設備があるというのに。

夕方の八時になると、久部良の女たちが、漁協の目の前にある港に三々五々集ってくる。私は北海道の天売島で組合長さんから聞いた話を思い出した。「昔から天売では漁師が戻ってくると女房たちが浜へ駈けつけてくるんですよ。焼尻島とは、そこが違ってました。焼尻は、漁師の女房は家から出てきません。天売の漁業が活潑なのは、女たちの心構えが違うからではないですか。女がいねば漁は出来ないと私らは思っとります」

与那国の女たちが、寒波襲来している漁港で、夫の舟の帰りを待つ。漁協の製氷室が午後八時で締切るものだから、それまでに漁夫は戻ってくるのだった。いま新しく建築中の建物は、漁協の事務所かと思っていたら、「自動販売製氷装置」なのだという。そう聞いても咄嗟には、どういうものだか分らなかった。

「お金を入れると、氷が出てくる機械ですよ。それがあれば時間に制限なく釣れるから」

「便利なものが出来るんですねえ」

「便利になりましたよ。昔とは何もかも変りました。つい十五年前までは、テレビどころか電気もなかった島ですから。船だって無線があるし、魚探《ぎょたん》はもちろん自分がどこにいるか位置測定機《ドーラン》があるからねえ、遭難事故なんて無くなりましたもの。昔は港でこうやって亭主の舟を待つにしても、舟が見えるまで心配で、無事に帰ってくるかとそればかり思ってたものですが、今は何も心配ない。大漁なら大喜びして無線連絡があるし、夢の船は港にぴたっと着けられるから、こっちもこんな楽な身装りで待てますしねえ、夢のようですよ。カツオばかりの頃は、女だって楽じゃなかったですから。氷詰めにして明日まで置くなんてこと出来なかった。第一、氷がなかったですよ。この島は暑いとこですからね、今は特別ですよ、こんなに寒いこと滅多ないですもの。舟から揚げた魚はすぐ裂いて塩したり、煮たり、乾したりね、女の仕事は大変でしたよ。漁師も危険で命がけの仕事だったし、こんな暢気《のんき》なものじゃなかったですから」

やがて一隻、二隻と、二トン前後の小船が港に姿を見せる。一隻の船にはただ一人の漁夫がいるだけである。船が港に入ってくると女たちの群から一人が駈け寄って行く。妻だということが分る。銘々が大きな氷詰め用の箱を用意していて、夫が釣ってきた魚を受取ると漁協の職員が製氷室からシャベルで掻き出してくれる氷と交互に箱の中に入れて蔵《しま》う。手に余るような大きな魚があると、他の妻たちが集って手伝う。見ていて心温まる光景だった。

しかし一人一人の漁夫たちの漁獲量が違う。魚種も違う。船にはそれぞれ氷を入れた生簀《いけす》があり、港に船を着けると、その中から釣果を一尾ずつひっぱり上げる。私は待っている妻たちに、魚の名を聞いた。

「大きいですね、あれは何ですか」

「アカマチですよ」

「へええ、あれがオナガダイですか。あの黒いのは？」

「クロマチだね」

「あの細いのは？」

「あれもマチですよ。今はカジキの時期じゃないからね」

「カツオもやっぱり釣ってるんですね」

「カツオはマチの餌ですよ。カツオ一匹でマチを釣るの」

「はあ、カツオは餌なんですか」

「そう、カツオは値が下って、釣ってもいい売り値にならないからね」

「あの小さい熱帯魚みたいな魚は、なんですか」

「ええと、あれは、なんてったっけね」

製氷室で働いている漁協の職員に訊くと、島でクロマチと呼んでいるのはエチオピア、小ぶりの鯉みたいな魚はアメリカだと教えてくれる。

「おいしいお魚ですか」

「いや、うまいのはアカマチですよ、やっぱり」

見ていると、同じ日で同じ規模の漁船であるのに漁獲量が本当に一人ずつ違う。その日のツキでも違うのだろうし、漁探《ぎょたん》を持っていても漁師のカンというものがそれぞれ大きくものを言うのだろう。

それにしてもアカマチがオナガダイのことだという知識を持っていても、水揚げされる魚の大きさには度胆《どぎも》を抜かれるくらいである。全長一メートルから一メートル五十もあるような赤い魚が船の生簀から次々と摑み出されると、まるで冒険ダン吉みたいな気分になってくる。寒いけれど、やはりここは南国なのだと思うことしきりだ。

翌朝のセリ市は、十時から開始された。漁協の人が計量器の前で、次々と魚の重さを量っては十五キロ、十七キロなどとマジックインキで書いた紙片を貼りつけ、氷詰めの箱から出した魚をずらりと並べて行く。まるで鯉のぼりみたいだと思った。鮮やかに赤く、鯉のぼりそっくりの顔であり、姿であり、ウロコが大きいのだ。

「凄いですねえ、これなら大漁なんでしょう？」

「ええ。もうじきセリが始まりますよ。今日は安いかもしれませんね」

宿の女主人がモヘアのカーディガンにゴム長靴という姿で仲買に来ていて、セリが始

まると私を振返って、

「安いですよ。漁師の人が、これじゃ気の毒です」

と言った。

昨夜は製氷室から氷を掻き出していた漁協の事務員が、威勢のいい声でセリにかける。早口でキロ当りの値段を言うと、すかさず仲買人たちがセリ上げて行く。他の島では仲買が板に値を書いて渡したりするのだが、ここでは女たちがわっとセリに応じるところが壮観だった。

カマボコ屋の翁長さんが、

「今日は安かったから、欲出して二箱いっぱい買いましたよ。あとでカマボコ作ってるところ見にいらっしゃい」

と、ニコニコしながら言ってくれる。

大きなカンパチが一尾あがっていたが、翁長さんがセリ落した。カンパチは鮨ダネとして私の大好物だが、姿で見るのは初めてだった。

翁長さんのカマボコ工場に出かけて行くと、大きな立派な冷蔵庫があり、肉挽機《にくひき》があり、攪拌機《かくはん》があり、床には水がジャージャー流れているが、働いているのは翁長さん一人だった。

包丁で手早く魚をさばいて、臓物と皮と骨を取ってしまう。それを電気肉挽機で丁寧に何度もミンチにし、攪拌機に入れ、塩とカタクリ粉と水を入れて攪《か》きまぜる。

「五人分の仕事を機械がしてくれますからね、私一人で気楽にやってます。アルバイトを頼んでも気疲れするばかりだし、注文とってその日に売る分だけしか作らないから、一人で充分なの。注文は、祖納のマーケットや、個人の家からね。パイパイのときなんか大量にカマボコがいりますでしょ。冷蔵庫があるから、売れない日があっても魚の鮮度が落ちる心配ないもの、もう昔とは違いますよ。昔は、肉挽きの機械なんてないもの、大きな擂鉢《すりばち》使って、手でコツコツ叩いて潰したんですから、カマボコ作るたって大変な手間でしたよ。今は魚さえさばいてしまえば、冷凍もできるし、楽なもの。昔は魚運ぶたって車もないから桶に入れて頭にのせてね、仲買人も楽じゃなかったですけどね、今は運ぶのは車ですから」

カンパチは上魚だと思っていたのに、キロ当り五百円でセリ落していて、六キロだったから一尾三千円。その値段もさることながら、翁長さんは包丁で頭と皮と骨をとると、ぶつ切りにしてミンチにかけてしまった。

「カンパチもカマボコの材料にしちゃうんですか？」

「そう」

「お刺身にすればおいしいでしょうに」

「刺身はアカマチの方が沖縄の人は喜ぶの。アカマチはカマボコにならないから、空港に持ってって売るんですよ。石垣島や那覇へ帰る人は大喜びで買って行きます」

「アカマチはカマボコにならないんですか」

「マチは身が赤いから、カマボコにすると色が穢《きたな》くなるの。味はいいんだけどね」

翁長さんのところでは、殺菌剤として本土で使われていた過酸化水素は使ったことがないらしかった。過酸化水素には漂白の作用があるのだが。折から本土ではこの殺菌漂白剤の発ガン性が問題になり厚生省では使用禁止に踏みきったばかりなのだったが、与那国では話題にもなっていなかった。

サツマ揚げを、ここではツキダシという。すり身を攪拌してから、煮えたぎる油の中へ少しずつ掬い落して大量のツキダシが仕上る頃、空港の売店からアカマチの刺身とツキダシを仕入れに車がやってきた。この人も女性である。与那国は男も女も働き者だという気がする。

仕事が一段落してから、翁長さんとゆっくりお喋りをする。

「昔は朝は五時半に起きて真夜中まで働きましたよ。全部手仕事で、魚はすぐ腐るし、電気も氷もなかったですもの。私は石垣島で生れて、ここへ嫁に来たんですが、子供六人産んで働き詰めでした。こんな時代が来るとは思いませんでした。子供はみんな教育受けさせて、漁師の子供が六人全部高校へ行ったんですよ。昔なら考えることも出来ない。この島は中学までしかないから、みんな石垣島へ出しました。主人も言うのです、今は漁師になるだって高校ぐらいは出てないと、機械が使いこなせないって。どんな機械も、英語で書いてあるですものね。高校出てなければ、機械の英語分りませんものね。だけど、高校卒業すれば、もっと上にやりたいとなるでしょう。長男は東京の大学を出て、東京で就職しました。六人の子供を島から出して、仕送りするのは大変ですよ。それが、やれたんですもの、沖縄もいい時代が来ましたよ。テレビも見れるし、東京と同じ生活が出来てますから」

「お子さんの中で漁業を継ぐ人はいないんですか」

「それですよ。この正月には長男一家も次男夫婦も来て、賑やかに話したんですが、みんな東京で暮すのは嫌がっていて、サラリーマンになっても土地も家も買えないとこぼしてますよ」

「東京は土地が高すぎますからね。与那国へ帰れば家も建てられるでしょうねえ」

「そうですとも。子供六人が帰ってきて、みんな漁師になれば黄金《きん》の家でも建ちますよ」

翁長さんの眼が鋭く光って私を見据えた。

「だけど、どうなんですか。海の魚は減ってませんか。昔は今よりもっと粗末な舟で漁に出ても、魚は山ほど釣って帰ってきましたが、今は昨夜程度でも大漁で、ときには一匹も釣れない日があります。一匹も、ですよ。そんなこと昔の与那国では決してなかった。魚は、減ってますよ。だから私は不安です。子供に漁師になれとは、とても言えません。今はいいですよ。釣れない日があっても釣れる日があるし、冷凍庫に入れとけばいいですから。だけど、魚がもっと減るならば、冷凍庫があってもどうにもならないじゃないですか」

　魚が減っている。こんなに南の海に来ても。私は慄然として、翁長さんの迫力のある話を全身で聴いた。

　夜のテレビは、NHK総合の沖縄局から、鯉のぼりの染物が早くも始められたというニュースが画面に出た。まったく偶然、ビニール製の雨にも強いという小型の鯉のぼりが、直射日光の強い沖縄で染上げられていることを知ったが、私には緋鯉はアカマチ、真鯉はクロマチに見えて仕方がなかった。続いての沖縄ニュースは全島で一斉にサトウキビ刈りが始まり製糖工場が作動していると、赤い軍手をはめた援農隊の人々の働く姿が映し出された。毎年、東北地方の人々が人手の足りない沖縄に出稼ぎに来るのが援農隊と呼ばれている。日給四千円で細いサトウキビを刈っている人たちの姿は、日中ジョギングしている私も毎日見ているが、刈入れにこうした出費があっては製糖業もとても大きな黒字にはなるまいと思われる。農業の方ではサトウキビの作付には補助金が出ている。水稲を減反してサトウキビ畠にすると、補助金が二重に出るのかしら。

「台湾からキビ刈りに人を傭《やと》ってたことがあるんですよ」

「ああ、随分昔のことでしょう？」

「いえ、一昨年です」

「一昨年？　昭和五十三年？」

「そうです。何十人も来てました」

「本当ですか。日当が安いのかしら」

「そうなんじゃないですか。一昨年はタイヤに乗って、ずぶ濡れで亡命してきた人もいましたね、ええ、台湾から、一人だけですけど。トランク持ってましてね。そのくらい近いんですよ、この島は。八重山群島のどの島より台湾の方が近いんですから。戦争中でも本土へ疎開せずに台湾へ疎開した人がいたくらいですよ。豚の売買は台湾としてましたしね。台湾のお金がこの島で通用していた時代もあったんですよ」

「戦争に敗けるまでは、台湾も朝鮮も日本だった時代があったからでしょう」

「ああ、それででしょうかね」

かつて日本が植民地を持っていたことを、もう忘れてしまっている人が多いのに驚かされる。与那国では台湾との近さを強調しながら、かつての関係はもうすっかり忘れているし、若い人は、てんから知らない。

「え、日本だったんですか、台湾が？」

ま顔で訊き返されて絶句したこともあった。島の人たちとの会話を少し正確に整理してみると、昔の与那国は農業で米と黒糖、漁業でカツオとカツブシ加工、副業に養豚が盛んで、一九二〇年代には台湾基隆《キールン》および蘇澳《スオー》地区に豚とカツブシなどを輸出し、台湾銀行が発行している為替《かわせ》が通用していた。

「一昨年はベトナム難民も来ましたしね、近いんですね。ここはベトナムにも」

「ボートが漂着したわけですね。何人乗ってましたか」

「八十人ですよ。当時はテレビにも出て大騒ぎでしたよ。キビ刈りなんかして、よく働いてくれましたが、何しろああ多くてはね、この小さな島では面倒みきれないので、本土の方で引取りに来てもらったんですよ」

日本の最西端に位置する島ならではの話だと思いながら聞いた。ここも国境なのだ。

テレビのチャンネルをまわしていると台湾放送が入り、エドワード・ケネディが一昨夜のカーターの演説をぼろくそにこきおろしている。ケネディ節は兄さんの方と変らないが、ジョン・ケネディのウイッティな演説とは較べものにならない。ロバート・ケネディの演説は私は聞いたことがなかったけれど、噂ではジョンよりシャープだったと言われている。ジョンとロバートが次々と兇弾に倒れたことはまだ記憶に生々しいが、何も同じ家から三人も続けて大統領になりたがることはないのにと思う。王室のないアメリカで、ケネディ家は一種の貴族として憧れの対象になっているのかもしれない。

ケネディの演説を眺めながら、私は一昨夜のカーター大統領の論理的矛盾に気づいてきた。彼の口調の重々しさは、迫力と説得力を持っていたけれど、一日おいてよく考えてみると、ソ連のアフガニスタン侵攻に対する報復としてオリムピックのボイコットをするのは、どう考えても理屈にあわない。立場を逆にしてみれば分るはずだ。どこの国の軍隊が、スポーツのために退却なんかするだろうか。

一九六〇年代からテレビは大統領戦の最も効果的な武器になっていた。アフガン侵攻非難というアメリカ一般民衆にはピンと来ない遠い地域の出来事を、オリムピックという最も分りやすいものに結びつけて、カーターはアメリカ国民に事態を理解させようとしたのではないか。ケネディもまたこの大衆的発想には異を唱えていないのだ。大統領戦にとって、あまりにも洒落た手段をカーターがものしたのが、口惜しくってたまらないという感じが見える。ケネディは、カーターのやり方が「てぬるい」と言って批判しているだけだった。

しかしまあオリムピックは、この機会にやめてしまうのも手だろうと私は思っている。二十年前、私はローマ・オリムピックに朝日新聞特派で出かけて行ったが、そのときオリムピック憲章にあるアマチュア規定というものを疑問に思った。全体主義国家が総力を挙げて養成し、国威宣揚を目的としてオリムピックに送り出す選手と、個人が親や先輩や友人の協力で練習に励み、アマチュア規定に従ってスポーツでお金を取らず、だからごく限られた幸運な人だけが出場できる西側諸国の選手たちと、同列に論じられるだろうか。全体主義国家には、プロとアマチュアの区別などないはずだし、何より国家が全面的に後押しするのだから選手の体力も極限まで絞り出すことが出来るだろう。

これに気づいた西側諸国も負けてはならじと国家が肩入れをし始めていた。数字で勝敗が明確に出るスポーツならまだ問題は少かったが、体操のように審査員の主観が採点に影響するような種目では、平均台から選手が落っこちても自国と軍事同盟を結んでいる国の選手には平然として「九・八」などという採点をする審査員。ローマ・オリムピックで、すでに政治とスポーツは不可分のものになっていたのだ。イタリア人の観衆は足を踏みならし、口笛を吹いて抗議したが、四年後の東京オリムピックの観客はなんとまあ温和《おとな》しかったことだろう。この年、それまでオリムピックの競技種目にはなかったバレーボールが、初めて入り、日本女子は優勝した。いつも開催国には金メダルが多く取れるように配慮されていることは明らかである。しかし、そうしたノンビリムードに数々の水がさされてきた。

オリムピックはスポーツの祭典だ。平和あってのものである。国際緊張がこうも高まっている折柄、スポーツと政治は別だとは言いきれないだろう。戦争している国同士が、競技場でニコニコ歓談できるはずがない。スポーツに関していえば、オリムピックなどなくても種目別に国際的な団体があり、そこでそれぞれ世界選手権試合があり、記録も公認されるのだから、問題はないはずだ。国連と同じように、オリムピックも三大国の正式加入によって、身動きならなくなっているのだ。ソ連、中国、アメリカ。この三つのポールの間を、小国が脅えながら揺れ動く。琉球王朝が、明と日本と朝鮮と布哇《ハワイ》に全方位外交をした揚句、明治維新後日本に帰属し、太平洋戦争のときは最前線として最も多くの死者を出した。敗戦後は長くアメリカ軍の統治下にあった沖縄にいて、小国の運命を考えると、アフガニスタンが遠い国とは思えなくなる。

与那国漁協の組合長さん仲嵩《なかたけ》博氏から、ようやく風邪が癒ったという連絡があったので、漁協をお訪ねしたのは、東京に帰る前日だった。晴れた日で、この朝私の部屋の窓から目の前に台湾が見えた。

「漁協としては理想的な経営をしていらっしゃいますね。石油の備蓄タンク、製氷設備、急速冷凍装置と近代三種の神器が揃っているのに、組合事務所は簡素で」

「いやぁ事務所を立派にしても金が儲かるわけでなし、ここは屋根さえあればよし、まず設備というわけですよ。アメリカ軍の施政時代は沖縄本島と基地周辺には力を入れてましたが、他地域には冷いものでした。日本に復帰して本当によかった。与那国は助かりましたよ。農林漁業緊急対策事業が昭和四十九年に施行になりまして、製氷設備が、それで出来たんです。当時が一日二トン、現在建築中の自動製氷機が出来れば一日五トンの氷が使えます。石油の備蓄タンクは昭和五十年、急速冷凍装置は昭和五十三年に出来まして、カジキマグロはセリにかけず冷凍庫に入れ、組合の一手買付けにしています。カジキだけで年間一億五千万円の水揚げがあります。カジキの漁獲量は与那国漁協が沖縄で一番多いのですよ」

「漁船の数は」

「三十七隻です。沿岸漁業振興資金が昭和五十年に施行になりまして十一億五千万円の予算が出ました。三トン未満の船ばかりですが、一隻が約五百万円かかりますから。今なら六百万以下では出来んでしょうが」

沖縄県八重山支庁の統計では、与那国には五トン未満の漁船が八十隻、十四トン未満、十九トン未満、五十トン未満、百トン未満各一隻ずつ、合計八十四隻が登録されているが、組合長さんの口から出ている数は、沿岸漁業振興資金予算で作った船のことであろう。それにしても、沖縄が本土復帰して本当によかったと、こうした西の果てで聞くと、胸にじんと響いてしまう。

「急速冷凍装置も振興資金で？」

「いやいや、急速冷凍は防衛基地周辺事業費から出た予算です。つまり民生安定事業ですが、防衛庁と掛け合って、まる三年かかって手に入れた金で作りました」

「よく分りませんが、どうして防衛庁からお金が出たのですか。具体的に説明して下さいませんか」

「自衛隊が復帰後すぐ演習を始めたのですよ、尖閣列島で」

「えッ」

「与那国からは二十トンの母船を持って終戦直後から魚とりに行ってましたから、当然補償してもらわねばならんということで。演習で魚が激減しましたからね」

「でも尖閣列島周辺はウマヅラハギしかとれなくて、日本では市場価値のない魚種だという話じゃありませんか」

「誰が言いましたか、そんなこと」

「海上保安庁の広報室で聞きましたけど」

「冗談じゃない。尖閣列島はカジキとカツオの宝庫です。与那国と石垣島の船が、終戦後は四十隻も出かけて行って操業していた海域ですよ」

「それじゃ尖閣列島に中国漁船が集ったときは驚いたでしょう」

「今でも大打撃です。以来あの地域に近寄れないのですから。島の漁民の人口減もあって、戦線を縮小しました。漁船は一人で操業できる小規模のものに切りかえて今日に到っています。幸い戦後十年目あたりからマチに値が出始めまして、これは澄みきった海の底にいる魚ですから医者が勧める魚です。クロマチは屋久島じゃホタと言うアオダイのことです。いえ、エチオピアは、エチオピアでクロマチじゃありません」

「台湾政府が二百カイリの声明を出しましたね。目の前に台湾のあるこの島も難しいことになっていませんか」

「それは全く問題がありません。台湾政府の二百カイリ声明は、対フィリピン政策ですからね。フィリピンに台湾漁船が何十隻もいきなり拿捕《だほ》された事件がありまして、それがひき金になったのですから」

「現在この島と、目の前の台湾とコミュニケイションがありますか」

「ありますとも。地理的にも特殊な関係にありますしね。台風のときなど緊急入港できるように互いによろしくという話合いがしてあります」

「台湾政府とですか」

「直接には蘇澳《スオー》南方漁会とです。漁業協同組合のことを台湾では漁会というのですな。一昨年の二月に私ども役員九名で出かけて行きましてね、ええ親善旅行ですが、先方では日本の水産庁長官に当る漁業局長に面会して親善の申入れをして来ました。爆竹鳴らして大歓迎してくれまして国賓待遇でした。その前年に蘇澳南方漁会の漁船が与那国の浅瀬にのり上げて遭難したことがありまして、我々で救助したことがあったのですが、そのとき助けた漁民も出てきて泣いて喜んでくれましてね、大変なもてなしでしたよ。極上の紹興酒をボンボン抜いて、凄い料理で接待してくれました」

「その蘇澳南方漁会というのは、どのくらいの規模のものなんですか」

私の質問に、組合長さんは暫《しばら》く私の眼を獲ってから、答えた。

「二十トンから百トン以上の漁船を二千隻から持っています」

私は声が出なかった。

と同時に、漠然としていた考えが、このとき私の中で確信になった。苛酷な人頭税が課せられて島の人々が苦しんでいた時代、与那国では南与那国へ、波照間では南波照間へと村一つが欠落逃散《かけおちちょうさん》したという口碑《こうひ》や伝説は、台湾のことではなかったのか。その十七世紀は中国では明《みん》の末期に当り、台湾西部には福建省から人々が移り住み始めたばかりであった。波照間も与那国も、小舟で逃げたとすれば台湾東岸に着いたはずで、その時代ならその辺りには高砂族しか居住していなかった。そもそも高砂族とその文字を当てたのは明治政府が琉球語の takasang に漢字を当てたので、琉球語の意味は高山《タカサン》である。仰ぎ見ていた台湾に、琉球の人々が逃亡した。地理的に見ても、潮流から考えても、充分考えられることではないだろうか。言語学的、あるいは民俗学的にどうあろうと、波照間、与那国二島の時期を同じくする逃散事件の行先は台湾以外に考えられない。彼らが南方に楽園があると信じたのも、故なしとしない。台湾の原住民たちが中国渡来人の圧迫を受けるのは清朝に入ってからの事なのだから。蘇澳南方というのは、与那国から見える地域のことであった。

しかし、中型大型漁船が二千隻からあるところと、小型船がたった数十隻の与那国島では勝負にもならないなあ。

「ところで魚が減っているという声を聞いたのですが如何ですか」

「濫獲《らんかく》ですよ。沖合では大型船が網で機械使って操業してますから、とても敵うものじゃありません」

「一本釣りじゃ太刀打ち出来ないわけですね」

「いや、こちらもトローリングやハエナワでカジキを獲《と》ってはいるのですが、なんせ小規模ですからね。マチと違ってカジキは回遊魚ですから、島の近くへ来るまでに大型漁船でがっぽりやられてしまいますから」

「一日の水揚げはどのくらいですか」

「今日のセリで二トンぐらい、大漁のときは三トンありますよ、マチの場合ですがね。カジキの季節になると二・五トンですか。しかし、これは減る一方ですから」

「冷凍庫で価格調整は出来るでしょう」

「マチは急速冷凍にかけられないのです。色がまっ黄色になって市場価値がなくなりますから」

「まあ」

「流通機構の改善が当面の問題ですが、飛行機には百五十キロしかのせられない。三便にのせても四百五十キロ。カジキを急速冷凍に入れても一日五トンしか凍らせられないし、それを冷蔵しても二十トンが限度です」

「船で出荷するのにどのくらいかかりますか」

「石垣島まで六時間、那覇まで一昼夜かかります。その間にはほぼ解氷しますから」

「そんなに時間がかかるのでは、石油の値上りが痛いですね」

「それですよ、流通機構の次の問題は」

「若い漁民に会いたかったのですけれど」

「おらんですよ。二十代？　三十代？　二人から六人もおりますかな。四十代がほとんどですよ。みな一人で小型船でやっとります。無線は九九パーセントつけていますし、科学装備はできてますから、今のところまあ問題はないのです」

「じゃ、後継者の育成について、どう考えていらっしゃいますか」

「後継者？」

組合長さんは、私を直視して、きっぱり言った。

「漁業は我々の代で終りじゃないですか」

私は蒼惶《そうこう》として組合事務所を出た。目の前に真新しい製氷室と冷凍庫が建ち並んでいる。石油備蓄タンクが強い日射しを受けてギラギラ輝いている。与那国の漁民で息子も船に乗っているのは四戸しかないという。波照間と同じ数ではないか。テトラポッドで拡張されている港湾の向うに見えていた台湾は、時間の関係だろうか、もう消えていた。

潮目の中で

隠《お》岐《き》

日本の島々、昔と今。その八

（昭和五十五年六月十一日脱稿）

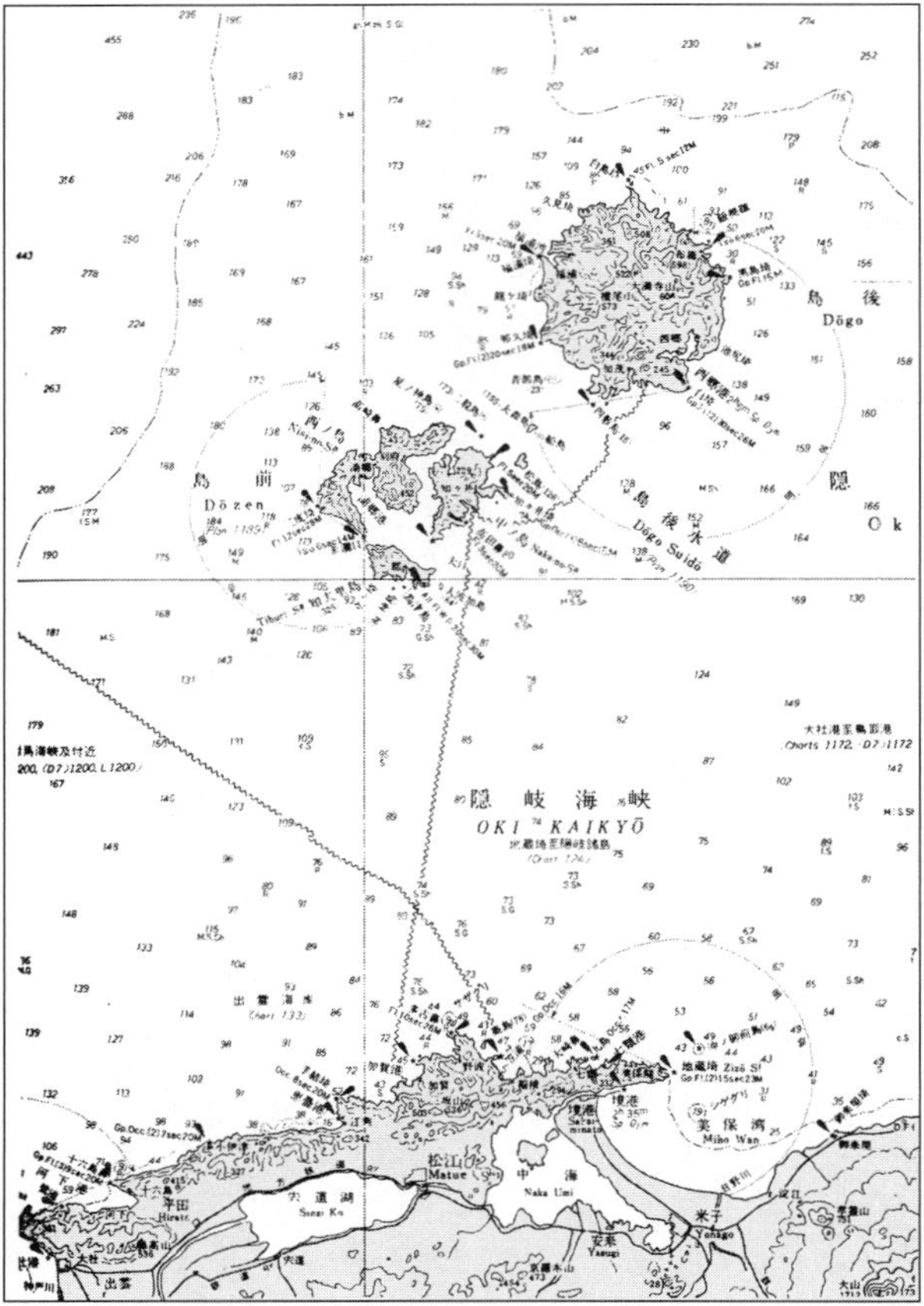

隠岐海峡
OKI KAIKYŌ
島後
Dōgo
島前
Dōzen
島後水道
Dōgo Suidō
松江
Matue
中海
Naka Umi
宍道湖
Sinzi Ko
米子
Yonago
美保湾
Miho Wan
平田
Hirata
安来
Yasugi
境港
大社
出雲

ルートマップを眺めながら、多分鳥取県米子《よなご》空港から飛行機で行くことになるのだろうと思っていたら、なんと日に二便も大阪からの直行便があった。米子からは一便だけ。だから東京羽田空港を出ると一時間で大阪、それからまた一時間で隠岐の島に着いてしまう。人口たった三万の島、歴史的には流人で名高いところへ、こんなに簡単に出かけることが出来るのか。

空から眺めおろすと隠岐は緑濃く大きな島々だった。前回の与那国から帰京したあとしつこい風邪を二カ月もひき続けて、ようやく体調恢復しての旅であったから、昭和五十五年五月のゴールデンウィークあけで、世の中はすっかり花の季節も通り越して夏がもうすぐというところ。しかしイランのアメリカ大使館の人質問題はもう半年も未解決のまま、モスクワ・オリムピックには日本も不参加を決定。世界の風雲いよいよ急を告げている。ＯＰＥＣ臨時総会後サウジアラビアが原油価格の値上げと減産を示唆するような発言を行い、石油産出国では穏健派であったサウジのヤマニ石油相の発言だけに日本も含めて先進諸国は深刻なショックを受けている。アメリカの人質救出作戦の失敗が中東諸国をいたく刺戟したとも言われている。

隠岐上空から目を凝らして眺めおろしていると、島のまわりに黄褐色の細い線がずっと引かれている。海に線が引かれている時代が来たといっても、現実には肉眼で見えるような線があるわけではないのだ。錯覚かしらと眼をこすったり、眼鏡を拭いたりして、再び眺めおろしたが間違いなく線が現れていて、島のまわりをぐるりと巻いているようだ。波頭《なみがしら》ではなくて揺れも消えもしない。いったいこれは何だろうと私は驚きながら考えた。

空港からタクシーで隠岐支庁の水産課に直行する。空から見た線の話をすると、

「シオメじゃないですかね。僕は飛行機に乗ったことがないから見てませんが、対馬から北上した暖流の分岐点ですし、日本海から南下した寒流が折返すところですし、シオメでしょうねえ」

牛島課長さんは、フェリーで本土からこの四月に赴任したばかりの方であった。フェリーなら境港《さかいみなと》から二時間半で隠岐の西郷港に着くという。

早速水産関係の資料を頂きながら、ざっと目を通した。

「西郷の漁協が一番大きいようですね。水揚げも他と一桁《けた》以上も違いますね、やっぱり」

「ええ、西郷漁協の組合長は、島根県漁連の会長ですし、もう七十二歳になられますが、矍鑠《かくしゃく》としておられます。ぜひお会いになるとよろしいですよ」

すぐ連絡をとって下さったが、折しも県会議員さんたちが来島していて、その相手で今日は時間がないということだったので、支庁から西郷漁協に近いホテルにチェックインし、そのまま五箇村《ごかむら》にある郷土館に出かけた。主事の重栖さんとお話している間に、「隠岐島誌」が昭和四十七年に名著出版で復刻されたのだがもう売り切れてしまって手に入らないと私が言うと、いとも気軽く、

「私が一冊持っていますから貸して差上げましょう。なに、家はすぐ近くですから」

と、私が郷土館の中を見学している間に取って来て貸して下さった。こういう御好意にはなんといって感謝していいか分らない。

この日はまるで梅雨入りでもしたかと思うような雨で、こんな島へ流されて十九年も暮して死んだ後鳥羽《ごとば》上皇の気持はどんなだったろうとしきりと気が滅入っていたのだが、「隠岐島誌」を貸して頂けたのですっかり気持の方は晴れ上った。明治四十二年から大正七年までかかって編集され、昭和七年に出版されたものの復刻本である。書店には旅行ブームで隠岐を紹介するハンディな本が何冊も並んでいたがそれらのタネ本である肝腎のこの本はお値段もはるし、内容も難しいためか、どの店にも置いてなかった。

日本地図で隠岐を見ると明らかに鳥取県寄りだが、事実この島に最も近い米子空港も、漁港の境港も鳥取県なのだが、島の所属は島根県隠岐郡となっている。島前《どうぜん》、島後《どうご》と二つのブロックに分けて呼ばれ、島前には中ノ島、西ノ島、知夫里《ちぶり》島と三島が集っている。その他無人島や岩礁に近いものまで含めて隠岐には百八十の島嶼《とうしょ》がある。百八十。これには驚いて声も出ない。やはり島は出かけてみないと分らないことが多いと思った。

島前島後あわせて総面積は三四八・一六平方キロメートル。五島の福江島と大差ないが、あちらは六万、こちらは三万そこその人口である。西郷から五箇村までの道は、島後のいわば幹線道路なのだが、行きも帰りもまるで対向車がなかった。人がどこにいるだろうかと私は疑わしく思った。年間観光客が二十万人近く来るというのが嘘みたいに落着きはらった島であった。

ホテルで最上階の九階に部屋を取った。夜はイカ釣船が百隻は出ているという話だったが、ちょうど島影にかくれて見えない。それより対馬はばったりイカが獲《と》れなくなっているのに、この島ではイカがまだ獲れるのかと支庁でもらってきた統計表を見ながら考えこんでいた。西郷漁協が島前島後全部で十五ある漁協の中で断然群を抜いて大きいらしく漁獲量も他と二桁も違うのだ。去年で千二百八十一トン、六億余円の水揚げである。西郷漁協は中小型まき網の方でも十三億円の水揚高を示している。貝類や海草など含めて年間二十七億の生産額だから相当の規模のものだろう。窓の下に西郷漁協が見え、船が着いて港で働いている人々の姿が見えたから夜中に出かけてみると、大きな巻き貝ばかりが水揚げされ、人々が氷に詰めて箱に入れている。

ここでは与那国漁協のように夕方六時で漁協が閉ってしまうということはないのだということが分る。

翌朝、五時頃ふと眼がさめて窓から外を見おろしたら煌々と集魚灯を点けたイカ釣船が港に横付けになっている。支庁の水産課では朝の水揚げは六時からだと聞いたが、もう始まっているらしい。大急ぎで着替えて、走って行ったら、続々とイカ釣船が帰ってきて、どの船も十トン以下だが男が一人で操業していたらしく、待ち受けているのはその妻たちである。夫婦で力を併せて既に舟の中で発泡スチロール製の箱に氷を詰め、イカを三十パイずつ形よく並べたものが水揚げされる。まだ夫の船が着かない主婦たちが甲斐甲斐しく手伝っている。一隻の船から二十箱前後のイカが上って来る。箱におさめかねて甲板に散乱しているイカを、妻が船に飛乗って急いで箱に入れ、氷の上に並べている。農民が胡瓜をパックに詰めるまでしなければならなくなったように、漁民も美しくイカを箱詰めしなければ値よく売れなくなっているのかと痛いほど感じていた。

港で働く人々が男女とも作業衣を着ている中で、背の高い素敵な老人が、背広姿で人々に声をかけている。これが組合長さんかしら。しかし、午前五時から水揚げを見に来るのかしらん、県漁連の会長でもあるというのに。しばらく様子を見ていたが、思いきって傍に寄り挨拶をした。

「やあ、支庁から連絡受けてましたよ。私の話でよかったら、今からでもお相手します。二階にいらっしゃい」

しかし時間は午前六時にもなっていないのだ。私は恐れ入ったが、イカの水揚げが終り、私も朝食をとってからにした方がよいと思い、午前八時に伺いますと言ってホテルに戻った。まさか早朝から会ってもらえるとは思わなかったので、ノートの用意も、支庁でもらった資料も持っていないのだ。

宿に戻り、朝食を摂り、それとなく様子をきくと、組合長の米津さんは毎朝五時の水揚げは必ず見にきて、漁民と共に朝食をとり、その日の漁獲の話などしてから、ずっと漁協に頑張っているのが日課だという。西郷の組合を作ってからリーダーをしてきて、もう三十年も組合長を続けている、島根県下でも有名な人らしい。

お会いしたとき名刺代りに「すばる」の五月号六月号をお渡ししていたのだが、八時に再度伺ったらもう全部読んで下さっていたのには驚嘆した。

「私が何か言うより、質問に答えた方がいいようですね。さあ、なんでも訊いて下さい」

漁協の二階の役員室で、いきなりうちとけてお話できた。なんだか初対面と思えない。親類のおじさんに久しぶりで会うといった趣きだった。

「イカが随分とれるんですね。驚きました」

「いや、今日は大した量ではないですよ」

「あの箱一つにどのくらい入るんですか」

「今は三十四、一箱当り四キロです。もっとイカが育てば一箱に二十匹ぐらいになるんですが、夏ですね」

「対馬はイカがばったりで漁獲量が減ってるんですよ」

「ああ、そうらしいねえ。この島は近くに隠岐堆《おきたい》、ヤマト堆があるし、そこまでいかないでも島のまわりでいくらでも魚がとれる。ここは島根県下で漁業では第二の所です」

「第一というのはどこですか」

「浜田ですよ」

「ああ、去年の甲子園で若い監督さんが引率していた浜田高校のあるところですね」

「そうそう」

それにしても対馬では南下するイカを途中で濫獲《らんかく》されるから名物のイカのカーテンも見られなくなっているというのに、ここでどうしてイカが獲れるのか、私はこだわっていたが、組合長さんは、

「尋常三年の国定教科書に隠岐はイカの産地と書いてあったのですよ。昔から隠岐のイカは有名です。イカは暖流か、寒流かとよく言われるが、どっちにもいる。水温五度から二十五度のところを、回遊してますから一年中とれるんですよ。今日の水揚げですか」

すぐ電話で事務所にテキパキ問い合わせ、

「今日は三千二百五十箱だったから、例年より多いです」

と正確に答えて下さる。

「昔の漁業は勘でやるものでしたから、今の科学の漁業と違って生産性は低かったですよ。板一枚、下は地獄といって命がけの仕事でしたし、漁師は自分たちの仕事を恥じていたし卑下していたが、今は違う。私は婦人部の連中に言っているんです。胸張って道の真ン中を歩け、とね。この島では農業など微々たるもので、島の経済は漁業が中心ですし、収入も上り、生活も向上している。漁場は近く、魚は豊富で、先行きも明るい。若い者も近年Uターンして三十人は帰って漁業しています。二十代から三十代の漁民の

数ですか、ちょっと待って下さい」

また電話で、事務所の人に年齢別の組合員の構成を紙に書いて持って来るように言い、やがて若手が七十人もいることが分った。

「もっと殖《ふ》えますよ。隠岐の漁業の将来は明るいものです。まず漁場がいい。日本海全部が一つの湖と思えばいい。この辺りは、その湖の南のたまり場ですよ。値段次第で獲る魚種をえり好みできるという恵まれた所です」

「仲買人は島の人ですか」

「仲買人は昭和二十五年にシャットアウトして組合の共同出荷に切替え、鳥取県の境港に出張所をおいて、そこから東京、大阪、名古屋、姫路などへ直送しています」

「隠岐は島根県ですのに？」

「そう、でも境港が便利だから、そこから日本中へ送り出すというと、境港の仲買人が怒ってねえ、大喧嘩になった」

「そりゃそうでしょう。仲買人も生活がかかっているから。で、どうなりました」

「昭和四十五年でした。アジ、サバ、イワシという大衆魚は境港へ卸《おろ》すことで手を打ちました。罐詰などの加工業者も含めてね。現在、量からいけば七〇パーセントは境港で消費しています。残りの三〇パーセント、カニ、バイ、タイ、メバルは大阪へ、大きなブリやシイラは東京です。田舎でありながら、経費は土地へ落ちるように計算して島のハンデはなくして売っています。魚を詰めるトロ箱も隠岐の木材使って島で作ってますし、氷も組合で売ってますから。この漁協では組合員には無利子で金を貸付けてますよ」

「本当ですか」

「県漁連などで問題にされたことがありますが、生産手段のないものに貸付けているのだから、従って生産が上り、結果として利子をとるのと同じだというのが私の論理です。手数料五パーセントだけですから、減るのは。儲かる一方ですよ。ですから島民の総収入は百三十億、漁業が五七パーセント、観光が二五パーセント」

「景気がいいんですねえ」

「昨夜も竹島からサバが回遊して来て、大漁でしたよ。水産業の実態を知ると、みなびっくりしますよ。西郷漁協は今年の決算で三十億ですからね」

「それは近海漁業だけですね」

西郷では大型まき網の漁船が一隻もないのを支庁でもらってきた資料で見て知っているから念を押して訊いたが、

「遠くまで行く必要がないのです。隠岐堆まで行かなくてもいい魚がとれるんですから。しかし島に資本力がないために、戦後は浜田に次ぐ漁業前線基地でありながら、島としては零細漁業でずっときたために漸次生産力が低下して、本土の漁業の科学化に遅れを取ったのは事実です。昭和二十四年、私の従兄弟が四人も海難事故で死にましてね、それがきっかけでなんとしても危険のない漁業にせねばいかんと私が提唱しまして、昭和四十年からは水難事故はもう一件もありません」

「米津さんが組合長におなりになったのは昭和二十四年ですか」

「いや初めは九年間専務をしておりまして昭和三十二年からずっと組合長をやっとります。やめさせてくれんのですわ。町会議長も三期やりました。なんとか水産業を世間の人に知ってもらいたいと思いましてね」

米津さんは上八尾《かみやび》の出身で、三男として生れた。長男と次男は松江の学校へ進んだが、昔のことで月に三十円前後もかかるので三男の米津さんまで学費がまわらない。そこで米津さんは島にあった水産学校へ進んだ。

「やむなく行った学校でしたが、やる以上は島の漁業を振興させる人間になりたいと期するところはありました」

「するとここの漁協では養殖など、やっていないのですね」

「ハマチをやっていますよ、うちは早くから始めてますよ」

「昭和三年から？」

「いやいや昭和三年にハマチ養殖を始めたのは野網和三郎という男で、私の一級上にいた人ですが」

「え、引田《ひけた》の野網さんは、この島の水産学校で勉強した方なんですか」

「そうですよ。隠岐の水産学校です」

「まあ、そうなんですか」

隠岐の漁業の歴史の深さを思わないわけにはいかない。私は、しばらく言葉を失っていたが、組合長さんは憮然《ぶぜん》とした顔でハマチ養殖の現状を説明して下さった。

「この漁協は昭和四十年からやっていますが、現在五万尾のハマチを四人が専任して手一杯というところで、はっきり言って儲けにはなりません。年間水揚げは四千万円ありますがね。稚魚《ちぎょ》を一尾いくらで買っていた頃は話にもならなかった」

「モジャコはこの辺に流れてきませんか」

「流れて来ることが分ってからは、自分たちで獲って生簀《いけす》へ入れてるんですが、今はこれ以上積極的にやるつもりはありません。なんとなれば、モジャコ一尾が一キログラムに育つまでに九キログラムの餌を喰《く》うんです。生産量は九分の一に減ります」

「タイの養殖はなさらないのですか」

「やってますが、これも中々うまくいかん。稚魚を入れるんですが、色が白くなるんですよ。赤くならんのです」

タイの養殖は白い鯛が出来てしまうという話はずっと前に聞いていたし、今はその問題もようやく解決したと聞かされていたのに、どうしたことだろう。玉之浦では、養殖の鯛が格好の悪い丸い形が出来たりするという愚痴は聞いたが、色のことでは困っていなかったのに。

「餌に甲殻類をやれば赤くなるのだそうですがね、それでは餌代が高くつきすぎて引き合わないですよ」

カニやエビを餌にしたのでは素人が考えても儲けにはならないということが分る。

「石油は如何です。去年はタンクが空になって困った漁協が随分あったようですが」

「ああ、そうらしいですね。うちは県漁連からA重油を取ってますが今まで一度としてオイル切れしたことがありません。使いたいだけフルに使って、規制もしませんでした。漁協の備蓄タンクは四百二十キロリッター入ります。必要量の二カ月半分です。完備したのは昭和五十年でした。浜田あたりは石商から入れていたので往生したらしいですが、うちは漁連の他に、まあ前にお世話になっていた石商つまり石油会社二軒ともおつきあいして入れています。去年は一年で十一回も石油の値上りがありましたが、上る前に備蓄タンクで量の確保はしてましたから、中央指示の価格より一カ月前の値で組合員に売りましたよ。漁協がそんなことで儲ける必要はないですからな。そのかわり石油会社が談合するたびに難儀しました」

面白そうに笑っていて、屈託がない。県漁連会長としても相当な政治手腕のある方とお見受けした。石油の値上りも、まったく意に介していない様子で、私は驚嘆した。何しろ米津さんからは明治、大正、昭和初年の漁獲とエネルギー消費量の比較が、口をついて出るのである。

「魚価と石油を比較しますとね、昔は魚が安い、石油が高い、楽ではなかった。今はカレイ一箱二万円で売れます。二万円で石油はドラム罐入り二本買えるんですから、石油の値上りなど恐れることはありません」

久しぶりで希望にみちた話がきけて嬉しくはあったが、私としては少々腑に落ちない気持もかくせなかった。それでしつこく質問を続けた。

「それでは、この漁協では何も問題はないんですか」

「問題ですか。まあ、まるでない訳ではありませんな」

「たとえば」

「冬はサケ、マスがこの辺りまで回遊してきます。魚価のいい魚種ですから、放っておくことはない。八度前後の水温の層にいるんですから」

「まあ、サケがここまで来るんですか」

「そうですよ。ところが獲ろうとしたところが二百カイリの問題が出てきてしまった。ソ連との漁業協定で、日本側に漁獲量の枠があるでしょう。こちらで獲るとなると、その分北海道の漁民は漁獲量を減らさねばならん。北海道に迷惑がかかるので、みすみす目の前に来ているサケ、マスを見逃さねばならんのです。残念だ」

日ソ漁業協定の結果が、日本海のはるか南にある隠岐の漁民に手枷をはめているのかと私は改めて二百カイリ時代を迎えた漁業の厳しさを思った。

「第二には合成洗剤と農薬の影響で、海草が減りました。ノリやワカメですがね、本当に減ってしまった。ワカメのタネとりや海苔の採苗など、沿岸漁業としては力を入れようとしているところです」

「はあ」

「それからハイミーですよ、本当に弱っています」

「なんですか、ハイミーって」

「ほら、小さなビンに入っていて、ひょいと汁の中に入れて味をつける、あれです」

「ああ、化学調味料ですね」

「昔は煮干し丸干しを出汁雑魚《だしじゃこ》として主体に売っていたのですが、これがさっぱり売れなくなって往生していますよ。家庭の奥さん連が、ダシジャコを使って煮出す、ほんの五分ほどの手間を惜しむんですからな。今じゃキロ当り四百円にしか売れませんから、労働賃銀ぐらいしか出ないのですよ」

都市生活者の簡略な食生活が、こうした離島の漁民に影響を与えているのかと思うと、胸が痛くなる。どんな化学調味料よりダシジャコの方が味のいいお汁がとれることは分っているのだが、とかく人々は手軽なものの方に手がいくのか。

隠岐の島には、早くも昭和二年に製氷所が出来ていた。日に五トン。戦時中は中止されていたが昭和二十五年に再開され、二十七年十トン、三十年二十トン、現在は実質五十五トンの製氷が可能である。マイナス三十五度の急速冷凍庫、五百トン収納可能のマイナス十五度の冷蔵庫も持っている上に、五十五トンと八十六トンの二隻の運搬船を持っていて、両方でトロ箱七千百二十トンを本土へ直送している。境港の出張所には四十人の職員がいる。

昭和五十二年には、隠岐の島全体の水揚げは八十億円という景気のよさだから、前途洋々と胸を張っている組合長さんの話も分る。久しぶりで気分よく話がきけたが、ダシジャコを使わない主婦がふえているということや、二百カイリで目の前のサケが獲れないという話は、まさしく「現代」の情況と思われた。

私が隠岐にいる間、五月中旬というのにもう梅雨に入ったかと思うような雨が続き、こんなところに島流しにされた人々は、いくらお魚が美味しくても心屈するものがあったのではないかと思った。

雨でもいい、島前の浦郷《うらごう》漁協に出かけてみたいと思い、ホテルに頼んでスケジュールを組んでもらう。朝の八時に西郷港からフェリーに乗ると一時間後に西ノ島の別府港に着き、そこから国賀《くにが》海岸を観光して浦郷へ行けるように手配してくれた。ゴールデンウィークは終ったが、中学生の修学旅行や、三十人前後の観光客のグループが何組もあって、船はほぼ満員だった。

その日は快晴で、海は前日欠航したというのが信じられないほど波静かで、船は揺れもしない。鶴丸観光ホテルの方で、思いがけない親切な御配慮があり、無駄のないスケジュールで奇岩怪石の展覧会場のような国賀海岸の見物もできた。観光船の人々は、洞窟など仰ぎ見て感嘆久しくしていたが、もちろん私も日本にこんな景観があったかとびっくりしたが、どの岩根にもビッシリとカメノテが噴出したように付着しているのがより強く印象的だった。屋久島で初めて食べて、その味と姿に驚いたものだが、これは甲殻類ではないか！　と改めて気がついたのである。

観光船が国賀浦に入港すると、鶴丸ホテルの社長さんが待っていて下さり、そこから豪華な車で浦郷の漁協へ、すぐ到着した。

組合長の家中高吉氏は、昼休みであったが運よく組合長室においでになり、いきなり飛びこんできた私の質問に、極めて明快に答えて下さった。

「若者のUターン現象というのは多少は見られるようですが、漁業の方では十五人そここで、漁民の高齢化が我々の大問題になっています。六十歳以上が二五パーセントになります」

「漁獲量が凄いですね。西郷漁協より去年で十億も水揚げが多いのは、大型まき網をやってらっしゃるからでしょうか」

「はい、しかし大型まき網はイワシ、サバの大衆魚ですから、魚価は安いですし、漁獲の九〇パーセントは肥料になるか、ミール工場へ行ってしまって、豚や鶏や養殖魚の餌になるわけで、消費者のところへ届くのは一〇パーセントにもみたないでしょう。それに消費者の魚ばなれという食生活の変化もあって、大型まき網の前途は暗いです」

西郷漁協の組合長さんの話とは、まるで裏と表ぐらいに違っている。

「燃油の値上りも、見通しは明るくありません。灯火用はある程度の節約は出来ても、それから量の問題がなくても、石油の値上りは漁業資材すべての値上りを誘発してますからね、負担が大きくなる一方です。リッター百円台になったら、大型まき網漁業はもうやれません」

「西郷とは違いますのね」

「あちらは大型まき網で近海へ出漁するというのは、やっとられませんからね。大衆魚の方は魚価の値上りなど現状では考えられませんよ。経費が五〇パーセントになれば、もう漁業はにっちもさっちもいかなくなります。消費者の魚ばなれが痛い上に、外国から輸入魚がどんどん市場に入っているし、我々の身辺に中東問題が敏感に関わって来るんですからね」

現在大型まき網では九十トン級の漁船六隻を一船団として隠岐堆の手前で操業しているから、西郷の倍の漁獲量はあるけれど二三パーセントの直接経費や管理費やら差引くと、魚価の安い魚種であるだけに結果は大量でも青息吐息ということになるらしい。同じ漁場に鳥取、島根、山口、長崎など各地のまき網漁船が操業しているが、漁船の科学装備によって漁獲量は決して落ちこんでいない。それにもかかわらず経済的には行詰る一歩手前に来ているらしい。

「韓国船が沖合で操業しているし、二百カイリで締出された日本漁船もこの辺りに集ってきますし、漁場がすっかり狭くなりました。大型まき網の前途は暗いので、今後は養殖漁業の方向に進めようと思っています。四年前から島前の培養センターで天然タイの孵化《ふか》に成功しているので、稚魚の放流を始めています。タイは生れたところからあまり遠くへ行かない習性がありますので、これは見通しがいいと思っています。孵化場で人工孵化しますとタイは七〇パーセントから八〇パーセント稚魚になります。自然孵化だと卵の一パーセントしか稚魚になりませんから、これは将来性があるのではないかと思っています」

「タイは一本釣りですか」

「いいえ、産卵期には群遊しますので、小型まき網で獲ります。小型まき網の漁獲のうち四割がタイです」

去年は中小型まき網で十一億円からの水揚げがあり、大型まき網の八千万円を抜いている理由は魚価の高いタイが豊漁だったのであろう。島前は三つの島に囲まれた内海がまるで静かな湖のようで、稚魚を放流するにはもって来いのような場所と思われた。

「作る漁業としてはハマチの養殖もやってますが、はい、タイと複合してますが、どうもタイの色がねえ」

「白くなるんですって」

「白いどころか黒ずんで来るんです。黒鯛《チヌ》のようになります」

「チヌはおいしいお魚ですけど」
「ですが、魚価がまるで違いますから」
「ああ」
「甲殻類を餌にして色付けする業者や、深海なみの条件を作って黒い布で海面を掩《おお》って暗くするなど、タイの色つけには苦労していますが、経費がかかりすぎてどうも引きあいません」

ここでの収穫は、タイの人工孵化が大成功していることと、それを生簀に入れず海に放流して天然タイとして育つことに明るい見通しがありそうだということだけだった。組合長さんは、気負わず、改めて嘆きもせず、淡々として事実を明確な数字で教えて下さったが、石油危機、漁民の高齢化、大衆魚の値段など、どれもこれも深刻な問題で、特に消費者の魚ばなれという現象や、外国からの輸入魚がどんなに漁民を苦しめているかを知ると胸が痛んだ。昨年一年間で世界各国から輸入された魚介類は百十五万トン。輸入金額ほぼ一兆円。どちらも史上最高であったのを思い出す。今や日本は魚に関しても世界一の輸入国になってきている。

二百カイリ時代に入って、「とる漁業」から「買う漁業」の比重が高まっている中で、マグロ、イカ、エビ、魚卵などが目立ち、消費者の高級魚嗜好がはっきりしてきている。

ここ数年、輸入量が最も殖えているのがイカで、十五万五千トン。対馬にニュージーランドのイカが干してあったのを思い出す。隠岐のイカも決して楽ではないはずなのだ。タイはニュージーランドからの輸入が多い。

エビにいたっては世界八十数カ国から輸入しているのが日本の現状なのだ。

大衆魚のアジさえ(二万八千トン、四十一億円)香港と韓国から輸入されていて、観光みやげのアジの開きなどの援軍となっている現状——。

まわりを海に囲まれている日本が、水産王国ニッポンが、今ではこんなに外国から魚を買込んでいるというのは信じ難いが実状なのである。組合長さんが嘆くのも無理がない。

漁協を出て、再びホテルの社長さんの車にのせて頂くと、私たちの会話を少し聞いていらしたらしく、

「カニやエビの殻ですがね、私どものホテルではお客の食べ残しが山と出るのですよ。あれを砕いてタイの餌に出来んもんでしょうかなあ」

と、漁業の実態に考えこんでいる様子だった。観光業者が地場産業にこうして思いを致している姿は、この旅行で初めて見たから私は感動した。

「ミンチにする機械は簡単ですからねえ。出来ないことはないと思いますけれど。そ

れとカメノテですが、国賀海岸の岩という岩にびっしり着いていましたが、あれも甲殻類ですから、養殖タイの餌にどうでしょうか」

「カメノテは甲殻類なんですか」

「そうですよ」

「カメノテなら隠岐の何処《どこ》でもいくらでもありますよ。そうですか、カメノテは甲殻類ですか」

二人とも暫く同じことを考えて走る自動車の中にいた。あっという間に別府港につき、ホテルの社長父子が手造りで仕上げたという観光船で、このハンドルも社長さんが持って、団体客の人々と中ノ島菱浦へ。所要時間はたった五分であった。内海といっても狭いところなのだと思う。

中ノ島は人口も少く、私は漁協を訪ねるつもりもなかった。此処《ここ》では後鳥羽院の行在所《あんざいしょ》跡や隠岐神社、それと小野篁《たかむら》が帰京祈願のために参籠した寺跡などを見て、いわゆる史跡めぐりが目的であった。

日本史の上で隠岐がどういう島であったのか考えてみようと思う。

「隠岐島誌」の頁をめくりながら私が最初に驚いたのは渤海《ぼっかい》国と日本の交流に際してこの島が中継地として登場することであった。

渤海は八世紀頃から旧満州(現中国東北地方)中部から朝鮮北部にかけて建てられた国であった。唐の封冊を受けていたし、唐文化を大いに吸収したが、独立国である。日本との交渉は第二代の国王が使節を日本に送り国書を交換したことに始まる。神亀四年(七二七)聖武天皇の時代であった。当時の渤海は唐と新羅《しらぎ》などに挟まれて国際上孤立していたから、日本と誼を結んでこれらと対抗するのが目的であったと思われる。渤海は九二六年に遼《りょう》によって亡ぼされたが、それまで二百年足らずの間に日本へ遣使が来ること三十五回におよんだ。日本の送使も十三回、その間二国の間では貿易が行われた。渤海からは貂《てん》などの高級毛皮、人参、蜂蜜、日本からは絹布、麻糸、織物、漆器などの加工品が送られた。こんな昔から日本は加工品の輸出国だったのかと、改めて溜息が出る。

当時の航海術は幼稚なものだったから、渤海の南海府の港を出ても日本のどこに着くか分らない。日本政府は今の石川県能登と越前松原に客院、客館を設けたが、その中で島根県隠岐に漂着したものは、第六回渤海国使を送って行った平群虫麻呂《へぐりのむしまろ》が七六三年、送使の任を果して帰朝の途次風波の難に遭い、十余日漂流して隠岐国に着いた。途中、海神の怒りを鎮めるため婦女子四人を海に投げこんだと「続日本紀」に記している。

七九九年、桓武天皇の代に渤海使が帰朝に際して進路を見失い、遠方の火を頼りに漕がせて隠岐国知夫里島の北端に着いた。ここに鎮座する比奈麻治比売《ひなまちひめ》神の霊験と信じ、都に帰ってから官社の中に加えられるという沙汰があった。

八二五年（淳和天皇の代）渤海国使百三人が隠岐に到来してしまう。（「日本逸史」）

八六一年にも渤海国使百五人が隠岐に着き、そこから本土に渡ったという「日本三代実録」にある。この時代の粗末な船が見えるようだが百人余も来ているというのはただごとではない。渤海との交流は短い期間ではあったが日本文化に舞楽の中で今日も何曲か伝わるものを残しているし、日本の遣唐使が初期の頃、北路を行った時期の中継所にもなり、日本から唐に留学している人々に物や書翰を送る便をとっていたことがある。

渤海国とは交易を主眼として友好関係にあったが、半島の強大国新羅は、いつも日本の北辺を憂鬱な雨雲のように掩《おお》っていた。新羅は対馬攻撃の準備をしているという報が入って、政府は隠岐の国防態勢の強化をはかっている。その二百年前、日本は百済《くだら》の援軍として二万七千の防人《さきもり》を送って白村江《はくすきのえ》で大敗していることを思い出すべきだろう。唐《とう》と新羅が組んで百済を圧迫していた時代にこういうことがあったのだから、新羅としては日本は百済の残党と思えたのかもしれない。防人の後は健児《こんでい》という兵制がとられ、七九二年の記録によると隠岐には三十人の健児が置かれていたことが分っている。

しかし大陸で唐が亡び、渤海に続いて新羅も倒れて高麗《こうらい》が半島を統一する頃、日本では律令体制は政治的危機と共に揺れ動き、外交どころではなくなってしまう。何度も訪れた高麗の修好国使を拒絶し、事実上の鎖国を(江戸期よりずっと前のことである)してしまう。そこで北辺防備の拠点であった隠岐国の重要性も失われ、健児も平安中期に自然消滅してしまう。

代って隠岐は、流人の島として日本史の中でクローズアップされることになる。神亀元年(七二四)から近世まで、つまり律令制の時代から江戸末期まで流刑《るけい》の島と定められていた。神亀元年には伊豆、安房、常陸《ひたち》、佐渡、隠岐、土佐の六国が遠流《おんる》の地と定められている。遠流というのは死刑だけは免れた刑罰であって、当時にあっては例えばシベリア送りと同じことだったのだろう。正史に見える最初の流人は天平十二年(七四〇)藤原田麻呂が、広嗣《ひろつぐ》の乱に連座した科《とが》で隠岐に送られてきている。それから江戸時代に入るまで、流人はほとんど政治犯に限られていた。

隠岐の西郷町には本屋が何軒もあって、郷土史家の書物が何冊もまとめて並べてある。その中で近藤泰成という人の書いた「隠岐・流人秘帳」というのは小説のように読めて面白かった。それによると——。

流人は江戸時代の犯罪人たちも含めると三千人という数になるらしいが、その中で有名人だけを拾ってみると万葉の歌人柿本人麻呂の子、躬都良麿《みつらまろ》が朱鳥元年(六八六)天武天皇の没後、大津皇子《おおつのみこ》が謀叛《むほん》を理由に捕えられ自害したとき、一味のものとして隠岐に流されている。柿本人麻呂は子の罪に連座して土佐へ流刑になった。このときの経緯をちょっと書いておこう。恥しながら私は人麻呂が遠流の刑に遭ったことさえ、この島に来るまで知らなかったのである。

天武天皇が亡くなったとき、皇太子草壁皇子《くさかべのみこ》が病弱で即位できないから、弟の大津皇子が代って天皇になるだろうという噂が流れた。しかし大津皇子は皇后の実子でないため、皇后がこれを嫌って謀叛という口実で死に追いこんでしまう。この皇后が、後に即位して女帝持統天皇となるのである。

大津皇子はこのとき二十四歳。柿本人麻呂の子躬都良麿は三歳ばかり年下で、天武天皇のお覚えも芽出たく、大津皇子の御学友の筆頭として、百済から都に渡海していた道澄という名僧の金光明経の講義を受けた。

日本と百済の交流が盛んで、渡来する者も多かったが、まだ航海術の拙《つたな》い時代で一年に数千人の遭難者が出た。これらの人々で隠岐に漂着する者が多く、それを聞いた道澄は、隠岐に着いた百済人の救済のために寺堂と宿坊の開設を願出る。彼自ら島に渡って島後の五箇村に横尾山寺を創建し、田畑を拓いて寺領とし、仏教をひろめ、百済から来た人々に仕事を与え、造船や航海術などの訓練までさせていた。道澄が、隠岐で指導者として活躍していたとき、天武帝が没し、彼の教え子であった大津皇子も死に、その御学友柿本躬都良麿が隠岐に流刑になって来たのだ。

道澄は躬都良麿を横尾山寺に迎え入れ、おそらく隠岐の教化を手伝わせたのであろう。若くて都から来た躬都良麿には当然ながらロマンスが生れる。五箇村の美々津の里に比等那という豪族があり、道澄に大いに力となっていたが、その姫と躬都良麿が想いあい、相聞《そうもん》歌が残されている。

つま恋ひて重栖《おもす》の浜にわがをれば
泣く白しまの波の音と聞ゆ　躬都良麿

いはましの契りを潮に啼く千鳥
声はかなしも重栖白浪　比等那姫

隠岐に来て二年目で、躬都良麿は病気になり、横尾山寺から比等那公の館で寝こみ、姫の看る中で息をひきとった。二十三歳であったという。

遺骨を抱いた姫が都にのぼり、躬都良麿の母に会うという口碑《こうひ》が伝えられているが、ともかく姫は都の帰途、若狭小浜で、西津の尼寺に止まり、数多くの尼僧を養成して各地に送り、そのまま隠岐には帰らずに小浜で一生を終えたという。八百比丘尼というのが比等那姫のことだと近藤泰成氏は書かれている。仏教伝来初期のエピソードの一つとして面白い。

父親の柿本人麻呂は生没年不詳であって、しかし七世紀後半最大の歌人だった。持統女帝の紀伊御幸、吉野出遊に供奉しているから、土佐に流刑になったのが途中から許されたのか、躬都良麿が隠岐で実刑を受けることで代りに赦免されたのか、よく分らない。河出書房の日本歴史大辞典を見ても、人麻呂が土佐に流されたという記載がなく、「生涯の間に筑紫方面に旅しているが、国司の任をおびていたからだと考えてよい」「晩年に石見国に赴任し、そこで没した」「一生を低い官位ですごした」などと記されている。

平凡社の大人名事典では「人麻呂の子孫については何も分っていない」とあり、躬都良麿はどうも正史では認知されていないようであるけれど、大津皇子の悲劇や、天武帝のあと皇后が即位して持統女帝が出現した経緯を見れば、あって当然という物語であろう。人麻呂作歌で一番古いものは持統天皇三年(六八九)の日並皇子《ひなみしのみこ》の挽歌なので、人麻呂が土佐へ流されたにしては、早ばやと都に帰ったものだという気がしないではないのだが。しかし歴史のサイドストーリーとして躬都良麿の存在は捨てがたい。こういう物語は島に出かけてこそ身にしみて実感が持てるというものであるし、百済僧の道澄とその事蹟を思うと、隠岐と韓国との関わりの深さがつくづく考えられる。

それから百五十年後になると、もっとポピュラーな人物が隠岐に流されてくる。小野篁《たかむら》である。

第十三回の遣唐使として大使に藤原常嗣《つねつぐ》が、副使に小野篁が任命されたのは承和元年(八三四)であった。出発は四年後だが、暴風に遭って肥前に漂着したり、二度目も海難に出合《であわ》して引返して来る。第十三回の遣唐使船でさえこの有様なのだ。六十年後に菅原道真が任命されたとき、遣唐使制度を廃して行かなかったのは、こうした事情を勘案してのことだったのだろう。現代と違って外国へ出かけるのは本当に命がけの仕事だった。

しかしながら遣唐使は勅命であるから、勅が下りたらなんとしても行かねばならない。四年後、四隻の船を用意していざ出港という段になって、藤原常嗣は自分の船に破損の箇所があるので気になり出し、小野篁の船と取替えようとした。常嗣は大使であり、小野篁は副使である。年齢も常嗣の方が六歳上だった。しかし船の破損というのは生命にかかわる。そう簡単に取りかえられるかというので大喧嘩になってしまった。篁は少年時代、非常に武術を愛したという逸話があるから、当時三十六歳であっても頭に血が上ったのだろう。口論のあげく篁は船から陸に降りてしまい、遣唐使船団は副使を抜いて出発してしまう。小野篁は朝廷に対して病気という口実を使っているのだが、「西道謡」と題する歌を作って遣唐使を諷刺したので嵯峨《さが》上皇の怒りにふれ、死罪になるところを一等減じて隠岐へ流されるのが承和五年（八三八）である。
篁が隠岐で作った歌の一つが「古今和歌集」にある。

思ひきやひなの別れにおとろへて
　あまのなはたぎいさりせんとは

島には二年で都へ帰ることが出来たが、島での生活は決して雅《みや》びなものでなかったことが、この一首でも分ろうというものである。魚を獲る仕事は、島では誰でもしなければならなかったのだ。都にいては思いもよらない暮しであったろう。

小野小町が、小野篁の一族ではないかという推論から、篁も美男であったに違いないというので、隠岐にも艶ダネが幾つか残っているようだが、何分にも在島二年という短さなので、あまり迫力がない。

隠岐の流人中スーパースターは、やはり後鳥羽院であろうが、その序幕の登暢人物として、直前に後鳥羽上皇によって隠岐へ流された文覚《もんがく》上人のことに触れておこう。

遠藤盛遠《もりとお》という武士が、十八歳のとき、すでに人妻となっている従妹の袈裟《けさ》御前をわがものとしようとし、袈裟御前の母親に話しかける。仰天した母親から経緯をきいた袈裟御前は、自ら盛遠に会って、夫である源亘《わたる》を殺してくれれば応じようと答え、殺人の手はずを打合せる。夜に入って盛遠が亘の寝所を襲って寝首を掻いてみると、それが袈裟の覚悟の死顔であったというのは、後に小説「袈裟と盛遠」にも書かれた有名な物語であるが、こうした事件でショックを受け出家したというのはどうやら事実であるらしい。生年も没年もはっきりしない人物である。が袈裟御前の話でも推しはかられるが荒っぽい性格は出家しても改まらず、熊野などで修験道に打ちこみ、やがて高雄山神護寺の再興を志し、後白河《ごしらかわ》法皇に奉加を強要した罪で伊豆に流される。後白河院は熊野御幸を三十回もしたくらいで、神仏への喜捨は気前がよかったはずだが、文覚の態度がよく強烈で、言わでものことを言ってしまったのだろう。伊豆で源頼朝にあい、挙兵をすすめ、ひそかに京都と往復して鎌倉幕府の成立に功あった。頼朝の助力で念願の神護寺再興は果すが、さらに東寺再興を発願し、行はあるが学なき荒聖人と言われ、再び罪を得て佐渡へ流される。それから三年後、京都へ帰るが、また罪を得て鎮西で没したという説と、東寺の再興が成らぬうちに建久三年(一一九二)頼朝が征夷大将軍になった年、隠岐へ流され、建仁三年(一二〇三)赦されて帰ったが、その終りを詳《つまびら》かにせずという二説がある。しかし隠岐の郷土史家の間では、文覚は後鳥羽院が流される直前に隠岐に配流になり、後鳥羽院を呪い「近いうちに後鳥羽院をこの島に必ず招き寄せてみせる」と言いながら、隠岐で死んだことになっていて、知夫里島の断崖絶壁に墓が建っている。文覚の没年が明らかでないから、後鳥羽院が承久三年（一二二一）に隠岐へ配流になるまでの間に何年経過しているか分らない。しかし文覚の墓が本物だとしたら、かなりな因縁話になってしまう。

さて、いよいよ後鳥羽院の話になるが、そもそも彼が即位したのは四歳のときであって、兄宮の安徳天皇が壇の浦で平家と共に入水《じゅすい》した直後である。安徳天皇があまりに幼く亡くなられたためか、後鳥羽院と兄弟だということはなまなかな人は気がつかないらしく、隠岐でも私がこのことを言うとびっくりする人が多かった。

兄宮が幼く命を絶たれたためであろうか、後白河院によって皇位につかれた後鳥羽帝は長ずるに及んで兄宮の分も生きようとしたかのように、歴代天皇の中で最も多芸多才、有能な青年として成長する。有名な「新古今集」は定家たちに命じて編まれたものであるが、最終的な選歌は院自らの手でなされた。そればかりではない。後鳥羽院は早くから位を土御門《つちみかど》帝に譲って自ら院政を布《し》き、武術にも励んで、乗馬や刀弓の道にも通じていた。当時の公家たちが争って馬や弓にとり組み、鎌倉方の武士たちも顔まけの武術の鍛練に日を送っていたというのも、朝廷中世以降の歴史ではこの時期しかない。

なにしろ刀鍛冶を召して剣を打たせ、自分でも刀剣を打上げて菊の御紋を入れたというほどの凝り方なのだ。皇室の紋章が菊花であるのは、このときに始まった。熊野御幸にしても一年に二度も出かけるほど精力的だった。御伴をした藤原定家が「明月記」の中で「後鳥羽院熊野御幸記」というのを誌しているが、わざわざ嶮しい道を選んで山坂を下り、水に腰までつかって歩いたりしているから、明らかに修験道に凝っていたことが分る。しかも二、三日ごとに王子で相撲大会をやり、白拍子を舞わせ、歌会を開き、神事も行うという、まるで疲れなど知らないようなスケジュールである。定家は体力的に後鳥羽院にかなわなかったらしく、半べそをかきながら日記をつけているのが可笑《おか》しい。

こうした心身強健な上皇が、頼朝の死後、朝廷に対して文化的憧憬を持っていた三代実朝が殺されるや、北条氏の専横に憤り、これを自ら率先して討とうと思い立たれたのは当然の成行きであったろう。

しかし公家社会の体質と、武士の集団である東国北条氏の実力とでは、初めからかなうものではなかった。

後に承久《じょうきゅう》の乱と呼ばれるクーデターは、上皇の側の討幕計画が早くから漏れた。当り前だ、まず各地の寺社で大規模な祈禱が行われたのだから。何のための祈禱かは寺からも、参列者からも分るだろうし、六十五歳になる鎌倉の尼将軍政子は充分に鎌倉方の武士を説得する心準備が出来ていただろう。

後鳥羽院は畿内の武士千七百余騎を召集し、北面の武士たちと挙兵、たちまち二日で京都を制圧したが、関東からは二万騎が攻め上って来たのだから、兵力においても問題にならなかった。北条義時追討の宣旨《せんじ》が発布されてから僅か一カ月で乱は京方の無惨な敗北をもって終る。

鎌倉方の乱後の処置はまことに厳しかった。討幕計画の指導者であった後鳥羽、順徳《じゅんとく》の両上皇は日本海の隠岐と佐渡に流され、乱にあまり関係のなかった土御門《つちみかど》上皇も土佐に流された。後鳥羽院の皇子たちも隠岐ほどひどいところではないが、遠流になった。公家方に付いた武士は大半が斬り殺された。これによって北条氏の執権時代は強固なものとなってしまう。

後鳥羽上皇は落飾し、女は西御方と伊賀局(白拍子亀菊)の二人にあと三人ばかりの公家を伴として八月五日隠岐国阿摩郡苅田郷、現在の海士《あま》町に移られる。乱の発端から三カ月もたっていない。当時としては極めて迅速な処罰であった。

我こそは新島守よ隠岐の海の
　あらき波風心して吹け

この有名な歌は、隠岐へ向う舟の中で詠まれたものである。「私を誰だと思っているのだ。上皇だぞ。それが新たに島守として隠岐へ行く途上だ。波も風も、よく心得て、静まるがよい」独裁者の強い性格が窺える。当時の後鳥羽院は四十一歳の壮年だった。四歳で即位し、十九歳で土御門天皇に譲位して以後二十余年の院政で、東国の北条氏さえなければ独裁者として君臨していたはずの後鳥羽院が、隠岐に流されてからの生活はどういうものであったろうか。今の海士町にある行在所跡は、当時の源福寺という寺の境内に急造されたものといい、今は形らしいものは何もなく、後に建てられた隠岐神社が、いかにも離島らしい風情をたたえ、しかも立派なものである。

島後《どうご》と違って、島前《どうぜん》の景色は三島に囲まれた波静かな内海が特徴であろうが、台風でもないかぎり、いつも波立つことのない内海を眺めていると都での刺戟の強い生活に慣れていた後鳥羽院にとってどんなに退屈なものだったろうか。たまたま私が隠岐神社に参詣した一日だけは晴れていたものの、その前後は雨ばかりであっただけに、こういう日々の後鳥羽院の心境は察するに余りあると思われた。

後鳥羽院が流されて十九年もの長い間隠岐にいて、遂に島で崩御になったというのに、その間の院の生活や逸話が一つも島には伝承されていないのが、私には不思議に思われた。七百年も前という大昔の出来事であったために、口碑も風化してしまったのか。私が妙に思う理由の第一は、後鳥羽院の強烈な個性が、どうして温和《おとな》しく島流しの暮しに耐え得たのかということであった。歌はもとより、蹴鞠《けまり》、管絃、囲碁、双六《すごろく》から、相撲、水泳、競馬、流鏑馬《やぶさめ》、など文武百般を好み、やりだせば周囲が途方に暮れるほど凝り性であった後鳥羽院が、島では内海で泳いだというエピソードも残していないのだ。

あの気が強くて負けず嫌いであった後鳥羽院が、こういう島で温和しく遠流の刑に服していたことは考えられないが、都に送られた手紙の中に、いつの年代か分らないが「こういうことは本意でない。来年の八、九月まで念じて十月には誰かに申しつけようと思う」と意味深長な文章が見える。いかにも秘密の漏れないように前後で気を遣っているから、島抜けの計画をたてたことはあったのだろう。

だが十九年間、後鳥羽院の御世話をしたという村上家は、今も島にあって様々な口伝をつたえているが、これが村上水軍の一家であると聞いて私には少々肯《うなず》けることがあった。今日までに明治維新や太平洋戦争という皇室絶対の時代を経ているので、村上家はいかにも勤王の家であったと当代の御主人も思いこんでいらっしゃるようだったが、源氏は各地の水軍を掌握していたから、村上水軍の一族に院を任せたというのは、院の島での生活を保護すると同時に監視が第一の任務であったのだろう。後鳥羽院は四十過ぎても血気を失っていたはずはないのだから、再三再四にわたって都と連絡をとり、反北条氏の公家たちを結集させようと計ったが、必ず村上家によって事前に漏れて志を果すことが出来なかったのではあるまいか。

蹴鞠をどんなに空高く蹴り上げても、島での暮しで後鳥羽院の心が晴れた日があろうとは思えない。定家と共に編まれた「新古今集」を仔細に検討し、御自分の歌も含めて約三百八十首を捨て、「隠岐本新古今集」を精選されたのが、島での御事跡として残っているが、この三百八十首が、どういう視点から除かれたものであるのか、興味が深い。

嘉禎三年(一二三七)院は遺言を書かれた。島に来て十六年目のことである。すでに病気がちの日常であったのだろう。「御置文」として水無瀬に送られ、その写しが村上家に伝えられている。その文面の中で、院が法華経を中心にして仏道精進していたことがはっきりしている。後鳥羽院と法華経の取合せは、どちらも強烈に現世的で、いかにもふさわしく、置文の内容も決して悟り澄ましたものでない。万一にも自分の子孫が世をとるときがきたら、自分も浮かばれるだろう。たとえ魔縁になっても、なんにもならない小事はゆめゆめするまいなどと、同じことが繰返し繰返し述べられている。長い月日の終り頃には、島抜けの術もないことをようやく思い知って、こういう心境に落着かれたのかもしれない。

隠岐で詠まれた遠島百首に眼を通すと、「新古今集」の特徴である技巧派の歌人としての力量が却《かえ》って災いし、院の性格があまり表に現れていないのがもどかしい。

ふるさとをわかれぢにおふる葛の葉の
　風はふけどもかへる世もなし
いたづらにみやこへだつる月日とや
　猶秋風のおとぞみにしむ

歌として、あまり技巧のないものに、ようやく院の本音が漏らされているが、これらは晩年の作であろうか。「我こそは」のような威勢のよさがなくなっている。哀れというほかない。

後鳥羽院が島にあって念じ続けていたはずの幕府追討と朝権回復は、それから六百年後の明治維新まで待たねばならなかった。正式に朝廷から島へ、後鳥羽院上皇神霊奉還のお迎えがあったのは明治六年である。

六十歳で病死された院は、島人の手によって火葬され、今も隠岐神社にはその場所が囲われてある。そこには村上家によって本殿が建てられていたのだが、明治七年、鳥取県(江戸期と明治の初期、隠岐の所属はあちこちに変った)から隠岐支庁への通達で、本殿、膳具、簾、幕、提灯など一切焼払うことになった。いったいどういう意図でこんな勿体ないことをしたのか茫然とするが、村上家は五十人の人夫を傭《やと》って指示通りに焼却し、灰を埋めようとして本殿跡を掘りおこしたところ素焼きの大きな土甕《かめ》が発見された。院の御遺骨は、藤原能茂が奉持して京都大原の西林院に納めたと「増鏡」には記されているが、それはごく一部分のものであったのだろう。したがって隠岐神社の中に今ある御火葬塚というのが、事実上の御陵になると思っていいようである。

問はるるも嬉しくもなしこの海を
　わたらぬ人のなげのなさけは

隠岐百首の中では、この一首が私には最も後鳥羽院らしいものに思える。実際この島で暮し、貧しさと退屈の苦しみを味わった人でなくては、院の気持は分らなかっただろう。

安徳天皇といい後鳥羽院といい、なんという兄弟だったろう。一人は短く、一人は六十歳まで生きても、十九年は島で閉されて暮したのだ。今はフェリーで中ノ島の菱浦港から島後の西郷港まで一時間で楽に着くが、小さな釣舟しかなかった七百年前には、文武百般に通じたスーパーマン後鳥羽院もなすすべがなかったのだろう。

私は感情移入を始めると激しい方なので、フェリーで帰る途次、心は七百有余年の昔にこもっていたが、西郷港に降り立つと、目の前に大きな看板が見えて、愕然《がくぜん》とした。

かえれ！　竹島　われらのもとへ

竹島は日本の領土

(島根県隠岐郡五箇村に属します)

竹島周辺は水産物の宝庫

一日も早く

領土権の確立と

安全操業の確保を！

島根県・島根県竹島問題解決促進協議会

私は息を止めて、看板に叩きつけられている文字を読んでいた。文字の横には二種類のイラストが描かれ、本土から隠岐まで百七十キロメートル、隠岐から竹島まで百六十七キロメートルという地図と、竹島だけを拡大した地図で、そこには面積「後楽園球場の約五倍」と書かれてあった。

いきなり七百年の昔から現代の熱い争点にひき戻され、私はしばらく看板の下に立ちつくしていた。

日韓の波浪

竹《たけ》島《しま》

日本の島々、昔と今。番外の一
（昭和五十五年七月十九日脱稿）

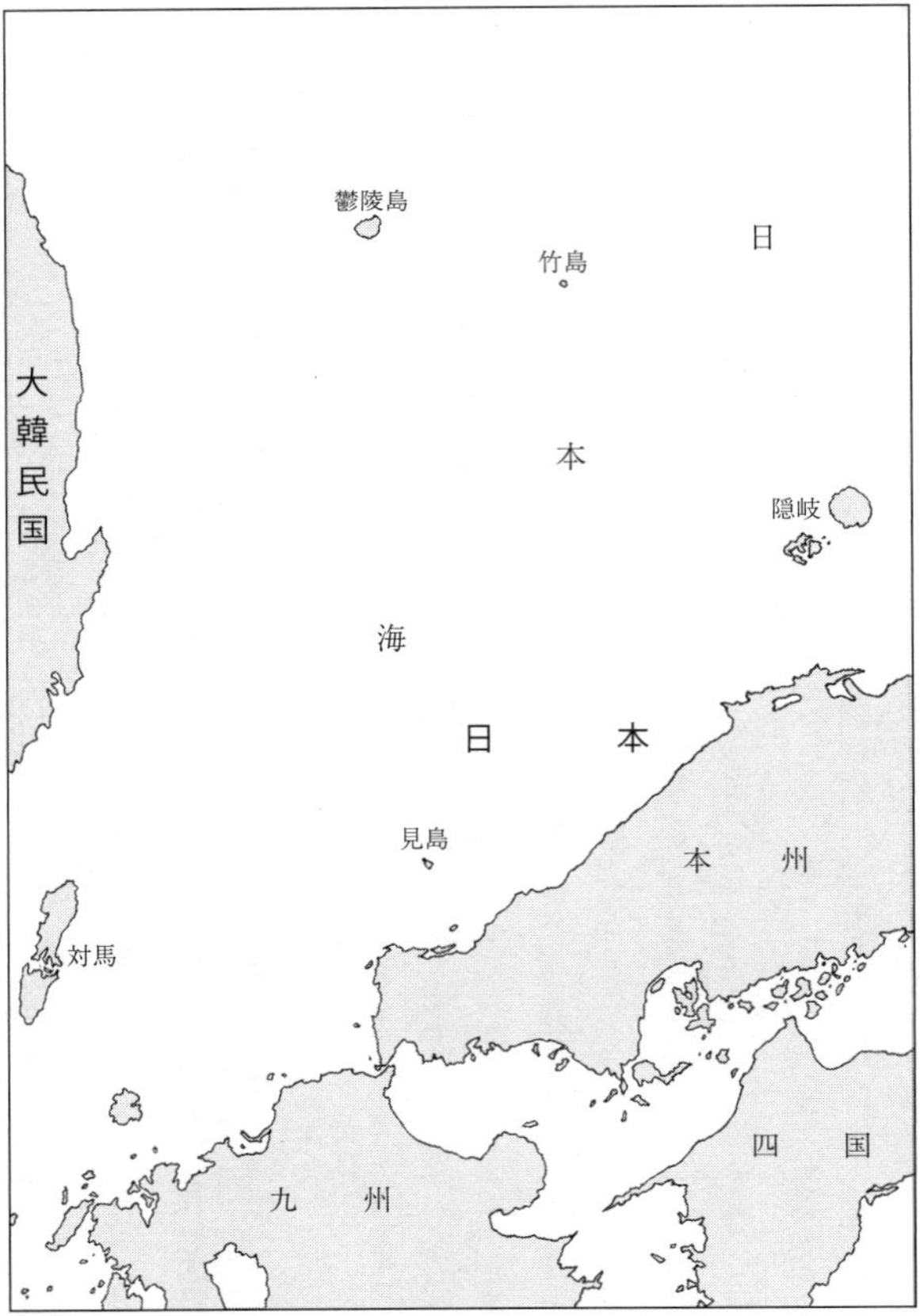
鬱陵島
竹島
日
本
海
大韓民国
隠岐
日　本
見島
本　州
対馬
四　国
九　州

東京霞《かすみ》が関《せき》の官庁街にある運輸省のビルの中に、海上保安庁がある。そこの広報室にのこのこ出かけて行って、室長の結束さんに、

「なんとか竹島へ出かける方法はないものでしょうか」

と御相談したら、

「竹島ですか。それは危険です。近寄ると狙撃されますよ」

「右手と心臓に当らない限り、私はそのくらい平気ですけど」

「いや、まあ、おやめになった方がいいでしょう」

と取合ってもらえなかった。

隠岐の島でも親しくなった漁民に、漁船をチャーターして竹島まで行きたいのだがと折を見て言い寄ったが、誰も危険だといって応じてくれない。

「韓国と日本の共同漁業圏にあるのですから、理屈では操業していいことになっているのですが、鉄砲持ってますからね、誰も行けないんですよ」

「隠岐で二百億円、竹島で七十億円の水揚げが出来るんですが、竹島がなければ隠岐

の二百億も見込めないという関係なんです。漁業にとって竹島問題は本当に痛手なんですよ」

島後の西郷で見つけた大看板には、竹島はズワイガニとイカの宝庫と書いてあったが、島前の浦郷漁協で訊くと「冗談じゃないです。あの辺りはサバが回遊してますから、竹島問題は沖合漁業をやっている島前《どうぜん》の方が深刻ですよ。みすみす大漁と分っていて近づけないのですからね。銃撃してきますから。ええ韓国の兵隊が常駐して、鉄砲かまえているんですから、漁船は怖ろしくて近づけません」。

西郷港にあった看板の文字は新しいものだったので、いつ頃建てたものか調べるために海上保安署に入って行ったら、

「え、そういうものが出てますか」

と言う人もいたので驚いた。しかし詳しい人もいて、

「去年の九月です」

と言明する人がいた。

「何処《どこ》から言い出してあの看板が去年の九月に出たのでしょう」

「さあ、島根県庁の方でやり出したんじゃないでしょうか。五箇村《ごかむら》の漁協でも、久見《くみ》の防波堤にも出ていますよ。ええ、去年の九月、同じ頃に書いたんじゃないですか」

そこでタクシーに乗って、西郷と反対側にある五箇村漁協に出かけてみると、なるほど漁協の建物の壁に、大きな文字で、

帰れ竹島、五箇村へ

竹島の領土権と漁業の安全操業を確保しよう!

と書いてある。

「ここから久見は遠いの?」

とタクシーの運転手さんに訊くと、

「いや、すぐですよ」

という返事なので、防波堤まで行ってみたら、なるほど、あっという間に着いてしまい、防波堤には目一杯の文字で「帰れ竹島!」と叩きつけるように書いてある。しばらくそれを眺め、久見の入江のもの静かな様子を見守っていたが、ただこのまま帰るのも惜しいと思い、誰か土地の人に会えないかと振返ってみたら、目の前に「五箇村漁協支部」という小さな建物があり、中に事務員が二人いるのが見えた。ためらうことなく中に入って行った。

「ご免下さい。あの防波堤の字ですけど、あれを書いたのは何処ですか」

「うちの漁協です」

「五箇村漁協や西郷港にも看板など出てますが、去年の九月からと聞きましたが、そもそも言い出したのは何処なんでしょう」

「うちですよ。久見です」

「まあ」

「だいたい竹島というのは穏地《おち》郡五箇村大字《おおあざ》久見の字《あざ》竹島といっていて、久見の一部だったのですから」

「じゃ、地主さんは久見の人ですか」

「地主はいないのです。国から管理するのに久見のものとして定められていたわけでしてね」

「ズワイガニの産地だそうですね」

「いや、カニやイカどころか、サザエもアワビも立派なものがとれるところです。サバもヒラスも大量に回遊していますしね」

「現在この久見の漁協の、魚種は何ですか」

「サザエ、アワビ、ワカメ、アオサなどで、他にサシアミでサバやハマチやヒラスを獲《と》っています。年間五千万円の水揚げがあります。境港《さかいみなと》まで出荷するのは西郷漁協にお願いしています」

五箇村漁協にしてからが、西郷の五十分の一の漁獲量しかないのだ。まして久見支部ともなれば沿岸漁業でもあり、まことに微々たるものでしかない。しかし離島振興の資金は三年前から久見の港湾設備を完成させた。大きな船が接岸できるようになって、久見の漁民はようやくやる気が出てきたのだ。そうなれば魚の宝庫である目の前の竹島が韓国に押えられているのが改めて我慢ならないことになったのであろう。

「竹島は、サバどころじゃないですよ、タイが大変にとれたところで、昭和初期には山口県が目をつけて出漁に来ていたところなんです。今までの久見は力がなくて貝や海草で細々とやっていましたが、これだけの港湾設備が出来たんだから大いにやろうと互いに漁民が励ましあっているんですが、それにつけても竹島の現状は切実です。久見のものなんですからね、あの島は」

五箇村にある郷土館に竹島の写真があるというので、久見からそちらへ向う道すがら、若い運転手さんが、

「隠岐のワカメはねえ、昔は二人で海にもぐればすぐ舟一杯になるほど沢山生えていたもんですが、今はワカメも減りました。ええ、イカも簡単にとれて、大きなイカが、つまり年寄りだからですかね、へとへとになって流れついてるのを何人もで引張りあげたりしたもんですが、今はそんなこともなくなりましたよ。Uターンといっても、隠岐

では仕事らしい仕事ないですからねえ、漁民になっても魚がとれないんじゃねえ」と話してくれる。

この人に鬱陵島《うつりょう》の話をしてみたが、さっぱり要領を得ない。若い人にはもう分らないことなのかと思う。

五箇村にある隠岐郷土館では、入口のすぐ右に、明治から大正時代にかけての勇壮なアシカ捕獲の写真が引伸して飾ってあった。葦鹿または海驢という文字を当てるのが正しいようだが、二つを混同して海鹿と書く人が多い。オットセイに似てトドより小型な海獣である。南太平洋を中心に日本からオーストラリアまで分布しているというのが定説なのだが、竹島は日本海である。

対馬に行ったとき、「対馬島誌」を綿密に読み天正十七年(一五八九)の記録で「朝鮮人沙乙背同なる者帰化し、兵を導き全羅道竹島を奪取せり」という一行を見つけてぞっとした。宗義智《そうよしとも》が朝鮮王と交渉したときのやりとりで、朝鮮側は「叛民を返せば通信のことを議すべし」というので沙乙背同および日本の漁民など十数人を捕えて送ったところ、朝鮮側では彼らを城外で斬刑に処してから宗義智に馬一頭を送り、殿内に招いて宴会を催している。この記事を読んだときの私のショックは大きかった。秀吉の時代に、もう竹島は朝鮮のものとして日本側は屈服しているのかと思ったからだ。加えて江戸時代には元禄五年(一六九二)に再び竹島事件が持上り、日本で言う竹島は朝鮮の鬱陵島であることが分明するが互いに領土権を主張して水掛論になり、三年後の元禄八年になって徳川幕府は「一小島の故を以て隣交に支障を来さんは策の可なるものに非ず。ことに現時はともあれ往時は正に彼の版図たりしなるべし。故にすみやかに彼に還付し、もつて長くわが恩徳を知らしむべし」と議決し、老中より竹島に我国人の往航を禁ずる旨を朝鮮に告げしめて「一件まつたく解決す」ということになっている。

この記録を発見したとき、私は徳川幕府の一時しのぎが尾をひいて今日の竹島問題に発展したのかと暗澹たる思いをしたのだが、隠岐で調べてみると昔の竹島は鬱陵島のことで、今の竹島は明治三十八年までは松島と呼んでいたことが分った。しかしながら、この話は、よほど頭のすっきりしているときに読まないと理解できない。あまりにも、あまりにも、話がややこしいからである。

とにかく、松島であれ、竹島であれ、昭和二十七年までは、この隠岐から百六十キロメートルの海上にある無人島に関しては、何の問題もなかったのだ。

だが何よりもまず、松島と呼ばれていたものが、どうして竹島と名を変えたか。その経緯について、できるだけ分りやすい方法でアプローチしてみよう。

隠岐支庁水産課の本棚に「島根県竹島の新研究」という背文字が見えた。

牛島課長さんに拝見させて頂き、奥付けを開いて見ると昭和四十年に松江市の田村清三郎氏の書かれたものであった。島根県庁総務部においでになった方らしい。「あとがき」を読むと昭和二十九年同氏が「島根県竹島の研究」と題して書かれ、島根県が出版したもので、県にも残本が少くなった。そこで前著にある若干の事実誤認を正したり、新発見の資料も加え、全面的に書き改めたものだということが分った。

東京で、そういう本があることは分っていたが、どう手を尽しても買うことができなかったのがこの本だった。なんとか拝借させて頂けないものかと怖るおそる言い出したら、課長さんが気持よく貸して下さった。

日韓国交正常化の条約は調印されたが、竹島問題は紛争処理事項として残されたまま、現在に至ってもなお漁船すら近付けない有様である。噂では韓国の海洋警察隊の手によってコンクリートが流しこまれ、岩石の上に平坦な部分を作り、少数ながらも戦闘警察隊員が機関銃を持って常駐できる設備が整えられているという。本来ならばハーグにある国際司法裁判所の判決を仰ぐべき場合だと思われるが、日韓間の交換公文では「調停によって解決をはかる」と定められているので、それが出来ない。

とまれ、古くは松島と呼ばれていた無人島が、東西二つの主島の他に数十の岩礁から成り立っているという知識は、取組んでみて初めて分り、島というものの難しさを改めて考えた。総面積六万九千九百九十坪。西郷港の看板には後楽園球場の約五倍と書いてあったが、火成岩からなる断崖絶壁で、とてもキャッチボールなどして遊べるようなところではない。飲料水もほとんどないので人間が住める条件がなく、夏を中心として数カ月間は小屋を作り、隠岐の漁民が操業していた。

松島に関する文書は、しかしあまり古いものがない。日本の漁業史から見れば、松島までの渡航術なら江戸初期にはもうものにしているはずであるが、米子《よなご》の大谷九右衛門が書き残した「竹島渡海由来記抜書控」によると、元和四年(一六一八)江戸幕府から竹島を拝領し、以来毎年アワビ、アシカ等の漁業や檀木、桐などの伐採を行っていたことが分る。松島には松も竹も生えていないから、この竹島が現在の竹島でないことは分るし、他の資料によっても現在の鬱陵島であることがはっきりしている。朝鮮側の記録にも鬱陵島を磯竹島あるいは竹島と呼んだことや日本人の支配下にあったことが明記されている。江戸初期、日本の漁業も航海術も、朝鮮より勝れていたために、こういうことが起ったのだろう。竹島渡航の途上にある松島について、竹島と同様、江戸幕府の取持ちで拝領し、以後竹島への行き帰りに寄港しアシカの油を採取したなど米子の大谷文書の控えに記されている。米子の大谷家と村川家は江戸時代の約八十年間、竹島および松島の漁業を独占していた。

松島に関する部分だけ大谷三代九右衛門の請書から原文を少しひらいて引いてみよう。

「一、厳有院様(四代家綱)御代、竹島之道筋、廿町ばかり廻り候小島御座候。草木ござ無き岩島にて御座候。廿五年以前、阿倍四郎五郎様御取持ちをもつて拝領。すなはち船渡海つかまつり候。この小島にても海鹿魚油少宛所務つかまつり候。右之小島へ隠岐国島後福浦より海上六十里余も御座候事。

五月十三日　右之通り御請候事。」

これは延宝九年(一六八一)、綱吉が五代将軍になったときの代替の巡見使への請書である。松島の名は直接出て来ないが「草木ござ無き岩島」が松島であることは歴然としている。

寛保元年(一七四一)大谷九右衛門が長崎奉行に提出した口上書に、ようやく松島という文字が見え、三代将軍家光から拝領したとある。

この時代、竹島は今の鳥取県の所領であったことは伯耆国池田家から江戸老中へ提出した元禄九年「竹島之書附」にある航程でも明らかである。

覚

一　伯耆国米子より出雲国雲津へ道法拾里程

一　出雲国雲津より隠岐国焼火山まで道法弐拾三里程

一　隠岐国焼火山より同国福浦へ七里程
一　福浦より松島へ八十里程
一　松島より竹島へ四十里程

しかし、この書附が元禄九年のものであることは注目に値する。なぜなら前年の元禄八年に江戸幕府は対馬の宗氏を介して朝鮮と折衝させた揚句「現時はともあれ往時は正に彼の版図たりしなるべし」と竹島問題は「一件まったく解決す」としているのだ。「現時はともあれ」というのが、大谷家などの漁業権を認めていることになるのだろう。この竹島はもちろん鬱陵島のことであるのだが、島というのは、昔は要するにこういう杜撰《ずさん》な扱いで彼我ともにまあまあ済んでいたのだということが分る。漁業や航海術に関して、問題にならないほど日本の方が勝れていたからでもあろう。

文化五年(一八〇八)大日本細見指掌全図、文化八年改正日本図、文政十一年(一八二八)国郡全図など、すべて江戸時代の日本地図には松島と竹島が、隠岐の西北に朝鮮との間に描かれていて、隠岐に近いのが松島、朝鮮に近いのが竹島と書いてある。

下って幕末、文久四年(一八六四)江戸小網町恵比寿屋版「大日本海陸全図」にも竹島松島の両島があり、鬱陵島である竹島の方でさえ隠岐と同じ彩色がしてある。

慶応四年(一八六八)国学者疋田棟隆所編「皇国舟程全図の第五十二隠岐島」でも「福

浦港から竹島に乗る、松島竹島は亥子の間に当る」と注が入っている。福浦は現在重栖《おもす》港のある入江にあって今でも福浦という地名を持っている漁村である。

明治維新を迎えてもなお「地誌提要」には隠岐に関する記載の中で「土俗あひ伝ふ、福浦より松島に到る海路およそ六十九里、竹島に到る海路およそ百里、朝鮮に至る海路およそ百三十里」というのがある。

一方、朝鮮側の資料では、竹島が鬱陵島という名を以って歴史に登場するのは六世紀と、古さにおいては日本側の比ではないが、元禄年間に日本と所有権を争ったにもかかわらず、朝鮮政府がこの島を治めるのにかなり頭を痛めていた事情がはっきりしている。十四世紀末、鬱陵島は朝鮮半島から犯罪者や流浪者が多数逃げこむところとなっていたため、李氏朝鮮時代となってから、按撫使を派遣して住民を本土に帰らしている。元禄時代の朝鮮の記録に「此是三百年空棄之地」とある。こうした事情が、さらに日本漁民の竹島往来を許していた。この竹島は、もちろん鬱陵島のことであって、松島は、鬱陵島への中継地と見なすべきである。

さて、いよいよ松島が、どうして今は竹島と呼ばれるようになったのか、その歴史的経緯に移ろう。

一七八九年(天明九)フランス海軍が二隻の戦艦を率いて日本海を東上し、海上から鬱陵島を発見。この発見者の名を冠してダジュレー島と命名。

一七九七年(寛政九)イギリス人が日本海上に発見した島にアルゴノート島と命名した。この島もまた鬱陵島であった。

しかし重大なのは、この二回のヨーロッパ人による測量が、同じ鬱陵島の緯度と経度を間違えて記録してしまったことである。ダジュレー島は緯度三七度二五分、経度一三〇度五六分。アルゴノート島は緯度三七度五二分、経度一二九度五〇分。

一八四九年(嘉永二)フランスの多分捕鯨船リャンクール号が、日本海に一群の小島を発見し、リャンクール列岩と命名。

一八五四年(安政一)ロシア軍艦パラダ号が日本海の島嶼《とうしょ》を実測し、リャンクール列岩の位置を海図上に記録し、これに別名を冠した。Menaiai-Olivsa 列岩。

一八五五年(安政二)イギリス支那艦隊のホーネット号が、リャンクール列岩を実測し、ホーネット島と命名した。北緯三七度一四分、東経一三一度五五分。

こうしてヨーロッパ各国人の手によって、一時期、アルゴノート、ダジュレー、リャンクール(ホーネットあるいはMenaiai-O.)という三島が存在するかのごとき地図が現れた。

シーボルトは各種の日本製地図によって、隠岐と朝鮮の間に、日本寄りに松島、朝鮮寄りに竹島があることを知っていたので、ダジュレー島に松島、アルゴノート島に竹島の日本名を付した。

一八五六年(安政三)ペリーの「日本遠征記」第一巻に挿入されている日本地図にはアルゴノート、ダジュレー、リャンクールと三島が描かれているが、アルゴノート島に関しては、イギリス人の測量ミスによるもので存在しないことをロシア軍艦パラダ号の証明によって注記している。

シーボルトがダジュレーを松島とし、アルゴノートを竹島としたため、アルゴノートの存在が否定されると、海図の上でアルゴノートが消えても、鬱陵島は松島と名づけられたままになってしまったのである。

一八七二年(明治五)陸軍参謀局は「亜細亜東部与地図」で、朝鮮に近く竹島を、日本に近く松島を描いているのだが、明治八年には同じ参謀局が「朝鮮全図」で鬱陵島を松島とし、その西北方のアルゴノート島の位置に竹島を描くというミスを犯し、とうとう鬱陵島を完全に松島にしてしまった。アルゴノート島は実在しないことを知っていたはずであるのに、シーボルトの地図を参考にしてうっかり間違ってしまったのである。

参謀局が間違うくらいだから、明治十年前後に青森県人、千葉県人、島根県人、から政府に対して出された開拓願では、鬱陵島を松島と書いたものあり、竹島と書いたものあり、まちまちで、政府も島名の統一の必要を感じ始めた。

一八七六年(明治九)日朝修好条規の成立によって朝鮮沿岸の測量が可能となり、一八八〇年(明治十三)軍艦天城が実地調査に当り、海図上の松島は鬱陵島であり、請願者が松島と書いたり、竹島と書いたりしているのは一つの鬱陵島のことであるということが正式に判明した。その結果、海軍水路部の「朝鮮水路誌および海図」に鬱陵島一名松島と明記したので、江戸時代からずっと日本人が竹島と呼んでいたものが公式には松島と呼ばれることになった。現在の竹島がリャンクール列岩と公式名を付されたのもこのときである。

しかしながら民間人は慣習を変えることなく、その後も鬱陵島を竹島と呼び続け、松島を松島あるいはリャンコ島、またはランコ島と呼んだ。明治三十九年に「隠岐島誌後編」を書いた小泉憲貞も、鬱陵島を竹島とし「朝鮮国江原道ニ属スル一小島ニシテ、松島ノ西ニ峙テリ……松島ニ到ルノ距離モマタ四十里バカリト称セラル竹島ハ全然朝鮮領ニシテ、我ヨリハ遼遠ノ地ニ属セルナリ」と、鬱陵島を竹島の旧称で呼びながら、これを朝鮮領と明記し、リャンコ島の松島と区別している。

一九〇五年(明治三十八)政府は内務省訓令第八十七号により「北緯三七度九分三〇秒、東経一三一度五五分、隠岐島ヲ距ル西北八五里ニ在ル島嶼」を竹島と命名し、島根県の所管とすることとした。この緯度と経度は明らかにリャンクール列岩のことであって、これによって松島と竹島の島名の入れ替りが完成してしまったのである。

しかし松とか竹とか鮨や定食の等級を示すような名前の入れかえは混乱を避け難かったようである。明治三十七年隠岐島司から島根県内務部長に宛てた文書に「ソノ名称ハ竹島ヲ適当ト存ジ候。元来朝鮮ノ東方海上ニ松竹両島ノ存在スルハ一般口碑ノ伝フル所、シカシテ従来当地方ヨリ樵耕業者ノ往来スル鬱陵島ヲ竹島ト通称スルモ、ソノ実ハ松島ニシテ、海図ニヨルモ瞭然タル次第ニコレ有リ候」といよいよややこしくなるような書き方をしている。イギリスの船乗りとフォン・シーボルトの二人を恨みたくなってくる。

やがて日本海海戦が起ると東郷平八郎連合艦隊司令長官は、戦況報告に「リャンコールド岩付近に於て云々」と打電していて、これが海軍省副官によって、リャンコールド岩というのは竹島に一々訂正されている。日本海軍がヨーロッパ人の作製した地図を使っていたことがよく分って面白い。陸軍参謀局の地図では明治五年と明治八年で竹と松が入れ違うのだから、まぎらわしいと思ったのかどうか。

ともかく現代の日本が竹島と呼ぶ島は、幕末から明治にかけて人為的に松島から島名変更されたことだけ分れば、古文書に関する竹島論議は打切りにしていいだろう。対馬藩の記録にある竹島は、すべて鬱陵島のことである。

明治時代から大正、昭和初年にかけて、竹島の歴史は今から思えば平和なものであった。明治三十八年二月二十二日島根県告示によって、対内的に所属未定地であった竹島は島根県の管轄に編入され、対外的には近代法の無主地先占《せんせん》による領土権の確立を宣言したが、どこからも文句をつけられることがなかった。明治三十九年以降、竹島全島は官有地として海驢《アシカ》猟業者に貸与し、使用料を納付させた。

この平和な時代の間で、面白い記録といえば、アシカが濫獲《らんかく》によって年々減少していることと、アシカの業者が皮だけ剝《は》いで肉を捨てるため悪臭が湧き、海の色が変ったという注意が出されているくらいである。

昭和八年に入るとアシカはサーカスや動物園へ売るために専ら生捕りにされるようになったというのも面白い。隠岐の郷土館にあるアシカ捕りの勇壮な写真は、このころのものではないかと思われる。カバほどもある大きな海獣に、数人の人間が兇器を持たずに、縄と素手で立ち向っているのだ。

昭和十年になると、竹島に近代的な光が当り始める。太古から堆積している鳥糞が、貴重なリン鉱石であることに目をつけた人々が、大阪鉱山監督局にリン鉱試掘を願出るのだ。当時の朝日新聞は「アシカの島で鳥糞採掘願に地元から大反対の歎願」と五段見出しで大々的に報道している。漁業と鉱業の衝突である。鉱山監督局の技師の「リン鉱をそのまま放置するのも勿体ないが、……世界に誇る日本のアシカを滅亡させることの可否は考えなければならない。近く学者や関係者の意見を聞いた上で許否を決めたい」という談話を読んで、つい昨今の事件のような気がした。「アシカを守る会」「アシカ保護のために採鉱絶対反対同盟」「動物愛護協会アシカ問題緊急委員会」などという名前が私の頭の中にわきあがってくる。

花崗岩でできた竹島の表面は、厚いところで二・八〇メートル、薄いところでも一・三〇メートルもの海獣や海猫の排泄物の堆積があった。その面積約四万坪。それがリン酸を多量に含んでいたのだ。昭和十四年、竹島試掘が許可され、出願していた小林某から試掘権が昭和二十一年には田村某に、同年十二月には辻、田村、安居三氏の共同試掘権となった。このうち辻富蔵氏に昭和二十九年二月付で広島通産局からリン鉱採掘許可がおり、三月二十九日には竹島リン鉱採掘権の登録が行われた。このリンの使用目的は農地用肥料である。アシカの保護を求めていた人々が異を唱えなくなっていたのは、もうアシカの方に旨みがなくなっていたからであろうか。

しかしながら、この豊かなリン鉱が実際に採掘されるに到らなかったのは、竹島の悲劇を象徴した出来事だといえるだろう。

アシカからリン鉱へと時代の推移が行われている中で、歴史的な事件が生れるのが昭和十五年である。その年の八月十七日、竹島は公用廃止の上、舞鶴鎮守府へ海軍用地として島根県から引継がれた。しかし、実際に海軍がこれを基地として使った形跡はまったくない。アシカの生捕りや海草・貝類を採るために一々海軍の許可がいるようになったというだけである。海軍としては有事の際に備えるつもりがあったのかもしれないが、戦争は文字通り太平洋で行われ、日本海のこの無人島には海軍基地としての設備は何一つ構築されなかった。

敗戦を迎えると、竹島は海軍省から大蔵省へ所管が移される。

そして昭和二十一年一月二十九日、竹島に最初の悲劇が訪れる。日本に進駐してきた連合軍から日本政府に対して、竹島に政治上また行政上の権力行使を停止するよう指令が出され、同年「日本の漁業および捕鯨業許可区域に関する件」の第三項(b)「日本の船舶および船員は北緯三七度一五分、東経一三一度五三分にある竹島から十三浬以内に近づいてはならず、またこの島との一切の接触は許されない」とはっきり指令してきた。いわゆるマッカーサー・ラインの外に竹島が置かれてしまったのである。

アシカも、リン鉱も、日本人はとることが出来なくなった。

マッカーサー・ライン。日本をめぐる海に早くも線が引かれていたのだ。竹島が島根県から海軍省に所属を移されていたのが、占領軍にとって警戒すべきものと思う理由になっていたのか、どうか。

昭和二十五年になると竹島は米軍海上爆撃演習地区に指定される。島根県はびっくり仰天して、演習地区指定解除と、竹島における漁業が再開出来るよう要望書を出した。竹島近辺は豊かな魚礁であるから、爆撃演習をされると隠岐ばかりでなく日本海の漁民にとって大きな痛手になる。

昭和二十七年四月二十五日、平和条約発効に先立って、連合軍司令部はマッカーサー・ラインの撤廃を通告してきたから、竹島の漁業その他の許可区域に関する一切の制限は消滅した。それから三日後、サンフランシスコ平和条約は発効し、敗戦から六年八カ月ぶりで日本は独立国として国際社会に復帰するとともに竹島に関しても完全な領土権を回復したはずであったが、竹島が駐留軍の爆撃演習地であることは依然続いていた。

昭和二十七年五月二十三日、島根県選出の代議士と、外務省政務次官との間に、衆議院外務委員会で次のような質疑応答が行われているのは記録に値すると思われる。

Q　先般外務大臣は日韓交渉は決裂したといわれたが、日韓間において領土問題で解決しないところがあるかどうか。

A　領土の点で紛争はない。

Q　しからば島根県に所属している竹島はどうか。聞くところでは韓国側で領土権を主張しているようだが。

A　日本側としてはもちろん日本領土であると考えており、総司令部もまた日本側のものであると承認している。ただ、韓国が勝手に自国領土だというだけである。

Q　聞くところによると政府においては竹島を駐留軍の海上における爆撃演習地に予定しているそうだが、これは竹島を演習地と指定することによって日本領土権が確保されるという政治的含みを持っていると思うが、どうか。

A　お説のような線で進んでいる。

昭和二十八年三月、日米合同委員会海上分科委員会で、竹島は爆撃訓練地域より削除された。

だが竹島の悲劇は終ったわけではなかった。それどころか、竹島の第二の悲劇は、その一年前に始まったばかりだった。衆議院の外務委員会で質疑応答されるより四カ月も前に韓国大統領は海洋主権を宣言し、韓国沿岸から五十—六十カイリの海洋資源および地下資源について韓国に主権があるという主張をしたのだ。これが李承晩《りしょうばん》ラインと呼ばれるものであって、海の上に再び線がひかれたのだ。そして竹島は、この李承晩ラインの中に入ってしまった。

日本の外務省は、ただちに抗議を行ったが、韓国側の回答は「韓国の海洋主権宣言は国際的先例にならったものであり、竹島は連合軍最高司令官が日本から明らかに除外し、竹島はマッカーサー・ラインの外にある点からも、韓国の主張は正当で、議論の余地はない」というものであった。これが昭和二十七年二月。

同年四月、日本政府は韓国の主張を反駁し、竹島は現に島根県穏地《おち》郡五箇村の一部であること、総司令部覚書による行政権の停止やマッカーサー・ラインは竹島の領土権とは無関係であることを指摘した。

翌年(昭和二十八)二月、韓国国防部は、アメリカが竹島に対する韓国の主権を承認したと発表。その根拠としたのは「竹島付近の米軍機の爆撃演習で、この数年間に数名の漁民が殺傷されたことがあるが、米極東軍司令官は今後同島付近で爆撃演習を行わないと韓国政府に通告した」ということである。その直後、日米合同委員会で竹島は爆撃訓練地域から削除されているのであるし、米極東軍司令官の通告の内容は領土権にはまったく触れていないのに、である。

同年三月四日、米国側は、竹島に対する韓国の領有権を承認した事実はないと発表。かといって、日本の領土であるとも言わないから、この問題は、日韓両国間でのみ争われることになった。

同年五月二十八日、島根県水産試験所の船が、竹島で韓国旗を掲げた動力船六隻、その他数隻を発見。鬱陵島から渡ってきた漁民が約三十名いることも判明。

同年六月二十三日、日本の外務省は竹島の領域に対する韓国漁船の侵犯を厳重抗議したが、三日後、韓国側から竹島は韓国領土であるという回答があった。

翌日、島根県と海上保安部は、海上保安官二十五名、島根県警察官三名、島根県吏員二名が竹島に上陸。このとき韓国人漁民数名がワカメの採取に当っていたが、海上保安官は彼らに対して竹島は日本領であることを告げて退去を命じた。

島根県吏員は「島根県穏地郡五箇村竹島」と墨書した高さ約三メートル、五寸角の標柱二本と「注意　竹島の周囲五百メートル以内は第一種共同漁業権が設定されているから、無断採捕を禁ずる。島根県」と記した制札を建てた。

海上保安庁もまた、次のような制札を立てた。

「注意　日本国民および正当な手続きを経た外国人以外は、日本国政府の許可なくして領海(島嶼沿岸三カイリ)内の立入を禁ずる」

すると七月八日、韓国政府は海軍の軍船一隻を竹島に派遣、韓国警察の手で日本側の標柱を引き抜いて撤去してしまった。その発表は七月十日にあった。

七月十二日、海上保安部の巡視船が竹島に到着すると、十トン程度の韓国船三隻がいて、警察官七名を含む約四十名の韓国漁民が乗船している。鬱陵島の警察官と名乗る男が日本の巡視船に乗りこんできて海上保安部長と会見し、一時間半にわたって話しあったがもの分れとなり、巡視船が戻ろうとすると西島から数十発の銃声がとどろき、一発が船体に命中したが負傷者はなかった。前にも書いたことがあるが、海上保安部は文字通り海の上だけしか調査できないので、竹島にどれほどの武装兵がいたのか確認できていない。

しかしながら、韓国側の武力行使は大問題となった。日本の外務省は韓国に対し、日本領土における不法漁業と発砲による損害の賠償、責任者の処罰、将来の保障について申入れるとともに、竹島が日本領土である根拠を詳述した口上書を韓国側に送付した。外務大臣は国会で「総司令部覚書は、領土の変更などに及ばないものであり、したがって史実からいっても、国際法からいっても、明らかに日本領土である」と答弁している。

八月四日、韓国代表部から「六月二十三日から四回にわたり巡視船が竹島周辺を巡視したことは不法侵入である」と逆に抗議があり、竹島に対して海軍を増派するという態度に出てきた。

その前日、竹島を巡視した海上保安部から、竹島には韓国砲艦も官憲もいず、しかし日本領土表示の標柱を取り去られていることを確認したので、島根県は海上保安部に委嘱して領土標識を竹島に再建した。

九月八日、韓国は竹島が韓国領土であるという根拠を述べた口上書を送ってきた。「一、韓国の文献によれば、竹島は韓国領であり、二、日米平和条約は竹島についてふれていない。三、米国は竹島の射撃中止を韓国国防部に通告してきた」というものである。

九月二十三日、島根県水産試験船が竹島調査に赴いたところ標識が撤去されていたので、十月五日、海上保安部の巡視船は竹島の東西両島に「島根県穏地郡五箇村竹島」の標柱各一本を建設した。

ところが韓国側では地質学者二十名をのせて艦艇が竹島に向ったと放送する。それが十月十二日。十四日には海上保安庁の巡視船が韓国監視船と洋上で出会い、「李ラインの外へ出ろ」「いや、竹島は日本領土である」と互いに言いあったが埒《らち》があかなかった。そして十月二十一日、水産試験船で竹島に行った日本人は領土標識が除かれ、代って「独島リアンコルト」と刻んだ韓国側の標石を発見する。海上保安庁から、ただちにこの標石の除去に出かけ、日本側として第四回目の標柱を竹島に立てた。この辺りまでは、子供の喧嘩みたいなものと笑ってもいられるのだが、翌年になって一月二十日、韓国軍艦艇九隻が竹島は韓国領であると刻んだ石柱を再び建てに来て以来、険悪になった。外務省は韓国側の声明を反駁し、日本領有を主張する第三回目の口上書で竹島の領有権問題でハーグの国際司法裁判所への付託について韓国政府に申入れる。

昭和二十九年六月、韓国は「韓国沿岸警備隊は竹島を日本の侵略から守るため駐留部隊を同島に急派した」と発表。日本側の巡視船は間もなく同島で天幕を張って作業中の作業員たちの姿を認めている。これに対する外務省の見解は「実力行使は侵略と同じであるが、わが方が武力解決することは憲法第九条違反であるから、撤退について申入れをし、あらゆる手段を講じて、あくまで外交的解決をしたい」としている。

やがて韓国は竹島に警備員を常駐させ、灯台を設置したと発表する。それが八月二十三日。その日、巡視船「おき」が竹島西島の北北西約七百メートルを航行中、西島洞窟付近から銃撃を加えられた。自動銃によるものらしく約四百発の銃弾を受けたので退避したが、「おき」が調査した報告によると「東島には高さ約六メートルの灯台が建設されていたが点灯はしていない模様。西島南側の絶壁に韓国文字を認めた。東島西岸に材木数トンが立てかけられ、同島は漸次永久的な設営をしつつあると思われ、洞窟内はある程度整備され、約十名ほどの警備員が起居できるようになっているものと推測される」。

これから以後、韓国と日本政府の間では抗議文の応酬が続けられ、日本の巡視船は竹島に近づくたびに発砲されるようになった。韓国側の発表では韓国側が撤退するように信号を発したが日本の巡視船が従わないので警告の意味で発砲したところ、日本側も発砲して東方に逃げ去ったというものもある。

当然こうした事件は日本の国会でも論議されたが、「竹島の灯台が米国の航路図に記載されているが、それによって米国が竹島を韓国領土と考えている証左にはならない」(外務省)、「竹島にいるのは韓国の警備員のようであるから、武力による不法侵略というより、不法入国というものだと思う。したがって自衛隊の防衛出動は考慮していない」(防衛庁)という回答で納まっている。

しかし政府は閣議で、竹島の領有権問題を国際司法裁判所へ提訴することを決定し、韓国公使を外務省に招いてその旨を伝えた。日本政府としては国際法の基本原則に触れる領土権の紛争であると判断したからである。昭和二十九年九月二十五日のことであった。

しかしそれから三日後、韓国政府はマスコミに対して次のように言明した。

「竹島は歴史的にも韓国領であり、国際法廷に提訴するという日本側提案は全く非常識である。ハーグの国際法廷は、この問題とは全く関係がない」

歴史的にも自信があるのなら、ハーグで決着をつければいいのに、韓国は国際法廷を回避してきたのである。十月二日、巡視船「おき」「ながら」の二艇が竹島に派遣され、調査を行ったが、東島の頂上に二本の無電塔が四十メートル間隔で設置され、塔の側にそれぞれ木造家屋が建てられていた。灯台は点灯されていた。やがて家屋から警備員七名が現れ、山砲のおおいを外して日本の巡視船に銃口を向けた。二十数名の兵力が常駐していると思われると報告。

韓国政府はこの年、竹島を韓国領土として描いた三種類の郵便切手を発行。日本の外務省は韓国側に抗議。

十一月二十一日、竹島哨戒中の巡視船が、竹島東島から三インチ砲弾五発の砲撃を受けた。三インチ砲が三門すえつけられているものと見受けられた。

それから三年間、日本の国会では鳩山一郎首相も、重光葵《しげみつまもる》外相も、「竹島は日本領土であることは明白」としながらも、「円満な方法で解決したい」とか、「平和的交渉によって解決したい」と答弁し続け、外務省は韓国大使に同じ内容の口上書を手渡すということを繰返した。しかし韓国側は、着々と竹島に施設を建て、人員を常駐させ、日本の巡視船が近づけば銃口を向ける。

昭和三十四年、日本のマスコミは竹島について新しい話題を見出す。東京のT氏が国と島根県を相手どって訴訟を起したからである。

T氏は竹島リン鉱の鉱業権を持っていて、「鉱業権実施不能にもとづく損害金五億円の内、百万円を支払え」という主張であった。竹島に対して、国は統治権を行使していないから名目上鉱業権があるにしても、統治権の行使ができないところに行政権のおよぶはずがなく、課税権もないから、鉱区税を猶予または免税にすべきだというものである。

私がここでT氏の本名を記さないのは、そして会いにも行こうとしなかったのは、T氏が昭和二十七年五月に竹島鉱業範囲および様態説明書を、また同年八月に竹島鉱業設備設計書を、広島通商産業局に提出しているからであった。竹島は昭和二十七年四月二十五日までマッカーサー・ラインによって日本政府の行政権は停止させられていたし、二十七年一月十八日に李承晩ラインの宣言があり、二十八年七月には海上保安庁の巡視船が銃撃を受けている。T氏が鉱業権取得のための文書提出をしているのは、その直後の時期になる。県と国を相手どって訴訟を起したのは、どうも最初から無理があったような気がしてならない。

公判は八回にわたって開かれ、結果は却下された。法的には論議のわく判決であったといえるかもしれないが、T氏には気の毒でも、鉱業権を取得した時期が時期だけに、なんともなまなましい事件として私には深入りする気にはなれなかった。

しかし、この訴訟が契機になって竹島は韓国領か日本の領土かという議論に、一般の関心が高まり、国会でも質疑応答が繰返されるようになった。

翌昭和三十五年四月、革命によって李承晩の独裁政治が終り、民主党張勉内閣が八月に成立、日本との国交正常化をかかげ、一切の過去を水に流して日韓会談に応ずるという意欲を見せた。

十二月二十一日、小坂外相は「竹島問題は領土帰属の問題で、国交回復とは問題が別。国際司法裁判所への提訴を、もう一度呼びかけるかどうか、時期を見て考える」と議会で答弁した。

それから五日後、韓国政府閣議で「来年初めから常時警備艇を竹島に待機させる」ことを決定。李承晩がいなくなっても、竹島は振出しに戻った形になった。

昭和三十六年五月、韓国に軍部クーデターが起り、朴正煕《ぼくせいき》が政権を握った。

昭和三十七年、池田首相は「竹島は日本固有の領土であり、韓国が理不尽に占領しているものであるから、漁業権などの日韓交渉とは別に解決したい」と議会で答弁、小坂外相は「竹島は韓国との直接交渉より、第三者の国際司法裁判所の判定に委ねるべきだ」と、前々からの主張を重ねて表明。

「竹島問題の解決なしには韓国との国交正常化はない」というタテマエ論と「竹島問題で国交正常化を遅らせたくない」というホンネが、当時の国会議事録で、池田首相の答弁にチラチラする。しかし「李承晩ラインは国際法違反だ」と言明しているのは、見落すことができない。

日韓外相による政治会談は決裂し、韓国外務部長官は羽田空港で「竹島は、解放後は独島《ドクト》と呼び、韓国の施政権が及んでいる。いまこの島の帰属を取上げることは両国の国交正常化の妨げとなる」と記者会見で答えた。

反日と抗日をスローガンとしていた李承晩の時代が終っても、竹島問題は日韓交渉のガンになっていた。なにしろハーグの国際司法裁判所に日本が提訴しても、韓国が応訴しなければ話にならないのである、そして韓国は今日に到るまで日本側の提案に応じようとしたことがない。

昭和三十七年十一月、訪米の帰途、来日した金中央情報部長が記者会見して、「竹島は会談の途中でひっぱり出したもので、日韓会談を進める上で邪魔になっている。日本がこの問題にこだわることは、日本がまたやってくるのではないかと韓国民を刺戟することになる」と語った。

金部長が池田首相に、

「いっそのこと爆破してしまおうか」

と冗談を言ったという挿話が、このとき彼の口から語られている。この金さんは、つい昨年朴さんを射殺したのとは別の金さんであるが、ＫＣＩＡ部長の性格が分るような気がして、冗談とも思えない。

日韓交渉が、漁業や経済ではスムーズに話しあいながら、竹島になると両者がその領土権を主張して暗礁にのりあげてしまうので、次第に日本側は交渉の場に竹島を登場させなくなり、佐藤内閣になってから昭和四十年六月、日韓基本条約、その他協定が正式調印され、十四年間にわたる日韓交渉はめでたく幕をおろしたが、竹島問題はどの協定にも文字さえ見当らず、将来「調停によって解決を図るものとする」という韓国側書簡の中に委ねられたものと日本側は解釈したのだけれども、韓国側がそう思っていたかどうか甚だしく疑問である。

昭和二十八年の独島(竹島)に対する韓国側の主張は最も長文なものであるが、それには悉《ことごと》く日本側に反論があり、ここで紹介するのは頭が痛くなる。歴史について論ずるには朝鮮側の古地図に竹島が描かれていないことで、韓国はこの島の存在も知らなかったのだと言うことが出来ると思うが、日韓両国が互いに領土権を主張しつつ、国際法違反の李承晩ラインによって韓国が実力行使に出て以来、現在も警察隊が常駐し、現実は水掛論どころではなくなっている。

海に線が引かれることの苦悩は、二百カイリより遥かに以前から、竹島は知っていた。日本の島々というタイトルの中で、この島を番外篇としたのは、この島が日本のものではないという韓国の主張を認めたからではなく、今も争点となっている現状を考えての上である。日本人である私が、近づくことさえ出来ない島が、隠岐のつい目の前にあったのだ。これから先も、無人島の運命は微妙なものがあるだろう。国境というものについて、日本人は竹島をよく考えれば深い理解が得られると思う。

遥か太平洋上に

父《ちち》島《じま》

日本の島々、昔と今。その九
（昭和五十五年八月二十二日脱稿）

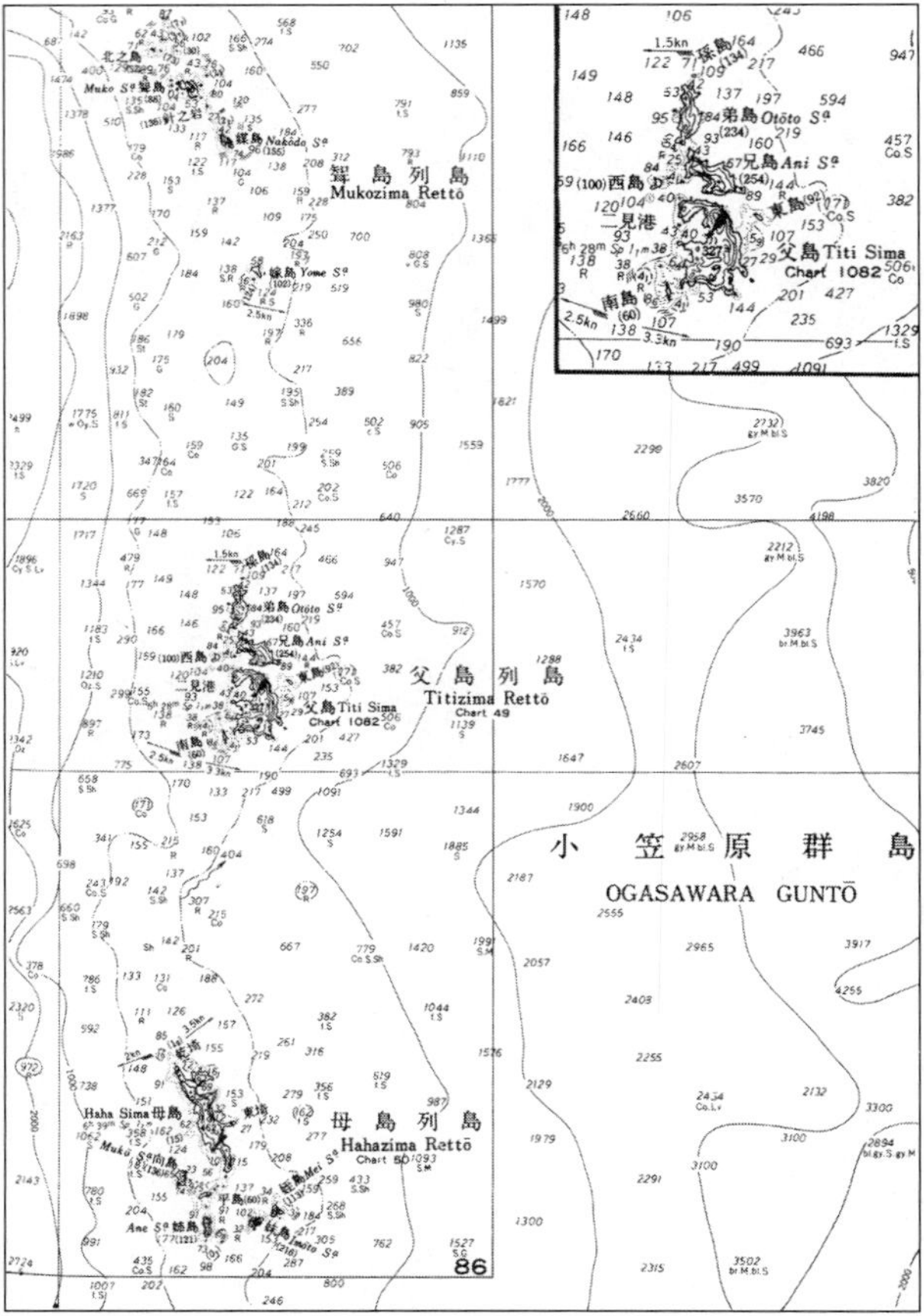

聟島列島
Mukozima Rettō
父島列島
Titizima Rettō
Chart 49
母島列島
Hahazima Rettō
Chart 50
小笠原群島
OGASAWARA GUNTŌ
父島 Titi Sima
Chart 1082
弟島 Otōto Sª
兄島 Ani Sª
西島
東島
南島
二見港
嫁島 Yome Sª
媒島 Nakōdo Sª
北之島
Haha Sima 母島
向島
姉島
妹島 Imōto Sª
姪島 Mei Sª
86

波照間や与那国まで飛行機が飛んでいるという世の中に、東京都に属する小笠原《おがさわら》諸島が、船でしかいけないとは想像できなかった。港区にある小笠原海運の本社に出かけて乗船券を手に入れる段になって片道が二十九時間もかかると聞くと、私は茫然としてしまった。

「あのォ、二十六時間と聞いてきましたが」

「はい、船はそれだけの速度は持っているのですが省エネでして、近頃は三時間余分にかかるのです。東京を出帆するのが午前十時、父島の二見《ふたみ》港に入るのが翌日の午後三時になります」

前稿から七月十三日に父島へ向けて出発するまで、イランの人質事件はもう八カ月を経過していた。アメリカでは共和党のタカ派レーガン候補がカーター大統領の無為無策を非難して人気上昇中であり、民主党も十一月の大統領選挙に負けるものかと党内一本化に精力を傾けている。世界も日本も多事多端《たじたたん》だった。日本は衆参両院ダブルという前例のない選挙に突入するや、思いがけない大平総理の急逝があり、結果は自民党の圧勝、公明党と共産党が無惨な敗北を喫していた。大平さんの葬儀にはカーター大統領も、中国の華国鋒《かこくほう》主席も参列し、空前の国際的大行事になった。

オリムピックをボイコットされたソ連からは政府高官は来ず、駐日ソ連大使だけが出席したが、紅一点にマルコス大統領夫人も交えて五十五カ国の代表が集り、オリムピックと大平さんの葬儀は国際情勢を色分けするようだった。

そんなことを考えながら「おがさわら丸」の特等室の客になった。三千五百四十トンの船内は冷房完備で、レストランもスナックも、テレビを置いたサロンもあり、多いときは千人の客を収容できるというが、私は、シーズン前でその三分の一ぐらいの乗船客の一人であった。私は優雅な部屋の中でテレビを見ていたが、午後七時に船が八丈島の沖を通過すると画面には何も映らなくなった。船中で読書というのは出来ない。エンジンの振動と海流のうねりという二つのリズムが別々なので、ロックとクラシックを同時に聞いているように落着かないからである。

船旅には強いという私の自信もぐらつき出した。戦前外国で暮したが往復は一万五千トンクラスの船だったから、甲板にはデッキチェアが置かれていて、たとえばジョギングだってやろうと思えば出来たが、三千五百四十トンではそんな余裕がない。それでも若い乗船客たちは男女ともショートパンツにTシャツ姿で小さな甲板に並んで肌を焼いていた。この日は暑く、太陽光線も強かったが、あいにく私はショートパンツの用意がなかった。沖縄で冷夏を知り、用心してきたのである。おかげで冷房の室内では、薄いカーディガンを着て過すことが出来た。

船員さんに、

「二十九時間は長いですねえ」

と話しかけると、意外な顔をされた。

「この船が就航したのは去年からですが島の人たちには喜ばれているんですよ。それまでは四十時間以上かかってましたし、もう一つ前には五十六時間かかったんです。去年から観光客も倍になったといって、小笠原島では大喜びなんですよ」

小笠原諸島の人口は約二千名。観光客の数は昭和五十三年で約一万人、それが「おがさわら丸」就航によって一挙に二万人になったのだという。

そう聞いて、絶句してしまったが、カーターや華国鋒だって日本で米中会談をしようという目的があったにせよ、世界各国の首脳がジェット機で東京へ飛んで来るという時代に、東京都下にある小笠原諸島に飛行機が飛ばず、人々は片道二十九時間の船が出来たのを喜んでいるというのは、離島としての状況の厳しさを感じないではいられない。

ともかく麻雀でもしない限り、私は明日の午後三時までの時間をもて余して七転八倒しそうだった。

仕方なく地図をひろげる。東京から千キロメートル南下したところに小笠原諸島があるのだが、最初にあるのが聟《むこ》島列島と父島列島、それから更に五十キロメートル南に母島列島がある。そのずっと南に北硫黄島、硫黄《いおう》島、南硫黄島という火山列島がある。太平洋戦争末期の、硫黄島玉砕というのは私の記憶に生々しいが、あの硫黄島である。

ぼんやり地図を眺めていると、聟島、嫁島、孫島、弟島、兄島、父島、それから母島の南には姉島、妹島、姪《めい》島と、島名が親族でかためられているのに気がつき、面白かった。それにしても小笠原諸島は遥か南にある沖ノ鳥島という無人島も含めると三十余島あるというのにも驚かされた。もちろん主島は父島で、人口もここへ集中して約千五百、母島が五百ということになっている。

この島めぐりを企画した段階では、どこへ行くのも船だという覚悟はしていたのだが、どんな離島もプロペラ機であれ飛行機で行けることを知って私は呆気にとられ、やがてそれが当り前と思うようになっていたのだ。世界のどんな国にもジェットで飛んでいるせいもあって、この船旅は私の骨身にこたえた。小笠原諸島の遠さをも思った。ここが東京都で、衆院選では東京二区だなんて！

二十九時間の船旅で、私は閉所恐怖症に似た精神状態になり、このくらいの時間かければ世界一周が出来るじゃないかと、それればかり思い続けた。翌日午後三時に父島の二見港に着き、小さなホテルに落着くと、すぐ支庁に行き、業務課長さんや水産係長さんに会って資料を頂く。みんな僻地に特有の反応を示し、親切に私の要求にこたえて下さった。地の理も知りたいし、丸一日以上の運動不足を補うために、夕食後、宿からジョギングして二見港の近所を駈けまわって汗を流した。漁協も、水産センターも、支庁も、歩いて行ける範囲であることを確認し、水産センターの傍を帰りがけに覗くと、青海亀《アオウミガメ》の出産が近いというので所長さんたちが真夜中まで待機の姿勢でいるところだった。カメのお産にぶつかるなんて運のいいことだと思い、私も仲間に入れて頂いて真夜中までお喋りする。倉田先生という生涯をアオウミガメに捧げている方のお話が最高に面白かった。この水産センターの特徴はアオウミガメの養殖にあり、倉田さんがその権威であることが分ったのである。何の話を始めても、カメと結びついてしまう。

「ヨーロッパの人々が海外雄飛をめざして航海しているとき、乗船者の食物として、最も便利に手に入れることの出来る動物蛋白源というのはアオウミガメだったのです。カメは牛や羊と違って、船の中に積んでおいても、声を出さない、餌をやらなくても死ぬわけではない。油も肉も美味でした。今だって、アオウミガメはスープにしても、ステーキにしても旨いものですよ。サシミなど最高です。あなたが御存知なかったとは残念ですな」

「スッポンなら、かなりのこと知ってるんですけど、あれは淡水に棲む爬虫類でしょう。フランス料理にはスッポンのスープがありますが」

「そう、フランスではね。ドイツがアオウミガメのスープを使ってます。栄養があって味がいいので、罐詰が日本にも輸入されてますよ」

「あのォ、浦島太郎が乗ったのは、アオウミガメでしょうか」

「いや、あれはアカウミガメです。あれは雑食で、獰猛《どうもう》な顔つきをしています。アオウミガメは草食ですから、見てごらんなさい、仏さまのようにいい顔ですよ」

私は浦島太郎のフォークロアの世界伝播地図について知識があり、アカウミガメの棲息分布と必ずしも一致しないのを知っていたが、異を唱える気にはなれなかった。何より、アオウミガメの顔が仏さまのようだと言う倉田さんの信念に圧倒されたからである。東京にアオウミガメのステーキを食べさせてくれるレストランが何軒かあるのを知り、帰ったら必ず出かけてコロンブスと同じ気分で乾杯しようと思った。

しかし、これまで私が出かけた日本の島の中で、小笠原諸島ほど特異な歴史を持っている島はなかった。それをまず書いておくべきだろう。

文禄二年(一五九三)小笠原貞頼が発見したのが島名の由来になっていると、享保十二年(一七二七)に「巽《たつみ》無人島記」に記されているのだが、信濃松本の城主小笠原家の系譜に貞頼の名がないので今では伝説だとされているらしい。ともかく明治に入って小笠原諸島と命名されたのが今日に到っていることは間違いない。

古代の土器など出ているので、太古には人が住んでいたことが分るが、中世、近世を通して、この島はずっと無人島であった。林子平《はやししへい》が天明五年(一七八五)に書いた「三国通覧図説」に、小笠原諸島について触れているのは有名だが、徳川幕府はすでに延宝三年(一六七五)五百石積の唐形船で役人たち三十二名を巡検に送り出している。一行は伊豆下田を出港して二十五日かかって小笠原に着き、約一カ月かかって島々を巡察し、天照大神宮、八幡大菩薩、春日大明神を勧請し、その社に大日本の内と大書した杭《くい》を建て、鶏五羽など放って下田に帰った。

その後、幕府は再度の巡検を考えたが実行に到らず、漁民の漂流だけが十件ほど記録されている。その頃の小笠原が無人島であったことは間違いない。寛文(一六六一)年間から元文(一七四〇)年間までの日本人の漂流者で死んだ人たちの冥福の碑があったとかいうことが明治九年七月に発行された「小笠原島新誌」にあるのも興味があった。この本は古本屋で探したが手に入らず、東京港のすぐ傍にある「東京都文書館」へ行って読ましてもらった。

「沖縄島誌」でさえ復刻版が出ているのに、小笠原に関するものは出ていない。返還運動団体が出版していた「小笠原諸島概史」は小笠原協会でわけて頂いたし、昭和四年に東京都が発行した「小笠原島総覧」は神田の古書専門店で買うことが出来た。全部に目を通したが、和紙に活版刷りした漢語だらけの「小笠原島新誌」が私には一番面白かった。他の書物がこの本から孫びきして書いていることは明らかであるし、明治政府がこの島について緊迫した気持で、その歴史を書いているのも迫力があったからである。

ともあれ、この島々が日本にとって深刻なものになるのは、世界各国の航海術が進歩し、七つの海を西欧諸国の船舶が海外雄飛の夢と世界制覇の野望を秘めて往き交うようになって以来である。

文政六年(一八二三)アメリカの捕鯨船が母島に錨を降し、船長の名をつけてコッフィン島と命名したのが外国人では最初の足跡であった。

二年後、イギリスの捕鯨船が父島の二見港に入った。次いで文政十年(一八二七)イギリス政府から派遣された測量船が来て、島々にそれぞれイギリス式の名をつけ、国旗を掲げ、次の記文を彫った銅版を父島に置いた。「ブロッサム船長E・ビーチュー、イギリス国王ジョージ四世に代りてこの群島を領す。一八二七年」

日本は第十一代将軍、徳川家斉の治世であった。徳川幕府は、まだこういう事実は知らなかった。次々の大事件は、家斉が大奥で多くの女たちに囲まれて暮している時期に起ったのだ。

文政十一年(一八二八)ロシアの軍艦が父島に来て、ロシアの領土であることを記した銅版を島に生えている樹にはりつけて帰った。

すでに前からスペイン、ポルトガル、オランダなどの船は、この島の存在を知っていたらしい。アオウミガメの棲息地でもあったし、真水をとるのに航海の途中で下船していたのでもあろう。何しろ広い広い太平洋の真只中《まっただなか》にある群島なのだ。

天保元年(一八三〇)イタリア人ジョン・マザロが率いる白人たち(アメリカ人ナサニエル・セイヴォリとアーデン・チャッピン、イギリス人リチャード・ミルチャムプ、スペイン人リチャード・ジョンソン)が、サンドウィッチ諸島(今のハワイ)のカナカ男女二十数名を伴って父島二見港に上陸した。長い間無人島であった島に近世こうして最初の居住者が入ったのである。彼らは明らかに開拓民であった。

当時の船乗りが荒くれ男たちであったことは嘉永二年(一八四九)、イギリスやデンマークの船が来て、島に国旗を掲げ、数日碇泊してナサニエル・セイヴォリの家を襲い、妻や金銭を掠《かす》め取って出帆したなどという事件があっただけでも窺い知れる。

嘉永六年(一八五三)にペリー提督が島に碇泊したときは、マザロ、チャッピン、ジョンソンは死亡していて、ミルチャムプはグアム島へ移っていたので、島に生存していたのはナサニエル・セイヴォリだけであったが、他の白人たちはカナカの女性と結婚し、子供は多く生れていたし、ペリーが来るまでの二十三年間に三人のアメリカ人と同数のイギリス人、さらにポルトガル人が一人と、白人が捕鯨船などから下船して島に住みつき、父島には三十一人の居住民がいたとペリーの日記には記されている。彼らは畑を耕し、豚や山羊などの家畜を飼い、当時最高潮にあった欧米の捕鯨船の寄港に際して、水や食糧を供給していた。アオウミガメは一頭で二ドル、その油脂は一バーレル十ドルから二十ドルという値段で売っていた。カメの油脂は食用の他にラムプにも使っていた。

ペリー提督は最初の開拓民であるナサニエル・セイヴォリから、五十ドルで土地を購入した。

ところがペリー提督が父島の土地を購入したことが、イギリスを強く刺戟した。翌一八五四年、ペリーが香港に寄港したとき香港駐在イギリス主席貿易監督官ボンハム卿は、ペリーに面会し、イギリス外務大臣命令として、小笠原諸島はすでにイギリス政府によって領有されていること、一般にもそう理解されていることを伝え、ペリーの釈明を求めた。

ハワイ駐在イギリス領事からの報告に基いて、その主張をしたものだが、その要点は

①一八二五年イギリス捕鯨船が発見し、一八二七年イギリス軍艦ブロッサム号によって正式に占領された。②最初の白人移住者マザロおよびミルチャムプは、当時のハワイ駐在イギリス領事の勧めによって島に上陸し、イギリス領事から渡されたイギリス国旗を掲げた。③一八四二年、ハワイに帰ったマザロに対し、イギリス領事が小笠原諸島をイギリスの植民地とするために遠征した一団の最初の指揮者の一人であることを証明し、イギリス王室が任命する役人が島に着くまでマザロを支配者として戴くことを勧めたなど、文書にしてペリーに手渡したのだ。

これに対し、ペリーもまた同年十二月付のボンハム宛ての書翰で「かの群島の最初の発見者は、イギリス人ではなくむしろ日本人であると認められる数々の証拠がある」と反論し、「大英帝国政府が他に先んじて発見したという事実で主権を要求することが出来ないことは明らかである」と述べ、②に対して、最初の白人五名のうち二名は米国生れで、しかも現在、島に残っているのはアメリカ人のナサニエル・セイヴォリだけであると書き「植民がいかなる国民に属するかによって支配権を決定するなら、前記五人のうちイギリス人はリチャード・ミルチャムプ一人だけであって、マザロはイタリア人、もう一人はスペイン人であるから、各異なる王室に属する臣民はアメリカ人の他に三人もいる」と反駁した。

ペリーが父島に土地を購入したのは「厳密に私的なもの」で、かつ太平洋出漁の捕鯨船および、やがて実現されるであろう太平洋横断定期航路の中継地とするためだと説明し、結論として「これらの島々の帰属は、アメリカとかイギリスとかの一国の支配に属すべきでなく、太平洋を航行する船舶の避難所あるいは休養地として、あらゆる国の国民が親切に受入れられるべきであって、領有権など重要な問題ではない」と回答した。

ボンハム卿およびイギリス政府は、これに対して再び反論を加えなかった。東欧ではトルコとロシアが火を噴いてクリミア戦争を開始していたし、翌年にはイギリスもフランスもトルコを応援してロシアに宣戦布告をするからである。

一方、ペリーの方はイギリスへの回答とは正反対の行動を取っていた。アメリカの軍艦プリマス号に命じて「この南方諸島は海軍提督ペリーの命により、ジョン・ケルリ船長が北アメリカ合衆国のために巡見し、これを領す」と刻した銅版を島に残させたのである。

ペリーは合衆国政府に、これらを報告し、すみやかにアメリカがこの島々を占拠すべきであると意見を述べたが、おそらく南部人の役人の手で握りつぶされてしまったのではないだろうか。一八五二年ストウ夫人の「アンクルトムス・ケビン」が出版され、アメリカには間もなく南北戦争が始まるのだ。北米人《ヤンキー》に対する南部人の敵意はむき出しになっていたはずで、捕鯨業者もペリーもヤンキーであるところから保守的な南部人は感情的にも彼らを理解しようとしなかった。

ペリーは、やむなく自分の航海日記を基にして、小笠原諸島の詳細も含めて記録を出版した。これを読んで日本の徳川幕府は、初めて小笠原が外国人に占拠されていることを知った。文久元年(一八六一)である。首脳部は仰天して、その年の内に、外国奉行や目付を巡検使として派遣した。一行はかの有名な咸臨丸《かんりんまる》に乗って出帆し、二カ月半の滞在中、父島母島に住みついていた欧米系居住民を招集し、この島々が日本領土であることを説き、徳川幕府の命に服することを誓言させ、その代り彼らの財産は保護すると約束した。

幕府はこの件につき、日本に在留していた英米の公使に通告しておいたが、イギリス公使は本国からの連絡を待って、翌年の三月、幕府に対して書簡を寄せた。「同群島は日本人の発見であるとしても、日本が長く放置していたため、アメリカ、イギリス、ロシア等の国民が現在では居住しているから、一国あるいは一国民の所有とは認め難い」というものであって、イギリスがペリーに対して言ったこととはまるで違っていて、むしろペリーの反論と似た内容に変っている。

徳川幕府は巡検使一行の報告を仔細に検討してから、イギリス公使にやはり書簡で返事をした。「同島居住の欧米人は、余儀なく下船したとか、自己の一存で来島したもので、国命を奉じて渡来したものではない」のだ。

日本側はその年、八丈島から三十八名の島民を移住させ、前年から残っていた六名の幕僚の指揮のもとに、法律を作り、測量して地図を作成し、扇カ浦に仮役所を建築したのだ。

しかし長く鎖国していた日本は、この時期内外の情勢ともに厳しく幕藩体制の危機に直面していた。八丈島の移民たちは、幕命によってたった十カ月で引揚げることになり、役人たちも江戸に帰った。島は再び欧米系移民とカナカ系およびその混血児たちだけが住民となってしまう。

したがって島の領有権についてはアメリカのハリス公使はもちろん、イギリス公使もこれを追及することなく、やがて明治維新を迎えた。

小笠原諸島の領有権について、論議が再開されるのは明治六年(一八七三)である。面白いことに、その年、島では島人自らの憲法を作成していた。ピール島(と彼らは父島と母島を主島とする群島をそう呼んでいた)移住民たちは、ナサニエル・セイヴォリを長官とし、G・マトレ、T・ウェッブの二人を議官として、移住民たちの法律を定めた。これにサインしたものは他に、ギリー、ジョン・ブラバ、カレン、ジョージ・ブラバ、ホルトンの五人であった。

明治八年十一月、日本政府は天皇陛下の命によって島情探査を行う。汽船明治丸は横浜を出て三日後に父島二見港に着いた。二日後には在日イギリス領事を乗せたイギリスの軍艦も到着する。イギリスはすでに、島が日本に帰属することに異議がないと態度を変えていた。アメリカ領土になるよりましだと判断したのではないだろうか。

明治九年、日本政府は予算二万四千余円を計上して、小笠原島の開拓に本腰を入れて着手する。日本の移民が送られ、居住民は悉《ことごと》く帰化して日本人になった。

私がこの頃の昔話が出来る人はいませんかと、父島漁業協同組合に出かけて尋ねると、クーラーの入った瀟洒な建物の中で、組合長さんが、

「斎藤良二という人が、一番よく分ります。七十歳で、漁協の長老です。それからセイボリさんは六十代ですが、やはり詳しいですよ。連絡してあげましょう。ええ、二人とも漁民です」

と協力して下さった。

斎藤さんは、いかにも現役の漁民らしく赤銅色《しゃくどういろ》に汐灼けした顔で、躰も逞しく、とても七十歳とは思えなかった。

「私の爺さん婆さんは、明治八年に父島に来たんだから、日本人では草分けですよ。

私の祖母さんは、明治天皇の内親王さんの乳母でしてね」

「えッ、本当ですか」

「本当ですよ。明治天皇の次女が梅宮《うめのみや》さんで、明治三年に私の祖母は乳母として宮中に上ったんです。梅宮さんは夭折《ようせつ》されたんで、沢山の御下賜品を頂いて帰りましてね、その中には大きな銀貨が三枚あったのを子供の頃に見たの、はっきり覚えてます」

「それ、まだありますか」

「戦争中に何もかもなくなりましたよ。この島じゃ、誰でもそうですよ。軍の命令で、昭和十九年に全員が風呂敷包み一つ持っただけで内地へ引揚げさせられたんです。父島には海軍基地がありましたからね」

「斎藤さんも内地へ？」

「いや、私は残りました。日本軍の命令で、漁業班五十五名、農業班五十五名など、約三百名が小笠原に残ったんです。日本軍の兵站《へいたん》確保のためですよ」

「兵隊さんの食糧を生産していたわけですね。いかがでした、その頃は」

「早く死にたいと思いましたよ」

「どうしてですか」

「毎日のように艦砲射撃を受けて、魚とってても生きた空はなかった。漁船めがけてグラマンから機銃掃射をしてくるでしょう、漁民は怖ろしくてたまらないから陸《おか》の仕事させてほしいと軍に願出たんですよ。すると食糧が少くてねえ、腹へってたまらないから、しぶしぶ船に乗って、沖へ出ると船の中で魚焼いて腹一杯食べました。ダイナマイト使って、一日に一トンから二トンの魚とってたんです。釣りなんてのんびりやってたらグラマンが飛んで来るからねえ。いや、漁業班では誰も死にませんでした。爆弾落ちてきたら、すぐ海へもぐった。二メートルもぐれば危険はなかったんです。爆弾が落ちると、いっぱい魚が死んで浮ぶから、すぐかき集めて拾いましたよ」

「硫黄島の玉砕は分りましたか」

「父島にいては分らなかったねえ。ずっと南の島だからね。しかし、戦争は敗けると思っていた。貨物廠に日本郵船の重役がいて、船は七〇パーセントやられてしまったと言ってたし」

「終戦は、どうして知りましたか」

「軍師団司令部から報せが来た。陸軍の堀江参謀という人がいて、これが偉い人だったね。後に戦犯として摑まったけど無罪になって釈放されましたよ。この堀江参謀が、私らを集めて、詳しく説明してくれた。最初に、ソ連には服従するな、アメリカ軍には逆らうなと言ったね。当時で五千人前後の日本兵がいたんだけれども、終戦からすぐ進駐軍が上陸して、私ら軍属は昭和二十年十一月に第一陣が横須賀へ引揚げましたよ。それから小笠原返還になるまで、ずっと私も内地にいました」

私が父島にいたとき、今年は涼しく雨の多い東京の夏と違って、小笠原には八十日も雨が降らず、しかも猛暑だった。農作物はチリチリに早上ってしまっていた。

別れ際に、私は斎藤さんに訊いた。

「昔と今と、小笠原の漁業はどう違いますか」

「昔の漁民は今の倍は働いたからね、稼ぎも倍はありましたよ」

「どういう魚を獲《と》っていたんですか」

「夏場はカツオとムロアジで、カツブシとムロブシの加工をやっていたがね。十一月から五月はオナガダイ、ウメイロ(オキタカベ)、ハロー(キジハタ)。なんでも獲れたからね、氷詰めにして築地《つきじ》へ送ったものです」

「築地へ、どのくらいかかりました」

「半月かかったね。しかし、いい値で売れたんだよ」

「氷詰めにしてですか」

「そう」

「海の様子で、昔と違ってることとありませんか」

「一番はっきりしているのは海草が少くなったことだね。ラッパモク(ホンダワラ)が朝になれば山のように浜に打上げられていたし、サイミ(フノリに似た海草)も昔は一杯あって、産卵期のカメの餌や、農家が肥料に使ってたんだが、今はほとんどなくなってしまったねえ。岩海苔(オニアマノリ)も、西島なんかにべっとりついてたもんだが、今はない。それと、カツオの生餌《いきえ》にしていたアカドロ(キンメモドキ)が、いなくなった。昔はうようよいたもんだが。ウメイロの稚魚《ちぎょ》も来なくなったね、昔は三年に一度は間違いなく来たもんだが。その代り、今はタバコイレ(クロダイ)がふえてるよ」

沖縄に行ったときは寒波で震え上ったものだったが、夏の父島は赤道直下かと思うほど暑かったから、私は早朝マラソンをすることにした。午前六時半から走り出し、爽快に汗を流してホテルに戻る道で、自転車通学してくる小学生や中学生の一群に会う。その子供たちを見ていると、ここはハワイかという錯覚に陥るようだった。明らかに混血児が多く目につくからだった。

父島漁協の菊池組合長さんに紹介してもらって、ジュリー・セボレ氏(六十五歳)に会ったとき、まっ黒に灼けてはいても、眼が青く、顔だちははっきりとアングロサクソンと見分けがついた。

「戸籍はセボレと片仮名なんですか」

「そう、僕の家はね。ポルトガル系のゴンザレスは岸、アメリカ系のワシントンは大平、ウェッブは上部、ギリーは南と苗字を変えた。変えさせられたんだ。他にも池田とか木村とか、欧米系の家はまだまだありますよ」

「セボレ家だけが変えてないんですね」

「変えてない。僕はこの島で四世ですが、セボレ家はボストンにあって、メイフラワー号でイギリスからアメリカに来たんだから」

「もともと名門なんですね。あなたは英語、話せますか」

途端にセイヴォリ氏は、英語で答え、アングロサクソン特有の態度になった。私は、慌てて日本語で質問を続けた。

「その英語は、どうやって覚えたんですか。欧米系の人たちは、戦前は英語で話してたんですか」

「英語も日本語も使っていた。僕の母方はイギリス人でね、母はミリアム・ロビンスンと言って、八十九歳ですが生きていますよ、この島で」

「じゃ、あなたの英語はお母さまから習ったのですか」

「いや、僕は、兄もそうですが、横浜にある聖ジョセフ・カレッジに進学してたんです」

「え、お父さまの職業は何でしたの？」

「ラッコやオットセイとっていて、漁民でしたよ」

「その収入で聖ジョセフ・カレッジの学費は賄《まかな》えましたか」

「いや、昔の小笠原は貧しくて、僕の親にはそんな経済力ありませんでした。僕の叔父さんが朝鮮の京城(現ソウル)にいてテキサス石油会社の社員だったから、その援助で、兄も僕も聖ジョセフ・カレッジに。ええ、島で当時そういう教育を受けたのは、セボレ家だけ、僕たち二人だけだった」


聖ジョセフ・カレッジは明治三十四年(一九〇一)在日外国人子女の教育を目的として横浜に開校された。戦後のアメリカン・スクールと同じものだが、現在も横浜にあって名門校として名高い。男子校である。今は宗教色をあまり出していないが、創立したのはマリアンヌ教会で、父兄と生徒用のハンドブックには「父と子と聖霊の御名《みな》においてアーメン」とか「慈愛に溢れる聖マリア、主《しゅ》は御身《おんみ》と共にあり」など、カトリックの学校で育った私には懐しいお祈りの文句が書いてある。もちろん英文だが、戦後は日本の学校法人として登録され「アジア人の生徒は受験用紙に漢字で記名するように」という注意書があり、日本人も入学出来るようになった。

さて、その聖ジョセフ・カレッジで教育を受けたジュリー・セイヴォリ氏の話を続けよう。(日本の戸籍名はセボレだが、アメリカ式の読み方だとセイヴォリになる) 戦前のこの島では最高のインテリだったはずの人が、今は漁業組合の一員なのである。

「ところで戦争中はどうしていましたか」

「日本軍の命令で、日本に疎開しました。長野県のヤナバというところに、家内のつてでね。家内が長野県人の子供だったから」

「ヤナバって、どういう字を書くんですか」

「さあ、分らないが」

「長野県での生活は如何でしたか」

「ただもう寒くて、たまらなかった」

正月に西瓜《すいか》が出来る小笠原から長野県の山奥へ行けば、それしか感想はなかっただろうと私も思った。

「ところでナサニエル・セイヴォリ氏のことですが、最初にこの島に来た白人の中で、文字の読み書きが出来たのは彼一人だけだったような気がしますが」

「そう。僕の曾祖父《ひいじい》さんはガヴァナーだったしね。小笠原に関する昔の本は、みんな僕の曾祖父さんの日記をもとにして書いたものなんだから」

「その日記、残ってるんですか」

ジュリー・セイヴォリ氏は両手をひろげ肩をすくめて見せた。風呂敷一つで船に乗ったとき、島に残しておいたのが、日本軍の手で処分されたのか、あるいは敗戦後、島に進駐したアメリカ軍が発見して持って行ったのか、今となっては、惜しまれてならない。

ジュリー・セイヴォリ氏の、曾祖父のナサニエル・セイヴォリがペリーに任命されたガヴァナー(州知事)だったという言葉に私は少しひっかかって、東京に帰って明治六年に島の白人たちで定めた憲法を調べ直したら、ナサニエル・セイヴォリはチーフ・マジストレート(長官)として選出されていたことが分った。ハワイでさえつい二十年前にアメリカ合衆国の州として認められたくらいなのだから、当時の小笠原の島長がガヴァナーと呼ばれるはずはないのだ。

それにしてもナサニエル・セイヴォリの日記が失われたのは、島の記録として本当にもったいない。この島に人間が住みつくのは、百五十年前の彼らからだったのであるから。五人の白人の最初のリーダーであったマザロはグアム島生れの美しい妻を残して島で死んだ。ナサニエル・セイヴォリは、その寡婦と結婚し、子供も生れた。前に少し触れたが一八四九年(嘉永二)、イギリスとデンマークの国旗を掲げた船が来て、セイヴォリ家を襲い、金も妻も使用人たちも掠奪して去った。グアム人の妻は後にハワイで降船しているが、そのままハワイに住みついて帰らなかったので、ナサニエルはカナカ人の女と再婚している。当時の島に住むことは、かならずしも常夏《とこなつ》で安楽な生活ができていたということでなく、捕鯨船などのやくざな水夫たちが上陸してくると何をされるか分ったものではなかったのだ。ペリーが来たとき、彼らはアメリカに帰属すべきかどうか論議したと思うが、アメリカ側から積極的なアプローチもなかった。その後の日本側の方針に対して、それぞれ本国と連絡を取った形跡もなかったところを見ると、国の保護というものの必要は多少感じていたから帰化することに同意したのかもしれない。明治八、九年以降、日本人の来島者は多かったから、白人たちはそれを拒否するわけにもいかなかったのだろう。

明治六年のアメリカ国務省から日本政府に宛てた答書の中身も白人たちを落胆させたのかもしれない。日本の外務省の問合せに対して、「ペリーノ船隊ガ島ニ到リ、米領トセシヤノ事ナレドモ、議院ニオイテ明カニ之ヲ充シタルコトナシ。……モシ米国人ガ此島ヲ開キ、ソノ住居トナスナラバ、コレ米国政府ハ其人《ソノヒト》ノ保護ヲナスベキ約束タエテナクシテ其事《ソノコト》ヲナシタルナリ。コレラノ遠方僻地ニ立去ル者ハ、其情形ニヨリ、全ク帰国ノ念ナクシテ本国ヲ捨テタルモノトミナサザルベカラズ、ツキテハ米国人タルノ権利義務ヲ同時ニ失ヒタルモノトミルベシ」。

この年、アメリカは金融恐慌が起り、ニューヨーク取引所は閉鎖される有様で、ハワイより小さい島のことなど考える余裕もなかったのだろう。イギリスはヴィクトリア女王の時代で、スエズ運河の買収や、女王がインド皇帝を兼ねるなど、赫々《かくかく》たるものがあったが、小笠原はインドやアフリカに較べて小さすぎた。アメリカさえ手をひくなら問題はないという判断だったのだろう。この島の領有権については、ともかく明治八年にすんなりと結着がついた。

しかし、昭和二十年の敗戦は、この領土問題に微妙な動きを見せた。明治二十年に約一千名、明治三十年に約四千三百六十名、大正十年には五千名を突破した日本人の数は、昭和十九年には七千七百人以上になっていたのだ。明治十五年までに欧米系先住民は悉く日本に帰化していて、この統計の中でも区別されていない。

昭和十九年六月「健康にして戦闘に使用し得るか、現地の自活のため使用し得る男子は、これを軍属として島に残し、それ以外は速やかに引揚げしむべし」という陸軍大臣の命令で、青壮年者八百二十五名を軍属として残し、六千八百八十六名が「身廻品一人当り三個」で軍用船に乗り、内地へ引揚げたのだった。

敗戦によって、島民の軍属たちも、日本軍将兵とともに本土に送還されたが、その前に父島、母島にあった島民の家屋は、アメリカ軍の清掃命令を日本兵が誤解して、全部取壊し焼却してしまった。ナサニエル・セイヴォリの日記は、このとき煙になってしまったのかもしれない。

欧米系帰化人を先祖に持つ島民が、占領軍司令部に陳情したという話もあるが、昭和二十一年になってGHQは不思議な動きをした。欧米系島民と目される者およびその配偶者であるもの百三十五名に対してのみ帰島を許可したのであった。昭和二十一年十月、浦賀港からアメリカの軍艦に乗って、彼らは小笠原に帰った。ジュリー・セイヴォリ氏はその中の一人であった。

アメリカ側は、どういう考えで、こういう特別措置をとったのだろうか。欧米系といっても、百年前に島に来た白人は男ばかりで、子孫はカナカや日本人の血が色濃く混っていたのだし、明治十五年以来、日本人として戸籍上でなんらの差別も受けていなかったはずの人たちなのであるのに。

ジュリー・セイヴォリ氏の話を続けよう。

「戦後、島へ帰った百三十五人は、それぞれアメリカ軍から仕事を与えられて働いたが、僕は英語が出来るし、すぐグアム島にあるアメリカ海軍病院へ勉強に行くことになった。そう、医者になるために。そこでイタリア系のアメリカ人と友だちになった。彼は、こう言ったんだ。If I were you, 分りますか、彼が僕なら、島へ帰るとね。医者になるために四年勉強しなければならない。その後は六年間、アメリカの軍隊で奉仕しなければならない義務があるんだから、十年も家族のところへ帰れなくなってしまうと教えてくれた。僕はもう妻子があったからね、そんなことになったら大変だと思って、グアム島から父島へ帰ってきてしまった」

「それで、この島で何をしていたんですか」

「ここにある海軍病院で働いた。資格はなかったけど、外科の手伝いぐらいは出来るようになっていたからね」

先祖を白人とする百三十五人の中で、子供たちは米軍の家族のために出来たアメリカン・スクールに通学することになった。むろん英語ですべての授業を受けたのである。幼い子供たちはすぐ適応できたろうが、日本語で過してきた十代の少年少女にとっては何もかも面喰《めんくら》うような生活だったに違いない。ジュリー・セイヴォリ氏の子供さんは、全部アメリカの大学へ進み、あちらで結婚し、誰も小笠原に帰っていない。彼らはアメリカで市民権を取り、アメリカ人になってしまっている。

今や父島や母島では、この百三十五人が三百人くらいに殖《ふ》えているが、彼らはもう日本語で話し、日本人の学校に通っている。小笠原返還後の切換え期に、子供たちはどんなドラマに遭遇したろうかと思うと胸が痛くなる。

一方、本土にいた引揚島民たちは、どんな生活を送っていただろう。昭和二十六年の調査では、東京都に六百六十三世帯、神奈川県に百三世帯、静岡県に九十四世帯、その他三十一県に約二百世帯が別れ別れに暮していた。

「僕ら、よく沖縄と一緒にされるけどね、小笠原は沖縄と違いますよ。沖縄の人たちは島から追い出されなかったでしょう? 僕らは日本軍の命令で、風呂敷包み一つ持っただけで強制的に本土へ連れて来られたんだからね、違うんですよ」

百年もの島での暮しから、本土に縁故のない人たちが殆んどだった。もとより資本もない。間もなく敗戦を迎え、本土にいた日本人でさえ食糧難と窮乏生活で苦しんだものであったのに、小笠原島民は住む家も、売り喰いする物もなかったのだ。それに、いつか島に帰れるものという判断があって、本土で恒久的な職業に就こうとする者が少かった。ただでさえ働く場所もない時期で、東京は焼野原を占領軍のジープがＧＩを乗せて疾走していたのだ。島民の生活がどんなものだったか。

引揚当時、七千七百十一名のうち昭和二十八年までに三百九十九名が死亡しているが、その四割が異常死亡者である。この中に一家心中や親子心中したもの十一件が含まれている。敗戦悲話という四文字で片付けてしまうには、あまりにも痛ましい。

こんな状況の中で小笠原返還運動、小笠原島民帰郷促進運動が切実に推し進められていった。生活苦が、島にさえ帰れば地獄から抜け出られるのだという思いに走らせたのだろう。寒い冬のある本土に較べれば、一年中花の咲く父島、母島は極楽だった。母島には農地がある。カボチャも芋も一年中とれる。魚も豊富だ。島に帰れば食糧難は無い。島の人たちは、ただただ帰りたかった。戦争は終ったのだ。だから当然帰れるはずだと彼らは思った。日本軍の命令で本土へ強制疎開させられたのだから、敗戦で日本の軍隊が解体されれば帰島できると考えるのは常識だった。

が、小笠原諸島は、日本軍の次には勝者の進駐軍の占拠するところとなっていた。連合軍最高司令部は昭和二十一年、沖縄、奄美大島および小笠原諸島を、本土と分離し、米軍による直接占領行政を行うという覚書を発したのだ。

アメリカの対日平和条約が発効したのは昭和二十七年四月だった。島民はこの日を待って帰島運動を続けていた。しかし小笠原諸島は、沖縄などと同様に、この条約発効後も、アメリカが立法、司法、行政の権限を持ち続けることになった。帰郷促進運動は、吉田茂首相を動かし、マーフィ駐日アメリカ大使が歩み寄るところまできて、昭和二十七年の秋には日本外務省代表を混えて小笠原島の現地視察を行うという非公式見解が出された。だが、視察員の出発直前、アメリカ海軍から強硬な反対があり、現地島民の一部もこれに反対して、それまでの努力が水の泡になってしまう。欧米系帰化人を先祖とする百三十五名が、アメリカと同調して、他島民の帰郷を阻んだというのは、細かい利害関係もあってのことだろうし、勝者アメリカと歩調を揃えようという考えもあったのかもしれない。この辺りの動きは、無人島の竹島の領有権をめぐって今も緊張している状況と考えあわせると、胸がどきどきしてくる。明らかにアメリカ海軍は、ペリーの時代と同じ状況を考えていたのであろう。島の領有権を、百年前と同じ振出しに戻そうとしていたのではないだろうか。でなくて、とうの昔に日本人になり、日本人の血も濃く混っていた百三十五名だけを島に帰らせることなどしていたろうか。

本土にいる人たちの帰島運動は、アメリカ軍のあまりに厚い壁の前で、一時は中断して生活補償金の獲得運動に切りかわった。なにしろ生きていけないほど苦しい時期が続いたのだ。そもそもが日本軍の命令で島を出たのだから、日本政府や東京都を相手にして補償の要請を行う一方、アメリカ政府に対しても、交付金を要求する運動がくりひろげられた。昭和二十八年からである。

これを受けて日本政府は「見舞金」という名目で昭和二十九年度に千七百六十五万円、昭和三十年度に九千九百万円、昭和三十一年度に三千九百九十九万円を支出することに決定。東京都も昭和二十九年度に二千万円、昭和三十年度に千五百万円を本土にいる島民の「生業資金」として交付することになった。

島民たちは、その一部を各島民の出資金として昭和二十九年十二月「小笠原漁業株式会社」を設立し、遠洋漁業で自力更生の基盤を固めることとした。その後、農林漁業金融公庫より六千万円の融資を受け、二百五十トン程度のカツオ、マグロ釣り兼用鉄鋼漁船二隻を建造した。

私が父島に出かけた年、それまで小笠原諸島では一つだけであった父島漁業協同組合が、母島漁協と二つに分れたところであった。どの地域でも、漁協は合併して大型化する方向に進んでいるのに、この現象は興味があった。

「どうして二つになったんですか」

「いや、いろいろ事情がありまして」

支庁でも漁協でも、私の質問ははぐらかされたが、分裂したという印象は受けなかった。折よく、母島漁協の組合長さんが父島に来ていて、父島漁協の組合長さんと偶然一緒になることが出来た。何しろ島は狭いところなので、ある日の夕刻、支庁の水産係長さんと鮨屋で一杯やっていたら、父島の菊池組合長さんが私の宿に訪ねていらしたという連絡が入り、その鮨屋ですでに一部屋を私のために予約してあったことが分ったのだ。

席を移して話をしているところへ、母島漁協の組合長さんも、なんの考えもなくその店に入って来た。

「丁度いい、一緒にやりましょう。この人が初代の組合長なんです。僕は二代目」

と、父島の菊池組合長さんが紹介してくれた。

菊池さんは弁の立つ都会人だったが、母島の組合長さんは、見るからの漁民で、しかし訥々《とつとつ》と語るところは私の呼吸を忘れさせるほど迫力があった。

「小笠原はかならず返還になると私は信じていました。だから沖へ出ると、まず小笠原の馴れた漁場へ迷わず行って漁をしていた」

「この辺の漁法はタル漁とか棒受《ぼうけ》のようですね」

「そうですが、私のやったのはサンゴです」

「えッ」

「棒受はムロアジやトビウオで、今もやっていますが、返還前に私は息子と漁に出て、どうもおかしい。海の底に松林のようなもんがあるような気がしてならない。これはサンゴが枝ひろげているのであるまいかと思ったです。一か八か、やってみようと、何もかも売り飛ばして資金を作った。目標額にはチト足りなかったが、背に腹はかえられん。新しく買った網に大きな石をくくりつけて、本当は八本おろしたかったんだが、六本しか金がなくておろせなかった。ところが、本当にサンゴが松の林のように下に並んでおったですよ。揚げる網という網に、面白いようにひっかかってきた。両腕で抱えきれないような大きなサンゴも上ってきた。夢中だったね、嬉しくて。帰りは伊豆の三宅島へ舟を着けて、そこで業者に売ったですよ。ものすごい人だかりがして、警察に怒られたですよ。金が一回で三千万円も儲かった。もう嬉しくて嬉しくて、息子に何百万とやって、勝手に使えとくれてやったですよ。女房に後で叱られてしまったが、息子は若い盛りだから、その金で遊びに遊んでね。だから、その後は遊びあきて身持ちが固くなって、もう安心していいんですよ」

この夢のような物語を聞いてから、私はおそるおそるサンゴ漁というのは賭博性の強いものではないのかという質問をした。二人の組合長は同時に大きく肯《うなず》いた。

「その通りです。しかし、私の見つけたサンゴ礁から取ったものの利益で、小笠原返還後、父島漁協の基礎が出来たんです」

「今の事務所の後にオンボロの建物があったでしょう。あれが、僕らの手で、この島に帰ったとき最初に建てた組合の建物なんですよ」

父島の組合長さんは続けて話した。

「私は硫黄島の人間なんですが、十六歳のとき終戦を迎えました。現在何隻か持舟を持っていまして、船主ですが、漁民としては素人です。あの斎藤良二翁は私の船の乗り子でして、私は俄《にわ》か漁民ですから、あの人にはとても及びませんよ。私の息子は、あの斎藤さんに仕込んでもらいました。今じゃ、斎藤も息子も沖へ出たら、私の言うことは何も聞きません。私はカッカと頭に来て、怒ると戻ろうとすぐ言い出すもんで、誰も私を乗せたがらない。金は払うから乗ってくれるなと、みんな言うもんで、港においてけぼりを喰《く》うんです」

「面白いですねえ」

「ひどいものですよ。あの斎藤と息子と三人で漁に出たとき、日がな一日かかっても一匹も魚がかからない。私は頭にきて、どうしたんだって怒鳴ったら、斎藤が、ここにゃあ昔っから魚は一匹もいねぇと言うんだ。そんなら何故それを早く言わねえんだと怒ったら、俺は船頭じゃねえって。ええ、その日は息子が船頭でした。それで息子が斎藤さんに頼んで漁場を変えたですよ。するってえと、釣れるわ釣れるわ、見る間に魚が山になった。あの斎藤良二って男は、そういう漁師なんですよ。海の中のことなら、どこに何がどのくらいいるか、はっきり読めるんですよ」

「父島漁協の宝ですね」

「そうです」

私は江戸時代に徳川幕府の巡検使節が天照大神宮、八幡大菩薩、春日大明神を勧請したという記録があるのを知っていたので、漁民にとって氏神さまはどれかという質問をした。漁業は生命の危険がつきまとうので、どの地方に行っても祭事は熱心に行われているからである。

だが、意外な返事が菊池さんの口から戻ってきた。

「神社はいくらもありますがね、私は、私の船には神様は祭らないです」

「えッ、どうしてですか」

「私は神なんて有ると思ってないですよ。だってそうでしょう。私は硫黄島にいて、十六歳でした。私の目の前で、親も家も爆弾で吹っ飛んだんですよ。私が長男で、五人の子供が親なしで残りました。下の妹は四歳でした。こんな目に遭わされて、神があると思えますか」

私は、返す言葉がなかった。

「子供ばかり五人、東京へ強制的に送られて、その日から私は働かねばならなかった。四つの妹を背中に縛りつけて、私は働きましたよ。十六でも、私しかいねえんだもの、働けるのは。金になる仕事なら、働かしてくれるところなら、どこへでも行って働きました。よりごのみなんて言ってられないもの。私は東京で、今でも土建屋やってますがね、あの頃を思うと悪夢のようですよ。神も仏もあるとは思わない。乗り子の中には祭らしてくれとか、お守りを持ちたいと言うのがいますが、そういうときは好きなようにしろと言ってね、だけど自分じゃ決して祭らないの」

この島が日本に返還され、小笠原諸島復興特別措置法が発効されるのは昭和四十四年であった。この島が再び日本のものになって、まだ十年の歴史しかない。漁業もようやく緒についたばかりである。しかし父島、母島両漁協の組合長の意気込みは凄まじい。彼らは、やる気満々で燃えている。

父島の組合長が、神を信じないと言い切った人が、目をすえて私に言った。

「いいですか、小笠原はいいところだと、一行でいいから書いて下さいよ」

私は、この言葉を東京都民一千万に直接伝えたいと思った。ここの島々は東京都下小笠原村と呼ばれているのだ。

最後に、台湾から出没するサンゴ漁船について書いておこうと思う。

「去年の秋からですよ、去年の暮には十隻、二十隻と殖《ふ》えて、今年の正月からは四十隻、五十隻とかたまって大船団が来るようになった。ここには海上保安庁の出先機関がないからねえ」

「えッ、ないんですか」

「ないんです。多分、今年から出来ると思うけど、我々やかましく陳情して、ようやく水産庁の船が来るようになった。こないだ、俺は、それを台湾船と勘違いして、釣糸垂れてやがったからね、領海内でよ、でけえ船だったけど、俺の五トン船、横づけにして、やい降りて来いって怒鳴ったんだ。そしたら金ピカの制服着たのが降りてきて、やあ、すまないね、おかず釣ってたんだよって、水産庁の船長が詫びるんだ、俺ひっこみつかなくて弱ったよ」

菊池さんの話は面白くてたまらないが、台湾のサンゴ漁船による被害は甚大で、魚礁は荒らされるし、海底が滅茶滅茶になる。第一、二百カイリどころか領海内にも平気で入って来て、こちらが追いかけると逃げてしまう。昭和五十四年十月十日から今年の一月二十六日までに確認された台湾のサンゴ漁船の数は延べで千三百二十六隻になる。すべて小笠原村周辺海域で操業していた。支庁が確認していない数を入れると気が遠くなるほどの台湾船が来ていたことになる。さすがに最近はマスコミも書きたてるし、日本政府の申入れもあって少くなったようだが、ここにも海が国境になった現代の姿があるのだった。

この項を書き上げたとき、甲子園の高校野球は決勝戦を終っていた。深紅の優勝旗を手にして行進する横浜高校の投手を眺めながら、私には感慨無量のものがあった。この少年のお母さんが、小笠原の母島出身の人と聞いていたからである。彼女が風呂敷包みひとつで本土に来たときは、彼と同じ若さだったはずだ。今日までの歳月、どれほどの苦難の山坂を越えていたことだろう。それから三十五年、育てた子供がこうして胸を張って堂々と全国の人々の注目を浴びているのだ。小笠原の人々もきっと喜んでいるに違いない。

北方の激浪に揺れる島々

択捉《エトロフ》・国後《クナシリ》・色丹《シコタン》・歯舞《ハボマイ》

日本の島々、昔と今。番外の二
（昭和五十五年九月二十日脱稿）

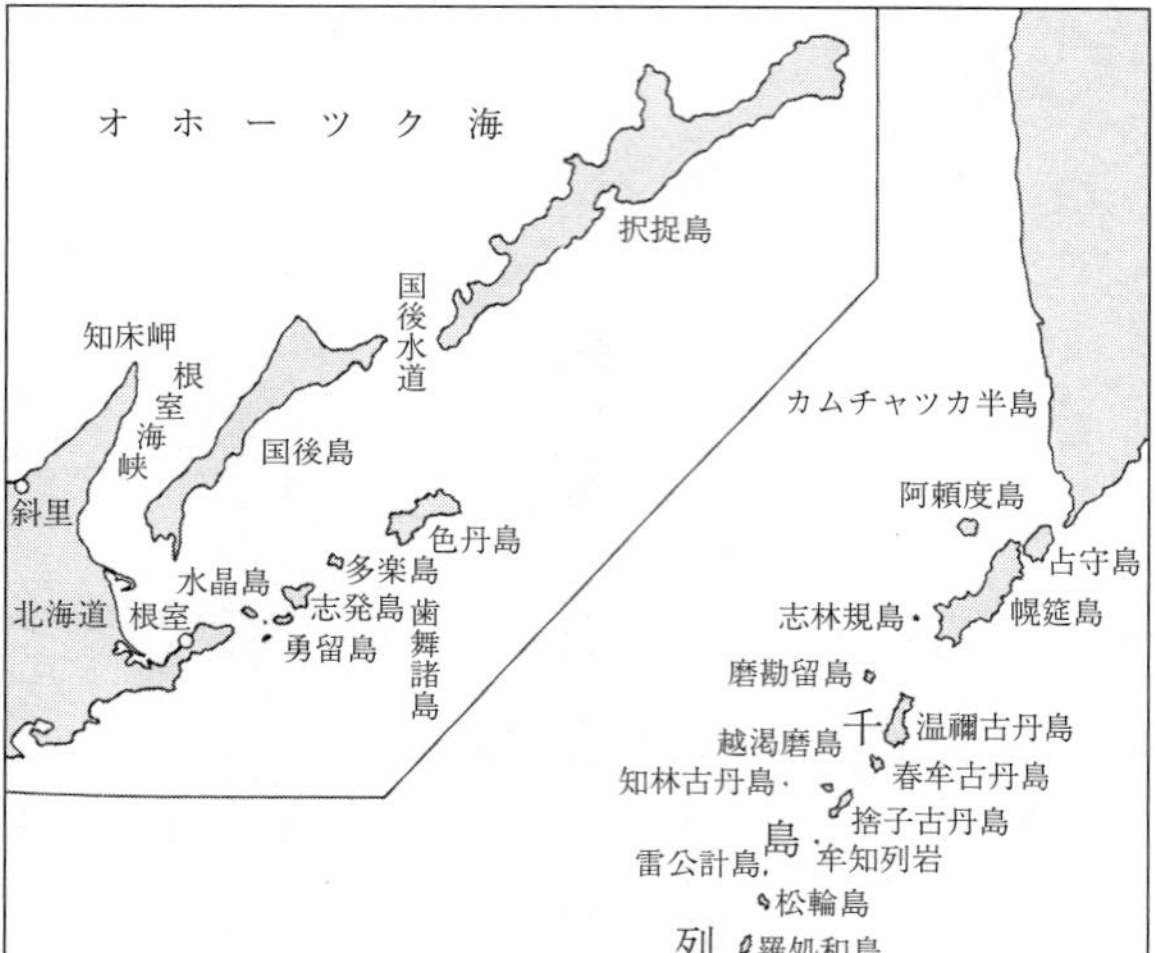

オホーツク海
択捉島
国後水道
知床岬
根室海峡
国後島
斜里
色丹島
多楽島
水晶島
北海道
根室
志発島
歯舞諸島
勇留島
カムチャツカ半島
阿頼度島
占守島
志林規島
幌筵島
磨勘留島
千島列島
温禰古丹島
越渇磨島
春牟古丹島
知林古丹島
捨子古丹島
雷公計島
牟知列岩
松輪島
羅処和島
計吐夷島
宇志知島
武魯頓島
新知島
知里保以島
択捉海峡
得撫島
国後島
択捉島
色丹島
歯舞諸島
北海道
太平洋

地図を展《ひろ》げて、考えた。いったい、どうやって行けばいいのだろう。北海道の東側に、その島々はあるのだった。一番近い飛行場は——中標津であることを発見した。この文字をナカシベツと訓《よ》むのが分るまで随分と苦労をした。

前夜、札幌まで飛んでホテルに一泊し、明日の朝は中標津に行くのでタクシーを予約したいとフロント係に頼んだら、

「ナカヒョーヅですね」

「あら、ナカシベツと訓むんじゃないんですか。あなた北海道の人？」

「はい、僕は北海道で生れて育ちました」

「そうですか。ちょっと他の人に訊いてみて下さらない？」

彼は先輩格の人に私の航空券を見せ、やがて頭を搔《か》いた。

「申訳ございません。ナカシベツが正しいそうです」

「ここから空港まで、どのくらい時間をみておけばいいかしら」

「丘珠までなら五十分です」

「オカダマ？　なんですか、それは」

「近距離航空は、全部丘珠空港です」

「変ですねえ、東京で航空券を買ったとき千歳《ちとせ》ですよと念を押されたのよ」

彼は、もう一度、先輩に訊きに行った。

「やはり丘珠空港です。近距離航空は、どれも丘珠から発着します」

「千歳空港は、ここからどのくらいですか」

「一時間四十分かかります」

「では、明朝七時半にタクシーの予約をしておいて下さい」

「それでは早すぎると思いますが。それにタクシーなら何台でも七時すぎればホテルの前にいますから、お乗りになれます」

「そうですか。でも予約しておいて下さい」

中標津をナカシベツと訓めなかったフロント係を私は信用できなかったし、丘珠空港というのも納得できなかった。中標津行きの飛行機は午前九時十五分発であり、一日一便しかない。それに乗り損ねたら一日を棒に振ってしまう。私は慎重だった。

翌朝は、七時にセットしておいた目醒まし時計で飛び起き、窓の外が快晴であるのを見届けて、さっさと支度をし、午前七時二十五分に階下に降りてチェック・アウトをす

る。前夜と顔ぶれが変っているフロント係に、中標津へ行くのだが、空港は何処《どこ》ですかと改めて問いかけると、

「近距離航空は、どれも丘珠空港です」

「そうですか。念のため、電話で確認して下さい」

と言っているところに、予約しておいた運転手さんが来て、私の荷物を受取りながら、

「中標津なら、千歳空港ですよ」

と事もなげに言う。フロント係は電話を切ってから、

「失礼いたしました。千歳空港だそうでございます。全日空のすぐ隣に受付カウンターがあるそうです」

と言った。

やれやれという思いで、タクシーに乗ると、運転手さんは、

「丘珠と千歳では方角が全然違いますよ。ホテルの人は何を言ってるんでしょうねえ。中標津へ行くのは東亜国内航空なんですからね」

と言う。私は仰天して、ハンドバッグから航空券を出し、何度も文字を確認して、

「東亜国内航空じゃありませんよ。日本近距離航空と書いてありますよ」

「え、変ですね。近距離航空なら、丘珠ですが、中標津行きは一日一便しかないはず

で、東亜国内航空ですよ」

「でも、フロントで航空会社に電話で確認してもらって、千歳だということが分ったんですからねえ」

「千歳は間違いないですが、中標津へ行くのは東亜国内航空ですよ」

「千歳から丘珠へ行くとして、九時十五分に間に合うかしら」

「それは、お客さん無理ですよ」

一時間十分後、車から飛出して、全日空の受付の隣に近距離航空のカウンターを見つけるまで、私は気が気ではなかった。手荷物を預けながら訊ねると、中標津と稚内《ワッカナイ》行きだけは千歳空港なのだと係員が答えた。

ＹＳ11機に搭乗してから、中標津へ行くさえこれだけの混乱があるのでは、今度の旅は前途多難ではあるまいかと、私はすっかり憂鬱になってしまった。中標津をナカシベツと訓むことを北海道でさえ知らない人がいるのだ。

私は飛行機の中で旧クリル諸島、明治八年以降は千島《ちしま》列島と呼ばれていた島々の地図をひろげ、その島名の難しいのに再び辟易した。カムチャツカ半島から北海道東北部を繋ぐ点々たる島々は、北から阿頼度《アライト》、占守《シュムシュ》、幌筵《パラムシル》、志林規《シリンキ》、磨勘留《マカンル》、温禰古丹《オンネコタン》、春牟《ハルム》古丹《コタン》、越渇磨《エカルマ》、知林古丹《チリコタン》、捨子古丹《シャスコタン》、雷公計《ライコケ》、磐城《イワキ》、松輪《マツワ》、羅処和《ラショワ》、宇志知《ウシシル》、計吐夷《ケトイ》、新知《シムシル》、武魯頓《ブロウトナ》、北知里保以《キタチリポイ》、南知里保以《ミナミ》、得撫《ウルップ》、択捉《エトロフ》、国後《クナシリ》、色丹《シコタン》、歯舞《ハボマイ》。これが全部日本領土だった時代は、島名を覚えるだけでも大変だっただろう。列島の長さは仙台から鹿児島市までの距離と同じ。総面積は岐阜県と同じだった。

植物学的にいって、また陸棲動物学的にも、得撫《ウルップ》島と択捉《エトロフ》島との間ではっきり違うことが戦前から立証されていた。亜寒帯に属する得撫島以北を北千島、それより南を南千島としたのには、はっきりした根拠があった。

動植物学より、もっと重要な人物に関しても、北千島はクリル人、南千島にはアイヌが住んでいたということがはっきりしている。ただし、これもいわば中世以前のことであって、日本およびロシアがこの地域の調査に乗り出すよりずっと昔の話で、発掘された土器や人骨から、つまり考古学的に分明したことである。ともあれ、クリル諸島と今では呼ばれる列島が、得撫《ウルップ》島以北の地域であることは学問的にはっきりしている。

しかし十八世紀に入ると、アイヌは北進して北千島のほとんどに分布し、カムチャツカ半島の南端とそのすぐ南にある占守《シュムシュ》島にはアイヌとクリルの混血人が住んでいたし、も一つ南の幌筵《パラムシル》島だけにクリル人が住んでいた。

南千島に平行して、根室《ネムロ》から東へ突出ている花咲半島(根室半島)からカムチャツカに繋がる大陸棚の一部は、色丹《シコタン》列島と名付けられ、納沙布《ノサップ》岬の延長にある歯舞《ハボマイ》群島と共に、昔は花咲郡に加えられていた。

さて中標津空港に着陸すると、私は三台しかないタクシーを認めて飛出し、一台に今日一日つきあってほしいと頼んでおいた。手荷物を受取る時間の間、小さな空港ロビーを眺めていると「呼び戻そう、北方領土」という大きなポスターが貼ってあった。北方領土返還要求運動強化月間、八月一日より三十一日まで、と下に小さな文字が並んでいた。やがてタクシーに乗って運転手さんに訊く。

「この地域で一番大きい役場は何処ですか」

「中標津ですね」

「そこで漁業協同組合のこと分るかしら」

「それなら標津《シベツ》ですね。中標津は酪農が主ですから」

標津町から分れて中標津町が出来たのは戦後間もなくのことだが、大変な勢いで分家の方が大きくなり、今では中標津の人口は二万、対するに本家の標津町は人口七千である。しかし、とにかく大きいところで概況を聞いた方がいいと思い、中標津の町役場で農林課長さんにお目にかかる。やはり水産課はなくて、すぐ標津に連絡をとって下さった。お別れする前、御専門でないのに質問して申訳ないと思いながら、

「択捉《エトロフ》、国後《クナシリ》などに住んでいた人で、現在漁民として働いている人々の多い漁協は何

処でしょう」

と言うと、それまで優しく親切にして下さっていた農林課長さんは屹《きっ》と顔を上げ、

「何処の漁協にもいますよ」

きっぱりと仰言った。

タクシーが中標津から走って標津へ着くまでの間に、この地域の歴史の概略を書いておこう。

天正十八年（一五九〇）北海道松前地方の実権を握っていた蠣崎《かきざき》慶広が京都に上り、豊臣秀吉に会って、諸国から集る商船から税金を取る権利を認めさせた。多分珍奇な献上品が秀吉を喜ばせたのだろう。それから十年後、徳川家康が天下を掌握すると、同じ権利を認められ、姓を松前と改め、福山（現在の松前町）に居城を構えて松前藩を形成した。この松前氏の前身については、若狭国小浜の城主武田家の嫡男が江差《えさし》の蠣崎家を継ぎ、子孫が津軽の豪族安東家の代官となって松前地方を統一したという説があるが、あまりはっきりしていない。

ともあれ十六世紀から北海道を抑えていた松前藩が、北海道東部のアイヌと交易するようになるのは十七世紀に入ってからである。寛文九年（一六六九）に十勝《トカチ》以西のアイヌと日本人の間にトラブルが発生したので交易を中止したところ、三十年後にノサップ岬

あたりのアイヌ四百七十九人が松前藩に対して「交易を止められては罪咎《つみとが》のない我々は迷惑だから、再開してほしい」という申入れをしている。そこで米九十俵と、ラッコ皮十枚、熊皮六枚などの交換が行われた。

新井白石著「蝦夷志」(一七二〇)には「毎年夷人が物資を船に積んで岸の近くに泊ると、島人は部落を去って山に入る。夷人が人無き浜に財貨を陳列し、船に引揚げると、島人は思い思いの蔵品を携えて現れ、ほしい物と取替えて行く。夷人は再び上陸して、島人の置いていった品々を収める」と書かれているのだが、夷人は北海道東部のアイヌで、当時は島人もアイヌであったはずなのに区別して書いてあるのが面白い。この無言貿易で、国後《クナシリ》の酋長ツキノイなどは、毎年船団を率いて択捉《エトロフ》、得撫《ウルップ》などに出稼ぎして勢力を張り、二十余人の妻妾を持つという暮しをしていた。当時の女性は金銀財宝と同様、富の表現だったようである。

十七世紀半ばには松前藩は千島列島の地図を作成し、幕府に奉っているし、この地域の事情は詳しく知っていた。松前藩は場所制度をつくり、数十に分けて家来に責任をおわせ、松前氏はカラフトからクリル諸島まで支配していると確信していた。

一六四三年(寛永二十)オランダの探検船が千島に現れ、踏査し、占領するという事件が起った。バタビヤ(現ジャカルタ)のオランダ総督の命令で連合東印度会社のカストリウム号が太平洋から北上し、択捉《エトロフ》島をスターテン、得撫《ウルップ》島をコムパニー領土と名付け、上陸して薪水《しんすい》を補給し、「連合東印度会社」と記した木の標示を立てた。六月二十三日のことである。次いでオホーツク海に出て国後《クナシリ》島北端に投錨、島の酋長にオランダ国旗を与え、島人はオランダ国民になったことを表明した。さらに北上して樺太南岸トマリに上陸して、同様に国旗を掲げ、人々がオランダ国民であることを告げて帰った。ついでだが「じゃがたらお春」が結婚した相手は、この東印度会社の社員であった。

ありがたいことに、オランダは、それっきりこの地域には現れなかった。

その代り、その五十四年後にロシア人が北から現れる。

一六九七年(元禄十)コサック隊がカムチャツカを征服した。その前年、大坂から江戸へ向う途中、船が難破して西海岸のイチヤ川に漂着していた日本人の船頭伝兵衛を発見し、彼をペテルブルグ(現レニングラード)に送って日本語学校を創設した。

一七一一年(正徳一)と一七一三年の二度にわたってカムチャツカからイワン・コジレフスキーが部下と鉄砲若干を持って、占守《シュムシュ》、幌筵《パラムシル》両島に侵入し、島人を降参させ、さらに温禰古丹《オンネコタン》島に達し、千島の中から十の島名を確認してロシア政府に報告した。報告書の中に択捉、国後の他に松前というのまである。北海道が同地域の一島として数えられているのだ！

一七三八(元文三)、一七三九および一七四二年(寛保二)の三回にわたり、ロシア政府は探検隊を派遣した。スパンベルグが千島列島に沿って南下し、濃霧に悩みながら上陸したのが色丹島《シコタン》であり、日本との距離も測量し、次第に正しい地図が作成できたのだった。

ロシアが確認した島数は、占守《シュムシュ》、幌筵《パラムシル》から南へ、得撫《ウルップ》を過ぎて択捉《エトロフ》、国後《クナシリ》、色丹、松前まで、二十二である。ロシアはただちに千島経営に着手し、島人たちの売買する毛皮に高い税金を課し、厳しく取立てたから、住民は南へ流れるようになり、これを追ってロシア人の徴税吏は一七六七年(明和四)択捉までやってきたが、案内の北方島人が倒れたので引返した。

それから四年後、択捉と磨勘留《マカンル》の島人が団結してロシア人二十一名を殺害、生残った十八人はカムチャツカに逃げた。

十勝以西のアイヌも、その三年前に日本人に対して反乱を起しているが、こんな殺害事件ではなかったし、松前藩が交易をやめると、続けて欲しいとアイヌの方から修交を求めてきている。むろん島の話ではないが、その当時は松前藩のやり方とコサックのやり方には著しい違いがあったと見てよいだろう。

松前藩は、ロシアのようにいきなり占拠するような方法はとらなかった。その代り、千島交易は徐々に発展して、厚岸《アッケシ》から花咲半島へ役場が移り、一七五四年(宝暦四)になって、ようやく国後島にも交易場所が開かれた。これによって、国後の北隣にある択捉の更に北島得撫《ウルップ》にロシア人が来ては、しきりと日本商品を求めていることが分った。

一七七七年(安永六)国後酋長ツキノイがロシア人を案内して花咲半島のノッカマプ交易場所に現れ、松前藩士が面会した。ロシアと日本が正式に接触した最初である。ロシア側は交易を求めたが、鎖国政策の日本は受付けず、イワン・オチエレデンを代表とするロシア側は、引揚げざるをえなかった。

一七八五年(天明五)日本政府つまり徳川幕府は、中央から普請役《ふしんやく》五名を派遣し、松前藩の案内人、通訳、医師を加えて、二つの探検隊が組織された。一は北海道太平洋岸から千島を、一は日本海岸からオホーツク海岸および樺太を調査することになった。当時、樺太の北部は清国(今の中国)に隷属していた。

悪天候と、おそらくは幼稚な航海技術しか持たないためであったろう、その年のうちに目的地へ着くことが出来ず、翌年、先発隊の最上徳内《もがみとくだい》らが択捉島に渡った。出迎えたアイヌ人の中にロシア人が三名混っているのを発見したが、彼らはロシアの難破船引揚げの使役から脱走した者たちだった。彼らから得撫島以北の島々の状況を聞きとり、得撫に向い、島の外側を一周したが、ロシア人の姿は認められなかった。

この北辺探査は緒についたばかりで将軍家治の死により頓挫してしまう。

一七八八年(天明八)ロシア女帝エカテリナ二世は日露交易の進展を策し、ラクスマンに命令し、北千島に漂着していた日本の漁民三名を伴わせてオホーツク港を出発させた。彼は根室に入港して、松前藩士に公文書を手渡し交易の申入れをした。もちろん日本側は国法を楯に断ったが、ロシア側は事前工作として得撫《ウルップ》島に流刑者を家族ぐるみ三十八名と猟師二十名を送りこみ、基地を再建し、この島をロシアの勢力下に置いた。地図でお分りのように択捉《エトロフ》の目の前にある島である。数年後には、もっと大がかりな植民団が、この島に送りこまれる。

一七八九年(寛政一)北辺探査から四年後、大事件が続発して、日本の幕府もいつまでも前将軍の喪に服してばかりはいられなくなる。

五月、国後《クナシリ》島のアイヌが立上って滞留中の日本人を襲い、二十二人を殺害。さらに彼らは北海道に渡って各地で三十六人の日本人を殺し、物品を掠奪した。アイヌの性格に狂暴性があったとは思えない。場所請負人の飛騨《ひだ》屋久兵衛《やきゅうべえ》のやり方が、阿漕《あこぎ》だったのだと今では解釈されている。しかし、松前藩は二百六十余名の鎮圧部隊を派遣し、国後のツキノイ酋長以下の首謀者を説き伏せ、花咲半島に集結していた二百余名のアイヌをツキノイ酋長たちに予審させ、首謀八名と日本人を殺した二十九人を死罪に処した。互いに血を流して、アイヌ人たちは松前藩に平定されたのであった。

一七九一年(寛政三)これまで北方問題に冷淡であった幕府は、この事件から関心を持つようになり、松前藩とは別に、幕府直接の交易を始める。商船二隻を建造し、最上徳内は抜擢されて担当役人になった。時あたかも松平定信が将軍家斉の補佐役となって積極政策をとり、国防の重要性を感じて自ら関東地方の海岸巡視をしようとしていた頃である。沿海諸藩に海防を命じるのは、それから二年後になる。日本全土すでに風雲急を告げていた。世界各国の航海術の進歩が、長崎を経由して続々と中央に報告されていたに違いない。

一七九六年(寛政八)と翌年、イギリス船が室蘭の近くに入港したのは幕府にとって大きな衝撃となった。

一七九八年(寛政十)最上徳内を船頭として近藤重蔵《こんどうじゅうぞう》らが択捉島に渡り、「大日本恵登呂府」という標柱を建てた。

一七九九年(寛政十一)近藤重蔵が、松前藩から幕府直轄領にされたばかりの東蝦夷の初代支配勘定に任命された。彼は国後にわたり、次いで択捉に到着し、郷村制を定め、全島を七郷二十五村に分け、十七カ所に漁場を開き、網も漁具もアイヌに与えた。男には髭を剃らせ、女には髷《まげ》を結わせ、和服を着せ、名も日本風に改めさせ、出稼ぎ番人と島人の女との結婚を奨励するなど同化方針をとった。

当時の択捉《エトロフ》には通訳二人、番人二十人、稼方三十人、船頭一人、水主九人の日本人総計六十二人に対し、アイヌは千百十八人いたと記録されている。アイヌの女性十三人が、やがて日本人の妻になった。

国後《クナシリ》は三百二十人の住人がすでにあり、これが四年後には五百三十四人に殖《ふ》えている。出稼人も島で越冬するようになっていた。この数字は多分日本人だけのものであろう。この島の土着人の数は記録されていない。

色丹島《シコタン》に日本人が手を伸したのは国後の叛乱の翌一七九〇年(寛政二)からである。番小屋が建ち、産業指導が行われ、年額九百石の漁獲があったと記録されている。十三年後の国後の出荷は八千石であるのと較べて考えておいた方がいいだろう。

さて日本が択捉を確保すると、目の前にある得撫島《ウルップ》が問題になった。幕府ではタカ派とハト派の論議が行われ、結局ハト派が勝って、一八〇一年(享和一)幕吏が得撫島に渡り、ロシア移民団を訪ね、日本が外国交易を国禁としていることを説き「天長地久大日本属島」という標柱を建てて帰った。むろんロシア移民がこんなことで退去するわけがない。そこで日本はアイヌ人が得撫へ出稼ぎに行くのを禁じ、ロシア人との交易を断つと、物資補給の途を閉されたロシア人は四年後には本国に退去してしまった。こういう文書《もんじょ》を読むと鎖国というタテマエがありながら結構それまではロシア人と取引していたのだというホンネが見える。

しかしながら得撫《ウルップ》を引揚げたロシア人が千島経営をあきらめたわけではなかった。一七九六年に創設された露米会社のレザノフは業績不振に悩んでいたが、ロシア皇帝から特命全権大使に任ぜられると一八〇四年(文化一)二隻の船で長崎に現れ、日本の北辺との通商を交渉したが断られ、帰途北海道を視察してオコーックに帰着すると日本遠征隊を組織した。

一八〇六年(文化三)秋、レザノフの部下フォトフがオコーックを出帆、樺太にある日本の根拠地に上陸し、番人を捕え、貯蔵物資を奪い、倉庫や漁具を焼きはらった。こういう辺地での事件は、なかなか松前藩にさえ知れにくく、翌年、交替の者が樺太に着いて初めて分り、松前藩に急使で報告された。

一八〇七年四月、二隻の船が今度は択捉沖に現れ、ナポイを砲撃し、上陸、番人五名を捕虜とし倉庫を掠奪、それからシャナ沖にまわり択捉経営の中心部を威嚇砲撃した。日本は南部藩と津軽藩の士卒三百名が駐留していたにもかかわらず、何しろ信長、秀吉の時代が終ってから鉄砲は使わない方針の徳川時代であったから、二本差《ざし》の刀では役に立たず、陣地を守りきれなかった。ロシア人は会所に乱入し、米、酒、雑貨を奪って船に積み、悠々と島を離れた。

この一隊は隣の得撫島《ウルップ》から北上して樺太に行き、前年襲撃した跡を見た後、ルウタカの番屋《ばんや》を焼き、利尻島を襲い、官船一隻、商船三隻を拿捕《だほ》して積荷を奪った後、船を焼きはらった。

箱館《はこだて》(当時はこの文字を用いた)奉行の命令によって、南部藩は三百四十人を択捉島《エトロフ》に、仙台藩からは二千人がくり出して箱館、国後《クナシリ》等の守備についた。

しかし、フォトフの乱暴なやり方にはロシア政府も批判的だったのであろう、彼らはオコーックに帰ると捕縛され、ロシア船はそれから四年間は国後、択捉近辺には姿を見せなくなった。

一八一一年(文化八)夏、四年ぶりに択捉島の沖合にロシアのゴロブニン海軍少佐をのせたディアナ号が現れた。南千島の測量が目的であった。

南千島には一七七九年のクック船長以来、イギリス艦隊が四度も来ているし、一八〇五年までにフランスもロシアも測量に来ていたのだが、濃霧と強風のために果すことが出来なかった。しかしゴロブニンは晴天に恵まれたのか、羅処和《ラショワ》、宇志知《ウシシル》、以南の各島の測量を行い、得撫の西岸、択捉の東岸を測量し、千島各島の正確な位置と形状を概ね分明なものとした。

ゴロブニン少佐は薪水を求めると称して、国後島の泊湾《トマリ》に入港したが、会所の守備をしていた南部藩兵は発砲して寄せつけず、やむなく武装端艇《たんてい》によって、番屋の貯蔵米と淡水を取り、代償として更紗《さらさ》、羅紗《らしゃ》などを置いて本船に引揚げた。

これで同じロシア人でも四年前とは大分違うらしいと日本側は判断したのだろう、ゴロブニン少佐の上陸を認めて話合いに応じることになった。だが食糧と代償の交換は松前藩の許可がいるという説明と、松前から沙汰があるまで士官一名と通訳は島に滞留すべしという日本側の言い分にゴロブニンが同意しなかったため、彼は捕えられ、艦に残っていた連中は奪回をはかったが日本側は四年前と違って守備がかたく、ディアナ号はオコーックに引揚げ、ゴロブニンは北海道の松前に送られ、そこで拘禁された。これから本格的な日露交渉の幕が切って落される。

ディアナ号の副長リコルドは、ロシア側が捕えていた日本人や、カムチャッカに漂着していた漁夫などを連れて、翌年再び国後島トマリ湾に入港し、日本人とゴロブニンの交換を申入れるが、ゴロブニンは死んだと言って役人は受けつけない。リコルドは国後島から箱館に帰る途中の幕府御雇船を襲って船頭嘉兵衛らを捕えてペトロパヴロフスクに帰った。

この嘉兵衛がロシア語を話せたのは幸運だったし、当時の日露関係がかなり密接なものであったことも分る。嘉兵衛はゴロブニンが生きていることを告げるとともに、先年のフォトフの暴挙について日本政府に釈明する必要があると説いた。

一八一三年(文化十)リコルドは三度目の国後《クナシリ》トマリ湾に入り、シベリア総督代理、およびオコーツク長官の謝罪文を提出し、箱館に回航してゴロブニン以下八名を受取って帰国した。このとき、オコーツク長官は、ゴロブニンの釈放を求める他に、日露両国間の国境を定め、両国の親睦をはかりたいという書翰を日本政府にもたらしている。すでにロシアは清国とネルチンスク条約(一六八九)およびキャフタ条約(一七二七)を締結していることを日本はこのとき初めて知った。アラスカも樺太北部も、清国はロシアに譲り渡していたのだ。リコルドが示した日露条約の草案は得撫島《ウルップ》を解放し、ここを貿易の拠点としようというものであった。

これに対して日本は、択捉島《エトロフ》までを日本の領土とし、ロシアは新知島《シムシル》までを境界とし、その中間の島々は無人島として、互いの漂民の送還は得撫島で受取ることに方針を定め、ロシア船の来航を待ったが、いつまでも姿が見えない。ロシアは得撫島まで来て、書翰を納めた箱を柱に打付けて戻って行ったので、これを日本が発見するのは更に五年後のことになる。多分、ロシアの内政が、千島など構っていられないほど揉め始めていたのであろう。ゴロブニン事件の後、この地域の日露関係は長く小康を保つ。

一方、日本の方も幕末への胎動が起り始めていた。加えて択捉は凶漁が続き、かつては千人を越したアイヌの人口さえ、安政三年(一八五六)には四百九十八人に減ってしまう。幕府の北方問題に対する姿勢は、どんどん消極的になっていった。

だが北洋はその間に、アメリカ、イギリス、ロシア三国が衝突するようになり、アメリカは北洋の商業権を握り(一八二五、文政八)、翌年ロシアはイギリスと条約締結して北緯五十四度四十分以北に退き、さらにロシアは一八六七年(慶応三)アメリカにアラスカを売却して、後退を続ける。アラスカは以来、今に到るもアメリカの領土である。

こうして北米沿岸の独占権を失ったロシアは、再びカムチャツカの経営に力を注いだ。千島列島にも約百名を送って居住させ、海獣猟をやらせた。トドとかオットセイの捕獲である。彼らは得撫島まで南下したが、択捉島には足を踏み入れなかった。暗黙のうちに、択捉と得撫の間が日露の境界であると諒解されていた。

一八五二年(嘉永五)ロシア使節団は伊豆下田港に姿を現す。松前藩が一向に受付けないので、直接中央政府と話しあうことにしたのだろう。一八五四年(安政一)、プチャーチンが遂に日露和親条約締結に成功する。尊皇攘夷に開港佐幕と日本は国論沸騰していたが、相次ぐ黒船の来航で京都の公家社会がどう関東武家の幕藩体制を批判しようが、鎖国政策に終止符が打たれるのは世界の趨勢《すうせい》として時間の問題であった。この年の三月にはペリーと日米和親条約が結ばれているのだ。

プチャーチンと日本側の論点の主たるものは樺太の国境問題であったが、交渉の過程でロシアは択捉島《エトロフ》がロシア領であると主張し、日本は千島全域が元来日本領であるのにロシア人が北部を侵したと批難して互いに譲らず、最終的に交易を条件としてロシアは択捉島までを日本領土と認めた。和親条約の第二条に「日本国とロシア国との境はエトロフ島とウルップ島との間なるべし。エトロフ全島は日本に属し、ウルップ全島それより北方クリル諸島はロシアに属す」と定めた。安政元年十二月二十一日のことである。二年後には批准書が交換され、千島列島における日露間の国境は成文化され、両国の紛争は終った。

だが樺太の方は「両国の間に境界を定めない」としたから、大変なことになった。日本が幕末の混乱で手薄になっているところへ、ロシアは着々と南進し、植民地建設をすすめた。

明治新政府はこの事態を憂慮し、アメリカの斡旋で北緯五十度に国境を定めようと策したり、二百万円で買いとるという申入れもしたがロシアが応じない。結局、得撫《ウルップ》以北のカムチャツカに到るクリル諸島と樺太を交換することになってしまった。一八七五年(明治八)樺太千島交換条約が日本全権大使榎本武揚《えのもとたけあき》と、ロシア全権ゴルチャコフの間で締結された。日本は江戸時代から苦心して経営した樺太を失い、代りに千島列島全部を領有することになった。

歴史の話は、この辺で一区切りして、標津《シベツ》の役場から標津の漁協に行ったときの話に移ろう。

標津漁業協同組合は青いタイル張りの堂々たる建物であった。振興部の振興課長代理という官僚みたいな肩書の若い人が応対に出て下さり、昭和五十年に町と漁協など合同で発行した「標津の漁業」全三巻を手に、

「島から引揚げて漁業をしている人ですか、ええと」

頁を繰《く》って「標津町に居住する北方領土引揚者と漁業」という章を展げた。こういうものが、ちゃんと記録されているのは思いがけなかった。町に五十八世帯二百九十七人で、その中で漁業を営むものは国後《クナシリ》より引揚げた者七名、択捉島の引揚者二名。

「その方たちとお話させて頂きたいのですが」

「すぐ連絡をとりましょう」

歯舞《ハボマイ》群島から二世帯、色丹《シコタン》島から一世帯が町にいるが、漁業はしていない。

「今日中に納沙布《ノサップ》岬へ行って来ようと思います。お天気がいつ崩れるか分りませんから」

「そうですね、今年でこんなに暑い日は初めてですよ、ずっと雨ばかりでしたから」

七十八年ぶりの冷夏と報道されていた。標津は知床半島と花咲半島のちょうど中間に位置している。

「ここから島は見えないんですか」

「いや、すぐ目の前に国後《クナシリ》が見えるんですが、今日はどうしたのかな」

「どの方角ですか」

「この窓からでも見えるんですよ。いい天気だのに、どうして見えないんだろう」

根室の漁協と、北の羅臼《ラウス》の漁協にも連絡をして頂くことをお願いして、一応の資料も頂く。組合員約百五十名という漁協だが、生産高を見ると、昭和五十三年度で五十八億円、とあるから仰天した。サケだけで五十二億円。

「景気がいいんですねえ」

生産総数の三分の二が鮭漁である。

「標津川はサケ、マスが産卵に上る川としては北海道でも一、二を争うところなんです。御案内しますよ」

「まだ漁期にはならないのでしょう?」

「ええ、九月上旬一杯は禁漁です。いつもなら、もう今頃は相当川に上ってるんですが、今年は冷夏のせいか少しばかり遅れています。もう十日も後なら、川がサケでゴチャゴチャになるところが見られますよ。一日に五千尾はとれますから。今は、一日に百五十尾ぐらいでしょうか」

私は五十四年度のグラフを見て、しばらく口がきけないでいた。サケの漁獲量は殖えているのに、値段が約二十八億円。

「これ、どうしたんですか、去年のサケは暴落してますね。半値に近いじゃありませんか」

「輸入ものに押されたんですね。去年の十月は四キロのサケが一尾三百円でお釣りがくるほど安かったんです」

そんな値崩れがするほどサケを輸入してしまったなんて、水産行政はどうなっているのかと茫然としてしまう。値のいい紅サケやキング・サーモンは、この地域には上って来ない。銀サケという種類だという。それでも五十三年度はマス四十七万トン、約六千万円となっていて、サケとは較べものにならない。五十四年度はマスはタコ、カレイその他の中に計算されていた。

タクシーに乗って国道を一路根室に向う。左手がずっと海岸線で、運転手さんも、どうして島影が見えないのだろうと不思議がっている。

一時間半後、根室の漁協に着く。参事さんが待っていて下さって、

「どの島の人に会いたいですか。島ごとに事情が違いますが」

「えッ」

「歯舞《ハボマイ》と、色丹《シコタン》とでも随分違うのです」

「どういうところが違うんでしょう」

「あらゆる面で違います」

「それでしたら、どの島の方にも会ってお話を聞きたいのですが」

「勇留《ユリ》島でもよろしいですか」

「その島、どこにあるんでしょう」

参事さんが大きな地図を展げて、歯舞群島の中の、一つの小さな島を指さした。

「この島で漁業をしていた方が、現在根室市議会の議長をしておられます。そういう方でもよろしいですか」

北の島々から日本人が追い出されてから、もう三十五年になる。当時の若者が、そういう地位についていても当然だ。

「お目にかからせて下さい。その前に納沙布《ノサップ》岬へ行ってきたいと思いますが」

「ちょっとお待ち下さい。向うの天気を調べましょう。根室が晴れていても、納沙布

は分りませんから」

「でも雨ばかりだったのでしょう。予報は当てになりませんから、晴れてるときに行って来ます」

「すぐ分りますよ。ああ、やはり曇っているそうですが」

「でも雨よりましですから行ってきます」

隠岐では雨でどうにもならなかった経験があるので、私は焦っていたのだ。待たせていたタクシーに乗ると、運転手さんが、生れて初めて納沙布へ行くことになると言うので驚いた。

「まあ、どうしてかしら」

「私は中標津の人間で、東京へ行ったことはあるけど、納沙布は初めてですよ。中標津から根室までお客さん運んだことは三度くらいあるけどね」

「そう。でも道は分るでしょう」

「そりゃ分りますよ」

外国旅行をしているみたいだった。二車線の国道で対向車が全くない。左が海で右は湿原という景色がずっと続いていた。それに地名が地図で見ていてもどう訓むのか分らない。厚床がアットコ、尾岱沼がオダイトウである。納沙布岬だって、いきなりノサップと訓める人が大勢いるとは思えない。

三十分もすると、思いがけず目の前がまっ白になってきた。

「凄い濃霧ねえ。大丈夫ですか」

「昼間が暖かかったから、急に冷えてくるとこうなるのでしょう」

車道でさえ二十メートル先は見えないのだ。今からこれでは帰り道はどうなるのかと私は心配になってきた。ヨーロッパを自動車旅行したとき、ドイツのアウトバーンで似たような経験をしたことがあった。あのときは、五メートル先も見えず、ノロノロ運転していても突如目の前に赤いテイルランプが現れたりして、怖ろしかった。

「何も見えませんねえ」

納沙布岬《ノサップ》に到着すると、運転手さんはがっかりして私を振返ったが、私はこの濃霧に遮《さえぎ》られてイギリス艦隊もロシア艦隊も色丹島《シコタン》や歯舞《ハボマイ》群島の測量が出来ずに引返した歴史を思った。択捉《エトロフ》、国後《クナシリ》でさえ、霧で見えず、世界地図になかなか正確な姿が現れなかったのだ。晴天なのに、標津から国後島が見えなかったのも、このせいだったと理解できた。北海道と気候が違うのだ、きっと。四つの島々でさえ、まるで違うと参事さんが言っていたではないか。

納沙布岬には観光バスが三台着いていた。今年の五月に竣工したという北方領土資料館に上ると、二階に望遠鏡が何台も据えつけてあったが、もちろん今日は何も見えない。戦前日本が建てた灯台のある貝殻島は目の前四キロメートルのところにあるはずなのだが、それさえ見えない。橋をかければ車で五分もかからない距離にある島なのに。

その代り、東側に晴れた日に一望に見える島々の大きな写真がかかっていたから有難かった。濃霧に出遭い、この写真を見れば、もう来た甲斐は充分にあった。それにしても、なんという凄い霧だろう。ちょっと岬に立っただけなのに、シャツは小糠《こぬか》雨を受けたようにぐっしょり濡れている。

館内の展示物は開館したばかりというせいだろう、少かった。観光客も霧で途方に暮れたように、館内でうろうろしていた。私も珍しい花や樹木の写真などを眺めて少々物足りなかった。何処の返還運動にも珍花珍鳥のある地域という謳い文句が出るのだけれど、そんなことより、そこには日本人が住んでいたという事実と歴史の方が重要なはずだと私は不満だった。そうした写真が、いかにも少いのである。家族が揃って暮していたというのに、どうしてその頃の生活を撮影したものがないのだろう。

だが墓参団の写真の前では立止って厳粛な気持になった。肉親の墓があるところ。そこに行くのにソ連政府の許可が必要で、その許可を取りつけるのがまた容易ではないということが痛いほど感じられる写真だった。

出入口に置かれてあるパンフレットには、各島の大きさが分りやすく説明されていた。国後《クナシリ》が佐渡の二倍、択捉《エトロフ》の面積は鳥取県と同じ、色丹《シコタン》島が隠岐より広い。歯舞《ハボマイ》群島は三十二島あって、総面積がここだけで小笠原諸島とあまり変らず百二平方キロメートル。四島を合計すると東京都と神奈川県を合併したよりもっと広い面積になる。四国の四分の一だという説明もあった。こんな大きな島々だということは、地図を見ただけでは想像もできなかった。

本土からの距離も、他の島々との比較でグラフになっていた。貝殻島が、本土から淡路島より近い。国後まで十六キロで、これは四国の小豆島と一キロしか変らない。色丹島は伊豆の三宅島より近い。択捉でも八丈島より七十キロメートルも近いのである。そんなに近い島々が、戦後三十五年たっても、まだ日本に戻って来ていないのか。沖縄も、小笠原も、有人島は返還されているというのに……。根室へ戻る道で三十分もすると明るくなった。

「あら、晴れて来ましたね。もう少し納沙布《ノサップ》岬にいたら島が見えたかもしれないわね」

「いや、同じですよ。行くときは、この辺りから霧が濃くなったのですから。今でも向うは変らないですよ」

「なるほど気候が違うんですねえ」

往復する道で気がついたが、花咲半島には歯舞《ハボマイ》という町があり、そこに歯舞漁協の小さな建物が見えた。歯舞群島の水産業は昔は此処《ここ》が拠点だったのだろうかと思った。標津漁協とは比較にならないほど小さいのが印象的だった。

根室漁協へ戻り、そこから参事さんと歩いて根室市議会の萬屋《よろずや》議長さんの御自宅へ伺う。明治四十三年のお生れである。

「私は富山県で生れて十四歳まで育ちました。父親がその年に独立したので家族で勇留《ユリ》島へ渡り、私も十四歳から漁師として働きましたよ」

「お父さまは舟主におなりでしたか」

「はい、親方船頭です。当時の舟は無動力で帆船です。七人乗りでした」

「サケですか、魚種は」

「春はハエナワの一本釣りで、タラでした。ニシンや、タラバガニ。サケは秋です」

「ニシンは、この辺りにはいつ頃まで来ていたのでしょう」

「年によって不漁ということもありましたが昭和二十六年までは手摑みでも獲れたくらいですよ。その後は、ニシンは来ませんねえ」

「勇留という島には、どのくらいの日本人が住んでいたんでしょう」

「終戦当時で四十二世帯いました。多いときで百二十三世帯ですね。季節労働者は別ですよ」

歯舞《ハボマイ》群島全部で定住していたのは八百十五世帯、五千四十三人という。この群島の中で勇留《ユリ》は志発《シボツ》島より小さいけれど、他の島々と較べると決して小さくはない。

「私は他の島のことは行ったことがないので知りませんが、勇留の漁師は魚ばかりでなくハブマイコンブの採集も大きな収入源でした。浅いところに繁茂しているので、特殊な竿でひっかけて根から引揚げるのです。薄くて長いのが特徴で、長さはそうです五、六メートル、長いのになると十メートルあるものもありました。カイガラコンブだけでも年間八億円以上の収人が、ついこの間まであったのですが、昭和二十一年にソ連が貝殻島までソ連領だと言い出して、年々きびしくなって採れなくなりました。ロシア人は海草には関心がないから、放ったらかしにしてあるんですがねえ」

昆布の生える畑を失った漁民が、花咲半島の周辺に人工漁礁を作ってみたが、不思議なことにアツバコンブしか付着しないという。私は薄くて長い昆布というものに関して知識はなかったが、大変に味がよく、戦前はまとめて大阪へ出荷していたのだという。

「終戦のときの様子を伺わせて下さい」

「私は兵隊にとられていて、鹿児島で除隊になり、十月に根室に復員してきました。この根室は日本軍の兵站《へいたん》基地でしたから、爆撃されて八割の民家が焼かれ、北海道では二番目に大きな被害を受けたところです」

もちろん爆撃は米軍によって行われたのだ。復員するとき萬屋さんはソ連の軍隊が、満蒙地域に侵入してきたことを知っていた。日ソ不可侵条約はまだ有効であった時期に、突然ソ連は参戦してきたのだった。広島、長崎に原爆が落ちた後の出来事である。

「昭和二十年八月十五日が終戦ですが、勇留にロシア兵が来たのは九月四日です。私の家の前の浜にソ連の上陸用舟艇がバタンと着いたので、家内は二人の子供を両脇にかかえて日本人の多い地域に逃げました。まだ私は帰ってませんしねえ」

奥さまが、お茶やお菓子を出して下さっていたので、

「怕《こわ》かったでしょうねえ」

と訊いたら、

「ええ、もう、それは、本当に」

まだ当時のことは忘れられないという面持であった。

「銃を突きつけられたりしたんですか」

「いや、そういうことは全くなかったようです。銃を構える真似をして、アメリカ？と訊いたようですな。アメリカ軍が上陸しているのではないかと気にしていたらしい」

勇留には日本軍がいたから、彼らの武装解除が行われ、三重県出身の兵隊ばかりだっ

たが、全員そこからシベリアに送られた。

「北方領土館で、三重県のハボマイ会というのが伊勢神宮で返還要求署名運動をしている写真がありましたが、その方たちだったのですね」

「そうです」

「北方領土返還運動というのは、いつから始まったものですか」

「早かったです。終戦の年の十二月に、当時根室の町長をしていた安藤石典という人が上京しまして、GHQに直接談判に行きました。日本に返せということと、それが出来ないなら、せめてアメリカ軍に占領してもらいたいと頼んだのですよ、沖縄と同じように、ね。そのとき千島、歯舞《ハボマイ》居住者連盟というものを作りました」

「その安藤さんの写真ですね、北方領土館に大きく飾ってあったのは」

だが、安藤町長が頑張っても一向に埒《らち》があかなかった。

「今から考えると間抜けな話なんですよ。ソ連の方は色丹《シコタン》や歯舞のことまで考えていなかったのに、択捉《エトロフ》へ進駐して日本軍の基地を押え武装解除をしておると、こっちの方にも軍隊があると喋った奴があったんですな。だから九月に入って、やって来たんです」

マッカーサー・ラインがこの地域で確認されたのは昭和二十一年二月であって、アメリカ軍は、この島々については、沖縄や小笠原ほど重要視していなかった。これがこの地域の今日の悲劇の始まりと言えるだろう。

「私は復員すると、一カ月後に勇留《ユリ》へ渡り、家族を連れて根室へ引揚げました。島には医者がいませんでしたから、ともかく子供を育てるのに、北海道の方がいいと判断したからです。こちらにも家があったんですが、焼かれまして、また裸一貫から始めました。ええ、漁業です。当時はソ連側に警備能力がなくて、マ・ラインの外でも自由に操業できましたからね。秋勇留《アキユリ》島の沖合で、魚はいくらでも獲《と》れたものです」

「話は戻るようですが、真珠湾攻撃は、北方領土から出港したという話ですけど、昭和十六年当時、分りましたか」

「分りました。択捉島の単冠《シトカップ》湾から出撃したと言われてますが、当時我々の地域にも出漁停止命令が出てましたので、軍艦は見ていませんが、何かあるのだろうと薄々感じていました」

「十二月八日が開戦ですが、単冠は不凍港なのですね」

「北方四島は、どこも凍りません。流氷があるだけです。私は他の島は知りませんが、勇留はね、北海道と違って一年中緑が絶えないところなんです」

「えッ」

「根笹と私らは呼びますが、真冬でも緑ですから、馬は一年中放牧できたんです。国有地だもの、馬は勝手にどこへでも行って笹を食べて肥ってました。厩舎に入れる必要は一年中なかったのです。北海道じゃ二番草を刈りとってサイロに入れて冬場は牛も馬も舎飼いしていますが歯舞《ハボマイ》諸島は、北海道と気候が違って、暖かいのですよ」

北方四島が海洋性気候に恵まれているという。こういう話を聞くと、驚いてしまう。

「雪は降らないんですか」

「降りますが、すぐ消えます。野菜は自家用の栽培をしていました。どの島にも湖水があり、家庭用の飲用水は山清水を使っていました」

その緑の絶えない島で、三重県出身の日本軍は武装解除されシベリアに送られた。島民たちはどうなったか。

「二十歳前の男女はソ連軍に徴用され、志発《シボツ》島へ連れて行かれました。私は妹夫婦から救いに来てくれと言われて、動力船を根室で借りて、勇留《ユリ》の日本人の逃げるのを手伝いましたが、子供を志発に連れて行かれた親たちは心配で、子供を置いて逃げられないといって島に残りましたね。そういう連中は昭和二十三年八月に、島に残るならソ連人として国籍を変えろ、でなければ強制送還すると二者択一を迫られて、樺太経由で日本に帰ってきたんです」

萬屋さんは、やがて根室の市会議員になり、沖縄へ出張する。まだ沖縄が本土復帰していない頃の話である。那覇市役所を訪れ、根室市と姉妹都市になって返還運動の共闘をしないかと申入れた。

「あっさり断られましたな」

「どうしてですか」

「沖縄には日本人がいる。北方領土には日本人が一人もいないから、沖縄とは事情が違うというのが理由でしたな」

おそらく派手に返還運動が展開されている沖縄の革新系と、多分萬屋さんの支持している政党が違っていたのも組めなかった原因の一つかもしれないと私は思ったが、

「それでしたら小笠原と共闘なされればよかったのに。あの島にも日本人はいなかったのですよ」

「いやあ、沖縄の方が派手でしたからねえ」

小笠原の事情を少しお話したら萬屋さんは驚いて、よく調べたものだと褒めて下さったが、私は北方の人々が小笠原について殆んど何も知らなかった様子に衝撃を受けた。いくらマスコミが沖縄返還を大きく取上げたからといって、日本人が追い出された島なら小笠原と組めばもっと切実な訴えが出来たと思うのに。

だが萬屋さんを初めとしてこの地域の人々も、日本人の誤解というものに今も苦しめられている。

その第一は、北方の島々から日本人は逃げて、自ら居住地域を捨てたのだという誤解。萬屋さんのように根室市にも仕事の基地を持っていたというのはほんとうに一握りの人たちで、大部分の日本人は昭和二十三年に強制送還という手段でソ連政府に追い出されたということを、どうも本土の人々は知っていない。

「それから次は、北方領土について政党間の意見がバラバラでしょう。これが全く困りものです。だから返還はソ連から日本人の総意でないと言われるのです。参っていますよ。ともかく自民党も共産党も意見を統一してもらわんことには我々は途方に暮れるばかりです。それとです、ソ連が突然、北方領土問題は解決ずみと言い出して以来、日本側はいつも弱腰で、歴代総理では田中角栄ただ一人ですよ、ブレジネフの前で机を叩いてですね、北方領土は未解決だと言い張り、ソ連に認めさせたのは」

昭和四十八年(一九七三)田中総理は訪ソしてブレジネフ書記長と会談し、第二回平和条約交渉で「北方領土問題は、日ソ間の未解決問題であり、これを解決して平和条約の締結交渉を継続する」と相互確認を行った。

田中角栄氏の評判がいいのは、新潟県ばかりではなく、北方領土問題に関心のある人々は皆、このときの田中さんを評価している。その前後に、これだけ強硬な意見をソ連に向いて言った人はいなかったからである。田中さんが総理の座を追われると、ブレジネフ書記長は早速三木総理あてに「日ソ善隣協力条約締結」を提案したが、その前にタス通信は「北方領土については戦後の現実を承認することを求めている」と述べている。田中さんを追い落した三木さんだが、さすがにこのときのソ連の提案は拒否した。

私は萬屋さんとお別れするときに最後の質問をした。

「それで、北方領土返還の今後の見通しについては、どうお考えになっていらっしゃいますか」

「可能性は、終戦当時より難しくなりました。二百カイリ時代を迎えて、国際的にですね、前よりもっとやりにくくなっていますよ。勇留《ユリ》でも終戦の年にロシア人の子供が生れましてね、将校が奥さん連れて来たんでしょう。医者もない島ですから大変に困って、島に残っている日本人で誰かいないかというので、私も知っている女の人ですが、お産の経験のあるのが出かけていって、産婆ですな、子供を取上げて大変に感謝されたという話を聞いとります。三十五年たってますから、あの島で生れ育ったロシア人も殖えているでしょう。しかしながら、北方四島が日本の領土であるのは譲るわけにいきません。そのためには、日本の各政党が意見を統一し、ソ連から日本の世論はバラバラだと言われないようにしてもらいたい。これが一番切実な我々の願いです」

萬屋さんのお宅を失礼して、根室の宿に落着くと、私は各政党の北方領土に関する主張というのを比較してみた。そして、考えこんだ。

自民党が我が日本の領土として主張しているのは、

①択捉《エトロフ》、国後《クナシリ》は日本以外のいかなる国の主権下にもなかった。歯舞《ハボマイ》、色丹《シコタン》は地理的にも行政的にも北海道の一部である。安政元年(一八五四)の日露和親条約および明治八年(一八七五)の樺太千島交換条約のいずれもクリル諸島はウルップ(得撫)島以北の十八島を指すと規定している。

②太平洋憲章およびカイロ宣言による領土不拡大の原則から見ても、クナシリ、エトロフはソ連が領有する筋合いはない。

③ソ連が主張の根拠としているヤルタ秘密協定は、日本が関与していないし受諾もしていないのだから、これに拘束されるものではない。

これは昭和三十六年(一九六一)に自由民主党が発行した「領土問題とわが党の態度」というパンフレットから抜萃したものであるが、昭和四十七年(一九七二)の日本社会党の見解では「今日の事態を招いたのはアメリカと自民党」になっていて、

①ハボマイ、シコタンはもちろん、エトロフ、クナシリ諸島も歴史上日本固有の領土

であり、ウルップ島以北も一八七五年の樺太千島交換条約によって日本の領域となったのであるからカイロ宣言、ポツダム宣言の「暴力もしくは強欲により略取した」ものでない。したがって日本が放棄する根拠はなかったにもかかわらず、吉田茂内閣がサンフランシスコ平和条約第二条C項で千島列島を放棄したのは、「千島列島はソ連に引渡す」と規定した一九四五年のヤルタ協定がその背景をなしている。

②吉田内閣はアメリカの圧力に屈して北方領土を放棄したことによって、国際法上認められないヤルタ協定を事実上認めた。しかも吉田内閣当時「放棄した千島列島には、当然南千島も含まれる」と第十二国会で吉田首相と外務省の西村条約局長が答弁しているのだ。

③その後、池田内閣に到って「エトロフ、クナシリ、ハボマイ、シコタンは千島列島に含まれておらず、日本が放棄したものではない」と、昭和三十六年(一九六一)衆議院予算委員会で池田首相が言い直した。こんな詭弁は国際法上通用するはずがない。

④このような無原則、無責任な態度をとり続けてきた保守党内閣が、自分の責任を棚上げにして今度は「沖縄の次は北方領土だ」と国民の反共意識を煽っているが、このような姿勢は問題解決を困難にする以外の何ものでもない。

⑤日本社会党は一九六一年(有吉注・池田首相発言の年)以来の一貫して正しい方針を基

礎とし、日ソ平和条約締結を前提とし、まずハボマイ、シコタンの返還を実現し、日米安保体制の解消とあいまって、日ソ間の友好関係を増進し、極東の平和的環境を拡大推進することと並行して、全千島の日本帰属を実現して行く努力を続けなければならない。

日本共産党が三年前に発行した「千島問題と国際正義」というパンフレットには、①日ソ漁業交渉中断の最大の原因が、千島問題をめぐるソ連側の二百カイリ線引きへの固執にあることは明白だが、これはサンフランシスコ平和条約第二条の千島放棄条項も含めて千島問題に対する態度を明確にすることを緊急の重要問題としている。

②千島列島が日本から引き離される発端となったのは、一九四五年二月の米英ソ三国によるヤルタ協定である。千島列島は日本が「暴力とどん欲」により他国より「略取」した領土でなく、歴史的に日本の正当な領土であることが明白な地域である。この千島列島を、ソ連に引渡すことをソ連参戦の条件としたヤルタ協定は、連合国がくり返し宣言していた領土不拡大の原則に明らかに反するものであり、……スターリンの大国主義的要求をもとにした米英ソ三国の不公正なとりきめを、日本にとって拘束力のある国際条約として追認したのが一九五一年の単独講和条約つまりサンフランシスコ平和条約であった。この条約第二条C項では、千島列島を、日本が日露戦争の結果ロシアから取得した南樺太と同列に扱い、日本が千島に関する一切の権利を放棄することを明記してい

る。

③この根底には、スターリンの大国主義的要求を取入れることで、日本を軍事的に占領し軍事基地として利用し続けようというアメリカの政略があったことは明白である。

④政府自民党は「北方領土」要求を根拠づけるために、一九五五年の日ソ交渉以来、歯舞《ハボマイ》、色丹《シコタン》、国後《クナシリ》、択捉《エトロフ》の四島は「千島列島」に含まれていないという〝解釈〟で対ソ交渉に当ってきた。単独講和条約で千島列島を放棄した誤りを反省せず、〝解釈〟の変更で事態を糊塗しようとするやり方は国際的に通用しないことは二十年来の交渉の歴史がすでに証明している。

⑤日本政府のこの解釈なら、ウルップ島からシュムシュ島に至る北千島についてのソ連の領有行為を承認することになる。北千島は一八七五年の樺太千島交換条約で、ロシアから移譲された地域であるし、南千島は戦後のソ連占領まで過去に一度も外国の領土となったことのない地域である。北千島も、南千島も、歴史的に日本領土である点ではなんらの違いもない。

⑥歯舞、色丹はもともと北海道に属する島で、これを小千島列島と名づけてあえて千島の一部にくみこもうとするソ連側の主張は明らかに明白である。

各党の主張を全部説明すると、それだけで一冊の本になってしまうから、少し整理してみようと思うが、その前に、一九七四年に日本共産党の機関紙「赤旗」に掲載された論文に「ソ連共産党中央委員会は今年の三月にはソ連共産党の代表団を送るなど日本社会党との接近をはかり、社会党大会には友好的な挨拶を送ってさえいる。また日米軍事同盟にもとづいて、対米従属のもとで軍国主義の復活、強化を着々と推進しつつ北方領土の無条件返還を要求している田中首相さえ、モスクワ訪問にさいしてソ連当局によって大いに歓迎された」と報じている。これはアルゼンチン共産党の日本共産党への批判に対する反論である。

共産党も社会党と似た主張であるのは、サンフランシスコ平和条約で、日本が千島列島の一切の権利を放棄しておきながら、「クナシリ、エトロフは千島列島にふくまれない」とか「千島列島で放棄したのは条約締結国アメリカに対してであって、非調印国たるソ連に対してではない」というのは日本政府の誤りだと指摘しているのと、「北千島も日本の領土だ」と自民党以上の要求をかかげていることだ。

日本共産党は、ソ連に対してもときとして激しく非難する。一九五六年の日ソ共同宣言で日ソ平和条約締結後に「ハボマイ、シコタンを日本国にひきわたすことに同意する」と約束したし、さし当って国交回復をしようというのでブルガーニン・ソ連首相は「日本が現在では平和条約を締結せずに領土問題をふくめた条約締結への交渉は両国の国交回復後つづけたいと提案している。われわれはこの希望に同意した」と演説しているのに、ソ連側は四年後に態度を変えて、日米安保条約の廃棄要求を事実上つけ加えた。そして一九六二年フルシチョフ首相は「この問題は、すでに解決している」と述べ、日本に沖縄が返還されてからは、ずっと「解決ずみ論」をくり返し表明していることを強調しているのだ。

この地域の人々が迷惑しているという「政党バラバラ論」というのは、自民党が北方四島を主張しているのに対し、社会党は北千島も含めて日本領土だと言い、共産党もサンフランシスコ条約を廃棄し、安保条約も廃棄して、しかる後北千島も含めて全部を返還させるべきだと頑張っていることである。もっと具体的に言うと、ハボマイ、シコタンだけとりあえず先に返してもらえというのが社共の「段階的返還運動」で、地元の人たちはクナシリだってエトロフだって日本なんだからまとめて返してもらいたいと、これは政党色のない人たちも言っている現実論なのだ。

標津の漁協に属している漁民で、クナシリ島で生れた柴田さんは、いま六十歳になる。お父さんは秋田県の出身で明治の中頃に入植した。

「もちろん漁師でした。春はホッケ貝や、肥料にするシオムシを取り、夏は昆布、ええ、薄くて長いコンブです。それとギンナン草を採ってました。知りませんか、フノリみたいな海草ですよ。冬になると、海より山へ行って燃料の薪《たきぎ》とりが仕事でした。馬にのせて運ぶんです。馬はどんな家でも二十頭から三十頭は飼ってましたからね。馬ですか、放牧です。一年中、緑がありましたから北海道みてえに舎飼いにする時期は、国後《クナシリ》ではなかったです。少くとも私のいた留夜別《ルヤベツ》村では、いつでも根笹が青々としてましたから。

タテアミやってる人たちもいましたよ。サケ、マスはもちろん、タラバガニも花咲ガニも産地だから、凄いもんでしたよ。ニシン？　さあ、とれなかったんでねえけ。私の家はクリ舟三隻で、磯まわりの仕事だけで、根室から仕込親方が来て、米味噌なんか持ってきてくれるから、不自由はなかったね。季節になると馬喰が来て、馬をね、買って行くの」

「昭和十六年から二十年まで兵隊にとられて旭川第三部隊にいました。終戦のときは帯広にいて、八月二十日に島に渡りました。ロシアは八月末上陸してきて、馬に乗ってんの見ましたがね、帽子も軍服も粗末で穢《きたな》くてねえ、大したことないと思ったがね。銃は持ってたけど、射《う》たれた日本人はいなかった。ただ、私の時計を百八十円で売れと言うから、渡しましたが、ロシア兵は自分の腕に三つも四つもつけてましたよ。女がロシア兵に犯されるということも実際にはなかったね。ロシア人は、ひとがいいというのは交際してみて分ったがねえ、一晩私の家に泊めたことがあったが銃を持って寝ないんだね。そのうちに引揚連盟に今もいる山下さんという人が、この人は危険人物と思われてたのか監視されてたようだが、どうもうまくねえから逃げようと言い出した」

「十一月まで辛抱したんだが、共産党やロシア人に使われるのはよくないと思って、親と一緒に逃げました。根室から船二隻きてもらって、明るいうちはまずいから、私のいる部落全員四十軒が支度して、私らは最初の舟で逃げたがね、次の舟はシケが来て壊れたちゅう話で、十人ぐらい死んだのでねえけ。いや、ロシア兵に発砲されたことはないです」

「今は、この漁協でサケ、マスの定置網、沿岸定置だね。九月十九日解禁だから、それをやってます」

私が、

「沢山とれるようですねえ」

と言うと、

「ロシア人は魚とらないし、二百カイリで北洋漁業ができなくなったからねえ。それにサケは人工孵化《ふか》で稚魚《ちぎょ》を放流してますからねえ、助かってますよ」

「サケの人工孵化は、八十年ぐらいの歴史があるようですけれど、国後でもやっていましたか」

「やっていました」

「ところで柴田さん、お子さんは？」

「戦後、こちらへ来てから結婚して、女ばかり四人です。もうみな嫁に行きました」

「漁民と結婚した人は」

「一人もいません」

「ところで北方領土が返還されたら、柴田さんは国後《クナシリ》に帰りますか？」

「年が若ければともかく、帰って生活したいとは思わないねえ。冬は流氷が来るから、船は出ないし、昔は医者がいるにはいたけど、大病のときは間にあわなかったからねえ」


年齢というのは思想に影響があるのではないかと私が思ったのは、続いて同じ漁協の西山さんの話を聞いたときであった。昭和三年生れの西山さんは颯爽《さっそう》たる背広姿で、口調もテキパキしていた。

「僕は択捉《エトロフ》で生れて育ち、昭和二十三年まで島の外に出たことがありません。内保湾《ナイホ》に面した内保村というところで、島でも北の方は行ったことがないし、知らないんです。択捉は島と言っても広いですから。紗那《シャナ》と留別《ルベツ》の二地方に分れていて、私は紗那のことは全く知りません。単冠湾《シトカップ》は内保の反対側で、我々は立入禁止地域でした。日本海軍の一個師団が駐屯していると親の口から聞いてましたが。戦争が始まったときは、僕は子供でしたからね、もちろん負けるなんて考えてもいなかったです」

「家業は瀬まわりしてマノリ、フノリ、ギンナン草を採取してました。コブもあったが採りません。それでも充分豊かに暮せていたんですよ。根室から国後水道を通って十二時間で定期船が来てました。三十トンぐらいの船でした」

「択捉でも親方たちは大きい船で北海道から来てました。十月一杯はタラでしたね。秋は川に上ってくるサケ、マスを、簡単にカギでひっかけて獲れて、家で喰《く》う分は塩蔵にしました。サケ、マスの漁業権は親方が持ってました」

「小学校六年生で、日本軍の荷役夫として働きました。馬に鞍荷《ダンヅケ》して運んだんです。一生懸命で防空壕も掘りました。根室が空襲を受けたとき、択捉からは見えなかったけど、音が凄かった。私の家は郵便局の傍にあったんで、二日後には根室が焼けたの知りましたが、負けるとは思ってなかった。一度も負けたことがない国なんだから、きっと勝つと思ってましたよ。そういう教育しか受けてなかったんだし」

「終戦は、家のラジオで玉音放送を聞いて知りました。負けたらしいが、これからどうなるのかと思いました。日本人はアメリカに皆殺しにされるとか、国がなくなるとか、いろんな噂が飛びましてねえ」

「ロシア軍が択捉島《エトロフ》に上陸したのは昭和二十年の八月末でした。単冠《シトカップ》湾を占拠してから、内保村には馬に乗って十名ばかりでやって来て、まず郵便局を占領したんですが、僕はおっかないという気持と、見たいという気持の両方で出かけましたが、何より驚いたのはロシア兵の服装でした。泥々で、穢くて、臭くてですね、傍に寄れないくらい粗末というか、みすぼらしい格好でね、こんなのに負けたかと思うと残念で涙が出ました。日本兵は銃を大切にしてましたが、ロシア兵は銃口を下にして肩からぶら下げてましたよ。そういう兵隊の前で、内保にいた日本軍は武装解除したんですが、僕ら以上に情けなかったんでしょう。泣いて泣いて、飯も喰わないで泣いていました。十一月頃まで日本兵は道路整備に使役されてから、次々に島外へ送り出されて居なくなりました。シベリアかどうか、僕らには分りませんでしたね」

西山さんは八人兄弟で、終戦の前年御両親が亡くなっている。二十年に長兄が徴兵で現地入隊、六月になって根室に移動、終戦のときは青森県にいたという。お姉さん一人が北海道に(多分お嫁に)いっていたし、三人が島で幼くて死んでいるので、西山さんと妹さん二人が島で一軒の家にいて終戦を迎えたことになる。そして十七歳になっていた西山さんはソ連軍の仕事をあてがわれて働くことになった。

「冬は造材と、その輸送です。五月になると日本の機関船五トンのものに乗って、日本人四人にソ連兵一名が監視についてタラ釣りをやりました。秋はサケ、マスを獲ります。ノルマが課されていました。食事は黒パンと砂糖がソ連から配給されて、最初は臭くて、黒パンが食べられなくて参りましたよ。ソ連の将校とか民間人の事務系統の人たちは白いパンを食べてましたが。米は日本軍のが二千俵も野積みしてあったんですが、一冬で腐ってしまいました。我々で取りに行きましたが、食べられるのはほんの一部でした」

「ソ連の人たちと何語で話してたんですか」

「日本人係がいましてね、頭のいい人で、その人と日本語で話してましたが、二年もすると結構ロシア語で用が足せるようになりましたよ。ロシア人とも仲よくなりましてねえ。ロシア人から嫌な思いをさせられたことはなかったです。ロシア人同士は、ときどき凄い喧嘩をやってました。何しろあの人たちは強い酒を呑むでしょう？　揉《も》めごとが起きると日本人が巻きこまれないように、とても気を遣ってくれましたよ」

「昭和二十三年九月に通達があって、日本人は全部、帰れと言われました。ロシア人になるかどうかなどと訊かれたりしていません。日本人は一人も残さない方針だということでした。家に帰って、妹たちと夜具や衣類を荷造りし、労働に対して給料もらってましたから、その金で買えるだけ黒パン買って、輸送船に乗ったんです。僕らの船には日本人が千二百名でした。行先は何処か知らされてませんでしたが、三日後に樺太の真岡《マオカ》港に着きました。そこで十月二十一日まで、働ける人間はパルプの荷役などして夜昼交替で働きました。これは労賃なしで、一日黒パン三百グラム。足りないし、躰が弱ってね。病人は樺太へ着くまでに死にましたがねえ」

「昭和二十三年十月二十一日に、日本の船が迎えに来てくれて、僕ら三千人を収容してくれました。考えられないほど嬉しかった。大きい食器で久しぶりの飯でしょう？野菜もたっぷりあって、味噌汁の旨かったことはもうたまりませんでしたよ。真岡を出港して一時間後に、日本に身寄りのある人は連絡をとれと言われ、根室に叔母さんがいて住所分っていましたから電報打ちました。すぐ船に返電が来て、ええ、叔母さんの家は焼けてなかったんです。五日後、函館に入港して、三泊してから根室に行き、叔母さんのところに着いたら疲れも何もかも一遍に出たのか一週間寝たきりでした。兄が標津に来ていたので、やがて僕もここに来て、昭和二十四年から漁業権を借りてサケ、マス漁の手伝いを九年やりました。食べるだけが精一杯の生活でした」

北方領土返還について、西山さんは柴田さんとは全く対照的だった。

「返してもらいたいです。僕は今からでも択捉《エトロフ》島で暮したい。帰ったら、まっ先に両親と兄妹の墓参りをします。色丹《シコタン》や樺太には墓参の許可がおりてますが、択捉はまだ一度も墓参りをさせてくれてないのです」

日本軍が立入禁止にしていた単冠湾を中心として択捉にはソ連の軍事基地が築かれているのだろうと私は思った。

「択捉は雪の多いところですか」

「ええ、冬はね。だけど暮しやすいところですよ。米以外は何でも穫れます。野菜ですか、もちろんです。馬は普通の家で二十頭いました。冬も放牧です。択捉は広いので、北の方は行ったことがないから知りませんが、内保のまわりは根笹が繁っていて、牛も馬も舎飼いの必要がなかったんです。僕は子供の頃は島でひろびろとした生活してましたから、標津はせまくて、かたくるしいことが多いしね」

「どういうことが、かたくるしいんですか」

「漁業でもね、あれやっちゃいけない、これもいけないと制限が厳しいんですよ」

この話は後になって別の人から聞いて私には理由が分った。サケは高い魚種なので、漁民の収入格差をなくすためにサケ漁の人たちには漁協の方で他の魚を獲らせない。その代り、ホタテの養殖などやれる人はサケが獲れないというような規制をやっているらしいのだ。

西山さんは、バリバリ働きたい。やる気充分だ。島が返還されたら、あれもこれもと、想像するだけで胸が躍るようだった。

「択捉《エトロフ》の景色は素晴らしいですよ。北海道の何処より、素晴らしいです。僕は他の島のことは知りませんが、択捉は山も海も美しいし、暮しやすさは北海道の比じゃないです。こちらほど寒くないですしね。温泉も出るんですよ」

「えッ、温泉ですって？」

柴田さんが横から、温泉なら国後《クナシリ》にだって四つや五つあると言い出した。

誰が想像できるだろう、北海道より北にある島々が、北海道より暖かく、しかも温泉が出るなんて。

西山さんが、重大な秘密を打ちあけるように小声で私に言った。

「それにね、択捉には紅サケが上ってくる川が二つもあるんですよ。私の知ってるのは得茂別《ウルモベツ》川というんですがね」

「ああ、太平洋岸にありますね。この川に紅サケが上るんですか」

「択捉は北の方にもう一本、紅サケの上ってくる川があるんです」

前にも書いたように、紅サケは鮭では最高値のつく魚種であるのだが、日本にはその母川となる川はないと聞かされていた。ところが択捉島には、そういう川が二つもあるという。私は茫然とした。

西山さんたちは政治については素人だと断りを言ってから、しかし共産党の言ってることだけは考えられないようだった。無理もなかった。共産党は具体的にはハボマイ、シコタンだけの返還を要求しているのだから、択捉島が恋しい西山さんは頭にくるだろう。

「だけどロシア人は、僕らにはよくしてくれたんですよ。別れるときは、僕らのグループの一番上の将校が、家に招いてくれて、奥さんが料理作ってくれて、涙を流してねえ、日本で辛いことがあったら、いつでも島へ帰って来いと言ってくれました。ソ連人として、いつでも迎えてやると言ってくれましてね。ロシア人は、いい人でした」

柴田さんが横で、ボソボソと言った。

「問題は政府だね」

西山さんは日本とソ連のどちらの国籍を選ぶかと迫られたことはなかったが、島に戻るならソ連人として迎えると言われているのだ。私は考えこんだ。紅サケの上ってくるような島を、ソ連が簡単に手放すだろうか。

標津には北海道で一、二を争うほど大量のサケが上ってくる標津川がある。まだ禁漁期であったが、川上に仕掛けられたサケ、マス捕獲所には体長一メートル(体重四キロ)

もある鮭が、もうウヨウヨしていた。私は何しろ生きている鮭を見るのは初めてなので興奮したが、漁協の青年が私を憐むように、

「あと十日もすれば、こんなものじゃないですよ。一日五千尾とれるんですからね」

「海に定置網をしていても、そんなに上ってくるんですか」

「放っといたら、川の鮭が酸欠で死にますよ。もの凄い有様ですよ。是非もう一度見に来て下さい。あと十日ですね、川の水が見えなくなるほどサケが上ってきます」

「そのサケを獲って、人工孵化するわけですか。効率は、どのくらいですか」

「二パーセントと言われています。四年後に生れた川に戻って来るんです」

私は標津川のサケを眺めながら、択捉《エトロフ》にはこれが全部紅サケだという川が二つもあるのか、と感慨無量だった。今の日本では、紅サケは輸入しているのだ。西山さんの気持が痛いほど分る。

標津の漁協より、この地域では羅臼《ラウス》が景気がいいと聞き、そこに村田吾一氏という北方領土返還運動でスタア的な存在になっている有名人がいるから、会った方がいいと漁協の青年にすすめられて、羅臼の漁協に出かける。八十歳を過ぎていて、国後島《クナシリ》で昭和三年から教師として暮していた方だという。

「やあ、東京からですか。いらっしゃい」

年齢より二十歳も若く見える村田先生が待っていて下さった。

「私は昭和三年、根室から船で七時間かかって国後に着きましたが、いきなり馬を買えと言われましたよ。当時、小学校の校長で三十七頭の馬を飼ってたのがいましたな。国後には当時で人間は八千人おったのですが、馬は二万頭いました。ええ、みな放牧です。どこにでも馬がいました。道で人に会って挨拶して頭を下げるというと尻が馬にドンと当って、こりゃウマくねえと思うくらいで」

「お上手ですね、お話が」

「毎日しゃべっているからですよ。先日も福岡へ招かれましてね、ええ、九州の。そこで講演会で私は言ったんですよ。北方四島の昭和十五年の水揚げをですよ、去年の魚価に直すというと一兆円になると。今は漁業も進歩したから、水産業の水揚げは二兆円できかんでしょうと。私は三兆円あると見こんでいます」

去年、日本は外国から一兆円を越す魚を輸入した。二百カイリのおかげで、日本国内の水揚げが約一兆円になっている。北の四島が日本に戻れば、日本は再び水産王国になれるというのが村田先生の主張であるようだった。

「この北方領土は日本のものです。歴代首相の中で、ソ連相手にがめついたのは田中角栄ただ一人です。ロシアは時効だと思って、この問題は解決ずみだと言うが、そんなことはない。ソ連がずるい国だと諦めてしまってはいかんです。あくまで運動を続けて、国際世論に訴える。その前にまず日本人が、もっともっと、これらの島々について知らねばいかん。国後《クナシリ》はアイヌ語はクンネ(黒い)シリ(島)というくらい、樹木が多い。エゾ松、トド松の原生林で、島の中が暗いくらいです。石数を現在の価格にして、国後だけで二千八百億円にもなります」

御自分で仰言る通り演説なれしていらして、数字がよどみもなくすらすらと出てくる。面白く伺いながら、私は背筋が冷くなった。ソ連は近年食糧難で苦しんでいる。牛肉よりも魚肉を食べるようにと政府が国民に奨励している。ポーランドの騒動は、ソ連がポーランドの牛肉を強引に輸入しようとして起ったのだと言われている。だから、千島一帯で獲れる魚は、日本にとって充分魅力的だが、ソ連も見逃すはずがない。

一九五四年版のソ連大百科事典では、国後、択捉《エトロフ》、歯舞《ハボマイ》、色丹《シコタン》地域の概況について、こう記載してある。

「ソ連帰属後、中央から自発的に移住してきた者で常住人口が生じた。主な職業は漁業。カニ、サケ、マスのカン詰工場は改善、拡張されて大工場、コンビナートになった。クジラ加工業コンビナートは最新の技術を取入れ組織されている。野菜、酪農ソフホーズ・ダリニーは農作業を開始。農業技師、機械工、畜産技術員がのりこみ、ソフホーズ・ダリニーには共産党員と共青同盟員が活動。この数年間で、諸部落は姿を一変した。荒地に工場が建ち、新移住者の住宅が出来た。部落は電化され、区の中心地には大商店が開業。映画館、レストランもある」

私は村田吾一先生が、威勢よく北方四島がいかに豊かかと説明なさるのを聞きながら、憂鬱になった。ソ連大百科事典から、四半世紀たっているのだ。その間に、北の豊かな島々は、もっと寒い地域から移住してきた人々の手で一層文化的に発展しているのではないだろうか。日本人は外国の漁業を馬鹿にしているけれど、すでに日本は韓国に追い抜かれようとしている。ソ連のサケ、マス漁業を、いつまで見下していられるだろう。

現在のソ連が「肉から魚へ」という食生活の革命に向い、国営の魚屋が漁業コルホーズの販売店と別に、魚の市場開発に努めている。こうした店々で売られ、買われている魚種の一覧表を見ると、日本人なら愕然とするはずである。ホッケが一キロ百七十円という値段である。この海産物を食べるのは日本でも北海道と東北地方の人々だけであるのに、今はロシア人が食べているのだ。

イカ、タコ、ウニもロシア人にとってもはや珍しい食物ではなくなっている。大はクジラ(魚じゃないけど)から小はイワシに到るまで、ロシア人の食卓に上らないものはなくなった。冷凍魚の中でイワシもサバも日本では値が安いものだが、ソ連では高級品になっている。店に入荷した魚種は新聞やラジオを使って宣伝する。サケ、ニシン、チョウザメが入荷すると、国営魚屋の前に長蛇の列が出来る。

もちろんソ連の人々は、まだ調理法などにうといので、サケ、マス、イワシの罐詰の方が人気があり、店頭に並ぶとアッと言う間に売りきれてしまう。塩蔵のサケ、燻製のニシンなど古典的な食べ方では問題がないが、生魚はフライとバタ炒《いた》めしか調理法を知らないのが一般人であって、ソ連の水産庁でもこの指導についてはこれからの課題としているようだ。

四島出身の人々は三十五年前のソ連人が、魚を珍しがっていたのが忘れられないようだが、戦後の日本人が大変貌をとげ、米よりパンやメンを主食にする食生活の変化と較べれば、ソ連だって色々な変化があるはずではないだろうか。

もちろん、ソ連人が魚を食べるようになったからといって、四島をソ連人のものと認めることなど出来る理屈にはならないが。

各政党間の意見の不統一について、村田さんは、はっきりと御自分の考えを仰言っていた。多分どの政党とも関係がないからだろうと思われる。

「自民党の言い分通り、南千島だけで処理すべきです。社会党は北千島も返せ、共産党は樺太まで返せでしょう？　北千島は日本の軍隊が行って、人間が住めると自信を持ったのですが、どうも普通の日本人には住めないんじゃないかと思います。各政党はです、返還運動について、ポイントを一つに絞ってほしいですね」

お別れする時間が迫ってきたら、村田先生が、

「実は最近、困ったことになってるんですよ。どうもロシア人と日本人が仲良くなりすぎてましてねえ」

と、愚痴をこぼした。

いったい何のことだろうと私が茫然としていると、

「日ソ友好協会というのが、稚内《ワッカナイ》でイの一番に出来ましてね、どんどん各地域で会員が殖えています」

「どういうことでしょう？」

「友好協会の会員章を持ってますすと、海の上の線を越して拿捕《だほ》されても、すぐ返してくれるし、内緒でサケ、マスの漁もやらせてもらえるというので、漁民がどんどん入会しています。私と一緒に返還運動やってた連中も一人減り、二人去りという工合で、今では私一人が頑張ってます。私はソ連の方では有名らしいんですよ。沖合でソ連の監視船と出会った漁民に、村田の爺さんはまだ元気かと訊くそうです」

「まあ」

「漁民同士はトラブルを起したことはまずありません。仲がいいです。週刊誌などヌードの多い、ほらプレイボーイなんてのを渡すとソ連の漁民は大変に喜ぶらしいですよ。ともかく仲が良いもんだから、私は困ってますよ。運動がやりにくくて。仲間がいなくなっちゃいましてねえ」

標津漁協の青年が終始私の世話をしてくれていた。彼と別れるとき、私が感謝しようとしたところが先手を打たれた。

「有りがとうございました。おかげで大変勉強になりました。村田先生は、この地域の有名人で、僕はお名前を知っていましたが、会って話がきけたのは初めてです。あの一人ぼっちになったと言ったときの村田先生の淋しそうな顔は忘れられません。僕は漁協の人間ですから、よく分るんですが、漁民は生活がかかってますから、一匹でも多く魚がとれるなら日ソ友好協会にだって何だって入会しますよ。僕が勤めている漁協の窓から国後島《クナシリ》はよく見えるんですが、僕は村田先生に会って話を聞くまで島のことに関心は全く有りませんでした。しかし、村田先生のあの淋しそうな顔を見たときから、僕の心の中に島を忘れてはいけないのだという考えが生れました。本当に有りがとうございました」

三十五年間で、若い人たちは島とは無縁で暮す生活に慣れてしまったというのだろう。

北方四島には行くことも出来ないと諦めて出かけた旅であったが、帰りの飛行機の中で、漁協の青年の挨拶が私にとって一番大きな収穫だったような気がした。

そこに石油があるからだ！

尖閣列島《せんかくれっとう》

日本の島々、昔と今。番外の三

（昭和五十五年十月二十二日、十一月十七日脱稿）

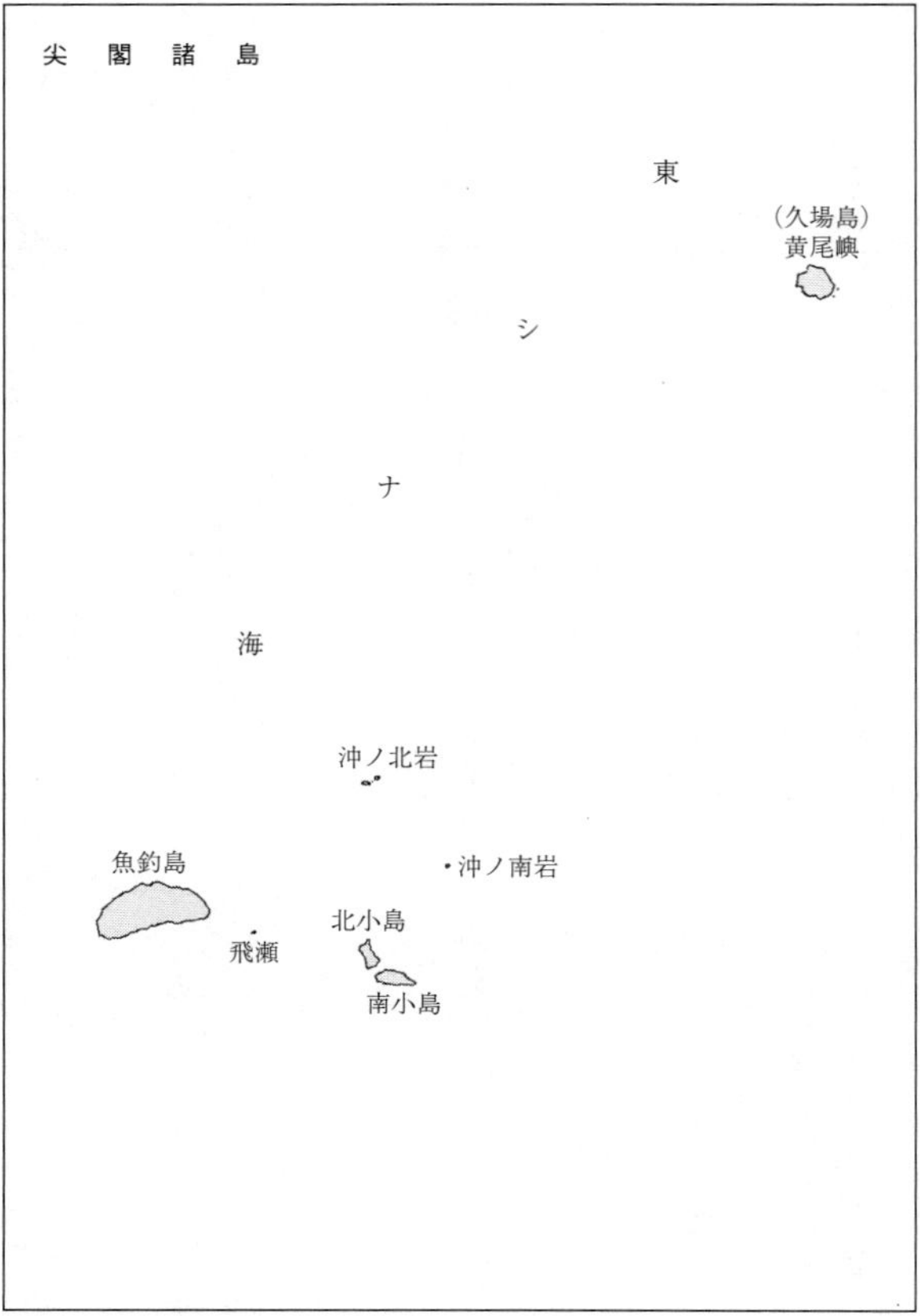
尖　閣　諸　島
東
シ
ナ
海
（久場島）
黄尾嶼
沖ノ北岩
魚釣島
沖ノ南岩
北小島
飛瀬
南小島

私が尖閣列島へ出かけようと準備を始めている頃、中東ではイランとイラクが全面戦争に突入した。イランではアメリカ大使館員が依然として人質になったままであり、日本とイランの合弁によるイラン石油化学コンビナートもややこしい事態に直面し、進むも退くも出来ないという難しい折柄《おりから》であった。両軍の科学兵器は空を飛び交い、ミサイルの発射現場が世界各国のテレビで公開された。凄いなあ、ミサイルを持っているのか、と私は中東諸国に対する私自身の無知にも呆れながらテレビの戦闘場面を見守っていた。もはや歩兵が鉄砲かかえて突撃するなどというのは古典的な戦争になっているのだ。

イランもイラクも、相手国の油田を攻撃目標と定めた。発射されたミサイルの命中率がどの程度のものであるのか発表はないが、少くともイランにある日イ石化のコンビナートは中心部分に四カ所の爆撃を受けたのだけは間違いがない。日本政府はイラク政府に、どうぞ彼処《あそこ》だけは爆撃しないで頂きたいとお願いした。するとと在日イラク大使が記者会見を開いて、イラクと日本は友好国であるという声明を発表した。何がなんだか分らない。イランにいる日本人七百五十余名がテヘランに逃げ、日本に帰国しようとすると、イラン政府はそれを禁止し、日本の力を借りて石油化学コンビナート建設を推進する方針に変化はないと声明した。しかし爆弾が現実に落下して、油田がめらめら燃えているというのに、建設も推進もあったものではないだろう。

イランの政治家が先般日本に来たとき、「アメリカ大使館員を人質というのは間違っている。彼らは犯罪者なのだ」と言ったが、アメリカの五十人が犯罪者だとしたら、日本の七百五十余名は人質同然になってしまった。

イランの近代兵器はパーレビ国王時代の親米路線によって、アメリカ製である。イラクが発射しているミサイルはソ連製のものだという。ところがイランがアメリカの人質を押えた時点から、イランの後押しはソ連、イラクにはアメリカが支援し始めたという。どちらのミサイルも違うメーカーの装置では発射できないのだという妙な事態が起ってきた。

しかしながら私が最も注目したのは、戦争の発端となった原因である。イランもイラクも独立前はイギリスの植民地であったところから、二カ国の境界線がかなりいい加減なものであったことが私の新しい知識になった。さらに私が瞠目《どうもく》したのは、両国の境界となる川のどこに線を引くかというだけでなく、ペルシャ湾にあるカーグ島、ダス島、ラバン島という三つの島について、イラクが領有権を主張したという事実だった。

地図で見る限り、どうも無人島らしい。イラン人が住んでいたならマスコミも少しは報道しているだろうが、とにかく三つの島を領有して軍事基地とすればペルシャ湾を航行する世界のタンカーすべてを威圧できる。これはまあ、本当にえらいことになったと、私は改めて尖閣列島の歴史を洗い直しながら、一九八〇年代の無人島の運命というものについて考えこんでいた。

昭和三十六年(一九六一)、東海大学の地質学者が「東支那海および南支那海浅海部の沈積層」という論文を発表するまで、世界のどの国も尖閣列島に熱いまなざしを注いだことはなかった。なぜなら、この論文には、その海底に豊富な石油と天然ガスが埋蔵されているだろうと指摘していたからである。

日本で新野弘教授が「石油がある！」と叫んでも、誰も聞き捨てにしていたが、この論文がアメリカの海洋地質学誌に発表されると、世界の地質学者と国際石油資本が動き始めた。日本政府のスタートは遅れをとってしまった。

五年後、ECAFE(国連アジア極東経済委員会)がCCOP(アジア沿海鉱物資源共同探査調整委員会)を設け、アジア東海岸の海底鉱物探査を援助することになったのは、右の新野論文が契機になったことは間違いがない。CCOPのメムバーは、日、韓、台湾、フィリピンで、後になって米、英、仏、西独が顧問として、さらに後になってタイ、南べトナム、カンボジア、マレーシア、インドネシアが参加した。

その翌年六月、ウッズホール海洋研究所のエメリー氏と新野教授が「東支那海と朝鮮海峡の海底地質層および石油展望」という論文を発表すると、アメリカは第七艦隊所属の船が調査を開始した。翌年、アメリカはECAFEからの依頼という形式をとり、航空磁気探査を行い、その結果、中国の黄海、東シナ海、南シナ海の大陸棚に石油が豊富に埋蔵されている可能性を確認した。

日本もようやくいろめきたってきた。日本政府も独自の調査団を、尖閣列島に派遣した。それが七月である。

九月にはECAFEがまとめ役になって、日、米、韓、台湾による共同調査が行われた。日本の水産大学の船に全員が乗ったが、イニシアティブを取ったのはアメリカのウッズホール海洋研究所であった。

十月から十一月末まで、アメリカはCCOPの名のもとに海軍の海洋調査船で再び調査を行った。これには日、韓、台湾およびアメリカの科学者が参加した。

各国が目の色を変えて「共同」調査をし、国連が仲に入って(または国連を仲に入れて)喧嘩をしないように心がけたのは、推定されたこの海域の石油埋蔵量が八百億バーレルから九百三十億バーレルと(この量差にもたまげるが)、いろいろな国や人によって算出されたからである。中東の石油埋蔵量が三千百億バーレル以上と推定されているのと比較すれば、尖閣列島が世界の注目を浴びるのは当然だと理解できる。

この時期、沖縄は、アメリカの施政権下にあった。尖閣列島も、その中に含まれていた。日本人も沖縄の人たちも大正島と呼んでいる島は、昭和四十七年沖縄返還後の今もって米軍の射撃練習場になっている。だから日本では誰も尖閣列島は遠からず日本に返還される沖縄の一部であることを疑う者はなかった。

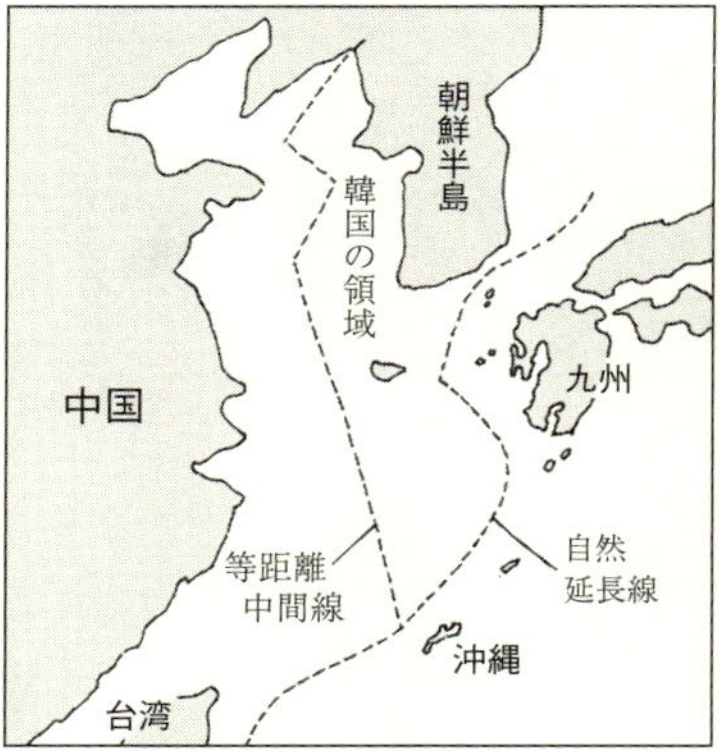

韓国が主張する領域

ところが一九七〇年(昭和四十五)前後から韓国政府は三十八度線以南の海を六つから七つに区分し、それぞれカルテックス、ガルフ、ロイヤル・ダッチ・シェルという石油会社に鉱区権を与えた。その海域は海底に中国大陸の地勢が張り出ていて、つまり中国の大陸棚なのであるから、中国と協議せずに海を区分けすることは出来ないはずであった。しかし韓国は日本に対して、大陸棚というのは陸地領土の自然延長と主

Ⓐ大陸棚が大きい場合

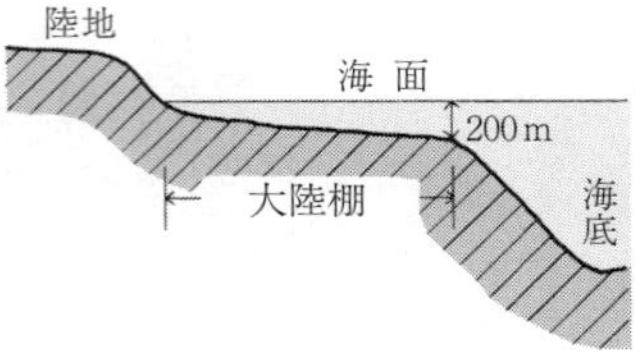

Ⓑ大陸棚が狭い場合

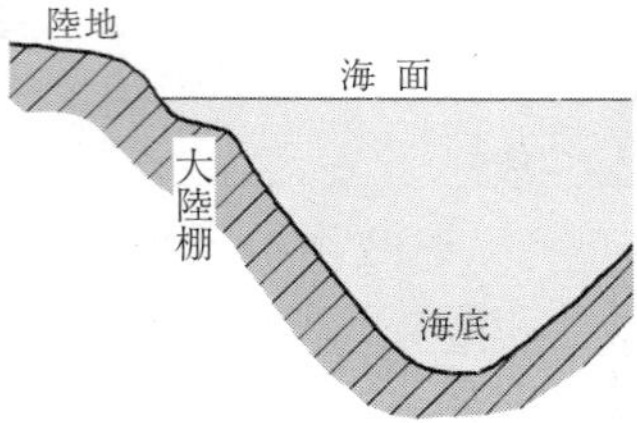

張した。朝鮮から流出された泥砂の堆積はまるで発達していない海域であるのに、である。日本は竹島でさえ煮えくりかえるくらいだから、こんなことをされてどうして黙っていたか。沖縄返還が遅れていたからである。沖縄が日本に復帰したのは昭和四十七年五月なのだ。

しかしながら韓国が新たに第七鉱区を設定してアメリカの有名な鉱区ブローカー、ウィンデル・フィリップ氏に開発権を与えたとき、日本も堪忍袋の緒を切った。一九七〇年六月のことである。韓国の言う第七鉱区は、日本石油開発ＫＫが日本の通産省に申請していた鉱区と重複していた。日本石油開発という会社は三菱グループとシェル石油が共同出資していたから、韓国に大々的に抗議することができたのだろう。これで日本人は目新しい「大陸棚紛争」というものを知るのである。

日韓大陸棚紛争というのは、大陸棚主権をめぐって韓国が自国からの自然延長線論をとっているのに対して、日本は等距離中間線論を唱えた。

「あのォ、そもそも大陸棚って、なんでしょうか。分るように説明して下さい」

水産経済新聞の鳥海記者が、簡単に図を描いて説明して下さった。右頁上のⒶが大陸棚、Ⓑが大陸棚が少い海底である。

すでに国連海洋法会議では、一九五八年に「大陸棚に関する条約」を採択していた。日本はこれに少数派として反対したが、その理由は、大陸棚に属する天然資源として「定着している生物」という定義がこの条約に含まれていたからで、タラバガニの漁獲に大影響があるからだった。しかし東シナ海に石油があるとなれば、また話は別だった。大陸棚条約では関係国が協議し、合意がない場合は、特別の事情により他の境界線が正当と認められない場合、中間線をと定義している。すでに採択された条約の、この項目に日本は飛びついたのである。これを政府の無定見と批難する気には、私は、なれない。漁民にとってカニは彼らの生命線だが、石油もまた日本という工業国家の生命線なのだ。

日韓紛争の最中に、七月七日から十六日にかけて、アメリカ高等弁務官の命令で、尖閣列島に警告板が設置された。魚釣島《うおつり》に二本、南、北小島、赤尾嶼《せきび》(大正島《たいしょう》)にそれぞれ一本、そして久場島《くば》(黄尾嶼《こうび》)に二本。英語、中国語、日本語で、内容は左の通りである。

「警告。この島を含む琉球列島のいかなる島またはその領域に琉球列島住民以外の者が無害通行の場合を除き、入域すると告訴される。ただし琉球列島アメリカ高等弁務官により許可された場合は、その限りでない。」

ところが、この警告板が出されると間もなく台湾政府が東シナ海の大陸棚鉱区権をアメリカのガルフ石油会社の日本法人パシフィック・ガルフに与えたため、紛争は、日、韓、台の三つ巴《みつどもえ》になった。もっと具体的に言うなら、ガルフとシェルと三菱グループ三社の争いに日本政府も巻きこまれてしまったのだ。

一九七〇年八月一日、愛知外相は「尖閣列島はわが国南西諸島の一部であり、台湾とガルフ社の契約は無効」と言明した。日本の閣僚が公式に「尖閣列島はわが領土」と表明した最初である。

九月十七日、琉球政府は、尖閣列島は国際法でいう「無主地の先占《せんせん》」によって日本領になったという主張にもとづいて、声明を発表した。

さて、こういう書物による知識よりも、出かけて行って実際に島を見ることが、どれほど大きな収穫になるか、この一年間の島めぐりで私は知り尽していたから、いよいよ闘志を持って東京霞《かすみ》が関《せき》にある運輸省の十一階「海上保安庁広報室」に出かけて行った。

竹島のときは断られたが「その代り尖閣列島にはヘリコプターで連れて行ってあげま

す」と室長さんが仰言っていたからである。

「いよいよ最終回になりました。つきましては尖閣列島へ行きますので、よろしくお願いいたします」

「それがですねえ。一つだけ困ったことがあるんです」

「なんでしょう」

「地主の許可を、そちらで取って頂けませんか」

「えッ。あんな無人島に地主がいるんですか？」

「いるんですよ」

「でも変ですね。日本人が日本人の土地へ行くのに一々地主の許可がいるなんて聞いたことがありません」

「はあ、まあ、そうですが、尖閣列島の場合は、地主の許可がいるんです」

「でも、海上保安庁のヘリポートが魚釣島にあるんでしょう？」

「あのヘリポートは沖縄開発庁が作ったものでしてね」

「そのとき地主さんの許可は」

「ええ、許可を得て作ったんですが、大変な思いをしました」

「何が大変だったんです」

「地主さんの許可が、ですね」

「どうしてですか」

広報室長さんは、あまりこの話をしたがらない。私は地主の名前と現住所を聞いて仰天した。

「沖縄の人じゃないんですか」

「もとの地主は古賀辰四郎《こがたつしろう》と言って、明治時代に魚釣島にも大正島にも住んでましたが、その人も、その人の息子も亡くなって、古賀花子さんという辰四郎氏の息子のお嫁さんが最近まで地主だったんです。その頃までは、誰が尖閣へ行くにも地主の許可は必要としなかったんですが、地主さんが変ってから、一々お願いをしないと許可をして頂けなくなりましてね。ヘリポートを作るのも、開発庁長官がお願いして許可を頂いたわけでして」

「去年の春ですか、琉球大学の調査団が上陸してますが、そのときは?」

「やはり大学からお願いしてですね、許可を得て、たしか地主さんも一緒に上陸したと思いますよ」

「NHKが撮影したでしょう? 偶然、テレビで見ましたけど」

「はあ、NHKも地主さんの許可を取るのに大変だったらしいですよ」

「どう大変だったんですか」

「いろいろですね、ともかく大変だったんですな」

わけが分らなくなって、家に帰り、関東地方の小都市に住むという三十代の男性の名前を眺めて考えこんだ。どうして許可がいるんだろう。別荘を建てた様子もないし、彼の居住地というわけではないのに。北方領土へ墓参に行くのについて、ソ連がパスポートを提出せよと言い出したので、行くのをやめてしまったと根室市議会の萬屋議長さんが仰言っていたのを思い出した。

ともかくどんな経緯で、尖閣列島に地主がいたのか最初から調べる気になった。

古賀辰四郎という人については、この前に波照間と与那国へ行ったときから聞かされていた。安政三年(一八五六)福岡県に生れ、明治十二年に二十四歳で那覇に渡り、古賀商店を開いた。福岡の茶を売り、沖縄の海産物を本土に売るという商売で、最初から快調に儲けがあったのだろう、五年後には石垣島に支店を出す。古賀辰四郎自身が尖閣列島の探検に出かけたのは明治十八年であるのかどうか、正確な記録がないのだが、アホウ鳥が群棲しているのを知った古賀青年は魚釣島と久場島を中心にして羽毛を採取しフランスに輸出したのだという。羽布団の材料である。一昨年八十四歳で死去した古賀善次氏は辰四郎の子息であったが、当時のことを聞き覚えで「父が明治政府に開拓許可を申請したのは明治十八年です。しかし、この申請は受理されませんでした」と雑誌「現代」一九七二年六月号に書いている。

石垣島在住の牧野清氏(八重山文化研究会会長)は、

「このとき政府は許可しておくべきだったのです。あのときの政府の弱腰が今日の問題に尾を曳いてしまった。尖閣列島は沖縄諸島の一部であるのは古来明らかなのですから、何も遠慮をするべきではなかった」

と勇ましく仰言るし、私も実に同感なのであるが、しかしながら当時は沖縄そのものが領有権をめぐって激浪のただ中にあった。明治維新の廃藩置県も、沖縄は例外とされ、島津家の領地薩摩が鹿児島県となっても、沖縄は藩として取り残された。その理由については歴史を遡らなければならない。

波照間と与那国を書いたとき、沖縄の歴史の概略は述べておいたが、慶長十四年(一六〇九)島津義久(家久か)は三千の兵を遣《つかわ》して琉球を征討した。以降、琉球は薩摩に属し、二人の島津藩士が在番奉行として沖縄本島に常駐するようになった。

ところが、である。前にも書いたが琉球王朝は朝鮮にもハワイ王朝にも珍鳥を献じたりして全方位外交をしていたから、どの国の王様も琉球は「わが国である」と思いこんでいたのだ。ハワイのカメハメハ王朝は、しかし航海術を持たず、来航する西欧の船舶に対しても鷹揚に構えていたし、朝鮮半島は揉めごと続きで海外へ眼を向ける余裕がなかった。だが中国は、明《みん》代も清《しん》代に入っても、琉球の朝貢を受け、尚《しょう》氏を琉球王に封じたのは「わが国」であると信じて寇船を送りこんでいた。それに対して薩摩の在番奉行は奇怪な行動を取り続けていた。

中国人が上陸すると、薩摩の役人も日本商人も彼らの目を避け、社寺の額を隠し、通貨の寛永銭まで押えて、琉球の鳩目銭を使わせるなど、徹底的に日本色を消し、ひたすら中国人が再び寇船に戻って沖合に姿を没するまで息を殺して待っていたのである。

なぜか。徳川時代の鎖国政策のタテマエから薩摩は表向き中国との交易が出来なかったのであろう。しかし、関ヶ原で西軍についたばかりに徳川の治世二百六十年を譜代大名と差別され続けていた長州と薩摩は、タテマエだけは守ったが、実質的には毛利氏は対馬の宗《そう》氏を取りこんで朝鮮と交易していたし、島津家もまた沖縄を拠点として中国から多くのものを輸入していたのではないか。

明治維新の原動力となったのは、この長州と薩摩であり、政策としてまず鎖国を解き開港した。それは日本が近代国家として世界に産声をあげたことでもあった。

しかし鎖国を解いたのは国内の力だけではなく、世界の趨勢だった。マルコ・ポーロやコロンブスが先鞭をつけて、ヨーロッパの航海術は日進月歩だった。十八世紀から琉球諸島は東洋航路の要地となり、イギリスは探検家に始まって十九世紀には清国へ来たついでの軍艦が測量に来て、那覇に上陸し、琉球王府と交渉し、歓待され、四十日も滞在した。オランダ船はもとより、アメリカの船も来た。江戸幕府によって追い払われた外国船は、たいがい那覇で錨《いかり》を降して休憩している。フランスは最も積極的で、清国と通商条約を結ぶと琉球にそれを示して和親、貿易、カトリックの布教の三項目を要求した。在番奉行と琉球王府からの報告を受けた幕府は仰天する。とりあえず通信と貿易だけ琉球王府に限って黙許、禁制の切支丹伴天連《キリシタンバテレン》だけは拒否した。

明治維新によって近代国家の仲間入りをした日本は、国土の範囲を明確なものとしなければならなかった。ここで初めて、琉球が長い間、明、清と日本の両属関係にあったことから、国際的にどちらのものであるか決着をつけなければならなくなった。清は琉球が中国に入貢したのは一三七二年であり、日本に服したのは一六〇九年だから、その古さにおいて要求の権利があると言い、日本側は要求権の先後よりも中国との朝貢冊封の実態は「虚文空名」にすぎず、薩摩統治の実績を説いて公法理論による日本の領有権を主張した。これが明治十二年の出来事である。古賀辰四郎が那覇に商店を開いた年であった。

十二月、天津において日本は大蔵省少書記官竹添《たけぞえ》進一郎、中国側は李鴻章《りこうしょう》（当時は直隷総督兼北洋大臣）の間で有名な会談が行われた。どちらも通訳はいたはずなのに、二人とも筆談し、竹添は「天下に両婚の婦なし」と書いて両属論を退け、「日清両国間がもつれて下手《へた》をすれば、琉球も台湾もドイツに取られてしまうぞ」と迫った。これに対して李鴻章が示したのは「琉球三分案」であった。台湾に近い南部諸島を清国領とし、北部つまり奄美諸島を日本領とし、沖縄本島を含む中部諸島を琉球に帰して王国を復辟《ふくへき》させ日清両国でその保護に当るというものである。当然ながら日本がこれを呑むことは出来ない。

しかし日本も焦っていた。日本は琉球の帰属問題で揉めて時間がかかるより、清の大陸側と西洋諸国並みの通商条約を結びたかったのだ。そこで明治十三年には、日清両案を折衷して「琉球二分案」を用意した。宮古、八重山を清に割譲しようというものである。こうした交渉の経緯をたどっていると、島民たちの意向もきかず、どちらも勝手なものだと呆れてしまう。とにかく近代における領有権というのは先住民族と関係がないことだけは、まことにはっきりしている。

北京の日本公使館で開始された「二分案」に関する交渉は、二カ月にわたり、八回の会談によって、明治十三年十一月十三日には解決される見通しがたった。ところが清国側が条約調印をずるずると延期して、事実上拒否してしまった。

日本の外務省は激怒したが、清国としては当時は琉球より大きな難問をかかえていた。西北部新疆《しんきょう》で回教徒の反乱が起り、ロシア軍が介入し、反乱が鎮まっても占領を続けて清に返そうとしなかったのだ。李鴻章は歴史に名を残す名宰相となる男だから、露清間の調停に心血を注ぐ一方で、琉球南部だけ清のものとしても何のメリットもないことに気づいていた。もともと「三分案」を提案したときの下心では、南部諸島も中部の琉球王朝に帰属させて実利を得るつもりだったのが、日本もさる者で琉球王は明治十三年五月に上京し、東京で生活を始めてしまったのである。王様が王子と共に東京にいたのでは、琉球王朝の復辟は出来ないし、清への朝貢名儀の存続の見込みもない。清朝からは北京の日本公使に、東京にいる尚泰王に次男か三男があるかと質問し、日本公使は琉球王血統はあったとしても清に渡すことなど条理からいって出来ることではないと答えている。

この頃、ドイツがこの問題に介入して、日本はふらふらしたが、李鴻章は琉球問題は日清二国間だけで解決すると言って、はねつけてしまう。こうして琉球問題は、日清間で宙ぶらりんの状態で数年がすぎる。

明治十七年二月、日本政府は尚泰王の長子尚典の帰省を許し、続いて尚泰王にも八月から百日間の帰省と墓参を許した。琉球島民の人心慰撫が明治政府の目的であったろう。

尚王は先祖の墓に詣でた後、士民の清国脱走を戒めて、翌明治十八年の二月東京に帰り、五月には侯爵を授位される。

古賀辰四郎が尖閣列島の開拓申請をしたのが、この明治十八年なのであるから、明治政府としては慎重を期したかったのかもしれない。だが、沖縄県が明治十二年に設置されてから後、同県に編入された島々がある。明治十八年には北大東島と南大東島が編入された。国際法の先占権に基いて取得されたのである。だから、明治政府が同年、沖縄県知事が尖閣諸島に国標を建てるように外務省に上申したのも保留としたのは私にも少々解せない。当時の外務大臣は井上馨であって、どうも彼の念頭には小さな無人島より大きな台湾の方が魅力的で、要するに尖閣諸島には関心がなかったとしか思えない。

明治二十三年、明治二十六年にも沖縄県知事は同文の上申をしているが実現しなかった。しかし古賀辰四郎は、その間、住居を建て、畑を作り、さつまいも、サトウキビを植えつけるなどしている。羽毛やべっ甲などの採取が非常にいい商売になることに気づいて、熊本県や鹿児島県から尖閣諸島へ乗りこむ人たちも殖《ふ》えたらしい。が、海も磯も荒く、おまけに珊瑚礁のある海底ときて船はどこにも接岸できない。上陸するには、今でも海上保安庁のゴムボートさえ、いつ裂けるかとはらはらするほど厳しい海岸線なのだ。水は天水を溜め、冬は魚もとれず、食糧もないとなれば、どんな荒くれ男でも逃げ出してしまっただろう。古賀辰四郎は後に魚釣島の北部にカツオブシ工場など建てて頑張ったが、この絶海の孤島で、それだけのことが出来たのは相当に強固な意志の持主だったという証拠であろう。

さて、問題となるのは、日本政府が、いったい、いつ、尖閣諸島を日本領土と認めたかという点である。

一八九五年(明治二十八)一月二十一日、閣議決定によって沖縄県知事宛に標杭建設を認める指令があった。前年八月に日清戦争が始まっていたので、これは明治二十六年十一月二日の三度目の上申に対する内閣の返事だとみていいだろう。知事はただちに魚釣島を主島としてその地域を沖縄県八重山郡に編入した。日清戦争の末期である。

日清講和条約の調印は、それから三カ月後に下関市において行われた。このとき日本が清国から取得した清国領土は台湾と澎湖諸島と明記されてあり、尖閣列島は含まれていない。そしてまた尖閣の呼称は明治三十二年、沖縄師範の一教諭が命名したものであるという。(上地龍典「尖閣列島と竹島」教育社、一九七八)

古賀辰四郎は日清講和直後、内務大臣に対して尖閣諸島の貸与願いを申請した。

私はこのルポを書くために七冊の本を読んで茫然としたのは、多くの本や年表が、明治二十九年(一八九六)勅令第十三号で、尖閣諸島が「わが所属たる旨公布されたるにより」ただちに開拓が始められ、同年九月に古賀辰四郎が県知事の許可を得たと書いてあることであった。勅令第十三号には、尖閣列島や魚釣島について一語も触れていない。わが尊敬する元京大教授井上清先生まで、日清戦争後に勅令で尖閣は日本領土に編入されたと「歴史研究」で書いておいでになるのだから悲しくなった。古賀辰四郎氏の一人息子の善次氏さえもが「明治政府が尖閣列島を日本領と宣言したのは、……日清戦争に勝ち、台湾が日本領土となったということが宣言に踏み切らせた理由と思います」と八年前に雑誌に書いているのだ。地主までこういう重要なことを間違えているのだから参ってしまう。

とにかく、尖閣諸島というのは、当時はそのくらい日清政府間で問題にもならなかった地域だったのだ。ただ古賀辰四郎にとってのみ、大量にアホウ鳥が獲れる島として重要だった。彼だけが、沖縄県知事にしつこく迫り、中央政府に運動までして懸命に尖閣を自分の勢力範囲にしようとしていたのである。当時の総理大臣は伊藤博文であったが、こういう人たちが海鳥がいるだけの無人島について、どの程度の関心をもっていたか疑わしい。閣議決定は明治二十六年の沖縄県知事から三度目にもなる上申について、ごく事務的に処理したものではなかったか。伊藤博文も井上馨も、朝鮮や台湾という大きなものがすぐ手に入るという時期に、こんな小さな無人島のことなど深く考えたはずがない。アホウ鳥のいる無人島と、朝鮮半島の広さや台湾の大きさを較べてみればいい。誰も問題にしなかったのだ。そのときも、それ以後も。六十五年たって、尖閣地域に大きな油田が埋蔵されていると学者が言い出すまでは。

明治二十九年九月、内務大臣は古賀辰四郎に対して、魚釣島、久場島、南小島、北小島の四島を三十年の期限で無償貸与すると認可した。古賀は国有地で他人に濫獲《らんかく》される心配がなくなったから、大々的に毎年五十人近い人間を島に送りこんで鳥の捕獲に当った。その頃、一年で十五万羽の海鳥が獲《と》れたという。どのくらいの羽布団が作れたことになるのだろうか。

私は、ともかく沖縄県石垣島に出かけることにした。もうそのときは、尖閣列島に上陸する気は、はっきり失っていた。地主に平身低頭してまで島に行くことはない。その代り尖閣諸島の上空をヘリコプターで低空飛行するつもりだった。あるいは漁船を借りて、島の周囲を一巡してみよう。地主が漁民でない限り、領海十二カイリは国家のものであり、上空もまた領空権といって国家のものである。日本政府は昨年の九月七日の閣議で、森山運輸大臣が「海上保安庁は今後とも尖閣海域の巡視船巡回を実施し、任務は遂行する」と述べ、園田外務大臣も「尖閣はわが国の領土であることは間違いない」と確認している。したがって日本国民である私は、わが国の領海と領空を、地主に断りなく悠々と動きまわることが出来るのだ。

日本航空で羽田を出発、那覇空港で南西航空に乗りかえるのに時間があったので、私は一昨年の「事件」を詳しく書いた新聞記事の切りヌキをひろげて見た。

それは昭和五十三年、今から二年前の四月十二日から十八日まで一週間にわたる、しかし突然の出来事であった。

十二日午前八時頃、尖閣諸島の領海警備に当っていた海上保安庁第十一管区海上保安本部石垣島海上保安部の巡視船が、魚釣島付近で多数の船影をレーダーでとらえた。接近して見ると、いずれも中国大陸の漁船で、ほとんどが五十トンから百トンクラスの大きな底曳き漁船で、尖閣の領海内に十九隻、領海のごく近くに九十二隻、計百十一隻が、魚釣島の北西約八カイリから十六カイリの水域でトロール漁の操業中であった。そこで海上保安部では巡視船から中国語のテープで放送し(台湾漁船に対して、かねて用意してあったものだろう)日本の領海外へ退去するよう勧告した。ところが漁船団は板片にチョークで「釣魚島是中华人民共和国領土《うおつりじまはわがくにりょうど》!!」と書いて示し、退去勧告に応じない。

第十一管区海上保安本部は、那覇や宮古からも巡視船を急行させ、説得に当ったが、中国漁船はびくともせずに操業を続けた。この付近の海域に中国大陸の漁船が姿を見せたのは初めての出来事である。マストには五星紅旗がひるがえり、漁民の他に青い人民服を着た数人が乗船している船もあった。

これが報道されると日本のマスコミは沸き返った。ヘリコプターや漁船で新聞記者が取材に殺到した。保安庁の巡視船も集結し、空からも保安部のヘリコプターが垂れ幕を下《おろ》して、退去命令を出した。新聞社のチャーター船も領海に侵入している一隻の船に近づいた。その船の乗組員が、さかんにこちらにカメラを向けて撮影していたからである。十四日の昼すぎ、その中国船は、船首に装備した機銃のカバーを外した。それまで中国語で説得し続けていた保安部巡視船のスピーカーから突如日本語が流れ出した。「中国漁船が機銃のカバーを外した。危険だから近寄るな」と今度は日本のマスコミに対して勧告したのである。日本は銃砲刀剣類には特別の法律があって、漁民がこういう物騒なものを持つことはない。韓国やフィリピンでも、また台湾でも漁船に兵器が備えつけられているとは聞いたことがない。

日本のマスコミは一層騒然となった。

欧米の石油資本が韓国から東シナ海の鉱区権を買い入れ、さらに第七鉱区で日米両資本による石油開発と海域がぶつかって「日韓大陸棚論争」が展開され、それに台湾も加わって三つ巴の争いが始まった頃、「いったい中国が大陸棚を主張し始めたら、どうなるのだろう」と誰もが思っていた。そして日中友好条約について両国政府の間でようやく話合いが煮つめられて調印は目前という時期に起った出来事だったのである。

事件は、しかし起るべくして起ったともいえた。一九七〇年(昭和四十五)十二月、中国は新華社を通じて「中国の広大な大陸棚で、日本がアメリカの石油会社と共同開発を行うのは海賊行為であり、わが国の上空と海上で今もなお調査を続けているのは、中国の海底資源を略奪するものであり、新たな中国侵略行為だ」と非難したからである。そのとき尖閣諸島に関しては「魚釣島、黄尾嶼、赤尾嶼、南小島、北小島などの島々は台湾の付属島嶼である。これらは昔から台湾と同様に中国領土の不可分の一部である」と言明したのだ。

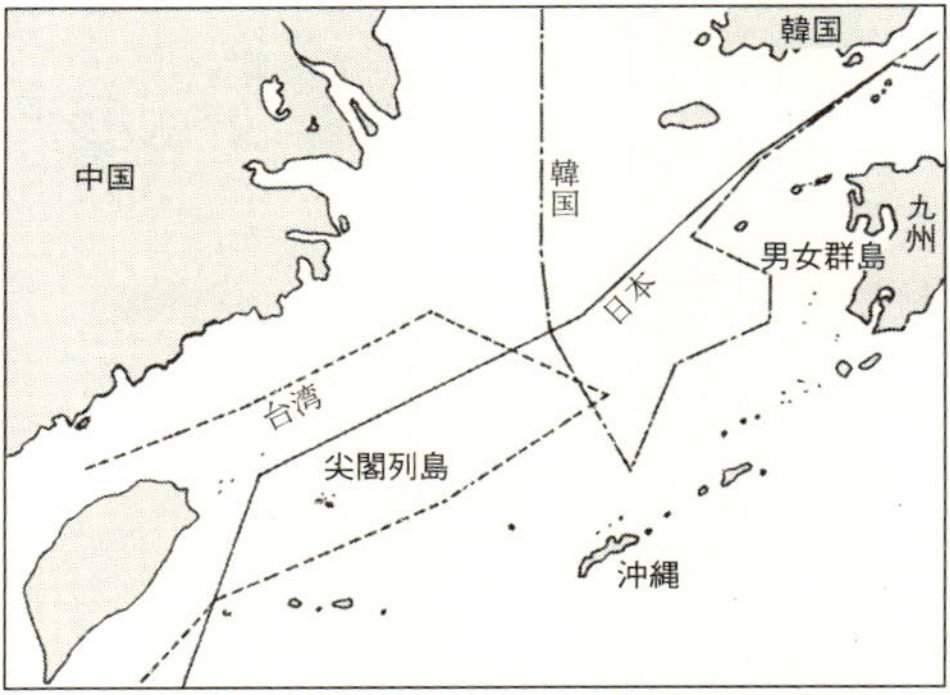

日，韓，「台」が主張する大陸棚主権の範囲

中国は前から台湾を「わが国」と言明していた。それでなくても日本、韓国、台湾の三国で三つ巴になっていた大陸棚紛争は、この声明で冷水を浴びたようなものだった。中国

は文字通り大陸であり、中国が大陸棚を主張し始めれば、三つ巴の論争も中絶して中国の出方を待つしかないのである。いったい中国はどこまでを中国の大陸棚と主張するのか。

幸か、不幸か、中国は文化大革命という名の内乱の最中であった。毛主席が死に、四人組が捕えられ、華国鋒《かこくほう》が主席となるのは一九七六年十月であった。鄧小平副首相が来日したのは、一九七八年の秋である。

記者団の数々の質問に答えて、鄧小平副首相は、

「尖閣諸島問題について、我々の世代には知恵がない。次の世代がこれを解決するだろう。漁船があの付近へ行って日本とトラブルを起したのは偶発事故である」

と絶妙な答弁をしてのけた。

私はテレビでこの記者会見を見ていたのだが、まったくこの名台詞《せりふ》には唸った。世界はあまりにも早く動いている。物理科学の進歩に、社会科学は追いつけない。国際情勢も複雑で、表面に出た事件だけでは、何のことかまったく理解出来ない。本当に「我々の世代には」新しい時代に対応できる「知恵がない」のは、どこの国の指導者でも正直な本音だろう。だが「次の世代」は、いったいどんな「解決」をしてくれるのだろう。

去年の九月六日、来日中の中国の谷牧副首相が記者クラブでの会見で、尖閣諸島は

「中国の領土であることは明瞭だ」と言って、「子孫の解決にゆだねる」と鄧小平副首相がコメントしたのとは違う見解を述べて、日本政府は中国首脳部の意見の喰違いに全く当惑させられた。

先に書いた森山運輸大臣と、園田外相の閣議の発言は、谷牧副首相の記者会見の翌日、九月七日の朝のものである。

那覇空港で長い時間待っている間に、ようやく南西航空の石垣島行きフライトの案内があった。私は重い気持で立上った。

石垣島へ向うＹＳ11機の中で、沖縄観光のキャッチフレーズである珊瑚礁の散在する海を見下しながら複雑な思いにかられていた。上から見下せば海の色をあえかに変えて揺らぐ美しい珊瑚礁が、実はサンゴ虫の死骸が集ったコンクリートよりもっともっと堅い岩石にも似たものであることを考えていたからである。港湾施設を作るためには、まずこの珊瑚礁を掘り起して、船底が傷まぬようにしなければならないのだから、手間も金も本土の作業より倍も三倍もかかるのだ。

そういう地域に尖閣諸島は、ある。もちろん石垣島へ直行する飛行機の中から尖閣は見えないが、船が接岸できないという点では、八重山群島と変るところはないはずだった。一九七九年の三月、琉球大学の学者が中心になって、海上保安庁の船で調査に出かけたときの様子を偶然NHKの教養番組で見たが、上陸するにはゴムボートを使い、荒波に翻弄され、荒磯に何度もぶつかり、ゴムボートが鋭い岩石にぶつかって今にも切り裂かれそうで、テレビで見ていてもハラハラした。今から九十五年も前の古賀辰四郎が上陸した頃は、本当にコロンブス同様の冒険であったろうと、胸が痛くなるようだった。テレビで見る限り、アホウ鳥は全滅していた。濫獲のせいだと動物学者が言っていたが、それはどうだろう。私が、このテレビで最も感動したのは、古賀村と呼ばれていた久場島に、敗戦前まで暮していた人々が植えつけていたサツマイモやサトウキビが、野生化し、立派に繁茂していたことである。植物学者が目の色を変えて、イモの蔓《つる》をたどってイモを掘り出したときは迫力があった。大自然の中で、人間が植えたものは長く放っておくと絶滅するものとされていた植物学の常識が覆《くつが》えされ、日本人が住んでいた証拠が、米軍によって三十年以上も無人島と化していた島で証明されたことに感動していた。私が、船で行くよりヘリコプターで出かけようときめたのは、NHKテレビでこうした優れたドキュメントを見ていたことも大きな理由であった。蛇もウヨウヨいるらしかった。臭蛇《シュウダ》という種類だと、捕まえた動物学者の説明が入っていた。

一九六一年(昭和三十六)東海大学の新野教授がこの海域に石油の埋蔵があると言い出

した頃から間もなく、石垣市は魚釣、久場、大正、南北小島の五島に標識を設置したし、それより十年も前に琉球大学の学術調査団が島に渡っているが、その頃は地主の許可なんか必要としなかった。古賀辰四郎が明治政府の三十年の無償貸与を得てから大正十五年にその期限が切れて、辰四郎の息子が有償貸与され、やがて数年後に払下げされて、れっきとした地主が誕生していたが、誰も彼に断りを言わずに調査に出かけている。その頃、古賀善次氏は魚釣島のカツオブシ工場を作り、労働者を傭《やと》って経営をしていた。アホウ島は少くなっていたし、農作物は台風のときを除いて収穫は出来たのだろう。

しかし昭和二十年には、台湾に疎開するため百八十人が石垣島から船で出かけたのが、米軍の空襲で尖閣海域で沈没。遭難者の一部が魚釣島に漂着し、一部は救助されたが多くは餓死してしまった。人間が住むには適さない島だということが痛いほど分る。

敗戦後の尖閣諸島は、北緯三十一度以南でマッカーサー・ラインの中に入り、日本から分離された沖縄諸島の中に入ってしまう。一九五〇年、琉球大学調査団が渡島しているし、その年米軍の政府令第二十二号が公布され、尖閣諸島は八重山群島に含められる。(そのことで当時、台湾も中国も抗議をしていない)

アメリカ軍は、昔の清国のように、沖縄を日本からやがて独立させようと考えていた節《ふし》があって、一九五二年(昭和二十七)には、琉球政府章典を公布させているが、その中

にも尖閣諸島は行政管轄されると規定してある。（新野論文以前の出来事である）

一九五五年、米軍は爆撃演習地を定め、翌年は大正島を米軍演習地として使用し始め、一九五八年には久場島を軍用地に指定して古賀善次氏と年額一万一千ドルで借用契約を結ぶ。

そして一九六九年（昭和四十四）石垣市議会の決定で、行政管轄を明示するため、魚釣、久場、大正、南北小島の五島に、石垣市に属する島であるという標識を設置した。翌年はアメリカ民政府が、不法入域者は処罰するという警告板を右の島に設置する。これらの動きは「石油があるらしい」という学者たちの動きに対して手早く打ったものであろう。古賀善次氏の土地というれっきとした証拠がすでにありながら、そんなご丁寧なことをしたのだから。

その次の月に台湾政府は、尖閣列島は台湾の属島であることを決議した。次の月には台湾水産試験所の船が来て、魚釣島に「青天白日旗」を立てて領土権を主張。二週間後には琉球政府と日米政府と話合いの上、同旗を撤去した。

台湾はしかし、その直後に尖閣は台湾に帰属すると領有権を主張した。その五日後、アメリカ国務省スポークスマン（マクロフスキー報道官）は「尖閣列島は琉球の一部である」と公式見解を発表した。

翌年一九七一年、遂に中華人民共和国は北京放送によって「釣魚台など台湾付属島嶼《とうしょ》を沖縄返還協定による返還に含めたのは、中国の領土保全と国家主権に対する重大な侵害であり、断じて黙認出来ない」と抗議し、同年十二月外交部は「日本佐藤政府は中国人民の激しい反対を無視し、中国の領土をアメリカ帝国主義と結託して侵略するさまざまな活動を行ってきた。釣魚台を含む島嶼は昔から中国の領土である。はやくも明代に、これらの島嶼はすでに中国の海上防衛区域に含まれていて、それは沖縄でなく台湾の付属島嶼であった。これらは台湾同様、昔から中国領土不可分の一部である」という声明を発表した。

こうして尖閣は、俄《にわ》かに各国政府の領有権主張というハイライトを浴びたのである。石油があると学者たちが言い出さなかったら、こんな領有権の主張は決してしなかっただろう。台湾が見える与那国には少しも触れていないのだから。地図で眺めても与那国の方がずっと台湾に近いのに、与那国が少しも問題にならないのは、その地域に石油があると誰も言わないからかと勘ぐりたくなる。与那国に日本人が住んでいるということは、北方領土の例もあるから理由にならない。

ところで中国政府が声明を発表した翌年、日本では荒畑寒村、井上清、羽仁五郎ら進歩的文化人が記者会見を行い「尖閣諸島は日清戦争で日本が強奪したもので、歴史的に中国固有の領土だ。われわれは日本帝国主義の侵略を是認できない」と声明。

しかしその論拠とするものは倭寇が跳梁していた頃、明国政府がそれをチェックするために釣魚台に小屋を建て役人を派遣していたからだというのである。十六世紀、日本が戦国時代で明と交易をするどころではなかった頃、倭寇が密貿易の立役者であったことは種子島や福江島の項で書いた。しかし倭寇の首領《ドン》は王直という中国人であり、日本各地の水軍や海賊は彼ほどの資本力も航海術も持っていなかった。このことは、はっきりさせておかなければならない。

しかも明国の人間が釣魚台に居を構えて倭寇対策に当っていたのは、ほんの一時期であって、その程度でも「古来固有の領土」だったというのなら、このとき羽仁五郎氏らに賛同した九十五人の方々に私は敢えておたずねしたい。中東が火を噴く発端になったのは、突然イスラエルという国家が出現したことであった。二千年間も、その地を留守にしていたユダヤ人たちが「この地域は古来ユダヤ人が住んでいたところだった」と言い、金と武力によってパレスチナ人を追い出して、イスラエル国家を作ったのだが、尖閣が古来中国のものだという九十五人の日本人は、イスラエルを是認し、追い出されたパレスチナ難民についてはどういう御意見なのであろう。

私の考えも、この際述べておく必要があるかもしれない。国連がイスラエルを国家として承認したとき「これから大変なことになるだろう」と思う一方で、二千年間も国土を持たない民族として、欧州各地で圧迫され続けてきたユダヤ人たちが国土を渇仰《かつごう》する気持も分らないではなかった。だから、イスラエルとアラブの紛争には胸が痛くなるだけで、私はどちらの気持も分るのだ。二千年も馬鹿にされ続け、歯を喰《く》いしばりながら生きてきた民族が国家を築こうとしたことと、二千年来ずっとその地でのんびり暮していた、それも決して豊かな生活ではなかったパレスチナ人が、突然「お前たちは出て行け」と強制的に「彼らの国土から」追い出されたのと。二千年の屈辱の歴史から立上った人々と、突然追い出された人々の怒りと、どちらも尤《もっと》もだという気がするから、私はこの問題に対しては「やはり知恵がない」としか言えない。

しかし、尖閣に関しては「古来中国人が住んでいた事実はなかった」のだし、古賀辰四郎が開拓に乗り出して、もう九十五年になる。「日本人は住んでいたのだ」。小笠原諸島に日本人が住みついたのは明治八年からである。しかし、その前から、人間は住んでいた。にもかかわらず小笠原諸島について進歩的文化人は、格別の声明を発表していない。これはいったいどういう訳か。

もし「古来○○人が住んでいた」のが領有権の決定的な理由になるのなら、北千島はクリル人のものであり、樺太はアイヌのものであり、アメリカはインディアンにホワイトハウスを明け渡さねばならないことになる。そしてアラスカはエスキモー人に。

が、ともかくそんな古い話はさておいて、尖閣諸島に関しては「古来無人島」であったし、全部集めても山中湖に沈んでしまうというくらい小さな島々なのである。一番大きい魚釣島で三・八〇平方キロメートル、久場島は一平方キロメートルもない。官有地の大正島など〇・〇五平方キロメートルという小さなものだ。だから日本だって中国だって、問題にしていなかった。経済水域二百カイリという新しい時代を迎えて、その上さらに油田地帯だと分ってから、中国政府も領有権を主張し出したのだ。だいたい台湾にしても、清国の領有となって福建省に属するものとしたのが一六八三年で、日本は五代将軍徳川綱吉の時代である。台湾古来の住人は高砂族たちであるのだから、大昔の話を持出すのは、どこの国でも自分の足許に火薬を仕掛けるようなものだ。日本だって、北海道も沖縄も危ないことになってしまう。

日本の進歩的文化人が中国政府のお先棒を担いで記者会見してから一カ月後、沖縄は一九七二年五月十五日、尖閣諸島も含めて日本に復帰した。日本に帰るについては、沖縄島民の意志が尊重された。

さて私は石垣島空港に着陸してからは、翌朝早くヘリコプターで飛ぶべく、いろいろ動きまわらなければならなかった。その間、在住の人々に何人か会った。

「尖閣へ行くんですか」

「はい、ヘリコプターで上空を飛ぶつもりです」

「魚釣島にはヘリポートがあるんですよ。上陸しないんですか」

「絶対に、上陸しません」

「そうですか。地主の許可がとれなかったんですね」

「いいえ。どうも面倒なことが起きそうだというので、上空だけにしました」

「そうですか、ヘリで行かれるなら、ちょっと上陸して、あの島を蹴とばしてほしいなあ。僕なら、そうしますね」

「あなた、何か、あったんですか」

「ええ、この地域の団体で、尖閣諸島は日本領土だというキャンペーンをやっているのです。僕はそのメムバーで、直接地主に手紙を書きました。こっちだって仕事持ってる人間の集りですから、予定を書きました。何月何日に上陸させて頂きたいと、丁寧な手紙を何通も出しましたが、返事がありません。長距離電話をかけても、いつも地主さんはいないというし、連絡がとれないんです」

「で、どうしました」

「仕方がないから、全員、船で出かけましたよ」

「上陸は」

「出来ませんでした。ヘリで上から御覧になれば分ると思いますが、あの島は、どこにも接岸できません。ですから、島々を眺めるだけで帰ってきました。そして何日か後に、内容証明の速達を受取ったんです」

「地主さんから?」

「ええ、断りなしに出かけたのがいけなかったらしいんですね」

「でも上陸しなかったんでしょう?」

「そうです。だから又しても長距離電話かけて、何通も手紙を出したのに返事をくれなかったじゃないかと抗議しました。すると、本人の秘書と称する男が、手紙や電話でなく、会いに来て頼むべきではないかと言うんですよね。僕は、こんな人の将来の利益のために尖閣は日本の領土だという運動をしているのかと思うと、今でも腹の中が煮えくり返ります。これは冗談ですが、地主に対する面当てだけでも、中国に渡してしまいたくなるくらいです」

石垣市会議員たちも、地主さんの許可をもらわないと査察に行けない。石垣市が保管に当っているのに、なんたることかと立腹している人々が多い。地主さんの御評判は、この土地でもまことによくないのである。

また別の人が言った。

「石油が出るというのなら、是非とも海から掘り出してほしいですね。領海は島の地主のものではないですからね。はあ、僕も不愉快な思いをしました。どんなことか、喋りたくもありません」

昭和五十四年五月二日、読売新聞の沖縄版では「尖閣諸島、ドーンと売って」という見出しつきで、高額所得番付で百傑の仲間入りをした古賀花子さん（八十二歳）のことを大きく報じている。二億六千七十七万円である。古賀辰四郎の息子の善次氏の未亡人である花子さんには子供が生れなかった。家族も身寄りもないところへ、数年前から「島を売らないか」という交渉に入ったのが現在の地主さんである。昭和十七年生れの青年は、沖縄の本土復帰と同時くらいから古賀さん夫婦に接近していた。昭和四十九年から南小島（〇・三五平方キロメートル）北小島（〇・三一平方キロメートル）を買い取り、古賀善次氏の亡くなった昭和五十三年に主島の魚釣島を手に入れたのだった。

私がこの記事を読んだのは、前に波照間島などへ出かけたときで、古賀花子さんと魚釣島の写真は出ていたが、誰が買ったかという話はまるで一行も書いていなかったから、日中紛争の種をややこしくしたくないからというので、てっきり日本政府が買い上げたものと早トチリしていたのだった。

調べてみると、古賀花子さんの名義で残っているのは久場島(〇・八七平方キロメートル)だけになっている。一九七九年三月、琉球大学の学術調査団が出かけたのは、この島であったことにようやく思い当った。道理で地主さんの許可が下りたはずだ。しかしNHKは、いったいどういうつもりで久場島を「黄尾嶼《こうびしょ》」という名で放映したのだろう。

尖閣諸島には、それぞれ三つも四つも名前がついている。中国の「中山伝信録」では魚釣島が釣魚台、そして英国サマラン号の「琉球訪問記」(一八四三―四五)ではホアピンス島と記されている。琉球名はユクンジマ。別名に和平山とあるのは、中国読みでホア・ピン・サンになるから当て字であろう。古賀花子さん所有の久場島は、「中山伝信録」では黄尾嶼、イギリス人がつけた名はチアウス、そして古来琉球人はクバシマと呼んでいた。だいたい八重山群島の人々は尖閣諸島をイーグンクバシマと総称していたのである。それなのに、どうしてNHKは、わざわざ島名を黄尾嶼にして放映したのか、理解に苦しんでしまう。

官有の大正島は、「中山伝信録」では赤尾嶼《せきびしょ》、英国海図ではラレー岩になっている。琉球名はクミアカシマである。

イギリスと中国と日本の三つしか手許に資料がないが、オランダやアメリカ、スペイン、ポルトガルの船なども航海日誌で触れているはずで、それぞれ発見した船長さんの名前などがつけられたりしているのだろう。つまり古来といわず近世後期においても、無人島には世界各国が勝手に名前をつけて航海目標としていたのだ。島名に嶼という文字を当てるのは中国だけだから、黄尾嶼、赤尾嶼は中国のものだと論ずる日本人がいて、一冊の立派な本を書いていたりする。それなら魚釣島はどうするのだ。中国はこの島には嶼という文字を使わず釣魚台と古書にあり、今は釣魚島と書いている。

尖閣諸島は中国のものであると書いた堂々たる書物の日本人著者の経歴を何気なく頁をくって見たら、学歴など記した最後に「日中貿易」になんらかの形で関わりを持っていたりする。こういう人に対しては、私は言葉がない。天津甘栗やクラゲを輸入するのに有利になるとでも思って、こんな本を書いたのだろうか。私は、中国人を知っているから、本当の中国人がこういう本を読んでもお腹の中で著者を尊敬したり好意を持ったりするとは思わない。かつて自民党の松村謙三代議士が訪中した際、中国の政府高官が日本の佐藤栄作総理大臣を「佐藤」と呼び捨てにしたのに対して怒りを露わにし「日本人が中国政府の高官を呼び捨てにしたら、あなた方はどう思うか。我々は国内で佐藤栄作の政策を批判することはあっても、外国へ出れば彼はわが国の総理大臣である。外国人に呼び捨てにされるのは我慢できない」と言い、以来中国は態度を改め、松村謙三氏の彼地における声望は高まった。その次に書くのは気がひけるが私自身も「中国レポート」で何の遠慮もせず見たこと聞いたことを書いたが、そのためにハラハラしたのは親中派の日本人だけであって、中国人からは一言の文句も嫌みも言われていない。だいたい「中国レポート」を書くに当っては、中国の文人政治家の周揚氏から「なんでもよく見て、はっきり書いて下さい」と言われたくらいだ。

さて、いよいよヘリコプターに搭乗した朝は快晴。十月だというのに三十度を越す暑さで、ホテルの外へ出ると頭がボーッとなるようだった。八人乗りのヘリコプターに救命胴衣を着けて乗りこむ。頭にヘッドホーンをかぶり、「パイロットに話しかけたいときは、このボタンを押して下さい」などという注意を受ける。万一に備えて集英社では私に一億五千万円の生命保険をかけていたから、私もようやく緊張していた。

十五分もすると上空にいるためか、冷房が効いてきたように涼しくなった。カーディガンを用意してくればよかったと後悔したくらいだった。私はスイッチを押してパイロットに話しかけた。

「いいお天気ですねえ」

「そうですね。嵐の前の静けさですか」

私はパイロットが、どうしてそんなことを言うのか理解できなかった。見下すと、石垣島は遠く姿を消し、青い海には波一つ立っていない。嵐って、なんのことだろう。それにしても、海というのはまあ、なんて広いんだろうと私は思いがけない感想を味わっていた。とにかく、何もないのだ、青い海の上には。島影もなければ漁船さえいない。私は八重山漁協が与那国同様の小規模な漁業であることを、支庁の水産課で確認していた。尖閣諸島の海域には、カツオ漁船が出漁しているが、いずれも沖縄県のものではなく、長崎や鹿児島などの大型漁船であるという話だった。石垣島から船で片道六時間かかるとすれば、島の漁業としては引合わないだろう。魚種もオナガダイやカワハギなど瀬についているのには一般的な市価がないし、カツオ、マグロ、カジキなどの回遊魚を獲るのも、石油の値上りのために、遠出して儲かる時代は過ぎていた。

ふと見ると、目の前に一隻の船が北上しているのが見えた。私は再びスイッチを押してパイロットに話しかけた。そうしないと、エンジンの音で聞こえないのだ。

「あの船は、漁船でしょうか」

「いや、海上保安庁の巡視船です」

「どうして分るんですか」

「海上保安庁のマークが見えるでしょう」

パイロットが信号を送ったのかもしれない。巡視船から乗組員が出てきて、上の甲板でさかんに手を振ってくれた。私も一生懸命手を振ったが、あいにく私の座席の傍の窓は開けることが出来ず、しかもヘリコプターは、あっという間に船の真上を飛んでしまった。

「竹島は駄目ですが、尖閣なら連れてってあげますよ。魚釣島にヘリポートを作りましたからね」と言って下さった海上保安庁広報室長さんが次には「地主の許可を取って下さい」と言い出し、私が長考している間に人事異動でいなくなってしまった。新しい広報室長さんは「船ならともかく、ヘリにあなたを乗せたとなると、マスコミが次から次から乗りたがるのを防ぐことが出来なくなりますので」と、やんわり断られてしまったのである。船で往復十二時間以上と聞いて、私は小笠原の父島へ行ったときのことを思い出し、海上保安庁のお世話になることは断念したのだった。あちらの立場になってみれば、ご尤《もっと》もな話だし、船では珊瑚礁が邪魔で傍には寄れず、ゴムボートで上陸するには地主の許可がいるのでは、別のヘリコプターで飛ぶしかない。

鏡のような海だというのに、どうして漁船の姿が見えないのかと私は不思議でたまらなかった。南下するほど、市場価値の高い魚種がないからだろうか。季節的に、いい魚群が泳いでいないからだろうか。しかし今は十月だ。イワシやブリなどは、この辺りから北上しているはずであった。漁船の姿が見えないのが、なんとも不思議だった。とにかく海の広さに私は驚いていた。もう一時間になるのに、尖閣諸島なるものは、影さえ見えない。本土から沖縄本島、さらに石垣島へジェットで飛んでいるときの方が島が次々と見下せたのを思うと、尖閣諸島のある位置が、とんでもない遠いところだということが分る。九十五年前に古賀辰四郎という人が出かけて行ったのは、大変な勇気がいったろう。当時の航海術では六時間の何倍かかったろうか。

「南小島が見えてきました」

パイロットの声で、眼を瞠《みひら》くと、実に実にちっぽけな岩礁みたいなものが海の上に顔を出している。

「その向うが北小島ですね」

「そうです」

一平方キロメートルの三分の一そこそこの二つの島は、あまりに小さいので「中山伝信録」にも、イギリスの海図にも、「日本水路誌」にも、イギリスのサマラン号の日誌にも記録されていない。ごつごつした岩だらけの海岸線を見ると、ここに上陸した人間はただの一人もいなかっただろうという気がする。しかしながら昭和四十九年には、古賀花子さんからこの島を買いとった男がいるのだ。六年前の話である。もし、この地域に石油が出ると学者が言い出さなかったら、誰がそんな酔狂な真似をしただろう。詳しい地図を膝の上に展《ひろ》げ、北緯二十五度から二十六度の間に尖閣諸島が散らばっているの

を眺めていると、

「魚釣島ですが、南側を東から西へ飛び、それから北側を西から東へ飛ぼうかと思いますが、いかがですか」

と、パイロットの声がヘッドホーンに伝わってきた。

「結構です、どうぞ」

スイッチを押すのが遅れたから、彼には「どうぞ」という言葉しか聞こえなかったかもしれない。

南小島と、北小島が、あまりに小さかったために、魚釣島は大きな島に見えた。意外にも樹木が生い茂り緑が深い。アホウ鳥を獲りつくした後、古賀商店がカツオブシ工場の他にクバの伐採事業も行っていたことを思い出した。

しかしながら日本離島センターが出版している統計年表で、私がこれまでに行った最小の島が焼尻で、その面積が五・三四平方キロメートルだから、三・八〇平方キロメートルの魚釣島はそれよりさらに小さい。まして南小島や北小島など、中国の古文書にも英国海図にも記録されてないのは当然だ。こんな小さな島のことが、明治時代に大真面目に論議されたはずがない。

日清戦争の後、台湾を日本領土とするとき属島として澎湖諸島を成文化するまで、清国はこれらの島々が台湾に付属していると考えたことさえなかった。そのくらい当時にあって無人島の重要性を考えた清国政府高官はいなかったのだ。日本の場合は、何しろ島嶼国家であるからして、将来日本海軍の基地にでもしようかという含みを持っていたのであろう。

今は鳥も飛んでいない魚釣島の南側を観察しながら、私は勅令第十三号を、この際明記しておいた方がいいと考えていた。

朕沖縄県ノ郡編制ニ関スル件ヲ裁可シ茲ニ之ヲ公布セシム

御名御璽

明治二十九年三月五日

内閣総理大臣侯爵　伊藤博文

内務大臣　芳川顕正

勅令第十三号

第一条　那覇首里両区ノ区域ヲ除ク外沖縄県ヲ画シテ左ノ五郡トス

島尻郡　島尻各間切久米島慶良間諸島渡名喜島粟国島伊平屋諸島鳥島及大東島

中頭郡　中頭各間切

国頭郡　国頭各間切及伊江島
宮古郡　宮古諸島
八重山郡　八重山諸島
第二条　郡ノ境界若クハ名称ヲ変更スルコトヲ要スルトキハ内務大臣之ヲ定ム
附則
第三条　本令施行ノ時期ハ内務大臣之ヲ定ム

要するに勅令第十三号は沖縄県の郡編制に関するものであって、この中に尖閣諸島の名がないから日本領土ではないという日本人もいるのだが、日清講和条約調印の三ヵ月前に沖縄県では閣議決定を受けて八重山諸島の中に入れているのであるから、この勅令によって尖閣諸島は八重山郡の中に入ったというだけのことである。太平洋戦争の敗戦まで行政の大権は天皇にあったのだから、閣議決定など実効性がないという議論もあるが、日本の皇室は古代に遡っても、いつも政治権力者の飾りものにすぎなかった。本当に権力を持っていた天皇というのは、天武《てんむ》天皇ぐらいだったのではないか。中世の後鳥《ごと》羽《ば》上皇などは実力者だったが、結局は鎌倉方に敗けて島流しになっている。江戸時代、徳川幕府は公家昵懇衆《くげじっこんしゅう》に取り囲ませ、天皇は京都御所から外出さえ出来なかった。そして明治維新では討幕の旗印として薩摩と長州によって天皇は利用され、明治天皇は英邁《えいまい》の君主と崇められていたのは表向きで、実際は反徳川の公家たちと新華族になった薩摩と長州出身者を主体とする連合政府によって日本は動いていたのであった。近世にけるどの時期の外国人の記録でも、国王は秀吉かショーグンであって、天皇に実権があったと誰も思っていなかったのは明確だ。日清戦争の時代、清は西太后《せいたいこう》が権力者であって、李鴻章《りこうしょう》でさえ彼女の欲望を押えることが出来なかった。日清戦争勃発に当り、李鴻章は西太后が北京郊外にとてつもない大離宮を造ろうとしていたのを止めて頂きたいとお願いした。その費用で軍艦二隻を外国から買えば、日本に勝てると理を述べたにもかかわらず、西太后は怒って李鴻章を左遷してしまい、万寿山頤和園《いわえん》という大規模な工事を続け、そして戦争には敗けてしまった。敗戦処理に当って、李鴻章は再び中央政府に呼び戻され、彼は伊藤博文とわたりあうのだが、何しろ戦争に敗けているのだから、どう弁舌を振っても台湾割譲は喰止めることが出来なかった。

私は中国に六回行っているが、万寿山頤和園に行くたびに、その壮麗な建築と、満々たる水を湛えた人工湖の大きさに感嘆しながら、西太后は李鴻章の諫言をしりぞけて、この離宮を建て、そして日清戦争に敗けたのか——と感慨しきりであった。傾城《けいせい》とか傾国という文字通りのことを西太后は本当にやったのだ。女と生れて権力を握ったら、こ

魚釣島

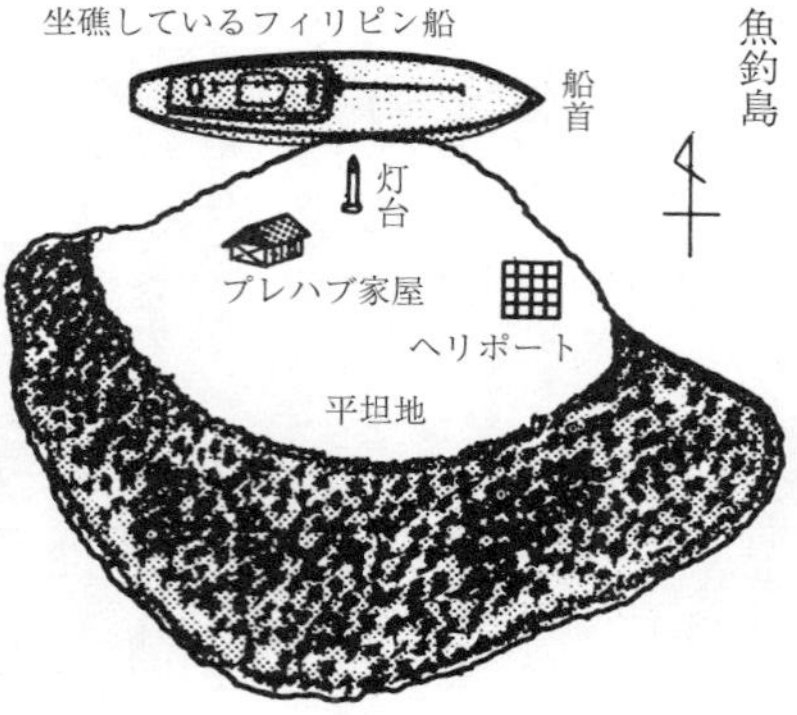

のくらいの贅沢はやってみたい。さぞ気分はいいだろうというのが私の率直な感想である。

話は横にそれたが、日本の天皇で、こんなことをした人は一人もいない。日清、日露の両戦争のとき、明治天皇が前線にいる兵士を思い、戦争が終るまで朝昼晩と同じ軍服を着たままで起居していたという話を外国人にすると「そんな民主的なキングは西洋のどの国にもいなかった。本当ですか。素晴らしいエピソードですね」と感嘆する。私は天皇制をやみくもに支持しているわけではないが、天皇が諸悪の根源のように説く人々には当惑してしまう。後陽成《ごようぜい》天皇は徳川幕府によって無理矢理譲位させられたのであり、次に即位した後水尾《ごみずのお》天皇に幕府が与えていた年俸は二万石、家康の孫娘で後水尾天皇の妻となった女は二十万石の化粧料を支給されていた。こんな扱いを受けていた歴代天皇を、どうして権力者と呼べるか。

更に脇にそれたが、私の乗っているヘリコプターは魚釣島の南部を東から西にすぎると、やがてUターンして同島の北側に近づいた。

「あらッ、船が横づけになってますね」

私は眼を疑い、スイッチを押して叫んだ。魚釣島の北側は島の約三分の一ほどが平地で南部とは別の島のようだった。そこに五百トン以上もあるような船が、ぴったりとくっついている。

ヘリコプターは高度を下げ、船のすぐ上で宙に止った。船体にMAXIMINA-STARと書いてあるのが読めた。

「日本の船じゃないみたいですね」

「そうですね。外国のこんな大きい船が、どうしてここまで来たんでしょう。漁船かしら」

「坐礁してるようですよ」

よく見ると、確かに船は傾いているし、甲板上には何もない。いつまでたっても船員が出て来る様子もない。

船から目を移すと、びっくりするものが数々見えてきた。

まず、色鮮やかな青い屋根の、家が建っている。それから、白く塗ったポールも立っている。島にそういうものがあるとは聞いたことがなかったから、私は、びっくりした。

「あの小屋は人が住んでるんでしょうか。それと傍にポールがありますが、あれは何でしょうね」

「ポール？　いや、あれは灯台ですよ」

「灯台？」

いつ、誰が建てた灯台だろう。尖閣諸島に関するどの本にも書いてなかった。だから来なければ分らないのだ、島というのは。古いものとは思えない。まっ白に塗ってあって、瀟洒な感じさえするモダンな灯台だった。傍の小屋も小さいけれど、ま新しいものであった。

しばらく上空にいて、ヘリコプターのエンジンの音は下に聞こえないはずがないのに、誰も出てこない。

「あのま四角で、平たい、白いものはなんですかしら」

平坦な部分の中央にタイルを並べたような約五メートル四方の四角いものを私は指さしてパイロットに聞いた。パイロットは振向いて私の指の方向を見ると、こともなげに答えた。

「ヘリポートですよ」

「あれが？　あんな小さなところへ降りられるんですか」

「ヘリコプターは、どこにでも降りられますが、しかしまあ、あれはヘリポートとしては最小のものでしょうね」

魚釣島は久場島と違って水がある。南側の緑を見れば、それは納得がいった。そして北部には古賀辰四郎氏が作り上げた整然たる小部落があったはずであった。カツオブシ工場や海産物の倉庫、漁民の住居と、工場労働者の住居、事務所、畑地開墾用の火薬倉庫、薪小屋、豚舎、浴場が二つ。家畜用の小屋は別として、二十棟以上の建物があり、鍛冶屋も小規模の造船所も備えていた。客室と書かれた家屋も二つあって、古賀家の客人や、沖縄県の役人が来島すれば宿泊していたところであろう。大正時代の図面は持っていたが、今の魚釣島は、古賀一族の栄華の名残りは何一つ止めていない。終戦前「ガソリンの一滴は血の一滴」という標語が作られ、民間に石油はまわって来なくなったから、魚釣島の事業は引揚げざるを得なかったし、古賀商店も昭和十年代頃から、あまり景気はよくなかったらしい。

そして終戦後、沖縄は尖閣諸島も含めてアメリカ軍隊によって占拠され、日本は行政権を二十七年間失うことになった。尖閣の中で、久場島と大正島は射爆撃練習場としての指定を受け、沖縄返還後の今も大正島は米軍射爆場として残されている。大正島は、地主がなく、官有地である。

約四十年間で、カツオブシ工場も倉庫も消えてしまい、今あるのは小さなヘリポートと、新しい青い屋根の小屋と、こ綺麗《ぎれい》な灯台と、横づけられた外国船だけである。

「灯台は、いつ、どこの国が建てたんでしょう。あの船は、どこの船で、いつ坐礁したんでしょうね」

私の質問に、パイロットは明確な返事をしてきた。

「海上保安部で訊かれたら、すぐ分るんじゃないですか」

広報室長さんが代ったり、話も違ってきて、今度は海上保安庁にはお世話にならないことにしていたのだが、私の疑問に答えてくれるところは確かに第十一管区海上保安本部しかなかった。

「もう、よろしいですか」

「はい。帰りましょう」

晴天は続いていた。私は遥かに東シナ海を右に望みながら、あの海を近頃は東中国海と書いたりする人々がいるのを不思議に思った。明、清の時代、地図に一々東明海とか、東清海とか、あの海に国名を付したことがあったか。英語では今も昔もチャイナであり、それは秦《しん》の始皇帝以来の呼称である。スペイン語では中国人を今も昔もチノと発音する。すべてシナが基本である。どうして日本人だけが、未だに呼称にこだわるのか。日本に留学していた中国人が「僕らシナ人はね、日本人が日本製の腕時計を持ってるのが羨ましかったものですよ。シナでは金持だけが外国製の時計持って、万年筆も外国製だった。今はシナで時計も万年筆も作っている。大変な違いなんだ」とか「君、シナ料理は好きですか。どこのシナ料理屋へ行ったの？」と今でも私に話しかける。昔の日本人は知らず、私たちの世代では、シナという発音に軽蔑や差別の意識はまったくない。現在、盛んに地質学者が用いている論文の中の海の呼称も英語では“East China Sea”であって、これに対して中国側からイースト・チュンコー・シーと書けなどという抗議は出たことがない。東シナ海は今も昔通り東シナ海でいいじゃないか。サイゴンがホーチミン市になったり、バタビヤがジャカルタに変ったり、都市の名称を変えるのは江戸を東京にした日本や、ペテルブルグをレニングラードにしたソ連同様、これはもう仕方がないが、とにかく外国人にはややこしくって困るのは事実である。北京も上海も昔通りだが、奉天は瀋陽になり、旅順と大連は合併して旅大市になった。満州は東北と呼ばれているが、満州族という少数民族の呼び名は変っていない。まして世界地図にとって重要な海の名を、中国が文句も言わないのに、日本だけお先っ走りみたいな真似をして変えてしまうというのは、まったくどうかと思う。そんな態度で日中友好が出来ると思っていたら大間違いだ。日本は中国以上の国でもない代り、中国以下の国でもない。現実に、近代化を目ざしている中国は、日本から多くのものを学びたいと言っているではないか。友好は、この時点で全く正常化されたのだ。

ヘリコプターは、与那国上空を通過していた。この島の方が、よっぽど台湾に近い。私は改めて考えたが、やがて間もなくヘリは石垣空港の隅ッこに着陸した。

石垣空港のすぐ隣に、海上保安庁の航空基地がある。私は、そこの小さな建物に、トコトコ入りこんで、基地長さんをお訪ねした。上野基地長さんのお部屋には、人命救助に関する感謝状が、額入りで一杯飾ってあった。私が呆気にとられて見上げていると、

「ここは沖縄返還の二年前から、要請を受けて急患輸送のために海上保安部がお手伝いをするという形で出来た航空基地でして、昭和四十七年三月基地完成のときには〝医療航空事務所〟という看板でした。その五月に沖縄が復帰しまして正式に海上保安庁の航空基地になったものです。発足から今日まで救助した人数は四百六十二名になっています。妊婦で流産しそうだというので急遽輸送中に、ヘリコプターの中で子供が生れてしまったということもありまして」

「まあ」

「取上げた整備長とパイロットの名をとって赤ちゃんの名前がついたと聞いてます」

「ところで魚釣島のことで伺いたいのですが、外国船が坐礁してるようですけれど、

あれはいつ頃のことでしょう」

「今年の八月二十八日です。フィリピンの貨物船です。私どもの巡視船で救助したのですが、乗組員は島で焚火《たきび》しながら助けられるのを待っていたようです。焚火の跡が見えませんでしたか？」

「それは気がつきませんでしたけど、フィリピンの漁船が、どうしてあんなところまで漂流したんでしょうね」

「さあ。救助したのは、みんな台湾人だったのですがね」

「え？　どういうわけでしょう。フィリピンの船主に台湾人が傭《やと》われてたんですね？」

「近頃は船籍と乗組員の国籍が違っていることが多いんですな」

私もその事情は知っていた。日本の商社が後に付いていて、船主も漁民も外国人で、漁獲は冷凍して日本に送りこむというケースが殖えていて、それが水産物輸入金額の中に含まれていることも。(東京に帰って、広報室から詳しい資料をもらったら、船はマニラに本社のあるスター・インターナショナルの貨物船で九百六十七トン。台湾の基隆《キールン》港から神戸へ向う途中で台風十二号を避けそこねて坐礁したものだということが分った。救助した二十三名はフィリピン人だと広報室の方では言っている。積荷はヒノキと竹が百二十トン、そのままになっているのだそうだ。この場合、ヒノキと竹の所有権はどう

なるのか、対馬沖のナヒモフ号のことが思われる）

「青いトタン屋根の小屋と、灯台が見えましたが、あれは海上保安庁で建てたのですか」

「いや、あれは右翼が建てたものです」

「右翼？」

「はあ、昭和五十三年七月に、プレハブ家屋と灯台を建てたのです」

「地主さんに断りを言ったんでしょうか」

「さあ、どうですかな。私は着任して間がないものですから、地主さんのことまで知りません」

「右翼が正月に日章旗を立てたというのは、あの小屋を建てたときの話でしょうか」

「右翼は、よく行ってますし、行けば必ず日章旗を立てるんですよ。沖縄返還前にも右翼が上陸して日章旗を立てましてね、蚊に悩まされて助けを求めて来たことがあったようですよ。ええ、昭和四十七年五月十六日という記録はありますが、去年の五月も岩に日の丸をペンキで描きましたしね」


右翼と言っても、いろいろ派閥があるらしく、団体名が一つ一つ違っていた。蚊が多いというのは面白かった。西表島《いりおもて》は、戦前はマラリア蚊が棲息し、人間の住めるところではなかったが、進駐軍のＤＤＴ作戦で今は一掃されてしまい、一匹の蚊もいなくなっているのだが、魚釣島にはアメリカ軍は上陸しなかったのだということが、これだけではっきりする。あまりにも小さな島だから、油田地帯だと学者が言い出すまで、アメリカも問題にしていなかったのだ。

「魚釣島のヘリポートというのは、随分小さいものですね。驚きましたよ」

「あれはねえ、遠慮しながら作ったものですからねえ」

「どこに遠慮をしたんですか」

「地主さんです。作ったのは開発庁でして、運輸省に属している我々海上保安庁は、その交渉に直接タッチしていませんが、いろいろ条件をつけられて、一番小さいサイズにしたようですな。海上保安庁は約三年で部署の人事異動がありますから、その当時のことを知っている人間は石垣航空基地にはおりません。しかし一応の記録は保安部にありますから、そちらへおいで下さい」

「ここは保安部じゃないんですか」

「ここは航空基地でして、保安部は石垣市内にあります」

基地長さんは天気図を机の前にひろげながら、私に、

「ところで、いつ東京にお帰りになる御予定ですか」

「明日の午後にでもと思っていますが」

「それは危険です。第一、明日は飛行機は飛ばないと思いますよ」

「どうしてですか」

上野基地長さんは、天気図の低気圧と高気圧の線を指先でさし示しながら、

「この辺りの動きが不気味です。相当大きな台風が、まともに沖縄を直撃するように思われます。今日の便でお帰りにならないと、三日か四日は石垣島に釘づけになりますよ」

と、真面目な表情で仰言る。

「我々は今夜から非常警戒に当ります。もともと海上保安庁は二十四時間体制で、日曜も祝祭日も休みはないのですが」

私は直感的に、こういう人の意見には従うべきだと思った。気象庁の予報は当らないと日頃は文句ばかり言っていたが、このときは素直に迅速に次の行動に移った。帰りの切符を、ただちに隣の空港ビルのカウンターで日時の切替えをしたのである。道理で海に漁船がいなかったはずだ。

それから石垣市内の海上保安部をお訪ねし、この春、小樽《おたる》から転任していらしたという上野部長さんとお話させて頂いた。(偶然だが基地長さんと同姓であった)

「開発庁がヘリポートを作るのについては随分ご苦労があったようですが、右翼が魚釣島に上陸して、灯台や小屋を建てるについては、地主さんの許可をとったんでしょうか」

「さあ、どうですかな。知らんのじゃないですかな」

「大きな外国船が坐礁してますが、漂流者が上陸したのは不法侵入にはならないから、地主さんはフィリピンに内容証明を送ったり出来ないのでしょうね」

「いや、船が坐礁したのも知らんでしょう。我々の任務は領海警備と人命救助ですから」

地主に報告する義務なんかないということだろう。地域の人と仲良くしていないと、情報ももらえないから、地主さんも考え方を変えた方がいいなあ、と私は思った。こんなことを書くと、内容証明つきの封書が私のところにも叩きつけられるのかしら。上陸もしなかったし、名前も書いていないのに。

石垣の保安部長さんは、なかなかの趣味人とお見受けした。海上保安庁に入ると日本各地に転勤していらっしゃるから、話題も豊富で、何もかも詳しい。

「北方四島の人たちの話を聞きましたが、誰もロシア人の悪口を言いません。いい人たちだったと言っています」

「それは私にも理解できます。私は小樽近辺の領海警備を三年やっていましたが、領海侵犯した漁船に飛乗ったり、遭難救助などでロシア人と多く接しましたが、人間は実にいい。正直言って、僕も好きでした。が、しかしソ連政府の監視人ですか、そういう人間がいると人格一変して話まで違ってくるんですよ。怖ろしいくらい同じ人間が変るんです」

私は四人組時代の中国で、同じ経験をしたことがあった。それを思い出した。だが、中国政府は、北方領土のように日本人を追い出して占拠したり、竹島のように軍事基地みたいなものをやにわに造ってしまって近づく漁船にも発砲するような実力行使は、尖閣諸島に関してしたことがない。その点ではソ連や、韓国と大いに違う。しかしながら一九七九年の三月、久場島に琉球大学の調査団が出かけたとき、在駐日中国大使館から「なんのための調査か」という問合せがあった。これを抗議と誤解したのか、日本側は慌ててしまい、予定を一週間早く切りあげて島から帰ったという。「尖閣はわが領土と日本政府は言っているのに、矛盾している」といって憤慨している声を石垣島でも聞いたし、私もこういうときの日本側のこそこそした動きはまったく残念に思う。もう自民党には故松村謙三に代る者はいないのか。中国を愛し、しかし毅然として日本人である政治家が。

その日はあわただしく飛行機に乗って帰ってしまったが、基地長さんの言うことを聞いて本当によかった。台風十九号は今年最大のものであって、まともに石垣島を直撃したのだ。私が帰った翌日から三日間、空の道は遮《さえぎ》られ、飛行機は飛ばなかった。テレビニュースで荒れ狂う海を眺めながら、非常配備についている海上保安部の方々の御苦労を偲んだ。第十九号は大変な台風だった。私は逃げてきてしまったが、踏み止まって、南の島々が毎年のように台風に出遭うことの凄まじさを体験したかったと惜しい気もした。しかし考えてみれば屋久島で、トラックが台風で飛ばされたのを見たとき、私は気が転倒したのを思い出すと、残っていても島の人々の足手まといになっただけだと思い直した。それにしても魚釣島のあの船は大きかった。九百六十七トンの船は、大げさに言えばほとんど島と同じくらいの大きさだった。あの船は、この台風で動き出してはいないだろうか。積荷の台湾ヒノキや竹が、船と一緒に海底に沈んだらどうなるのだろう。百二十トンの建材は、沈まずに浮いて散らばり、あの付近の島々に打上げられるかもしれない。七十五年前の日本海海戦で沈んだナヒモフ号の財宝の所有権をめぐってソ連から思いがけない申入れがあり、日本の中でも論議されている折から、ああいう高価な金属と台湾ヒノキでは比較にならないだろうが、ともかくややこしい時代を迎えているのだとつくづく思う。

イランの人質は、もう一年になる。アメリカ側は人質解放の条件として、近代兵器を引きかえにしようとしているらしい。そして、話が煮詰るところで、アメリカは共和党のレーガン大統領が誕生し、人質問題は振出しに戻りそうだ。イランとイラクの戦争は、さらに熾烈《しれつ》なものになるだろう。イラン石化コンビナートのために行っていた日本人は十一人を残して無事に帰国した。イスラエルという国家の存在は、中東問題をさらにさらに解決困難なものにしていくだろう。こんなことが起ると、誰が三十年前に予測していたか。

鄧小平氏は、つい先日の全国人民代表大会で副首相を解任され、趙紫陽《ちょうしよう》首相が誕生した。彼は六十歳代であり、党主席としてのみ専任する華国鋒氏より年長である。これからの日中関係は、尖閣諸島をめぐってどう動くだろうか。

私は年齢的には中国の政府首脳陣より若いから、鄧小平元副首相の言った「次の世代」に属すると思う。激動する世界、めまぐるしく変る国際情勢、コンピューターから水爆まで日進月歩の物理科学、こうした超近代に対処するには、中国だって日本だって鉄砲担いで戦争していた世代には「知恵がない」のは当然だ。

しかし「次の世代」に属する私にも、いい知恵があるわけではない。ただ、次の二つの事態が起れば、尖閣問題は解決するだろうと思う。

第一。つい先日の十月二十一日、アルジェリアで凄い大地震が起った。死者三千人、負傷者一万人と報じられている。北緯三十一度以南が、大地震の起る可能性のある地帯だと専門家がテレビで解説していた。続いてメキシコに大地震が起った。その次は太平洋のニューカレドニア島付近でマグニチュード六・六という強震があった。この島めぐりを始めてから、アメリカ北部でセントヘレンズの噴火があり、日本では阿蘇に続いて、木曾の御嶽山が噴火した。ニュースにはならなかったが、阿蘇の噴火と同じ日に、屋久島南方の諏訪之瀬島が夜中から朝まで爆発を続けていた。近いうちに、日本にも大型地震が来るという学者の予想は、きっと大当りをするだろう。そのとき地殻変動が起り、一夜にして尖閣諸島が海の下に消えてなくなったら、どんなにいいだろう。無人島だから、人身事故は起らないし、領土問題でどの国と争うこともない。そしてこれは、決して作家の空想ではないのだ。一千万年前には、中国大陸から台湾、琉球列島から日本まで、ずっと陸続きだった。それが幾度もの地殻変動によってあちこち海に沈み、現在のように、島だらけの地域になってしまったのだ。尖閣諸島が、海の中に姿を消す日が来ないとは言えない。

第二。これはもっと可能性が近いと思われることだが、尖閣周辺で、国際石油資本はもう幾度か石油の採掘を試みて失敗している。私は、掘っても、掘っても、一滴の石油も出て来なければいいと思っている。学者がこの地域に油田があると言い出したばかりに、こんな厄介な問題が生れたのだ。地質学者の論文は学問的にきっと素晴らしいものなのであろう。しかし理論と実際は違うのだ。

石油とダイヤモンドが現在出ているところへ出かけてみると、神様がそういう地域には人間が棲息するには困難な条件しか残していないことに気がつく。緑がない。水がない。摂氏五十度という猛暑である。石油関係の専門家に聞いた話だが、中東の砂漠を何日も何日も見て過したあと、飛行機でシンガポールに着くと、眼に入る緑が懐しく、公園の木の葉でもむしゃぶりついて食べたくなるそうだ。

魚釣島には緑がある。水が出る。久場島でも草木が繁茂し、人間の植えつけた芋類が今は野生化して立派に生きている。そういう島々の下に油田があるのは疑問だと私は思う。

尖閣に石油さえ出なければ、日本と中国の友好関係は永遠に安泰であろう。こんな地域に、もし上質の石油が湧いて出たりしたら、どんなことが起るか。七十五年前に沈んだ軍艦の積荷でさえ、ソ連は所有権を主張するのだ。尖閣だってロシア艦隊は航行したことがあると言い出せば、現在何がなんだか分らない中ソ間で、どんな論争が展開されるか。ヒロシマとナガサキの体験を持つ日本には核アレルギーを持つ人が多いが、今や原爆を持つ国は、アメリカばかりか、ソ連、イギリス、フランス、中国、印度、イスラエルと、殖える一方である。中東諸国が石油を値上げして、ざくざく入ってくる外貨で着々と核武装していることはもう疑う余地がない。尖閣周辺の油田めがけて、そこら中の国からミサイルが飛んでくるようになったらどうなるか。国連は大国に拒否権を与えた。だから大国は国連で平和的に話しあう必要がない。そしてすべての小国は、大国が対立するとき、局地戦争にまきこまれる。つまり代理戦争である。泥沼のようなベトナム戦争がそうだった。イランとイラクを見ていても、背後にはっきり大国の支援がある。憲法第九条で戦争放棄をしている日本は、絶対にこういう揉めごとにまきこまれてはならないのだ。日本が平和国家として生きのびて行くためにも、尖閣地域からは決して石油が出ない方がいい。

　神様が知恵者で、極東の平和を望んでおいでになるならば、きっと第二の方法を選んで下さるだろうと思う。改憲論や軍備強化を主張する日本人は、どこと戦争して、誰が死ぬと思っているのだろう。私は若者が放射能を浴びて苦しみながら死んで行くのを想像するだけでも耐えられない。平和な日本でさえ、怖ろしいことの多い時代になった。もうこれ以上、怕《こわ》い思いをさせてもらいたくない。中東の石油資源は、いずれ人類が使い果してしまうだろうが、その前に「次の次の世代」は核エネルギーより安全な別の方法を考え出すだろう。私は中国要人の言よりさらに先の世代への期待をかけることで、石油の奪いあいが回避されることを望んでいる。

ノーベルがダイナマイトを発明するまで一千年間、地球上の人類は硝石を使って戦争をしていた。それに較べて、ダイナマイトから水爆までの間の時間の短さと、技術の進み方の、なんという凄まじさだろう。第二次世界大戦の直前、ドイツの化学者は空気を材料として火薬を作ることに成功した。石油に代るエネルギーは、核のような放射能を持たない物質で、「あらら」というように単純な組合せで生み出されるかもしれない。工業が、かつて石炭から石油にエネルギー源を迅速に切りかえたように、石油から別の物質に替る時代は案外早く来るような気がする。何しろ世界中の科学者が、この問題と取組んでいるのだ。尖閣周辺の油田が現れるとしたら、それから以後のことであってほしい。地図で見る限り、与那国の方がずっと台湾に近いのに、この島が問題にもならず、魚釣島でさえ与那国の十分の一にしか当らない小さな島々が、領有権を今頃になって云々されるのは、ただただ「そこに石油がある」と言われだしたからなのだから。

□ 枠内は本文にとりあげた島を示す.

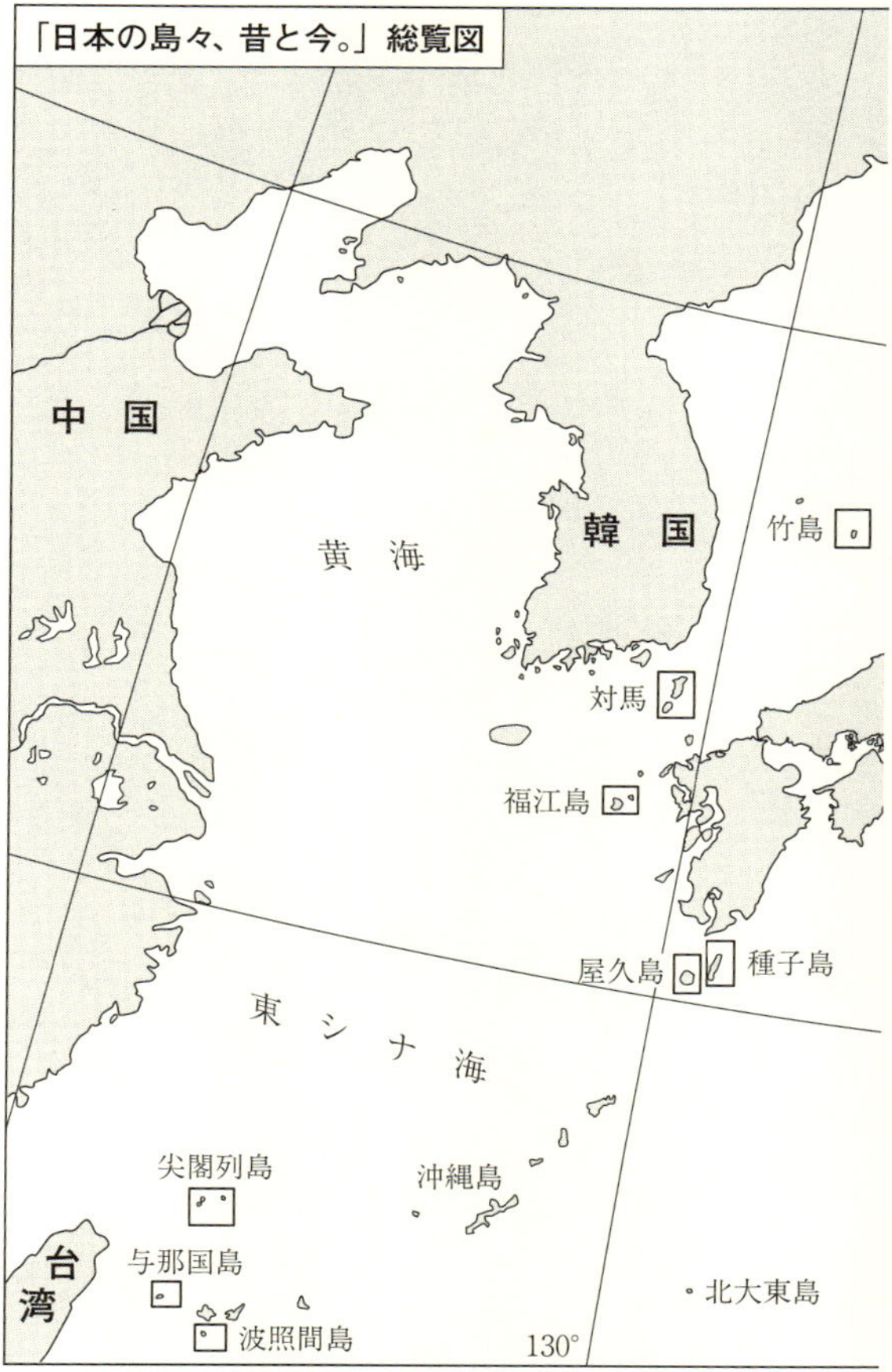
「日本の島々、昔と今。」総覧図
中　国
韓　国
黄　海
竹島
対馬
福江島
屋久島
種子島
東　シ　ナ　海
尖閣列島
沖縄島
台湾
与那国島
波照間島
北大東島
130°

〔編集付記〕

一、本作品は『すばる』(昭和五十五年一月号―同五十六年一月号)連載ののち、一九八一年四月、集英社より単行本として初版刊行された。
一、今回の文庫化にあたっては初版単行本を底本とし、集英社文庫初版(一九八四年)および中公文庫初版(一九九三年)を参照した。
一、本書中、八頁、四六頁、七四頁、一〇八頁、一八八頁、二六四頁、三四四頁の海図は「海上保安庁図誌利用第二一〇〇〇一号」の許可による複製である。
一、本書中に現代の視点からは差別的な表現とされる語もみられるが、作品の時代に鑑み、今回それらを改めることはしなかった。
一、次頁の要領に従って表記がえをおこなった。措置に際し、有吉玉青氏のご協力を賜った。

岩波文庫(緑帯)の表記について

近現代日本文学の鑑賞が若い読者にとって少しでも容易となるよう、作品の表記の現代化をはかった。そのさい、原文の趣をできるだけ損なうことがないように配慮しながら、次の方針にのっとって表記がえをおこなった。

(一) 「常用漢字表」に掲げられている漢字は新字体に改める。
(二) 漢字語のうち代名詞・副詞・接続詞など、使用頻度の高いものを一定の枠内で平仮名に改める。
(三) 平仮名を漢字に、あるいは漢字を別の漢字にかえることは、原則としておこなわない。
(四) 振り仮名を次のように使用する。
(イ) 読みにくい語、読み誤りやすい語には現代仮名づかいで振り仮名を付す。
(ロ) 送り仮名は原文どおりとし、その過不足は振り仮名によって処理する。
例、明に→明《あきらか》に

(岩波文庫編集部)

日本《にほん》の島々《しまじま》、昔《むかし》と今《いま》。

2009年2月17日　第1刷発行
2024年7月26日　第4刷発行

著　者　有吉佐和子《ありよしさわこ》

発行者　坂本政謙

発行所　株式会社　岩波書店
〒101-8002　東京都千代田区一ツ橋2-5-5
案内 03-5210-4000　営業部 03-5210-4111
文庫編集部 03-5210-4051
https://www.iwanami.co.jp/

印刷・理想社　カバー・精興社　製本・松岳社

ISBN 978-4-00-311802-3　Printed in Japan

読書子に寄す

――岩波文庫発刊に際して――

岩波茂雄

真理は万人によって求められることを自ら欲し、芸術は万人によって愛されることを自ら望む。かつては民を愚昧ならしめるために学芸が最も狭き堂宇に閉鎖されたことがあった。今や知識と美とを特権階級の独占より奪い返すことはつねに進取的なる民衆の切実なる要求である。岩波文庫はこの要求に応じそれに励まされて生まれた。それは生命ある不朽の書を少数者の書斎と研究室とより解放して街頭にくまなく立たしめ民衆に伍せしめるであろう。近時大量生産予約出版の流行を見る。その広告宣伝の狂態はしばらくおくも、後代にのこすと誇称する全集がその編集に万全の用意をなしたるか。千古の典籍の翻訳企図に敬虔の態度を欠かざりしか。さらに分売を許さず読者を繫縛して数十冊を強うるがごとき、はたしてその揚言する学芸解放のゆえんなりや。吾人は天下の名士の声に和してこれを推挙するに躊躇するものである。このときにあたって、岩波書店は自己の責務のいよいよ重大なるを思い、従来の方針の徹底を期するため、すでに十数年以前より志して来た計画を慎重審議この際断然実行することにした。吾人は範をかのレクラム文庫にとり、古今東西にわたって文芸・哲学・社会科学・自然科学等種類のいかんを問わず、いやしくも万人の必読すべき真に古典的価値ある書をきわめて簡易なる形式において逐次刊行し、あらゆる人間に須要なる生活向上の資料、生活批判の原理を提供せんと欲する。この文庫は予約出版の方法を排したるがゆえに、読者は自己の欲する時に自己の欲する書物を各個に自由に選択することができる。携帯に便にして価格の低きを最主とするがゆえに、外観を顧みざるも内容に至っては厳選最も力を尽くし、従来の岩波出版物の特色をますます発揮せしめようとする。この計画たるや世間の一時の投機的なるものと異なり、永遠の事業として吾人は微力を傾倒し、あらゆる犠牲を忍んで今後永久に継続発展せしめ、もって文庫の使命を遺憾なく果たさしめることを期する。芸術を愛し知識を求むる士の自ら進んでこの挙に参加し、希望と忠言とを寄せられることは吾人の熱望するところである。その性質上経済的には最も困難多きこの事業にあえて当たらんとする吾人の志を諒として、その達成のため世の読書子とのうるわしき共同を期待する。

昭和二年七月

《日本文学（現代）》〔緑〕

- 怪談 牡丹燈籠　三遊亭円朝
- 小説神髄　坪内逍遥
- 当世書生気質　坪内逍遥
- アンデルセン 即興詩人 全二冊　森鷗外訳
- ウィタ・セクスアリス　森鷗外
- 青年　森鷗外
- 雁　森鷗外
- 阿部一族 他二篇　森鷗外
- 山椒大夫・高瀬舟 他四篇　森鷗外
- 渋江抽斎　森鷗外
- 舞姫・うたかたの記 他三篇　森鷗外
- 鷗外随筆集　千葉俊二編
- 大塩平八郎 他三篇　森鷗外
- 浮雲　二葉亭四迷 十川信介校注
- 野菊の墓 他四篇　伊藤左千夫
- 吾輩は猫である　夏目漱石
- 坊っちゃん　夏目漱石
- 草枕　夏目漱石
- 虞美人草　夏目漱石
- 三四郎　夏目漱石
- それから　夏目漱石
- 門　夏目漱石
- 彼岸過迄　夏目漱石
- 漱石文芸論集　磯田光一編
- 行人　夏目漱石
- こころ　夏目漱石
- 硝子戸の中　夏目漱石
- 道草　夏目漱石
- 明暗　夏目漱石
- 思い出す事など 他七篇　夏目漱石
- 文学評論 全二冊　夏目漱石
- 夢十夜 他二篇　夏目漱石
- 漱石文明論集　三好行雄編
- 倫敦塔・幻影の盾 他五篇　夏目漱石
- 漱石日記　平岡敏夫編
- 漱石書簡集　三好行雄編
- 漱石俳句集　坪内稔典編
- 漱石・子規往復書簡集　和田茂樹編
- 文学論 全二冊　夏目漱石
- 坑夫　夏目漱石
- 二百十日・野分　夏目漱石
- 五重塔　幸田露伴
- 努力論　幸田露伴
- 一国の首都 他一篇　幸田露伴
- 渋沢栄一伝　幸田露伴
- 飯待つ間 —正岡子規随筆選　正岡子規 阿部昭編
- 子規句集　高浜虚子選
- 病牀六尺　正岡子規
- 子規歌集　土屋文明編
- 墨汁一滴　正岡子規

仰臥漫録	正岡子規
歌よみに与ふる書	正岡子規
獺祭書屋俳話・芭蕉雑談	正岡子規
子規紀行文集	復本一郎編
正岡子規ベースボール文集	復本一郎編
金色夜叉 全二冊	尾崎紅葉
不如帰	徳冨蘆花
武蔵野	国木田独歩
愛弟通信	国木田独歩
蒲団・一兵卒	田山花袋
田舎教師	田山花袋
一兵卒の銃殺	田山花袋
あらくれ・新世帯	徳田秋声
藤村詩抄	島崎藤村自選
破戒	島崎藤村
春	島崎藤村
桜の実の熟する時	島崎藤村
夜明け前 全四冊	島崎藤村
藤村文明論集	十川信介編
生ひ立ちの記 他一篇	島崎藤村
島崎藤村短篇集	大木志門編
にごりえ・たけくらべ	樋口一葉
大つごもり・十三夜 他五篇	樋口一葉
修禅寺物語・正雪の二代目 他四篇	岡本綺堂
高野聖・眉かくしの霊	泉鏡花
歌行燈	泉鏡花
夜叉ケ池・天守物語	泉鏡花
草迷宮	泉鏡花
春昼・春昼後刻	泉鏡花
鏡花短篇集	川村二郎編
外科室・海城発電 他五篇	泉鏡花
鏡花随筆集	吉田昌志編
化鳥・三尺角 他六篇	泉鏡花
鏡花紀行文集	田中励儀編
俳句はかく解しかく味う	高浜虚子
俳句への道	高浜虚子
回想 子規・漱石	高浜虚子
有明詩抄	蒲原有明
上田敏全訳詩集	山内義雄・矢野峰人編
宣言	有島武郎
一房の葡萄 他四篇	有島武郎
寺田寅彦随筆集 全五冊	小宮豊隆編
柿の種	寺田寅彦
与謝野晶子歌集	与謝野晶子自選
与謝野晶子評論集	鹿野政直・香内信子編
私の生い立ち	与謝野晶子
つゆのあとさき	永井荷風
濹東綺譚	永井荷風
荷風随筆集 全二冊	野口冨士男編
摘録 断腸亭日乗 全二冊	永井荷風・磯田光一編
すみだ川・新橋夜話 他一篇	永井荷風

あめりか物語	永井荷風
下谷叢話	永井荷風
ふらんす物語	永井荷風
荷風俳句集	加藤郁乎編
浮沈・踊子 他三篇	永井荷風
花火・来訪者 他十一篇	永井荷風
問はずがたり・吾妻橋 他十六篇	永井荷風
斎藤茂吉歌集	山口茂吉・柴生田稔・佐藤佐太郎編
千鳥 他四篇	鈴木三重吉
鈴木三重吉童話集	勝尾金弥編
小僧の神様 他十篇	志賀直哉
暗夜行路 全二冊	志賀直哉
志賀直哉随筆集	高橋英夫編
高村光太郎詩集	高村光太郎
北原白秋歌集	高野公彦編
北原白秋詩集 全二冊	安藤元雄編
フレップ・トリップ	北原白秋

野上弥生子随筆集	竹西寛子編
野上弥生子短篇集	加賀乙彦編
お目出たき人・世間知らず	武者小路実篤
友情	武者小路実篤
銀の匙	中勘助
若山牧水歌集	伊藤一彦編
新編 みなかみ紀行	若山牧水・池内紀編
新編 啄木歌集	久保田正文編
吉野葛・蘆刈	谷崎潤一郎
卍(まんじ)	谷崎潤一郎
谷崎潤一郎随筆集	篠田一士編
多情仏心 全二冊	里見弴
道元禅師の話	里見弴
今年竹 全二冊	里見弴
萩原朔太郎詩集	三好達治選
郷愁の詩人 与謝蕪村	萩原朔太郎
猫町 他十七篇	萩原朔太郎・清岡卓行編

恋愛名歌集	萩原朔太郎
恩讐の彼方に・忠直卿行状記 他八篇	菊池寛
菊池寛戯曲集 父帰る・藤十郎の恋	石割透編
河明り 老妓抄 他一篇	岡本かの子
春泥・花冷え	久保田万太郎
大寺学校 ゆく年	久保田万太郎
久保田万太郎俳句集	恩田侑布子編
室生犀星詩集	室生犀星自選
犀星王朝小品集	室生犀星
室生犀星俳句集	岸本尚毅編
出家とその弟子	倉田百三
羅生門・鼻・芋粥・偸盗	芥川竜之介
地獄変・邪宗門・好色・藪の中 他七篇	芥川竜之介
河童 他二篇	芥川竜之介
歯車 他二篇	芥川竜之介
蜘蛛の糸・杜子春・トロッコ 他十七篇	芥川竜之介
侏儒の言葉・文芸的な、余りに文芸的な	芥川竜之介

芥川竜之介書簡集	石割透編
芥川竜之介随筆集	石割透編
蜜柑・尾生の信 他十八篇	芥川竜之介
年末の一日・浅草公園 他十七篇	芥川竜之介
芥川竜之介紀行文集	山田俊治編
田園の憂鬱	佐藤春夫
海に生くる人々	葉山嘉樹
葉山嘉樹短篇集	道籏泰三編
日輪・春は馬車に乗って 他八篇	横光利一
宮沢賢治詩集	谷川徹三編
童話集 風の又三郎 他十八篇	宮沢賢治 谷川徹三編
童話集 銀河鉄道の夜 他十四篇	宮沢賢治 谷川徹三編
山椒魚・遙拝隊長 他七篇	井伏鱒二
川釣り	井伏鱒二
井伏鱒二全詩集	井伏鱒二
太陽のない街	徳永直
黒島伝治作品集	紅野謙介編

伊豆の踊子・温泉宿 他四篇	川端康成
雪国	川端康成
山の音	川端康成
川端康成随筆集	川西政明編
三好達治詩集	桑原武夫 大槻鉄男選
詩を読む人のために	三好達治
中野重治詩集	中野重治
夏目漱石 全二冊	小宮豊隆
新編 思い出す人々	内田魯庵 紅野敏郎編
檸檬《レモン》・冬の日 他九篇	梶井基次郎
蟹工船 一九二八・三・一五	小林多喜二
富嶽百景・走れメロス 他八篇	太宰治
斜陽 他一篇	太宰治
人間失格・グッド・バイ 他一篇	太宰治
津軽	太宰治
お伽草紙・新釈諸国噺	太宰治
右大臣実朝 他一篇	太宰治

真空地帯	野間宏
日本唱歌集	堀内敬三 井上武士編
日本童謡集	与田準一編
森鷗外	石川淳
至福千年	石川淳
小林秀雄初期文芸論集	小林秀雄
近代日本人の発想の諸形式 他四篇	伊藤整
小説の認識	伊藤整
中原中也詩集	大岡昇平編
ランボオ詩集	中原中也訳
晩年の父	小堀杏奴
小熊秀雄詩集	岩田宏編
夕鶴・彦市ばなし 他二篇 —木下順二戯曲選II—	木下順二
元禄忠臣蔵 全二冊	真山青果
随筆滝沢馬琴	真山青果
旧聞日本橋	長谷川時雨
みそっかす	幸田文

古句を観る　柴田宵曲
俳諧随筆 蕉門の人々　柴田宵曲
新編 俳諧博物誌　柴田宵曲／小出昌洋編
随筆集 団扇の画　柴田宵曲／小出昌洋編
子規居士の周囲　柴田宵曲
小説集 夏の花　原民喜
原民喜全詩集
いちご姫・蝴蝶 他二篇　山田美妙／十川信介校訂
銀座復興 他三篇　水上滝太郎
魔風恋風 全二冊　小杉天外
柳橋新誌　成島柳北／塩田良平校訂
幕末維新パリ見聞記 成島柳北「航西日乗」・栗本鋤雲「暁窓追録」　井田進也校注
野火／ハムレット日記　大岡昇平
中谷宇吉郎随筆集　樋口敬二編
雪　中谷宇吉郎
冥途・旅順入城式　内田百閒
東京日記 他六篇　内田百閒

西脇順三郎詩集　那珂太郎編
大手拓次詩集　原子朗編
評論集 滅亡について 他三十篇　武田泰淳／川西政明編
山岳紀行文集 日本アルプス　小島烏水／近藤信行編
雪中梅　末広鉄腸／小林智賀平校訂
新編 東京繁昌記　木村荘八／尾崎秀樹編
新編 山と渓谷　田部重治／近藤信行編
日本児童文学名作集 全二冊　桑原三郎／千葉俊二編
山月記・李陵 他九篇　中島敦
眼中の人　小島政二郎
新選 山のパンセ　串田孫一自選
小川未明童話集　桑原三郎編
新美南吉童話集　千葉俊二編
岸田劉生随筆集　酒井忠康編
摘録 劉生日記　岸田劉生／酒井忠康編
量子力学と私　朝永振一郎／江沢洋編
書物　森銑三／柴田宵曲

自註鹿鳴集　会津八一
窪田空穂随筆集　大岡信編
窪田空穂歌集　大岡信編
奴隷 —小説・女工哀史1　細井和喜蔵
工場 —小説・女工哀史2　細井和喜蔵
鷗外の思い出　小金井喜美子
森鷗外の系族　小金井喜美子
木下利玄全歌集　五島茂編
新編 学問の曲り角　河野与一／原二郎編
林芙美子紀行集 下駄で歩いた巴里　立松和平編
放浪記　林芙美子
山の旅 全二冊　近藤信行編
酒道楽　村井弦斎
文楽の研究 全二冊　三宅周太郎
五足の靴　五人づれ
尾崎放哉句集　池内紀編
リルケ詩抄　茅野蕭々訳

書名	著者/編者
ぷえるとりこ日記	有吉佐和子
自選 谷川俊太郎詩集	谷川俊太郎
江戸川乱歩短篇集 千葉俊二編	千葉俊二編
訳詩集 白孔雀 西條八十訳	西條八十訳
怪人二十面相・青銅の魔人 江戸川乱歩	江戸川乱歩
茨木のり子詩集 谷川俊太郎選	谷川俊太郎選
少年探偵団・超人ニコラ 江戸川乱歩	江戸川乱歩
大江健三郎自選短篇	大江健三郎
江戸川乱歩作品集 全三冊 浜田雄介編	浜田雄介編
M/Tと森のフシギの物語 大江健三郎	大江健三郎
堕落論 他二十二篇 日本文化私観 他十一篇 坂口安吾	坂口安吾
キルプの軍団 大江健三郎	大江健三郎
桜の森の満開の下・白痴 他十二篇 風と光と二十の私のと……いずこへ 他十六篇 坂口安吾	坂口安吾
石垣りん詩集 伊藤比呂美編	伊藤比呂美編
久生十蘭短篇選 川崎賢子編	川崎賢子編
漱石追想 十川信介編	十川信介編
墓地展望亭・ハムレット 他六篇 久生十蘭	久生十蘭
荷風追想 多田蔵人編	多田蔵人編
六白金星・可能性の文学 他十一篇 織田作之助	織田作之助
鷗外追想 宗像和重編	宗像和重編
夫婦善哉 正続 他十二篇 織田作之助	織田作之助
自選 大岡信詩集	大岡信
わが町・青春の逆説 他二篇 織田作之助	織田作之助
うたげと孤心 大岡信	大岡信
歌の話・歌の円寂する時 他一篇 折口信夫	折口信夫
日本の詩歌 その骨組みと素肌 大岡信	大岡信
死者の書・口ぶえ 折口信夫	折口信夫
詩人・菅原道真 うつしの美学 大岡信	大岡信
日本近代随筆選 全三冊 千葉俊二/長谷川郁夫/宗像和重編	千葉俊二/長谷川郁夫/宗像和重編
汗血千里の駒 坂本龍馬君之伝 坂崎紫瀾 林原純生校注	坂崎紫瀾 林原純生校注
尾崎士郎短篇集 紅野謙介編	紅野謙介編
日本近代短篇小説選 全六冊 紅野敏郎/紅野謙介/千葉俊二/宗像和重/山田俊治編	紅野敏郎/紅野謙介/千葉俊二/宗像和重/山田俊治編
山之口貘詩集 高良勉編	高良勉編
原爆詩集 峠三吉	峠三吉
竹久夢二詩画集 石川桂子編	石川桂子編
まど・みちお詩集 谷川俊太郎編	谷川俊太郎編
山頭火俳句集 夏石番矢編	夏石番矢編
二十四の瞳 壺井栄	壺井栄
幕末の江戸風俗 塚原渋柿園 菊池眞一編	塚原渋柿園 菊池眞一編
けものたちは故郷をめざす 安部公房	安部公房
詩の誕生 大岡信/谷川俊太郎	大岡信/谷川俊太郎
鹿児島戦争記 実録西南戦争 篠田仙果 松本常彦校注	篠田仙果 松本常彦校注
東京百年物語 一八六八〜一九〇九 全三冊 ロバート・キャンベル/十重田裕一/宗像和重編	ロバート・キャンベル/十重田裕一/宗像和重編
三島由紀夫紀行文集 佐藤秀明編	佐藤秀明編
若人よ蘇れ・黒蜥蜴 他一篇 三島由紀夫	三島由紀夫
三島由紀夫スポーツ論集 佐藤秀明編	佐藤秀明編
吉野弘詩集 小池昌代編	小池昌代編
開高健短篇選 大岡玲編	大岡玲編
破れた繭 耳の物語1 開高健	開高健
夜と陽炎 耳の物語2 開高健	開高健

岩波文庫の最新刊

カント著／大橋容一郎訳
道徳形而上学の基礎づけ

カント哲学の導入にして近代倫理の基本書。人間の道徳性や善悪、正義と意志、義務と自由、人格と尊厳などを考える上で必須の手引きである。新訳。
〔青六二五-一〕 **定価八五八円**

カント著／宮村悠介訳
人倫の形而上学
第二部 徳論の形而上学的原理

カント最晩年の、「自由」の「体系」をめぐる大著の新訳。第二部では「道徳性」を主題とする。『人倫の形而上学』全体に関する充実した解説も付す。（全二冊）
〔青六二六-五〕 **定価一二七六円**

高浜虚子著／岸本尚毅編
新編 虚子自伝

高浜虚子（一八七四-一九五九）の自伝。青壮年時代の活動、郷里、子規や漱石との交遊歴を語り掛けるように回想する。近代俳句の巨人の素顔にふれる。
〔緑二八-一二〕 **定価一〇〇一円**

末永高康訳注
孝経・曾子

『孝経』は孔子がその高弟曾子《そうし》に「孝」を説いた書。儒家の経典の一つとして、『論語』とともに長く読み継がれた。曾子学派による師の語録『曾子』を併収。
〔青二一一-一〕 **定価九三五円**

……今月の重版再開……

久保田 淳校注
千載和歌集
定価一三五三円
〔黄一三二-一〕

南原 繁著
国家と宗教
―ヨーロッパ精神史の研究―
定価一三五三円
〔青一六七-二〕

岩波文庫の最新刊

ゲルツェン著／金子幸彦・長縄光男訳

過去と思索（一）

人間の自由と尊厳の旗を掲げてロシアから西欧へと駆け抜けたゲルツェン（一八一二―一八七〇）。亡命者の壮烈な人生の幕が今開く。自伝文学の最高峰。（全七冊）

〔青N六一〇-二〕　定価一五〇七円

ゲルツェン著／金子幸彦・長縄光男訳

過去と思索（二）

逮捕されたゲルツェンは、五年にわたる流刑生活を余儀なくされた。「シベリアは新しい国だ。独特なアメリカだ」。二十代の青年は何を経験したのか。（全七冊）

〔青N六一〇-三〕　定価一五〇七円

復本一郎編

正岡子規スケッチ帖

子規の絵は味わいある描きぶりの奥に気魄が宿る。最晩年に描かれた画帖『菓物帖』『草花帖』『玩具帖』をフルカラーで収録する。子規の画論を併載。

〔緑一三-一四〕　定価九二四円

ハインリヒ・マン作／今井敦訳

ウンラート教授

あるいは一暴君の末路

酒場の歌姫の虜となり転落してゆく「ウンラート（汚物）教授」を通して、帝国社会を諧謔的に描き出す。マレーネ・ディートリヒ出演の映画『嘆きの天使』原作。

〔赤四七四-一〕　定価一二二一円

……今月の重版再開……

揖斐高訳注

頼山陽詩選

〔黄二三一-五〕　定価一一五五円

魯迅作／竹内好訳

野草

〔赤二五-一〕　定価五五〇円